Le parc à chiens

DU MÊME AUTEUR

Purge, *Stock, 2010, Prix Femina étranger; Le Livre de Poche, 2012*

Les vaches de Staline, *Stock, 2011; Le Livre de Poche, 2013*

Quand les colombes disparurent, *Stock, 2013; Le Livre de Poche, 2014*

Baby Jane, *Stock, 2014; Le Livre de Poche, 2015*

Norma, *Stock, 2017; Le Livre de Poche, 2018*

Une jupe trop courte, *Points, 2021*

Sofi Oksanen

Le parc à chiens

roman

Traduit du finnois
par Sébastien Cagnoli

Stock
la cosmopolite

TITRE ORIGINAL :
Koirapuisto

Publié avec le concours du
FILI FINNISH LITERATURE EXCHANGE

Photographie de la bande : © Toni Härkönen

ISBN : 978-2-234-08953-2

Citation du poème *Babi Yar* d'Evgueni Evtouchenko
dans la version française de Jean Radvanyi.

Helsinki
2016

Tout aurait pris une autre tournure, peut-être, si je l'avais reconnue immédiatement et si j'étais partie en courant. Mais je ne l'ai pas fait ; je n'ai même pas regardé dans sa direction lorsqu'elle s'est assise au bout du banc, avec des mouvements lents, signes de la douleur humaine. Souhaitant lui faire comprendre que je n'étais pas désireuse de bavarder, je feuilletais bruyamment le livre posé sur mes genoux. Je n'étais pas dans le parc pour avoir de la compagnie.

Le livre venait de la bibliothèque, à deux pas de ce parc dont un espace délimité par une clôture était réservé à la promenade des chiens. Mon sac bourré de romans conférait à mes visites une apparence naturelle. Si jamais l'on me posait des questions, j'expliquais que j'étais une grande amie des bêtes et que j'aimais bien les regarder jouer, mais que mes allergies m'empêchaient d'avoir un animal domestique. La femme assise à côté de moi n'avait pas de chien non plus, je m'en suis rendu compte, mais mon attention était surtout fixée sur la rue qui bordait le parc. Je guettais ma montre discrètement, alors que j'étais à l'heure. J'avais peur d'être venue pour rien.

La femme a tendu les jambes et s'est étirée, comme font les gens lorsqu'ils cherchent une manière d'engager la conversation : bâillements, réajustement de la veste ou gesticulations, tout cela préparait le terrain en vue de considérations sur le temps qu'il faisait ou autres banalités. Pourtant non, il n'y a eu aucune question au sujet du livre, rien quant à la température.

Prenant mes distances avec l'importune, je me suis placée à l'autre bout du banc. Depuis quelque temps, je regardais d'un nouvel œil les autres flâneurs du parc. Chômeurs et retraités indolents cherchaient un prétexte pour sortir de chez eux. Peut-être un jour me trouverais-je dans la même situation, lorsque je n'aurais plus de raison de fréquenter ce jardin, plus vraiment de plan de vie. Moi aussi, je voudrais alors que les voisins entendent claquer ma porte, signe que je ne manquerais pas d'occupations et d'amis à voir, et je continuerais à venir ici pour m'intégrer au cours du monde en suivant la vie des autres.

Un chien tout blanc qui s'approchait du parc s'attirait des regards admiratifs. Ma voisine s'est mise sur ses gardes. Elle s'est penchée un peu en avant et j'ai cru qu'elle allait enfin se lancer, dire quelque chose, peut-être justement sur ce schnauzer nain à la toilette si photogénique, sur sa conduite exemplaire, mais non, elle se tenait coite.

I

Invincible

Village, oblast de Mykolaïv
2006

Lorsque j'entrai dans la chambre pour la première fois depuis mes années de jeunesse, le spectacle qui se déploya devant mes yeux me fit sursauter. Des photos de moi étaient encadrées sur la table, sur la commode et sur les murs. La plupart étaient des publicités jaunies, découpées dans des journaux, qui cherchaient à vendre tout ce qu'on peut promouvoir avec des courbes féminines, depuis les détachants jusqu'aux pièces de voiture. J'avais envoyé ces photos à ma mère pour lui prouver que j'étais mannequin, en pensant que tout cela serait conservé dans un album, mais elle en avait fait un véritable autel qui occupait la pièce entière, rivalisant de couleurs flashy et de pourcentages de réduction. Je ne voyais rien de glorieux dans ces images, rien de mémorable. Elles me mettaient mal à l'aise.

Je décrochai les coupures, raflai les photos exposées sur la commode et fourrai le tas dans l'armoire. Laissant sur la pile une pub pour pelote de laine aux tons étincelants d'un feu de cheminée, je refermai la porte.

Avant le dîner, les photos étaient revenues à leur place – y compris celle pour la crème de marrons, que je détestais tant. Ma mère était d'une célérité ahurissante. Elle avait agi pendant que je faisais le tour du jardin avec ma tante. Celle-ci entra dans la chambre et me caressa le dos en chuchotant qu'une mère avait bien le droit d'être fière de ses enfants. Je ne pouvais pas lui avouer l'échec sur lequel j'avais tout quitté. Ma tante me dévisagea et grommela :

– Nous agrandissons les plantations et Ivan nous donne un coup de main, nous n'avons aucun souci. Ravie que tu sois de retour parmi nous, Olenka.

Elle avait vieilli, ma mère aussi. Un nouveau chien montait la garde dans la cour. À part ça, rien n'avait changé depuis mon départ. Il y avait toujours un nid de cigognes sur le poteau électrique, si ce n'est que les oiseaux s'étaient envolés pour le sud, et les vestes des maris défunts pendues à côté de la porte d'entrée n'avaient pas bougé. L'une était à mon père, l'autre au mari de ma tante. Selon cette dernière, il était toujours bon de laisser croire aux visiteurs qu'il y avait des hommes dans la maison. Nous avions emménagé chez elle après l'enterrement de mon père, et je revenais à présent dans une maison de veuves solitaires, où nous célébrerions la fête des Femmes en nous offrant des fleurs entre nous. Cette pensée me poussa à demander si Boris fabriquait toujours sa horilka. Tandis que ma tante allait chercher la bouteille, je me déchaussai enfin pour enfiler des galoches. Elles étaient neuves et légères, peut-être en silicone. Achetées pour moi, sans doute.

Le lendemain matin, je me rendis à l'arrêt de bus pour vérifier si l'on apercevait quelque chose à travers la clôture du jardin, et aussi par-dessus, d'un peu plus loin sur la route. Rien n'éveillait l'attention, et personne ne risquait de s'aventurer sur la parcelle par inadvertance.

La situation aurait été différente si les fleurs rouges s'étaient vues de loin. En tout cas, ma tante avait raison : il allait nous falloir plus de pavots. Avec mon retour, il y avait une bouche de plus à nourrir ; dans la soirée, j'avais déjà dû nous commander trente litres d'eau potable en bidons. À l'étranger, j'avais pris l'habitude de boire de l'eau à longueur de journée, et j'avais complètement oublié la misérable qualité de notre puits. Je ne savais pas comment payer ma commande. J'allais devoir renoncer aux habitudes des mannequins, à nos méthodes pour garder la ligne. Tans pis, mon tour de taille était désormais le cadet de mes soucis.

Je ne voulais pas que ma tante saisisse l'offre d'Ivan, qu'elle lui emprunte de l'argent, qu'elle accroisse les plantations de pavot, même si j'avais confiance en lui et en son désir de rendre service. Certes, les hauts feuillages de maïs ondoyants sauraient bien dissimuler le champ fleuri, même agrandi, et Boris pouvait s'occuper de l'extension, puisqu'il travaillait chez nous. Boris était le frère d'Ivan, et comme un fils pour ma tante. Cependant, je ne souhaitais pour rien au monde que nous dépendions davantage de la bande pour laquelle Ivan travaillait et à laquelle il livrait la compote obtenue à partir des pavots. Ce n'était pas l'avenir que j'avais prévu pour nous. Si mon visage avait tenu ses promesses, les plantations ne seraient même plus à l'ordre du jour. On aurait fermé la cuisine et j'aurais fait construire pour ma tante une nouvelle maison à la place de l'ancienne, ou je lui aurais acheté un appartement en ville. Les deux sœurs ne seraient plus jamais obligées de se faire du souci au moindre signe suspect menaçant le règlement de leurs pensions de retraite au demeurant insuffisantes.

J'avais motivé mon retour en invoquant le mal du pays. Je ne sais pas qui crut à ce prétexte. Pendant toutes ces années, je n'avais pas été fichue d'envoyer de l'argent. Il fallait que je me rachète. Il fallait que je trouve du travail.

Je pris l'habitude de me rendre en ville afin d'y consulter les offres d'emploi. Dans le bus, j'étais souvent entourée d'une horde de filles qu'auréolait un nuage de parfum aux relents d'espérance, en route pour les salles de conférences du Palace, où des défilés de mariées potentielles étaient organisés à l'attention des célibataires étrangers. À l'approche du terminus, les cheveux courts s'aspergeaient d'une nouvelle couche de laque, les longues mèches se frottaient à la brosse, et tout ce mouvement de va-et-vient était rythmé par le cliquetis des tubes, étuis et miroirs. J'avais passé des années dans des vestiaires baignés de ces rêves d'un avenir radieux, à ceci près que les odeurs du bus présentaient des relents gras de rouge à lèvres rance, qu'une fille assise derrière moi se poudrait les joues avec un pinceau qui n'avait pas été lavé depuis des lustres, et que les motifs de leurs robes imitaient souvent la fourrure du chat sauvage. Je les écoutais parler en me demandant si j'allais devoir tenter ma chance à leurs côtés, alors que j'étais bien placée pour savoir que le prince charmant n'existait pas plus ailleurs qu'ici. Cela, elles l'ignoraient encore, et leurs voix tendues me rappelaient l'époque où je m'étais échappée à Paris. Moi aussi, j'avais été nerveuse, craignant sans cesse de faire un faux pas. Moi aussi, j'avais voulu autre chose que les maigres perspectives offertes par ma région d'origine. C'était un air connu.

À l'arrivée, les filles s'éparpillaient, laissant derrière elles leur odeur de vieux maquillage et de jeunes cheveux, et elles se dandinaient bras dessus bras dessous vers l'hôtel, à grands coups de talons aiguilles. Le business était manifestement florissant, et ce constat m'inspira une idée qui pouvait m'être utile. Un jour, sur le chemin du cybercafé, je m'arrêtai pour consulter les annonces collées sur un poteau électrique et rongées par les intempéries : dans le lot, je tentai de détecter les entreprises qui ressemblaient à des agences matrimoniales. Si l'offre que je souhaitais ne se trouvait pas sur le poteau, sur les armoires électriques, sur les cabines téléphoniques ou sur la toile, j'allais encore devoir dilapider mes ressources dans de nouveaux journaux pour parcourir les pages emploi.

La chance ne tarda pas à me sourire.

Les agences matrimoniales ne cherchaient pas seulement des épouses potentielles mais aussi des femmes avec des compétences en langues étrangères, à des fins d'interprétariat. Je fis main basse sur la frange de numéros de téléphone qui flottait dans le bas du papier. Après un moment d'hésitation, j'arrachai la feuille entière et quelques autres du même acabit, pour amoindrir la concurrence. Je décidai de commencer ma tournée de coups de fil le jour même. L'échec était impossible ! J'étais plus que décidée. L'espoir s'épanouissait comme une fleur, et la caresse de ses pétales posait sur mes joues une confiance que j'avais crue perdue.

Je passai un entretien d'embauche le lendemain, mais je n'eus pas le poste. Loin de me laisser abattre, je balayai mes cheveux en arrière et pris un nouveau rendez-vous. L'humeur virevoltante des filles du bus m'avait contaminée, et les agences matrimoniales ne manquaient pas. Il y n'en avait pas moins de trois sur le Prospekt Lenina, de même sur Sovetskaïa, et sur Moskovskaïa. J'allais m'initier à leurs activités, économiser ce que je pourrais, et peut-être réussirais-je un jour à créer ma boîte – une entreprise qui vendrait des astuces pour conquérir le cœur des Ukrainiennes, par exemple, qui aiderait les clients à choisir des cadeaux personnalisés pour leurs dulcinées. Nous leur rappellerions qu'un gentleman doit apporter des fleurs à une dame, lui offrir son bras, lui ouvrir les portes et l'aider à descendre de voiture. Ou bien je pourrais rechercher des visages au goût des magazines occidentaux et ouvrir une école de mannequinat dans une ville sibérienne d'un million d'habitants où les nationalités se sont mélangées à merveille grâce aux camps du Goulag. J'avais toujours perdu, face aux filles de là-bas. En elles coulait du sang issu de tous les coins de l'Union soviétique – Europe de l'Est, pays baltes, Asie – et de leurs nombreux peuples autochtones. Cependant, un tel projet réclamait des capitaux, ce qui me manquait encore. Mais plus pour longtemps.

En regagnant la gare routière, je fus rattrapée par une fille qu'il me semblait vaguement avoir déjà aperçue. Elle me salua en disant qu'elle m'avait vue faire la queue dans les agences matrimoniales. Elle aussi y avait tenté sa chance. Aujourd'hui, elle était allée enregistrer sa candidature comme épouse potentielle dans un bureau où elle avait précédemment postulé pour la fonction de secrétaire.

– En tout cas, ça ne coûte rien, dit-elle. Fais-le aussi.

– Je sais pas.

Je sortis de mon sac les annonces sélectionnées pour lui demander des tuyaux, mais elle secoua la tête sans me laisser le temps de poser une question.

– Te fatigue pas.

– Comment ça ?

J'énumérai les langues que je parlais plus ou moins : anglais, français, russe, ukrainien, estonien, allemand, voire un brin de finnois. Les mots étrangers s'imprégnaient dans ma tête sans effort. J'étais vraisemblablement la femme la plus douée en langues de tout l'oblast ; rien que les compétences en anglais étaient une denrée rare.

– Tu trouveras un mari en un clin d'œil.

– Je ne veux pas me marier. Je veux être interprète. Ou agent de visa, éventuellement.

La fille éclata de rire et remonta les tiges de ses bottes vers ses cuisses. Sa jupe était courte. Je me rendis compte que ma tenue était mal adaptée au programme de ma journée. J'aurais dû penser à mettre aussi en valeur mes autres atouts.

– Ma cousine a une copine qui est assistante dans une entreprise où ils sont justement en train de chercher des interprètes, dit-elle. Et devine qui a eu le job. La nana qui sort avec le fils du directeur.

Je regardai le réseau enchevêtré des caténaires du trolley et il me vint l'envie impérieuse de boire un verre. Dans ce pays, rien ne changeait.

– Et pourtant, tu vas aux entretiens.

– Il faut tout essayer. Si ça se trouve, le fils du directeur passera dans le bureau pile à ce moment-là et il tombera amoureux de moi. C'est comme ça qu'elle a eu son poste, d'ailleurs, la connaissance en question.

La fille passa la main dans ses cheveux en faisant un clin d'œil. Je sortis du sac mon paquet de cigarettes fines et lui en proposai une. J'étais angoissée à l'idée de retourner dans la chambre polluée par mes photos publicitaires, et je craignais d'avoir à y loger plus longtemps que prévu. Ma tante avait téléphoné à ses amis, de même que ma mère et Ivan. Tout le monde avait promis de les informer immédiatement si l'on entendait parler d'un boulot pour moi. Depuis, personne ne s'était manifesté.

– Les documents de voyage, ça paye bien, dit la fille. Tu pourrais monter une agence de visas. Mais pour cela, tu auras besoin de relations et d'un portefeuille bien garni. J'ai une meilleure idée.

– Vas-y.

– Dans les manifs, ils ont besoin de visages qui présentent bien. On est payé cash et tout le monde est bienvenu.

J'avais vaguement entendu ma mère en parler. Après la révolution orange, de nouvelles annonces avaient fait leur apparition sur les poteaux, à la recherche de participants pour des manifestations. Sur le papier, la nature des événements restait floue. L'ampleur du salaire, en revanche, constituait un appât essentiel, et elle était toujours soulignée.

– Mon frère gagne pas mal en tant que crieur.

Je fronçai les sourcils.

– Tu connais pas ? C'est presque le même job que de marcher dans les manifs, juste plus bruyant, et il faut aller aux entraînements. En fait c'est plutôt pour les hommes. Tu as sans doute un mec ?

Je secouai la tête.

– Alors tu viendras porter les banderoles avec moi. Les trajets en bus sont un peu longuets, un brin de compagnie ne serait pas de refus. Appelle-moi, si ça te dit.

Elle chercha dans sa poche un prospectus déchiré, griffonna son numéro de téléphone au dos et me le tendit. Ma gorge se serra. J'aurais voulu l'inviter à prendre un café et un cognac, mais elle était pressée d'aller chercher son enfant à la crèche, la marchroutka au coin de la rue allait bientôt partir. Sac à main à l'épaule, elle disparut en m'adressant des signes d'adieu, et la solitude revint rouler sur mon cœur comme une pierre.

À la maison, je fus confrontée à une scène d'affolement. Boris se balançait dans un coin, assis la figure entre les mains. Ma mère et ma tante portaient toujours les habits de deuil qu'elles avaient enfilés le matin pour se rendre aux funérailles d'un parent éloigné. Je crus d'abord à un incident survenu dans le cadre de l'enterrement, mais je compris ensuite de quoi il retournait. La cuisine à pavot était vide, et la télé enlevée : on nous avait cambriolés. La maison était restée un moment sans surveillance, pendant notre absence et avant le retour de Boris : nous avions commis une erreur.

Je ne craignais pas les voleurs. Ivan les retrouverait, il saurait leur faire comprendre qu'ils avaient touché aux mauvaises personnes, assommé le chien des mauvaises personnes. Mais cela ne ressusciterait pas la compote. Je revoyais la tendresse avec laquelle Boris avait surveillé les capsules de pavot au fur et à mesure qu'elles brunissaient, son dévouement pour les plantes et pour la cuisine… Les voleurs avaient fait main basse sur la meilleure marchandise de tout l'oblast. Il ne nous restait rien.

Parmi les papiers rongés par les intempéries sur le poteau électrique, l'annonce n'était pas seule à convoiter les services de jolies filles, mais c'était la première que je voyais déclarer sans détour qu'il ne s'agissait pas d'un service d'escort, d'hôtesse de bar ou d'agence matrimoniale. Même les jeunes mamans étaient chaleureusement bienvenues, ainsi que les femmes mariées. Cette caractéristique attira mon attention, même si je savais que cela ne voulait rien dire. Peut-être n'était-ce qu'un moyen d'introduire un peu de chair fraîche sur le marché. Mais je commençais à être désespérée par les éternelles accroches du genre : « Pourquoi une jolie fille devrait-elle être pauvre ? » Les entretiens d'embauche n'avaient pas porté leurs fruits. Ma tante avait consulté Ivan à propos de la compote perdue et d'un éventuel emprunt. Je ne voulais pas qu'elles aillent s'égarer sur cette voie. Leur détresse était la faute de mon échec professionnel, ma faute, et j'avais le devoir d'y remédier.

L'annonce insinuait que l'indemnité forfaitaire était importante, et la bordure inférieure ne comportait plus qu'un numéro à détacher.

La femme qui répondit à mon appel fut enthousiasmée par mes années de mannequinat. En fond, je l'entendais pianoter sur son clavier : elle faisait des recherches sur mon nom. J'espérai que la navigation la conduirait sur les pages de mon ancienne agence. Mes photos s'y trouvaient toujours. J'étais allée les voir deux ou trois fois, sur l'ordinateur du café, sans bien savoir pourquoi. Pour me faire du mal ? Ou pour m'encourager et me redonner confiance avant les entretiens ?

– Quand pouvez-vous venir nous voir ?

– Un petit moment, je regarde mon agenda.

Je me tenais devant une agence matrimoniale du Prospekt Lenina. Elle s'appelait Liaison royale. Il me restait Les Arcs d'Amor sur Moskovskaïa, La Slave à côté de l'hôtel Metallurg, et le numéro de la fille aux manifs qui traînait au fond de mon sac. Tout un programme. Revenant sur mes pas, je me rendis à l'arrêt de bus et jetai les coordonnées de la fille dans le caniveau. Le bureau se trouvait à Dnipropetrovsk, ce qui allait demander un certain temps de trajet. Mais j'étais prête à sauter dans le premier train, s'il le fallait.

– Ce serait bien si vous pouviez apporter des photos de vous, peut-être aussi de votre famille, vos parents, grands-parents, tantes, oncles, cousins, cousines, énuméra mon interlocutrice. Plus vous en avez, mieux c'est. Nous mettons un point d'honneur à bien connaître nos employées : nous tenons à savoir qui vous êtes vraiment et quels sont vos points forts.

– Quel genre de photos ?

– Peu importe. Une image parle plus que mille mots, répondit la femme en riant. La directrice est à Kiev, elle sera de passage lundi prochain par le vol du soir et devra repartir dès mercredi. Pourriez-vous venir mardi matin ?

Je me cognai l'orteil contre un pavé mal ajusté. La boîte devait se porter plutôt bien, pour que la directrice prenne l'avion entre Kiev et Dnipro ! Seuls les députés et la crème des hommes d'affaires se le permettaient, les gens qui avaient de l'argent à jeter par les fenêtres. Allais-je vraiment rencontrer une telle personne face à face ? Ou bien cherchait-on à m'impressionner, à m'en mettre plein la vue quant au standing de la boutique ? Ma main se dirigea involontairement vers mes cheveux. Les racines. Chez ma tante, il n'y avait qu'une douche de jardin. Pour rincer la teinture, ce n'était pas commode, j'allais devoir passer dans un salon de coiffure.

– À Kiev, l'agenda de la directrice est très chargé la semaine qui vient. Son emploi du temps est plus souple ici. Qu'en dites-vous, on se voit donc chez nous ? Si vous envoyez votre numéro de compte, nous ferons un virement pour le billet de train. En wagon SV, ça ira ?

Je réussis à répondre par l'affirmative en espérant que mon interlocutrice ne percevrait pas que j'avais le souffle coupé. Dans les trains, la puanteur du charbon me donnait mal au cœur, et le billet en compartiment pour deux personnes était donc un luxe particulièrement bienvenu. Pourtant, quelque chose clochait. Je n'avais pas trouvé l'annonce dans le journal ou sur le web, pas même dans une marchroutka, mais sur un poteau électrique : ce n'est pas un endroit où les grandes boîtes prestigieuses passent leurs annonces ! C'est un emplacement où l'affichage ne coûte rien. Comment la directrice d'une telle entreprise avait-elle les moyens de prendre l'avion entre Dnipro et Kiev ? Et comment cette entreprise avait-elle les moyens de payer à ses candidates un billet de train en classe de luxe pour un simple entretien d'embauche ? Cet empressement m'intriguait, de même que l'ampleur de la requête photographique, sans parler de la nature du travail qui restait un mystère. L'enthousiasme de mon interlocutrice me faisait craindre un trafic d'organes, même si je ne voyais pas le rapport avec les photos de moi. Mais quelle importance ? Seul le salaire comptait. La femme parla de choses et d'autres, du don de la vie, et elle revint à l'organisation du voyage. Je décidai que je pouvais céder un rein. Je saurais me contenter de l'autre. Et la moitié du foie ! Ça rapporterait encore plus.

Je ne parlai à personne de mes soupçons. Pour justifier mon voyage à Dnipro, je trouvai le prétexte d'un poste d'interprète et, ce faisant, je rallumai un éclat de vie dans les yeux de ma mère. Elle se mit à faire les cent pas dans la cuisine, énergique comme si elle voulait raconter la bonne nouvelle à tout le monde, alors qu'elle n'avait d'autre public que ma tante, dont les joues rayonnaient d'émotion comme un autobus béni par le pope. Par la suite, ne voulant pas les inquiéter, je m'abstins de leur parler de la nature de cet engagement professionnel avant d'être promue coordinatrice.

Helsinki
2016

J'ai une secousse dans la poitrine en voyant le père entrer dans le parc après la mère et le chien. Les deux enfants sont avec eux. Traînant gaiement derrière les autres, le fils fait bruisser un sachet de raisins secs qu'il consomme à vive allure ; presque inconsciemment, j'approuve d'un hochement de tête les saines habitudes de la famille en matière de goûter. La semaine dernière, les petits n'étaient pas là et j'avais mis cela sur le compte de l'épidémie de gastro-entérite. À présent, tout le monde resplendit de santé. À voir la femme, on ne croirait pas qu'elle a passé des nuits blanches au chevet des jeunes malades, et elle a même trouvé le temps de faire du shopping : je me verrais bien dans son nouveau trench-coat printanier couleur sable, et la fillette porte une écharpe que je ne lui connaissais pas. L'homme répond au téléphone tout en souriant à son épouse comme pour s'excuser. Celle-ci lui caresse le bras et pose un peu le front contre son épaule. Même l'excitation du schnauzer affranchi de sa laisse est d'un style épuré. Sa rare fourrure blanche attire l'attention ; d'ailleurs, dans les expositions canines, leur petit chouchou sort toujours vainqueur. Je contemple avec admiration la course de l'animal et la position à l'affût dans laquelle il s'arrête en apercevant plus loin un objet d'intérêt. Le fils attend au portail. Après avoir secoué son sachet vide, il ne le jette pas par terre mais va le déposer dans une poubelle. Bien élevé, bonnes manières : moi aussi, je l'aurais éduqué ainsi.

Un clic de briquet interrompt ma méditation. Ma voisine allume une clope. En jetant un coup d'œil hargneux dans sa direction, je reconnais les motifs floraux de son paquet de cigarettes fines avant de porter à nouveau mon attention sur la famille qui disparaît derrière le rocher. Cette femme n'est pas finlandaise : la marque Glamour n'a pas la cote, par ici.

– En Amérique, on nous appelait des anges. C'est là-bas que vous aviez appris cela ?

Ai-je bien entendu, ou est-ce mon esprit qui me joue des tours ? J'ai toujours le regard dirigé vers la famille, le cou droit. Je n'ose pas tourner la tête pour vérifier. La femme continue ; et plus elle continue, plus j'ai la certitude que ce n'est pas une illusion. Je l'ai reconnue, elle m'a reconnue, et nous sommes assises sur un banc, dans un parc, à Helsinki, toutes les deux, comme s'il n'y avait pas tant d'années entre nous. Un mot après l'autre, elle renverse une à une les fondations sur lesquelles j'ai bâti ma vie avec tant de soin. Je n'aurais jamais imaginé cela. Une entrée en matière sous forme de mignonnes métaphores qu'elle envoie en l'air comme des tasses à thé en porcelaine Lomonossov, tout en guettant si les souvenirs me reviennent. Si je me rappelle avoir employé ces termes-là moi-même, autrefois, lorsque je cherchais à convaincre les filles de venir travailler chez nous, notamment avec elle, oui, évidemment que je me rappelle, j'entends encore chaque hameçon dissimulé dans des adjectifs mielleux, et chacun m'enfonce un peu plus les épaules, comme si cela pouvait m'aider à disparaître : syllabe après syllabe, je me sens rapetisser.

– Mais vous saviez toujours dénicher les filles qui n'avaient jamais entendu de compliments, hein. C'était exactement celles que tu cherchais.

– Avec toi, ce n'était pas le cas.

– Mais avec beaucoup d'autres, si.

Faisant claquer ses lèvres, elle tend les bras comme une ballerine.

– C'était comment, déjà ? songe-t-elle. *Le Lac des cygnes*. Mes bras faisaient penser au *Lac des cygnes*, hein ?

– C'est toujours vrai.

Elle rit, son coupe-vent frissonne et je reconnais un certain mouvement d'aile. J'étais tombée sous le charme de sa façon de bouger. À chaque pas, elle posait son pied comme si elle évoluait devant une pleine arène de spectateurs.

Le jour où l'on prit les photos pour son portfolio, cette femme – qui était encore une fille – fit le grand écart dans la robe que je lui avais choisie. Alors qu'elle venait à peine de s'échauffer avant la séance, tout le tableau était gorgé d'une atmosphère intime absolument inoubliable : sa robe cloche à fleurs, la salle d'entraînement, ses chevilles souples... Comme si elle avait oublié le photographe. La maquilleuse avait travaillé son visage aux pinceaux pendant plus d'une heure, mais on ne l'aurait pas deviné. En voyant le dossier achevé, je sus que Daria deviendrait mon étoile, qu'elle ferait de moi une star.

Daria se lève et se dirige vers le portail de l'enclos canin. Une fois remise du choc, je comprends soudain ce que cela veut dire. Mètre après mètre, elle s'approche de la famille ; mètre après mètre, mon esprit imagine ce qui arrivera lorsque le père la reconnaîtra. Tout d'abord, il sera bouleversé ; puis il sortira son téléphone. La mère se mettra à crier, le chien s'emballera, la fillette éclatera en sanglots et le garçon nous regardera, nous, coupables de tout ce chaos ; pendant que la maman emmènera ses enfants à l'abri et que les sirènes de la police approcheront, le fils regardera derrière lui, et le spectacle de ses parents terrorisés par ces deux Slaves restera gravé dans sa mémoire pour l'éternité.

La famille s'est divisée pendant notre conversation, et Daria marque une pause, comme pour se demander de qui elle s'approchera en premier. Le père a pris la fillette par la main, et ils s'en vont rejoindre le chien qu'on ne voit déjà plus ; pendant ce temps, la mère bavarde avec la propriétaire d'un jeune golden retriever qui monopolise son attention. Le garçon flâne dans la rue. Daria penche la tête puis, prenant sa décision, elle ouvre le portail de l'enclos canin. Entre la mère et elle, il n'y a plus que dix mètres de rochers. Je me ressaisis immédiatement : je suis sur le point de perdre ce que j'ai mis six ans à construire, toute ma nouvelle existence à Helsinki ! Mon espérance de vie va se compter en jours, peut-être en heures !

Je lève les yeux. Contrairement à ma mère, je n'ai pas coutume de me vouer à Dieu et aux saints. Néanmoins, je soulève mon châle pour me couvrir la tête comme à l'église et je marmonne ce qui pourrait être une prière : en effectuant ce mouvement, je me rappelle soudain que j'ai toujours deux jambes valides. Vite, je dois stopper Daria !

Le schnauzer revient de derrière la butte avec un terrier à ses trousses, et le jeu de ces toutous déchaînés accapare l'attention de la famille. Ils ne voient pas mes jambes chancelantes, mes pieds qui se prennent dans mon châle et les gens qui m'évitent comme si j'étais soûle. Daria n'est plus qu'à quelques mètres de la femme, et voici qu'elle s'apprête à parler.

– Tu veux de l'argent ? C'est ça ?

Ouf, je suis arrivée à temps. Ses lèvres esquissent un sourire. La mère s'éloigne. Les chiens ont été rappelés à l'ordre. Les laisses se rattachent aux colliers.

– Combien tu serais prête à donner ?

J'ai l'impression que Daria va éclater de rire et se moquer de mes vêtements, de mon apparence qui n'exprime pas la fortune, mais elle reste immobile, sans chercher à se débattre. Je suis son regard : la famille est sur le départ, la mère rajuste le manteau de la fillette, qui lui saute au cou, et Daria tressaille comme si elle avait reçu un choc. Un tremblement parcourt son bras osseux. Et si elle n'était pas dans le parc pour exercer son chantage sur moi ou sur la famille ? Mais tout en elle étaye mon intuition qu'elle a des difficultés financières. Elle a maigri. Ses vêtements pochent. Ce sont des haillons, le similicuir pèle sur ses bottes et son sac pend en bandoulière, béant, la doublure raccommodée au scotch. Elle devait bien gagner sa vie, pourtant. Comment a-t-elle dilapidé ses ressources ? A-t-elle été plumée, eu affaire à un sale type, ou tout sacrifié pour aider les membres de sa famille ? Pour les extraire d'Ukraine de l'Est et des griffes de la guerre ? N'a-t-elle pas obtenu assez d'argent pour refaire sa vie ? Ou l'aura-t-elle gaspillé entre-temps, de sorte qu'elle en est réduite à chercher des devises pour aider sa famille restée au pays ? Selon ma mère, l'actuelle république populaire de Donetsk a confisqué leur maison aux uns et ouvert aux autres une voie pour s'enrichir, car les fugitifs sont partis en laissant tous leurs biens. Il y a ceux qui s'enrôlent dans les troupes séparatistes de leur plein gré, ceux qui sont engagés de force, et les déserteurs qui sont fusillés. Certains s'enrôlent pour éviter que leurs biens soient confisqués et leurs proches réduits à la mendicité. L'arrivée de Daria aurait-elle un rapport ? Voudrait-elle soustraire au front un frère emmené de force par les séparatistes ? Ou un de ses proches aurait-il été kidnappé ? Elle suit des yeux la famille qui sort du parc, puis son regard s'éteint comme une bougie une fois que tout le monde s'est retiré. Je retiens mon souffle. J'ai gagné un peu de temps.

– Ça me fait une belle jambe, qu'on nous reconnaisse.

– On t'a reconnue ?

Ses lèvres prennent une nuance sarcastique et elle lèche une perle de sang jaillie de ses gerçures. Sa peau s'écaille sous l'effet de la sécheresse.

– Tu parles, ironise-t-elle. Ils ne se souviennent pas plus de toi que de moi. Tu es aussi insignifiante pour eux que je l'étais pour toi.

Je lui disais qu'elle était un oiseau rare. Rarissime. Je louais son ossature et ses compétences en langues étrangères, son quotient intellectuel et son expérience de gymnaste. Son sourire avait la pureté du ciel texan, et son menton était pareil à une cuillère à caviar toute scintillante de nacre.

– Quand bien même j'aurais déballé mon nom dès la première fois que je me suis assise à côté de toi, j'aurais juré que tu m'aurais oubliée, dit Daria. Tu ne devais pas t'attendre à ce que je te retrouve, hein ? Avant les autres.

Quand j'étais petite, un jour, j'avais été séparée de mon père dans un passage souterrain. Il m'avait retrouvée aussitôt, mais j'avais déjà eu le temps de croire que je ne le reverrais plus jamais et que j'allais être assaillie par la muraille formée par les sombres doudounes de la foule, assaillie par une chose qui dépassait mon imagination. À présent, j'éprouve la même sensation. Sauf que personne ne me délivrera. Personne d'autre que moi. Je vais devoir fournir des explications.

– Et si on allait quelque part, pour parler de tout cela ? demandé-je en regardant mes mains.

Le sang s'est retiré de mes doigts.

Dnipropetrovsk
2006

La directrice de la boîte étala sur la table les photos de ma famille. Je ne m'étais pas préparée à cela, je n'aurais jamais imaginé que ma supérieure hiérarchique potentielle passerait la collection au peigne fin en ma présence, au cours de l'entretien d'embauche. Je n'avais pas vu de photos de mon père depuis des années.

– Tout va bien ? me demanda la femme.

Involontairement, je m'étais couvert la bouche avec la paume de la main.

– C'est juste qu'il me manque.

Elle me tendit un mouchoir. Ma sentimentalité me surprenait. Quel embarras ! Pourquoi ne m'étais-je pas mieux préparée ? J'avais confié à ma mère le soin de constituer la sélection de photos, en prétendant que j'avais regretté de ne pas avoir d'album pendant que je vivais à l'étranger. Elle allait sans doute croire que je comptais encore déménager. Elle avait essayé de me tirer les vers du nez, mais je m'étais empressée de récupérer la liasse de photos et de la glisser dans mon sac pour m'esquiver. Il me semblait évident qu'elle ne retiendrait rien de nature à causer du chagrin à sa fille. Comme les photos de l'enterrement. Heureusement, celles-là ne figuraient pas sur la table.

– Votre père est décédé dans un accident… n'est-ce pas ?

La directrice scruta encore un peu les photos comme une mauvaise donne, puis elle alla chercher une bouteille et deux verres dans une armoire, et elle mit à ma disposition une boîte de chocolats. Je me concentrai sur le poids du cristal dans ma main, sur le cognac brûlant qui me dénouait la gorge, et je m'ordonnai de me ressaisir. J'avais commis une erreur : je n'avais pas pensé un seul instant à l'impression que pouvait donner mon père à des yeux extérieurs. J'avais quatorze ans lorsqu'il était mort ; à présent, je me retrouvais dans la peau de l'adolescente de quatorze ans qu'il avait amenée à la mine. Sur le premier cliché de la série, les hommes qui venaient de finir leur période de travail grillaient une cigarette, incandescente entre leurs doigts noirs. Dans le fond, on distinguait la cage qui les avait remontés des profondeurs. L'un était assis et déroulait ses chaussettes russes, grimaçant et scintillant de toutes ses dents. Tous paraissaient identiques, sous la poussière de charbon ; seul le visage de mon père brillait au milieu des autres, immaculé comme la pleine lune, et lui seul ne portait pas le troisième œil de la lampe frontale.

J'avais une autre photo de cette époque. Mon père s'y tenait à côté d'un homme en blouson noir que je ne connaissais pas. Tous deux avaient les joues rebondies sous un sourire commercial. Derrière eux, il y avait deux fourgons – des boukhanki – et, au milieu de cette ambiance grise, noire et brune, un camion ZiL brillait tout bleu comme un œuf de pinson.

Sur l'image la plus récente, mon père avait une barbe de deux jours et un tricot de peau sans manches.

Les coutures étaient jaunies et distendues. Un porte-cigarettes pendait entre ses doigts, ses coudes étaient posés sur la table de la cuisine. Devant la fenêtre, des plants de tomate clairsemés poussaient sur des tuteurs penchés, impuissants. Un bocal de cornichons ouvert et une cuve émaillée pleine à ras bord de pommes de terre bouillies jouxtaient une bouteille d'alcool sans étiquette. L'atmosphère était lourde, on distinguait à peine le gros cendrier en verre sous le tas de cendres, la boîte d'allumettes était vide. Il y avait trois verres, mais pas de visiteurs. Je reconnaissais la toile cirée et le mur de notre maison, couleur petits pois en conserve. Je ne voyais pas qui avait pu prendre cette photo et pour quelle raison. Où était le père dont je me souvenais ? Où étaient ses bonnes manières de propriétaire et son insouciance d'entrepreneur ? L'homme que je voyais là était épuisé, son regard plombé par les orgelets et par le poids de la vie. Il ne restait rien de la beauté de sa jeunesse, pas une trace.

La femme me rendit les documents.

– Votre mère est une bonne preuve de qualités photogéniques héréditaires, de même que votre père plus jeune. Mais que s'est-il passé ensuite ? Et Snijné !

– Nous n'avons pas vraiment vécu là-bas.

– Votre CV dit que vous y étiez scolarisée.

– En coup de vent.

– Mais votre père est originaire de Snijné, de même que ses parents. Pourquoi diable être retourné là-bas ? Depuis Tallinn, dans les années quatre-vingt-dix !

La directrice secoua la tête. Visiblement, elle avait des doutes quant à la santé mentale de mes parents ; du coup, j'en avais aussi. Ils avaient fait une folie, et je continuais d'en payer le prix. Désormais, il était peu probable que je puisse ressortir un jour du trou perdu où vivait ma tante. Je n'avais pas su me mettre en valeur pour l'emploi que je convoitais parce que j'ignorais en quoi il consistait. Au fil de l'entretien, cependant, je compris peu à peu les enjeux et la raison pour laquelle Snijné avait tant d'importance.

– Les radios des poumons, déclara la directrice. Ça vous dit quelque chose ?

Je plissai le front, perplexe, tout en devinant où elle voulait en venir. Mon père me regardait depuis la table. Il avait développé lui-même ses photos de jeunesse, ratatinées sur les bords comme l'écorce du bouleau. Dans les coins de certains tirages, il y avait encore des attaches triangulaires : ma mère les avait décollés de ses albums personnels.

– Une fois, poursuivit la directrice, nous avons eu comme client un environnementaliste américano-ukrainien qui voulait une donneuse originaire du berceau de sa famille dans le Donbass, à Stakhanov, pas très loin de Snijné. Tout compte fait, il changea d'avis et choisit une fille dans l'oblast le moins pollué d'Union soviétique… et ce n'était pas en Ukraine. Il voulait éviter les matériaux à risque. Certains clients occidentaux sont très à cheval sur l'environnement. S'ils font des recherches sur Snijné, les résultats ne seront pas folichons. Vous voulez jouer à cela ?

Elle pivota vers moi l'écran de son ordinateur.

– Regardez.

La directrice tapa quelques mots, et l'écran se remplit d'images qui feraient bondir n'importe qui. Exactement comme les dernières photos de mon père.

– Notre bureau est spécialisé dans les services aux étrangers, or la première impression que cela donne n'est pas très positive. Nos clients risqueraient de craindre que nos filles travaillent pour l'argent plutôt que par vocation. La ville de Snijné évoque un sentiment de misère désespérée.

Tandis que je me levais, la directrice se mit à parler des perspectives d'avenir de l'agence. Apparemment, l'entretien n'était donc pas fini. On m'avait seulement montré le placard en mettant en évidence les détails pénalisants pour ma valeur marchande ; maintenant, passé l'étalage des faits bruts, l'heure était à l'apaisement, aux récits détendus sur les premiers pas de la directrice dans les grandes métropoles de l'ère soviétique, Dnipropetrovsk et Kharkov, où se trouvait alors une main-d'œuvre aussi compétente qu'abondante et motivée, l'effondrement de l'empire ayant fait chuter l'emploi des spécialistes. Reçus avec allégresse, ses projets avaient également réjoui le pékin lambda : grâce à elle, tout le corps médical n'avait pas déguerpi à l'Ouest. En l'écoutant, je commençais à m'intéresser au poste autrement que pour le salaire. Elle me fascinait, son talent forçait l'admiration, j'étais émerveillée par sa faculté à saisir les opportunités qui se présentaient. C'est à ce moment-là que naquit ma confiance en elle. Je voulais lui ressembler.

– Saviez-vous que le premier bébé-éprouvette des pays de la CEI était né à Kharkov ? m'apprit-elle. Notre corps médical et nos chercheurs sont à la pointe mondiale. Mais croyez-vous que ce soit suffisant pour les clients occidentaux ? Bien sûr que non. Il faut donc adapter nos méthodes. Ils posent des questions sur les nappes phréatiques, les polluants, les problèmes causés par les mines, et ils s'inquiètent des impacts que tout cela peut avoir sur l'hérédité. D'un autre côté, avec eux, il n'y a pas besoin de construire des abris antiaériens pour les échantillons cryogénisés, comme c'est le cas avec les Russes. Au bureau de Kiev, par exemple, c'est inutile : là-bas, notre nouvelle clientèle se compose surtout d'Occidentaux, et ce sont eux qui constituent notre cible primaire.

Je me demandais comment me rattraper.

– Dnipro doit renvoyer de bonnes images, dans les résultats de recherche, fis-je remarquer prudemment. C'est quand même une ville prestigieuse, et depuis toujours.

Je craignais que mes années à Snijné transparaissent dans les prises de sang, radios des poumons ou autres examens que je n'imaginais même pas, et que ce poste tant convoité reste un simple rêve. Cette peur n'avait aucun fondement rationnel, mais je n'avais pas le temps d'y réfléchir. Au téléphone, la coordinatrice avait fait preuve d'un enthousiasme exubérant en allant voir mes photos. J'avais imaginé que je toucherais l'argent tout de suite et que je repasserais juste à la campagne pour dire à ma mère qu'elle n'avait plus besoin d'emprunter à Ivan. Désormais, mes choix étaient limités. Je pouvais chercher un mari généreux, mais cela prendrait du temps, et j'avais eu ma dose de boulets occidentaux pendant mes années de mannequinat. Puis j'eus une vague idée qui pouvait éventuellement rehausser ma valeur. Un argument qui ferait comprendre à la directrice que j'étais faite pour ce métier.

– Je suis vaccinée. Depuis Tallinn.

– Que voulez-vous dire ?

– Le formulaire éliminatoire ne posait pas la question, et on ne m'a pas demandé de présenter un carnet de vaccination. On aurait dû. Je suis donc qualifiée pour être porteuse, voire donneuse.

Les yeux de mon interlocutrice clignèrent un peu trop. Elle n'avait pas songé à cela. Peut-être avais-je encore une chance. Sinon, tant pis, je chercherais une autre agence : désormais, je savais quelles étaient les candidates en position de force. Je n'avais qu'à éviter tout ce qui était en rapport avec Snijné, à oblitérer totalement cet épisode de ma vie. Ou je dénicherais un bureau moins sélectif. Ça devait bien exister.

– Si vous n'avez pas encore eu de problèmes, vous avez eu de la chance, poursuivis-je avant de pointer le menton vers la photo de mon père pour rapporter une anecdote à son sujet. Il avait un ami dans le business des vaccins, justement. Si les filles du Donbass sont des matériaux à risque, ce n'est pas tant à cause de la pollution que parce que les gens du coin se méfient des vaccins : la moitié des enfants y échappent. D'autres ont reçu la même injection beaucoup trop de fois parce que les écoles se laissent embobiner par l'industrie pharmaceutique. Quelles peuvent être les conséquences, si l'on reçoit une dose de vaccin contre la rubéole chaque année scolaire ? Et si une donneuse non vaccinée tombe malade en cours de processus ? Vous n'êtes pas sans savoir que rubéole et grossesse ne font pas bon ménage ?

La directrice pinça les lèvres et me toisa d'un œil neuf.

– Je vois que vous avez de la ressource, dit-elle.

Une tache de rouge à lèvres apparut sur sa canine. Elle souriait, en songeant à moi et aux nouvelles opportunités que je lui offrais, et je priais en pensée la Très Sainte Mère de Dieu. Il fallait absolument que ça marche !

– Pour votre père, on va devoir inventer quelque chose. Et Snijné… Il faut faire une croix dessus. Pour vos grands-parents paternels, on trouvera un autre domicile. Vous serez partie pour Paris directement de Tallinn, n'est-ce pas ? Exactement comme Carmen Kass ?

Je ne voyais pas où elle voulait en venir. Mais je connaissais Kass, bien sûr. Un agent milanais l'avait repérée au centre commercial Kaubamaja, à Tallinn. Elle fut plus chanceuse que moi dans sa carrière de mannequin. Ou plus sagace.

Nous passâmes en revue toutes les choses qui étaient bonnes à dire. Si les clients me posaient des questions sur Tchernobyl, je devais indiquer que j'habitais à Tallinn avec ma famille, à l'époque de l'accident. Ensuite, mes parents avaient déménagé à Mykolaïv pour se rapprocher de la sœur de mon père, qui avait du mal à s'occuper toute seule de leurs parents âgés. Comme les plus récents clichés de mon père n'étaient pas présentables, sa mort serait placée en une année où son physique était encore avantageux. Le cousin tombé à la guerre d'Afghanistan, on pouvait le laisser dans l'arbre généalogique, mais pas sa mère qui était devenue folle en voyant les vers se tortiller entre les plombs du cercueil en zinc réceptionné à la maison. Les clients s'intéressaient à trois générations successives, aussi valait-il mieux que je n'aie pas d'autres antécédents suspects, ou de maladies dont on risquerait de penser qu'elles courent dans la famille, qu'elles fussent physiques ou mentales.

– Si quelqu'un est en prison, il vaut mieux me le dire tout de suite.

– La détention, ce n'est pas héréditaire.

– L'agressivité, oui. Et il vaut mieux se dispenser de faire cette blague devant les clients.

Je voyais ce qu'elle voulait dire. Chez nous, les honnêtes gens sont en prison et les voyous au Parlement.

Du coup, je lui demandai si l'on ne ferait pas mieux de réinventer l'arbre généalogique de toutes les Ukrainiennes, et je reçus en retour un rire cristallin, accompagné par une averse estivale de coups d'ongles sur le bureau.

– Les Occidentaux ne raisonnent pas de cette façon. En revanche, le père de la donneuse doit avoir un emploi légal. Je ne veux pas savoir où votre père a eu son accident et dans quelles circonstances. Nos kopanki ne leur disent rien qui vaille. C'est là qu'il était, votre père, hein, dans une mine clandestine ?

– Je n'ai pas dit cela.

– Et la prison, comment ça s'est passé ?

– Mon père est mort avant d'arriver derrière les barreaux.

– Tu n'es pas la première fille de mineur à débarquer chez nous, ni la première dont la famille vivait des kopanki.

Je comprenais parfaitement que l'histoire de mon père faisait tache dans mon portfolio si je voulais des clients qui payaient bien. L'alcoolisme ne collait pas dans le tableau, pas plus que les suicides – assistés ou authentiques –, et encore moins les houillères clandestines ou les plantations de pavot.

– Oublions tout cela et tâchons de vous trouver une formation appropriée. Une scolarité interrompue avant le bac, ça ne suffit pas… Alors si vous aviez arrêté le mannequinat pour faire des études et obtenir un diplôme à, je ne sais pas, à l'université des langues de Kiev ?

J'avais passé le test avec succès. J'étais acceptée. La chef me nomma fille de vitrine et voulut que je m'installe à la capitale, où l'on pouvait mieux servir les clients occidentaux ; on me consentit même une avance. Je pourrais donner de l'argent à ma mère et avoir mon propre logement, retrouver une salle de bains et l'eau courante, ainsi qu'un nouveau téléphone à la place de celui qui commençait à ramer. J'avais devant moi des repas au restaurant, des espressos et une vie d'adulte, plutôt que celle d'une gamine rentrée au pays. La chef prépara des papiers certifiant que j'étais enseignante d'anglais et de français, ce qui était tout à fait crédible compte tenu de mes compétences en langues étrangères acquises de par le monde, et une feuille de paye attestant que je donnais des cours du soir. Le relevé de compte acheté à la banque était nécessaire pour les visas. Le solde indiqué me faisait tout de même bien rigoler. Je commençais à avoir l'air parfaite, et mon père aussi ! Il était un « travailleur du bâtiment décédé dans un accident de chantier », et son dernier poste était celui d'« entrepreneur en bâtiment à Mykolaïv ». Selon la chef, l'entreprise en question était un partenaire fiable pour les situations où les données des filles nécessitaient de petits ajustements esthétiques. C'est ainsi que Snijné fut effacé de mon histoire et de celle de ma famille, comme si aucun d'entre nous n'y avait jamais mis les pieds.

Moi qui m'étais préparée au pire, je me réjouissais à présent de pouvoir garder mon foie et mes reins, et de ne pas avoir à faire du porte-à-porte dans les agences matrimoniales. Comparé à cela, le don de quelques ovocytes était ridiculement inoffensif.

Je n'ai parlé à personne des dons d'ovocytes. Et par la suite, personne ne m'a demandé comment j'étais arrivée dans le métier. Ma chef pouvait raconter qu'elle m'avait dénichée en remarquant ma perspicacité, mes compétences en langues étrangères et en relations internationales, et tout le monde en déduisait que j'étais entrée dans la boîte directement comme coordinatrice. Mes dons d'ovocytes étaient parfaitement accessoires et, en progressant dans ma carrière, j'ai considéré que le fait d'en parler m'aurait rabaissée au même niveau que les filles. J'aurais tout simplement perdu ma position d'autorité.

Je ne t'ai pas menti par préméditation. Je pensais que ces embellissements étaient d'inoffensives retouches cosmétiques telles que tout le monde en fait.

Helsinki
2016

– Tu n'as pas de mari, déclare Daria devant le comptoir. Ça se voit. Est-ce que tu as quelque chose, d'ailleurs ? Une datcha, une maison, ou au moins une voiture ?

Faisant mine de ne pas entendre ses questions, je commande deux cafés et deux cognacs. C'est seulement pour chercher mon porte-monnaie que je lâche son bras. Ma précaution était inutile : elle a quitté le parc avec moi sans résister, et cela me surprend, d'ailleurs. J'ai toujours du mal à admettre que ce n'est plus moi qui a le pouvoir sur elle. Daria n'a pas besoin de me fuir.

– Enfin, tu dois bien avoir un boulot, non ?

Je porte les boissons jusqu'à une banquette libre. Le bar est comme n'importe quel troquet dans les parages, et nous sommes comme n'importe quels clients sauf que nous ne commandons pas de bière. Il y a peu de monde, ce qui est normal pour un lundi soir de bonne heure, sans trop d'yeux indésirables. Deux issues, sans portier.

– Je travaille dans une boîte de traduction, inventé-je.

– Tu as toujours été bonne en langues, toi.

J'essaie de ne pas montrer mon soulagement. Daria ne sait donc pas comment je gagne ma vie, et peut-être pas non plus où j'habite. C'est déjà quelque chose, même si cela ne répond pas aux questions primordiales : comment m'a-t-elle retrouvée, et pourquoi maintenant ?

– Allez, raconte, ton mec t'a quittée ?

Elle prend une poignée de cacahuètes dans le bol resté sur la table et s'installe plus confortablement sur la banquette, comme si elle attendait un bon film. Je me tais. Je n'ai pas l'intention de dissiper ses illusions. Je la laisserai croire que j'ai eu quelqu'un.

– Vous étiez mariés ?

Mes doigts repliés autour du verre ne la trompent pas. Elle attrape mon poignet et, ayant ouvert mon poing, elle lit toute ma vie dans ma main. Mes panaris lui font claquer la langue. La montre qui dépasse de ma manche était à ma mère : elle pouffe de rire à ce spectacle. Moi aussi, je vois bien à quoi ressemblent mes mains sans bague.

– Pas étonnant qu'il t'ait quittée. Des enfants ?

– Non.

– Tu n'aurais pas fait une bonne mère.

Elle ne peut pas savoir à quel point sa pique me fait mal, et je n'en laisse rien paraître. Je me mords la langue pendant que son regard jauge mon col distendu, mes ongles de femme de ménage et mes cils sans mascara ni extensions. La lumière du bar est plus indulgente que celle du printemps qui exulte en plein air, mais ce n'est pas d'un grand secours. Rien en moi ne respire le succès. Daria jette un regard éloquent sur mon sac à dos, d'un mouvement qui semble dire : « Tu es donc tombée si bas. » Mon déclin lui procure un plaisir évident.

– Tu n'aurais pas les moyens de m'acheter, déclare-t-elle.

Elle remue son cognac avec délectation, comme si elle savait pertinemment pourquoi je n'ai pas touché à mon verre avec autant d'empressement : les tarifs du bar sont élevés et je ne crois pas que Daria soit du genre à payer sa tournée. C'était toujours moi qui offrais tout, lorsque nous sortions ensemble.

– Je trouverai les moyens. Annonce la somme.

– Et après ? Qu'est-ce que tu crois que tu auras, contre cet argent ?

– Tu le sais très bien.

– À l'amitié ! dit-elle en levant son verre dans un éclat de rire.

Ses dents sont toujours blanches, si ce n'est l'esquisse d'une tache de tabac sur une canine, à peine perceptible. Elle est mal placée pour me regarder de haut. Ne voit-elle pas sa propre décadence ? Avant, ses lunules étaient saines, ses ongles naturels et authentiques, sans aspérités, et leur surface était impeccable comme chez un nouveau-né. On imaginait volontiers ses doigts glisser sur les cordes d'un violon. À présent, ses ongles sont rognés, ses jointures gercées et sa peau jadis si enviable n'a pas l'air beaucoup plus solide qu'une carte de chambre d'hôtel. Ses cheveux sont dans un meilleur état : les mèches blondes qui arrivaient à la taille sont tombées au profit d'une toison foncée, courte et drue. Il lui est arrivé quelque chose, mais quoi ? Ce ne peut pas être simplement la guerre ou le sort de sa famille. Ces histoires, je les connais. Finir dans cet état, cela prend des années.

– Tu devais espérer que quelqu'un d'autre te rattraperait avant moi, hein ?

Daria se penche par-dessus la table pour scruter mon visage ; elle me pince la joue. Je vois le moment où elle va plonger ses doigts dans ma bouche pour vérifier ma denture ! Je recule, alors que je devrais jouer à celle qui n'a pas peur, répondre à son regard sans m'esquiver. Je sais comment on mate les filles difficiles ; mais je n'ai jamais eu à m'acquitter seule de cette tâche.

– Comment tu dors, la nuit ? Est-ce que tu oses fermer les yeux, d'ailleurs ? Pas étonnant que tu aies cette tête.

Daria sort son téléphone de son sac et le fait tourner un moment entre ses doigts comme si elle se demandait qui appeler, puis elle le lève devant elle. Le flash m'éblouit. Je couvre mon visage instinctivement avec la main… Trop tard.

– Ces cernes sous les yeux ! pouffe-t-elle en agrandissant la photo à l'écran. Combien tu crois qu'on paierait pour toi ?

Un moment, j'imagine qu'elle évalue ma valeur comme donneuse. Puis je comprends : elle tient là une preuve toute fraîche de notre rencontre, de ma présence ici, à Helsinki. Elle pourra me faire chanter, mais aussi extorquer de l'argent à l'agence, à ses anciens clients, à vous, à tout le monde ! Veut-elle me vendre à mon ex-chef ? Est-ce là son ultime vengeance ? Ou est-elle devenue chasseuse de prime pour faire face à ses difficultés financières ? Mais si c'est moi qu'elle traque, pourquoi avoir risqué de nous démasquer devant la famille du parc à chiens ? Par pure taquinerie ? Voilà donc ce qu'elle est devenue, ma Daria ?

– Le monde ne tourne pas autour de ton nombril, dit-elle. Je ne suis pas là pour toi.

Je lève mon regard et le pose sur son menton, dont la pointe s'est effilée.

– Ni pour l'argent.

Je souffle et regarde dehors.

– Même si, de ton point de vue, c'est une idée plausible, bien sûr, poursuit-elle.

– Putain, alors qu'est-ce que tu fous ici ?

– Je voulais voir la famille, rien d'autre.

– Voir la famille ? Tu veux les faire chanter ?

– Je voulais voir grandir la fillette.

Daria lâche son téléphone sur la table. Je ne vois aucune raison pour qu'elle mente, et je repense au regard avide qu'elle posait sur les enfants du parc à chiens. Si elle est venue pour eux, elle ne cherche pas à se venger de moi. Encore un point positif.

– C'est interdit. Tu as signé les papiers. Chez nous, ça ne marche pas comme ça.

– Chez nous ? répète-t-elle en haussant un sourcil.

Ça m'a échappé. Il n'y a plus de « nous ». Pas de chef, pas de bureau, pas de poste de travail individuel. Pas de cartes de crédit. Pas de coursiers. Personne sur qui renvoyer une tâche désagréable. Je n'avais jamais discuté avec Daria de cette façon : sans aucun atout. Je ne sais pas comment m'y prendre, je ne sais pas quoi dire. Est-il temps que je lui parle de mes expériences de donneuse ? Cela changerait-il son attitude à mon égard ? Je ne serais plus simplement son ancienne chef mais une fille comme les autres, une égale. Je rejette l'idée. Non. Pas encore.

– On remet ça ?

Daria repousse son verre vide. Elle attend que je me lève pour aller au comptoir. Elle n'est pas pressée, elle ne regarde pas sa montre, la porte ou la fenêtre, elle ne baisse pas la voix ; contrairement à moi, elle laisse ses mains se promener et tripoter son téléphone, son verre et le bol de cacahuètes, et ce n'est pas du tout par nervosité. Elle est simplement indifférente à ce que je peux bien penser de son comportement.

– La même chose ?

Je n'attends pas qu'elle me fasse part de ses éventuels goûts de luxe. Les doses de quatre centilitres disparaissent trop vite. Je décide de passer à une boisson moins chère : le Jaloviina. Je lui présenterai ce mélange de cognac et d'eau-de-vie comme étant une spécialité finlandaise à goûter absolument. Au comptoir, je jette un coup d'œil derrière moi.

Daria est plantée sur son siège comme un bolet, dos à l'une des portes du bar. Si je m'éclipsais sans être vue, elle remarquerait ma fugue en moins de deux : elle n'aura qu'à passer un coup de fil, envoyer ma photo et je serai perdue. Mon corps sera jeté du haut d'un immeuble, ou enroulé dans du plastique ou un tapis, balancé dans un chantier ou à la mer. Personne ne ferait cela à une amie. Nous avons été amies, mais nous ne le sommes plus.

Daria renifle sa boisson. Je m'attends à ce qu'elle plisse le nez en flairant le Jaloviina et qu'elle m'envoie lui chercher autre chose. Toutefois, son hochement de tête approbatif prouve que mon entourloupe a fonctionné.

– À la famille du parc à chiens ! dit-elle en levant son verre. Raconte-moi tout.

– Je ne les connais pas.

– Ne me la fais pas.

Daria énonce les prénoms des enfants, lentement. Son articulation traduit une longue pratique, malgré les phonèmes finnois qui ne sont pas adaptés à sa bouche. Les filles ne devaient rien savoir des gosses de leurs clients, et surtout pas comment ils s'appelaient. Je serre les poings sous la table.

– C'est pour eux que tu es venue à Helsinki ? demande-t-elle.

– Bien sûr que non. Je ne me rappelais même pas que la famille habitait ici.

– Et puis tout à coup ça t'est revenu ?

– Exactement.

Je touche mes lèvres avec le verre. Ma vieille montre dépasse à nouveau sous la manche. Les yeux de Daria balaient mon poignet, mes ongles, un sourire en coin se dessine sur ses lèvres. Elle jubile de la situation, elle aime sa position de supériorité. Savourais-je cela autrefois, moi aussi, de la même manière ? Avais-je du plaisir à faire asseoir les candidates sur le canapé de mon bureau et à les interroger sur des choses qu'elles ne voulaient pas raconter ? Je n'inventais pas mes questions. Je ne faisais que répéter à voix haute les mots imprimés sur les papiers et consigner les réponses. Daria ne s'en était pas étonnée, encore moins offusquée. Elle avait voulu le job et elle avait compris les exigences.

Elle me tapote avec le sous-bock.

– Je suis tombée sur la famille par hasard sur le chemin du boulot, inventé-je.

– Et puis tu t'es mise à les suivre. Tu comptes leur extorquer du fric ?

– Moi ?

– Oui. Tu as l'air de quelqu'un qui ne cracherait pas sur des revenus complémentaires. Sinon pourquoi les garderais-tu à l'œil ? Je t'ai vue dans le parc au moins trois fois. Ce n'est pas un peu dangereux, pour toi ?

– Je vais au parc à chiens quand tu me manques.

– Déconne pas.

– C'est vrai, sérieux. La petite a ton sourire.

Son menton frémit : j'ai enfin touché un point sensible. La porte du bar s'ouvre, un courant d'air rafraîchit ma peau sous le chemisier collé à mon dos. Je m'essuie la lèvre. Mes options sont limitées. Je pourrais envoyer un message anonyme à l'agence en signalant que Daria a été vue en train d'espionner ses anciens clients, mais je rejette l'idée aussitôt : elle n'aurait qu'à leur montrer qu'elle m'a prise en photo et ma partie serait finie. Le mieux serait que je m'échappe. Tout de suite. Je pourrais prendre son téléphone sur la table, sortir par cette porte et sauter dans un bus pour l'aéroport ou le terminal maritime. Et après ? Une fuite, ça coûte cher ; une vie secrète, encore davantage.

Je laisse couler l'eau jusqu'à ce que ce qu'elle soit glacée et je rince mon visage avant de vérifier si l'on a essayé de me contacter. J'effleure l'écran : pas de messages, pas d'appels en absence. Aucune raison de douter que tout aille bien à la maison, et pourtant, tandis que je compose le numéro de ma mère, je rencontre le regard d'une femme affolée dans le miroir des toilettes, et la tonalité résonne à mon oreille comme un cor de brume, trop longtemps. Y aurait-il eu un incident ? Pourquoi n'ai-je pas essayé de la joindre dès le parc ? Parce que je ne voulais pas laisser voir à Daria que j'avais quelqu'un à Helsinki. Je ne voulais pas éveiller sa curiosité en téléphonant, et cela pouvait avoir été une erreur.

– Quelque chose ne va pas ? demande ma mère.

Une réponse. Elle est à la maison. Elle va bien. Elle prépare le dîner comme n'importe quel jour. J'entends une casserole en inox qui tinte et Promin FM qui déverse les nouvelles d'Ukraine. Le soulagement me fait chercher un appui solide contre le mur carrelé.

– Pourquoi tu as mis si longtemps à répondre ?

Ma voix n'est pas encore revenue. Fluette comme un sifflet de détresse, elle met ma mère en alerte. L'ordinateur s'éteint, la radio se tait.

– Tu es bizarre.

– J'en ai encore pour un moment. J'ai des heures sup inattendues.

– Ah bon ?

Ma mère remarque toujours si quelque chose va mal. Il m'est déjà arrivé de parler sur ce ton au téléphone, pour d'autres raisons. Parfois, je veux juste un moment de tranquillité. D'autres fois, j'ai besoin de silence. Elle me comprend. Elle comprend que je préfère pleurer seule. De temps en temps, certes, elle semble se demander si je risque de me faire du mal, et alors j'ai envie d'envoyer balader la main soucieuse qu'elle pose sur mon épaule. Cette fois, elle est sur la bonne piste.

– Il y a lieu de s'alarmer ? De plier bagage ?

– Ne dramatise pas. On se voit plus tard.

Une loqueteuse légèrement pompette entre en titubant et claque la porte. Je refais couler l'eau, attends qu'elle refroidisse et m'essuie le cou avec une serviette en papier mouillée. Je bois au robinet pour m'éclaircir la tête. Je ne dois pas m'enivrer, pas maintenant. Je ne sais pas comment se terminera la soirée. Si Daria passe la nuit à l'hôtel, est-ce que je vais l'y accompagner ? Et si elle n'a pas d'endroit où dormir et qu'elle s'incruste chez moi ? Je ne veux pas qu'elle voie où j'habite. D'un autre côté, comment savoir si elle ne m'a pas déjà suivie entre le parc et mon domicile ? Mais dans ce cas, pourquoi aurait-elle attendu jusqu'à maintenant pour se manifester ?

Mes doigts cherchent encore à parcourir les numéros de téléphone. Je n'en ai pas des masses. Uniquement les coordonnées des gens chez qui je fais le ménage, et le numéro du chef de la société de nettoyage. Je n'ai plus d'amis, personne à qui demander de l'aide à part ma mère ; et cette fois, elle ne pourra pas m'aider. Un coup de blues intempestif me tombe dessus. Tu me manques.

J'apporte une nouvelle tournée de Jaloviina en espérant que les beignets d'oignon commandés seront bientôt là. Je croyais que Daria n'aimait pas l'alcool. Je me trompais. Elle lève son verre.

– On trinque aux femmes ? À toutes les mères, qu'est-ce que tu en dis ?

Je l'imite, et je remarque que son téléphone n'est plus sur la table. Cela suffit à me faire sursauter en entendant claquer la porte du bar, et je ne peux pas m'empêcher de regarder derrière moi. Depuis combien de temps me suit-elle, depuis quand me prend-elle en photo ? Des jours, des semaines, des mois, davantage ? Et si elle avait déjà envoyé des images de moi aux hyènes qui sont à mes trousses ? Je ne sais pas qui va m'assaillir en premier : mon ancienne chef, toi ou ton coursier, ou si vous arriverez de front, tous ensemble.

Les beignets d'oignon tardent à arriver. Je vais bousculer le serveur qui bricole derrière le comptoir et j'en profite pour commander encore à boire, sous l'insistance de Daria. Elle commence à être soûle. J'essaie de rattraper le tir en posant une chope d'eau devant elle en plus du nouveau verre d'alcool, comme on le fait ici. Elle s'en saisit en haussant les sourcils, trempe son doigt dans le liquide et me le renvoie à la figure d'une pichenette.

– Qu'est-ce qu'on est censé faire avec ça ?

– Boire.

– Depuis quand tu bois de l'eau avec le cognac ? De l'eau du robinet ?

Elle secoue la tête comme les serveuses en Ukraine quand le client était tenté par un plat qui n'était pas recommandable. Le geste était toujours discrètement confidentiel et le regard direct. Elle me toise exactement ainsi, et avec une clarté étonnante, malgré l'ivresse qui fait pétiller ses yeux. Comme si elle en savait plus long sur mon compte qu'elle ne devrait. Je tourne le visage vers la fenêtre et me concentre sur deux retraitées qui se sont arrêtées dans la rue pour bavarder. Quelle vivacité ! Je croirais les entendre parler de leurs voyages de vacances, de leurs loisirs divers et variés, rêver des pommes de terre nouvelles qu'elles vont acheter chez le primeur.

Daria hausse les épaules et porte encore un toast.

– À Helsinki, la ville des rencontres fortuites ?

Elle frappe son verre vide sur la table. Il est petit : le Jaloviina se volatilise à toute allure et l'addition me terrifie d'avance.

– Bon sang mais pourquoi tu es venue ici ? me demande Daria en jetant autour d'elle des regards éloquents. Helsinki, ce n'est pas Paris, Londres ou Vienne.

– Helsinki est une ville excellente.

– Réponds, rétorque Daria.

Je déglutis un moment. Je ne reconnais plus cette personne. De quoi est-elle capable ? Que veut-elle ? La famille du parc à chiens débourserait sûrement une somme rondelette pour que nous n'interférions pas avec leur vie parfaite, et mon ex-chef paierait encore davantage pour ma tête. Ça doit bien l'attirer, quoi qu'elle en dise. Quant aux sacs de billets que tu offrirais, je n'ose même pas y penser. Elle pourrait être millionnaire, et en dollars.

– Il se trouve que j'ai obtenu un passeport finlandais, dis-je pour tâter le terrain.

Elle hoche la tête : ma réponse lui convient. Un passeport de ce pays, c'est le jackpot, pour n'importe qui. Cependant, je commets l'erreur de tirer mon sac à dos instinctivement plus près de moi et elle le remarque.

– Montre.

Je me mords la lèvre. Je ne peux pas prétendre avoir laissé mon passeport chez moi. Dans ma situation, on ne sait jamais quand viendra l'heure du départ, elle en est parfaitement consciente. Elle prend le document entre mes doigts hésitants et, écartant sa couverture rouge avec des gestes professionnels, elle en vérifie l'authenticité.

– Ressortissante finlandaise, Ruslana Toivonen, articule-t-elle pour voir comment ça sonne. C'est qui, Ruslana Toivonen ?

– Je ne sais pas. Une Ukrainienne mariée avec un Finlandais. Elle a émigré en Suède et vendu ses papiers pour surmonter des difficultés financières.

– Avec ça, on peut trouver un boulot légal, dit Daria. L'illusion est parfaite. Même si la nana est plus jeune que toi.

Je tends la main. Je veux récupérer mon passeport.

– Je pourrais le garder en lieu sûr, dit Daria. Comme tu l'as fait avec mes papiers.

Je me colle à l'accoudoir de la banquette et je manque de serrer encore mon sac à dos, mais je parviens à me retenir. Inutile d'attirer davantage son attention. Elle ignore que je porte aussi sur moi le permis de conduire de Ruslana Toivonen, et sa carte d'assurance maladie. Tout cela faisait partie du précieux paquet que je me suis procuré, et qui contenait même un passeport pour celle qui devait être la mère de Ruslana Toivonen. Malheureusement, il n'y figurait aucun autre document de voyage applicable à une femme de mon âge. Je ne pourrai donc plus m'enfuir avec d'autres papiers. Mais Daria n'était pas du tout au courant de ma nouvelle identité, apparemment. Par quel miracle a-t-elle donc réussi à retrouver ma trace ? A-t-elle suivi les voyages de ma mère en Finlande ? J'en doute. Les précautions de ma mère sont toujours radicales, personne n'a encore réussi à me retrouver par son biais. Pas mon ancienne chef. Pas toi. Se peut-il que Daria se soit réellement mise à la recherche de la famille du parc à chiens de sa propre initiative et, ce faisant, qu'elle soit tombée sur moi par hasard ? Se peut-il vraiment que ce soit une coïncidence ?

– Les données biométriques sont les tiennes ou celles de Ruslana Toivonen ? demande Daria.

– À l’aéroport d’Helsinki, elles ne sont pas indispensables.

– Tu n’as pas dû avoir le temps d’attendre un passeport parfait. Tu as pris ce que tu as eu en comptant sur la chance. Tu sais que j’ai imaginé comment pouvait se passer ta fuite, des fois ?

Elle fait une mimique d’épouvante en feignant de tordre mon passeport sur sa poitrine comme si elle avait un infarctus, puis elle éclate de rire. Je ne pourrais jamais trouver un autre paquet de la même qualité, aussi suis-je bien obligée de la laisser jouer avec, le prendre en photo, faire mine de le déchirer, la laisser faire comme s’il n’avait aucune valeur, pour qu’elle ne devine pas l’importance qu’il a pour moi.

– Tu te rappelles la fois où nous sommes tombées dans les griffes du douanier, à l’aéroport ? Il a regardé d’abord nos passeports tranquillement, puis il a arraché des pages en disant qu’on ne pouvait aller nulle part avec des papelards comme ça. La chef était verte de rage. Je ne l’avais jamais vue aussi en colère.

La corbeille de beignets d’oignon arrive enfin.

– Après le coup que tu lui as joué, elle est devenue encore plus folle, la chef. Chacune de tes filles a subi un interrogatoire, surtout moi. Ils étaient tous persuadés que je savais quelque chose.

– Mais tu n’as rien raconté.

– Qu’est-ce que j’aurais pu raconter, moi ?

Daria me lance le passeport. Il me touche à la poitrine.

– Retourne chercher à boire.

Une paroi de verre se forme peu à peu entre nous, et Daria commence à bafouiller. J'ignore comment elle se comporte quand elle est soûle au dernier degré, je ne sais pas si elle va me taquiner davantage, chercher la bagarre, ou verser dans l'émotion et me livrer des confidences. J'ai mis tous mes espoirs dans cette dernière option, sans succès. Une nausée soudaine la propulse aux toilettes. En l'attendant, j'avale discrètement la chope d'eau. Je sors de ma poche mon pot de baume étoile et j'inhale profondément son arôme de camphre et de menthol. J'ai toujours des causes pour lesquelles lutter.

Daria ressurgit par la porte des dames et se dirige vers la sortie. Je ramasse mes affaires et lui emboîte le pas en proposant de l'accompagner là où elle passera la nuit. Il faut un certain temps pour résoudre cette énigme. Finalement, j'arrive à lui arracher un nom d'hôtel. Ouf ! Au moins, elle ne va pas s'incruster chez moi, et elle n'est pas réticente à ce que je la ramène en taxi ; en revanche, à bord du véhicule, elle se débat contre la ceinture de sécurité que j'essaie de lui tirer en travers de la poitrine. Je laisse tomber et me contente d'attacher la mienne, en repensant à la tête d'Alexeï lorsque je lui avais fait part de ma petite révolution : j'avais exigé qu'il exhume les ceintures enfoncées dans la banquette arrière des voitures du bureau. « Pour de bon ? avais-je lu sur son visage. Ils sont fous, à l'Ouest ?! » J'avais tenu tête, et il avait même remplacé les ceintures cassées. C'est avec ces petites idées que j'avais gagné la confiance de ma chef : je savais ce que désiraient les Occidentaux.

Lorsque le taxi se met en route, Daria serre ma main et marmonne des syllabes que je tarde à décrypter :

– Nous sommes toujours amies, hein ?

Elle a les yeux fermés et je ne saurais même pas dire si c'est à moi qu'elle s'adresse. Son murmure se poursuit sous forme de mots détachés qui ne font aucun sens. Une histoire de mauvais parents, une fille qui grandit en mauvaise compagnie, avec un mauvais frère, avec une mauvaise mère et une vie qui n'est pas la sienne. Je ne comprends pas de qui elle parle. Mes demandes de précisions restent sans réponse. Je me tourne vers la vitre.

Nous avons déjà été en voiture ainsi, main dans la main, et Alexeï avait beau conduire prudemment, ce jour-là, les cahots la faisaient gémir. Le trajet à travers Dnipro pour se rendre à la clinique n'était pas long. Pourtant, il semblait interminable et je lui assurai que je ne la laisserais pas seule. Malgré les fourrures, nos deux mains étaient froides. Elle avait le visage enflé et les bagues coincées autour des doigts. Pourtant, elle ne se plaignait pas, elle ne se plaignait jamais. Si tout se déroulait bien, j'allais prendre la direction du bureau. La chef progresserait et me confierait la gestion du pays entier, elle-même se consacrant à la direction des autres marchés européens. Tout était possible, à l'époque. Désormais, au mieux, je peux espérer sauver ma peau.

Le conducteur jette des coups d'œil sur la banquette arrière, et le regard sévère par lequel il répond aux grognements de Daria me fait songer avec appréhension à ce que me coûterait ce trajet – déjà bien assez cher – si elle vomissait. Je lui tends en vain un petit sachet en plastique que j'ai trouvé dans ma poche. Le chauffeur a toute ma sympathie. Avant, ça n'aurait pas été le cas. Avant, je ne me demandais pas qui nettoyait les sièges souillés. Mon nouveau mode de pensée est celui d'une femme de ménage, et cela me répugne.

Ma liste des choses positives est tombée de ma poche pendant que je sortais le sachet : je remarque sa marge blanche sous les sièges après l'avoir longuement piétinée. Je ramasse le papier et j'essuie ma semelle avec. Mon dernier ajout se trouve en tête. Je l'ai noté il y a quelques heures à peine, parce que je me sentais exceptionnellement bien. Je fredonnais, même, pendant que je me rendais à la dernière adresse de ma journée de ménage : en m'en apercevant, j'ai ri toute seule. J'étais en vie. Le printemps s'épanouirait bientôt, peut-être pas dans les châtaigniers de Kiev, dans ses acacias, dans ses peupliers, mais il s'épanouirait quand même. Cet élan de tendresse m'a fait prendre une décision : le sixième été de ma nouvelle vie sera un bon été. Fini la nervosité. Les souvenirs s'estomperont, les bleus guériront. Qui sait, peut-être même que le bonheur ne sera pas impossible.

Forte de cette décision, j'ai ressorti la liste sur laquelle je note depuis longtemps les aspects positifs de ma nouvelle vie. La première lettre vacille, comme dessinée par un enfant, et le stylo dans ma main tremblante a crevé le papier. J'ai tout de même réussi à y écrire « ma ville ». J'ai un endroit que je peux appeler chez moi, une ville où je peux me promener dans la rue en fredonnant. Ce mot tracé d'une écriture chancelante ne s'efface pas de mon quotidien, même si je ferme les yeux avant de les rouvrir. Peut-être est-il vrai.

Daria a sombré dans un sommeil ronflant, la tête appuyée contre la vitre du taxi. Je regarde ma feuille, précisément destinée à ces moments de désespoir. Son rôle est de me rappeler que beaucoup de choses vont bien, et mieux qu'avant. Les gens chez qui je travaille à présent sont plus sympathiques que tous ceux auxquels j'avais affaire dans ma vie antérieure, et c'est pourquoi « la clientèle » occupe une bonne place dans le haut de la liste. En tête vient « le parc à chiens ».

De ces items qui me semblaient être des accomplissements importants, beaucoup me paraissent tout à coup enfantins, même si je me rappelle très bien la première fois que j'ai fait une nuit complète sans me réveiller. Ce matin-là, j'ai pris mon état euphorique pour un symptôme de maladie, avant de comprendre de quoi il s'agissait, et je l'ai immédiatement inscrit sur ma liste. Je n'ai pas tardé à ajouter que j'attendais le bus sans crainte, même au bord du trottoir : je n'ai plus peur d'être poussée dessous, et mon cœur ne bat pas la chamade si je vois passer une voiture aux vitres teintées. Le métro a bien mérité son rang. Je me suis exercée à marcher dans l'ambiance orange vif de ses quais, détendue comme une Finlandaise, afin de noter cela aussi sur ma liste, qui m'encourageait tout le temps à inventer de nouvelles choses à y ajouter. Comme je l'aimais, ce moyen de transport souterrain de ma nouvelle ville ! Il circulait tout près de la surface, il était ouvert, lumineux, en parfaite adéquation avec le mode de vie de ce pays ! Maintenant, je me rends compte que tout cela n'a jamais été pour moi. C'était seulement ce que je croyais. Comment ai-je pu même imaginer que cette ville deviendrait un jour un environnement assez durable pour que j'y sois chez moi ?

Dnipropetrovsk
2007-2008

Je contemplais la vue depuis mon bureau rénové. Une mémé au dos voûté époussetait la rue en faisant grincer son balai sur le trottoir crevassé comme une craie sur un tableau noir. Je bouchai mon oreille libre avec le doigt : j'avais ma tante au téléphone.

– Tu entends ? dit-elle. Ta mère veut seulement discuter.

Je devinais de quoi il était question. Si ma mère n'osait pas aborder le sujet en personne, il ne pouvait y avoir qu'une explication. Des connaissances de connaissances de connaissances apparaissaient régulièrement sur le pas de sa porte, souhaitant que j'introduise leurs filles sur le marché du mannequinat. En général, ces bécasses n'étaient bonnes à rien, si ce n'est que j'en avais pris quelques-unes comme donneuses suite à ma promotion, orienté deux ou trois vers la coordinatrice en charge des porteuses, et recommandé une poignée à des agences matrimoniales de confiance moyennant une commission. À présent, je voulais me débarrasser de toute cette histoire, aussi rappelai-je ma mère dès que j'en eus fini avec ma tante. Elle s'empressa de me supplier :

– Écoute-moi au moins une minute. Cette Daria, c'est une fille bien. Rien à voir avec les autres.

– Tu l'as déjà dit.

J'imaginais une nana décolorée à mort, chemisier léopard... une greluche que je ne pourrais certainement pas présenter à ma chef. J'appuyais la plume de mon stylo sur l'agenda. Si je n'avais pas attendu le prochain client, j'aurais soulagé ma peine avec cent grammes de cognac. Je n'aimais pas les mendiantes.

La balayeuse de feuilles mortes était arrivée au coin de l'immeuble. Sa tête était couverte par un foulard à fleurs dont le coloris m'était familier. Ma mère avait eu une blouse du même tissu. Elle avait fini retaillée en serpillière à Snijné.

– Peut-être que tu ne te souviens pas ? C'est vrai que Daria était petite, à l'époque.

– Quand ?

Je posais la question tout en sachant pertinemment qui c'était. Chevelure blonde enguirlandée de pivoines, genoux enfantins croûteux sous une robe courte. Elle m'avait dévisagée depuis l'autre côté de la rue comme les petits regardent les gosses plus âgés, avec une timidité curieuse, et je mâchais un chewing-gum vieux de trois jours devant notre nouvelle maison à Snijné, maudissant ma vie et faisant tourner dans ma tête des projets pour me sortir de ce taudis où mes parents m'avaient traînée. Mon père tambourinait sur le volant en attendant un homme qui s'adressait au père de la gamine en question. À l'issue des délibérations, celui-ci aperçut sa fille planquée derrière un poteau électrique et lui rugit de filer à la maison et plus vite que ça. Épouvantée, elle partit au pas de course. Le type monta dans la Jigouli qui, laissant derrière elle une queue de fumée noire, alla vrombir en cahotant vers une destination mystérieuse, en conséquence de quoi mon père ne rentra pas à la maison cette nuit-là et ma mère passa une nouvelle nuit blanche, traînant ses pantoufles en faisant des ronds de plus en plus petits jusqu'à finir par rester sur place.

Je ne voulais pas revoir Daria.

Prétendant être trop occupée, je raccrochai au nez de ma mère. Je tapotai la table avec mon stylo pendant un moment, puis j'ouvris la fenêtre pour me rafraîchir les idées. Dans la rue, les parapluies s'étaient épanouis sous une averse, colorés pour les femmes, noirs pour les hommes. Le téléphone sonna. Ma mère, évidemment. C'était agaçant ! Je n'avais pas de comptes à rendre à toutes les disgraciées qu'elle avait le malheur de connaître. D'un autre côté, en consentant à sa requête, je pourrais analyser les raisons pour lesquelles cette tête de linotte de Donetsk n'avait aucun avenir, et ce serait peut-être enfin l'occasion de modérer son zèle à m'en refourguer d'autres.

Je jaugeai le corps de Daria et m'arrêtai aux jambes. Assise sur le canapé neuf de style scandinave, elle était parfaitement assortie à la peinture d'un vert aristocratique, qui lui allait comme un gant acheté chez un marchand viennois. Je n'en continuais pas moins de déverser mes critiques. Je marmonnais, toussotais, sabrais ses illusions. Je ne voulais pas qu'elle se croie dans une position privilégiée pour la simple raison que ma mère avait connu ses parents ; mais en mon for intérieur, j'étais surprise. Rien en sa personne ne rappelait Snijné. C'était plutôt moi-même que je voyais en elle, telle que j'étais lors de ma première visite à mon agence parisienne, attendant mon tour, abasourdie par l'élégance des gens qui marchaient dans le couloir. J'étais persuadée que je ne serais pas retenue : c'était un malentendu, j'allais être sur un vol de retour d'une minute à l'autre.

Je repoussai mon fauteuil et observai les pieds de la fille qui dépassaient du canapé. Elle avait des sandales plates comme une gamine, avec le talon qui débordait de la semelle sur un centimètre, ce qui était totalement inadapté au temps d'automne. Exactement comme moi à l'époque. Comme nous toutes, qui n'avions pas les moyens d'acheter de nouvelles chaussures, qui n'osions pas rappeler à nos mères que nos pieds poussaient trop vite, alors nous gardions les sandales, d'une année à l'autre, et ainsi de suite, nous les portions encore après la fin de notre croissance, même par temps trop froid pour les nu-pieds. C'était un signe d'endurance qui collait à merveille avec le métier. Daria soutenait mon regard, sans sourciller en apprenant dans quel secteur d'activité je travaillais. Au contraire, elle sembla se réjouir que notre bureau ne fût pas spécialisé dans les filles en quête de mécènes. En fait, elle l'avait sans doute déjà deviné, et elle était venue quand même.

Je m'étais habituée à voir les candidates rougir jusqu'aux oreilles face aux questions sur leurs partenaires sexuels que je posais d'un ton clinique, et je devinais toutes les pensées muettes que suscitait le sujet. Lorsque je les interrogeais sur les maladies sexuellement transmissibles, les filles interprétaient cela comme une mise en doute de leur propre personne, et elles hésitaient quand je leur demandais combien de partenaires elles avaient eus au cours de leur vie. Avec Daria, c'était autre chose. Elle n'était pas nerveuse, même si je lui demandais si elle s'était fait dépister pour telle ou telle maladie, ou si elle avait eu des rapports sexuels avec une personne qui s'était fait tester pour une pathologie vénérienne. En abordant la rubrique des stupéfiants, je voulus savoir si elle avait eu des relations intimes en échange de drogues ou d'argent au cours des six derniers mois, et elle ne manifesta toujours pas de surprise ou d'étonnement, elle ne rougit même pas. Son front demeurait lisse comme une assiette et ses mains conservaient leur position, celle des serviettes de table pliées en cygne. Le formulaire éliminatoire était destiné aux Américains, friands de critères stricts. Pour moi, il avait un autre intérêt : c'était un excellent test sur le caractère de la candidate, et Daria le réussit brillamment.

– Je ne suis pas pressée. Cependant, pourriez-vous me dire quand j'aurai…

Son regard plongea sur ses genoux, où elle se mit à égrener des miettes inexistantes. Je m'endurcis. Un instant plus tôt, elle était raffinée comme un couvert dans un restaurant cinq étoiles, mais le simple fait de me poser une question avait brusquement fissuré l'harmonie du tableau.

– En principe, le règlement intervient lorsqu'on vous trouve un client et que vous êtes engagée sur un projet, répondis-je. Auparavant, nous devons effectuer tous les tests et attendre les résultats pour voir si nous pouvons vous accepter sur les listes.

J'avais été assise à la même place, moi aussi, et je m'étais accoutumée par la suite à toutes sortes de représentations dans le cadre de mon travail, au ruissellement des larmes de glycérine ; pourtant, le changement survenu en Daria m'étonna. Moi aussi, j'avais cru avoir l'argent tout de suite, et j'aurais pu aller très loin pour sentir les billets entre mes doigts. Elle était prête à tout, et tout de suite. Elle était plus désespérée que je l'avais été, et cela ne pouvait pas s'expliquer par le problème classique des étudiantes, à savoir que la bourse ne suffisait pas pour joindre les deux bouts et que seuls les parents fortunés pouvaient se permettre de financer les études de leurs enfants. Je cherchai à élaborer une stratégie appropriée. Si je la renvoyais, elle accourrait chez nos concurrents pour recevoir la même réponse qu'ici. De toute évidence, elle n'aurait pas la patience d'attendre le prochain car de voyageurs célibataires porteurs de salut ; dans le pire des cas, elle irait chercher l'argent le jour même, après quoi elle m'échapperait définitivement : avec une hépatite, le VIH, ou un rein en moins, elle ne serait plus bonne à rien. Je ne pouvais pas accepter qu'elle se mette en gage, ce n'était pas la bonne voie pour elle.

Je feuilletai son passeport et le jetai sur la table comme un déchet.

– Tu n'as même pas un passeport international, fis-je remarquer. Tu n'as pas voyagé dans un seul pays où nous avons des activités. Sais-tu comme le processus est long, pour obtenir un premier visa ? Et ce n'est pas donné. Tu n'es pas mariée non plus. As-tu la moindre idée des difficultés que ça représente, pour une Ukrainienne célibataire, d'entrer aux États-Unis, par exemple ? À moins que tu aies de la famille là-bas, un prétexte pour justifier ton voyage outre-Atlantique ? Crois-tu vraiment que nos filles sont accueillies partout à bras ouverts, qu'il suffit de claquer des doigts ?

Repoussant mon fauteuil en arrière comme si j'en avais marre d'expliquer des évidences à une idiote, j'allai à la fenêtre en feignant de reprendre mon calme. Je me massai les tempes d'un air pensif. J'entendis Daria déglutir. Jouant la montre, je laissai entrer l'air frais pour dissiper la puanteur de muguet qu'elle dégageait. En réalité, on obtenait les visas les doigts dans le nez, dès lors qu'on avait le savoir-faire, les bons contacts et les moyens financiers.

– Et si je me consacrais aux clients qui habitent en Russie ? Mon passeport national serait suffisant, je n'aurais pas besoin de visas…

– Tu ne serais pas un peu simplette ? Notre stratégie commerciale est focalisée sur les pays occidentaux.

Je regagnai mon bureau.

– Je crois que tu ne vois pas quel est ton plus gros problème. Snijné.

Je guettai l'effet de mes paroles tout en me remémorant ce que m'avait dit ma mère. Elle n'avait pas évoqué un besoin pressant de liquidités, aussi la détresse de cette candidate demeurait-elle mystérieuse. S'il lui arrivait parfois de colporter des ragots sur les gens de Snijné, je ne l'écoutais pas. Cela dit, je connaissais les ennuis de la région. En l'occurrence, un frère de Daria avait dû tremper dans des business louches à l'instar de son père, ou se rendre coupable d'une tentative de vol. Je m'abstins toutefois de lui offrir des paroles réconfortantes, et j'écartai la question du salaire comme un détail tout à fait accessoire pour lui expliquer qu'elle était un cas extrêmement épineux. Une marchandise à risque, difficile à vendre. Même excellentes, les photos ne voulaient encore rien dire, et on risquait d'attendre un certain temps avant de lui trouver un premier client. Je parcourus le formulaire éliminatoire en tapotant les pages et en les lui montrant. Une colonne entière répertoriait les substances nocives pour une donneuse : amiante, fumées, pesticides, radiations, plomb et toute une flopée d'autres poisons.

– Je n'ai même pas pris la peine de te poser ces questions.

Je lui mis la liasse sous les yeux.

– Pourquoi vous n'avez pas dit tout de suite que je ne faisais pas l'affaire ?

Daria ne pouvait plus retenir ses sanglots. Les larmes collées à ses longs cils la faisaient ressembler à une poupée joufflue, et ses paupières tuméfiées donnaient à ses yeux un exotisme asiatique. Même le désespoir lui allait bien.

– Il n'y a pas de problème sans solution, commençai-je. Si cela reste entre nous. Rien que nous. Tu comprends ?

Daria me regarda en baissant la tête et poussa une serviette en papier vers moi, sur la table. Je la pris et l'agitai comme un drapeau blanc. L'instant était décisif. Je temporisai. Je ne saisis pas le stylo qu'elle me tendait pour que je note sur la serviette le montant du pot-de-vin que je serais disposée à accepter. Je faisais des calculs, certes, mais dans ma tête, et pour moi seule. Si l'élaboration des papiers ne coûtait pas très cher, ma chef était à cheval sur les dépenses. C'était sans doute sa façon de s'assurer que personne ne grappillait trop, et la pression s'exerçait aussi sur moi. Je ne pouvais rien glisser dans ma poche au passage, pas question de tenter le diable : mon poste était trop précieux. Vis-à-vis de Daria, cependant, j'étais prête à prendre un risque. Plus je faisais tourner les chiffres dans ma tête, plus j'avais la certitude de pouvoir contrôler les coûts. Tout n'était pas à revoir dans son profil. Ses parents étaient beaux sur leurs photos de jeunesse, sa mère avait toujours un front lisse pour son âge, et la carrière sportive de son père était authentique, de même que les années de gymnastique à Donetsk, où Daria avait été entraînée par une femme renommée, médaillée olympique soviétique. C'était un nom qui ferait bien dans sa biographie. Malheureusement, Donetsk n'était guère plus reluisant que Snijné. D'un autre côté, je pourrais dénicher à Dnipro une entraîneuse d'aussi haut niveau et trouver un accord avec elle. Du coup, nous pourrions dire que la famille avait déménagé à Dnipro avant la naissance de l'enfant. Le père était mort, mais si je lui achetais un diplôme d'ingénieur et m'arrangeais pour lui trouver un poste chez un entrepreneur en bâtiment à Dnipro, la cause du décès pourrait être une rupture de câbles sur un chantier. L'histoire commençait à se tisser dans ma tête pour former un ensemble cohérent. Le seul challenge restait que Daria ne voulait pas révéler aux membres de sa famille sa véritable activité : par conséquent, je ne pouvais pas les solliciter, et les clients allaient donc devoir se contenter de matériau photographique. Il n'était pas exclu qu'elle change d'avis un jour, et elle pourrait alors prendre aussi les clients qui payaient pour rencontrer la famille de la donneuse. J'hébergerais sa mère et ses frères dans le logement douillet que j'avais loué dans le centre de Dnipro pour ce genre de rencontres. Je n'avais qu'à remplacer les photos de famille dans les sous-verre. Daria avait deux frères magnifiques, le plus jeune encore au lycée, l'autre officiellement sans emploi. Les deux valaient la peine d'être présentés, à ceci près qu'il fallait changer la situation professionnelle de l'aîné. Je présumais qu'il devait travailler dans des mines clandestines. Le cadet aussi, d'ailleurs. Tous deux gagnaient peut-être soixante dollars par mois. Si je leur trouvais de vrais boulots au lieu de simples papiers, je mettrais toute la famille dans ma poche. Je plissai les yeux, pensive. Les frères de Daria. S'ils tenaient un peu de leur père, j'étais prête à parier que je connaissais les responsables de son angoisse. J'avais raison. La question au sujet de l'aîné déclencha un torrent de larmes et elle raconta en hoquetant que

Pavel risquait de perdre l'usage de ses jambes. Ils avaient besoin d'argent pour payer une nouvelle opération, il ne pouvait même plus travailler. Pavel avait un jeune fils sans travail et un petit bébé. Je savais ce que cela voulait dire. Dans les mines clandestines, chacun était responsable de sa santé. La famille n'avait que quelques pots de confiture pour financer la formation de Daria : elle craignait donc de devoir abandonner ses études.

Je déchirai la serviette en deux. Je n'y avais rien écrit. À ce moment-là, j'aurais pu la faire travailler à mon service gratuitement pour le restant de ses jours. Mais je n'en demandais pas tant, même si elle était prête à se vendre à tout prix. Ce que je voulais était plus important : sa fidélité, sa gratitude et sa confiance.

– Non, pas comme ça, dis-je. Je ne veux pas que tu sois en dette, jamais. Pas même envers moi. Par contre, n'utilise jamais ce parfum quand tu rencontreras les clients.

Je poussai la porte de service et pris une cigarette dans ma poche. Plusieurs allumettes se cassèrent avant que j'arrive à l'allumer et je jetai la boîte par terre. L'entretien s'était déroulé de manière exemplaire jusqu'au moment où j'avais été prise de vertige au point de craindre de m'évanouir. Le sang s'échappait de mes doigts, le stylo me tombait de la main. J'avais laissé Daria sur mon canapé pour sortir en chancelant sous prétexte d'un coup de fil urgent. Je ne comprenais pas mon trouble. Était-ce dû aux vieux souvenirs remués par sa présence ? Ou au fait que je ne savais pas dire si je voyais en elle mes opportunités perdues ou celles que je pouvais encore avoir ? Ou les deux ? Le chien de garde de l'immeuble voisin se mit à aboyer et je constatai que la cigarette tenait maintenant mieux entre mes doigts. La couleur revenait à mes mains malgré l'air froid. J'avais fait mon choix en déchirant la serviette en deux et je n'avais pas l'intention de revenir dessus.

Après avoir vidé le coffre de la voiture, Alexeï vint me voir et me tendit un mouchoir. Je le pris et me mouchai.

– Elle n'a pas fait l'affaire, cette fille ? demanda Alexeï. Celle-là, dans la salle d'attente. N'importe qui voudrait un enfant qui lui ressemble.

– Elle a du potentiel pour faire tout ce qu'elle veut ! Pourquoi vient-elle chercher de l'aide ? Ici ?

– Ici, on peut trouver un bon démarrage pour se lancer ensuite dans d'autres projets.

– Ma mère connaissait ses parents.

– Tout se passera bien, c'est sûr ! dit Alexeï. En général, ça se passe bien.

– À Chypre, ce n'était pas le cas.

– Inutile de repenser à cela.

Quelques mois plus tôt, une fille de la clinique chypriote s'était échappée pour chercher de l'aide face à des complications que nos médecins n'avaient pas détectées. Elle était morte en arrivant à l'hôpital, et on avait envoyé Alexeï pour y mettre de l'ordre. Quant à moi, il me restait à trouver une nouvelle donneuse en remplacement de la défunte. La situation n'était pas simple. C'était une fille hors classe, une Tatare diplômée du conservatoire de Kiev, et le client était un Tatar d'Amérique. Incapable de dénicher dans les temps une donneuse répondant aux critères ethniques requis, je faillis à ma mission et craignis d'être rétrogradée à mon ancien poste. Toutefois, la chef m'accorda sa grâce et me fit jurer de toujours emmener les filles chez le médecin s'il y avait lieu de suspecter une hyperstimulation ou une hémorragie interne. Soupçonnant le directeur de la clinique d'avoir acheté ses diplômes, elle me chargea de revérifier les qualifications de nos spécialistes. Certains furent congédiés. Alexeï soupira profondément.

– Tu entends ? Tu t'en sortiras toujours mieux qu'avec cette empotée à Chypre.

Il avait raison. Daria n'allait pas partager le sort de la Tatare. Même si un seul don d'ovocyte constituait déjà un risque, on s'y livrait en permanence aux quatre coins du monde, souvent à plusieurs reprises. Les complications étaient rares, les décès exceptionnels. En revanche, laisser filer une fille désespérée et fauchée, ce serait une folie. Si je m'y hasardais, je n'aurais plus aucune chance de la rattraper. Quelqu'un d'autre le ferait, et sans retour.

Je donnai un coup de pied dans la poubelle et tirai si fort sur le filtre que le bout incandescent progressa en grésillant jusqu'au milieu de la cigarette. La corbeille en béton ne bougea même pas. C'était un robuste produit soviétique, de l'époque où les formes futuristes illustraient la glorieuse aventure de la conquête spatiale. Alexeï recula d'un pas. Je lui fis signe que tout allait bien. Je donnai un nouveau coup de pied et sortis une autre cigarette. Plusieurs fois, j'avais cherché à éliminer cette monstruosité en forme de nid d'abeilles. Mais elle était toujours là, comme tant d'autres choses dans cette cour qui avait besoin d'un nouveau revêtement d'asphalte ou d'un dallage, et d'une bonne couche de crépi sur les façades. Des paquets de câbles électriques traînaient sur le montant de la porte, tel l'incontournable chat sur la niche du poêle. Tout s'effritait, se délabrait, s'écaillait et se crevassait, tout sauf la poubelle. Elle me faisait penser à un scarabée frétillant dans un trou en béton, incapable de voir le monde qui se déployait derrière les bords. Moi, je le voyais. Je voyais l'avenir que Daria pouvait embrasser.

Je repris mon souffle et regagnai les locaux. Dans mon bureau, Daria scrutait les lambeaux de sa serviette. Elle osait à peine respirer. Sans daigner la regarder, je passai un moment à ranger mes affaires puis sortis la lettre d'intention et l'argent dans une enveloppe, alors que ma chef n'était même pas au courant. Je lui remis l'acompte dès qu'elle eut signé le contrat et le reçu. Avec cette somme, elle allait payer des draps propres pour son frère hospitalisé, et bien d'autres choses encore. Le lendemain, Pavel aurait tous les médicaments qu'il lui fallait et le médecin ne l'oublierait pas dans sa tournée, il irait même le voir avant ses autres patients.

Daria avait mordu à l'hameçon, pour toujours et à jamais. Je n'aurais pas besoin d'entreprendre à son endroit les mesures radicales auxquelles on s'attaquait si les filles imaginaient pouvoir faire chanter les clients, trafiquer ou agir à leur compte. Daria était à moi, parce que j'allais lui rendre exactement le service dont elle avait besoin à ce moment-là.

J'envisageai la suite avec Alexeï. Si Pavel recouvrait son aptitude au travail et obtenait un emploi légal – donc un meilleur poste –, le petit frère pourrait quitter les kopanki et se concentrer sur le lycée. Daria voyagerait beaucoup dans le cadre de son nouveau métier et on ne la verrait plus guère du côté de chez elle, aussi préférais-je que Pavel travaille près de chez leurs parents. Un lieu situé à peu de distance de ses anciennes connaissances, ça ne pouvait faire de mal à personne. Je suggérai la mine Karl-Marx à Iénakiïévé, mais Alexeï secoua la tête.

– Tu risques de le regretter.

– Comment ça ?

– Les mesures de sûreté laissent à désirer, là-bas. C'est l'une des dizaines de mines qui ont subi des fermetures pour des problèmes de sécurité.

– Pourtant, elle est en activité, non ?

– Oui, bien sûr.

– Alors où les conditions de travail sont-elles bonnes ?

– Nulle part, avoua Alexeï en riant. Tu ne suis pas l'actualité, on dirait.

Il avait raison. Je changeais toujours de chaîne quand j'entendais parler des mines. Il y avait trop d'accidents, trop de protestations d'ouvriers, et ça sentait trop le charbon dans les trains, aux abords des voies ferrées et dans les gares. Mais la famille de Daria était certainement au courant.

– Bon, suggère quelque chose, dans ce cas.

– Que dirais-tu d'une mine à ciel ouvert à Kryvyï Rih ? Ce n'est pas trop loin ?

– Les conditions de travail sont meilleures, là-bas ? Combien ça va coûter ?

– On devrait pouvoir s'en tirer pour mille dollars.

Peu de temps après cette conversation, un coup de grisou tua plus de cent personnes à Zassiadko, dans la ville de Donetsk. On les enterra à côté de la mine.

Le drame était tellement énorme que je ne pus pas fermer les yeux. Les pages des journaux débordaient de parents en deuil, d'œillets rouges telles des gouttes de sang, de mouchoirs bariolés chiffonnés entre les mains de femmes éplorées ; en regardant ces photos de presse, je me surpris à serrer les poings, moi aussi. Je cessai complètement de suivre l'actualité. Mais cela ne me dispensa pas d'apprendre ensuite l'accident survenu dans la mine Karl-Marx. Je négociai alors pour Alexeï une augmentation raisonnable, et la chef n'eut rien contre, car elle fit le calcul qu'il valait mieux protéger le mental des filles. Un parent bloqué sous terre pendant des semaines, qu'il soit mort ou vif, serait une angoissante suffisante pour mettre tout le processus en péril.

Après m'être entendue avec Daria, je téléphonai à sa mère pour lui annoncer le nouveau poste de Pavel. En fond, j'entendais le bruit des bouteilles et du boulier. Valentina Sokolova travaillait donc toujours au magasin, alors qu'elle était censée arrêter lorsque j'étais allée la voir. Ou peut-être que le magasin était un autre, mais le travail identique, ainsi que le boulier. Songeant à l'instrument en bois terni par les années, je contemplai mon bureau stylé, les prises de courant impeccables que j'avais fait installer dès mon arrivée, et les murs que j'avais fait décaper, tant la peinture s'écaillait en lambeaux de l'époque soviétique. J'avais quand même parcouru un bon bout de chemin, j'étais rendue plus loin que tous les Sokolov, et j'irais encore plus loin.

La voix de Valentina Sokolova était la même, familière, simplement plus usée, comme le calendrier de l'année précédente. À mon soulagement, elle ne me traita pas comme l'enfant de son ancienne amie à qui elle avait vendu des berlingots collés entre eux, mais comme l'employeuse de sa fille, avec respect. Les bonnes nouvelles allégèrent son rire, si ce n'est qu'elle s'inquiétait pour les retraites.

– Cela peut vous paraître loin, à votre âge, dit-elle. Cependant, j'ai eu le temps de voir tant de fois comment on reste coincé dans les kopanki à l'improviste.

Même si on touche la paye toutes les semaines contrairement aux mines d'État, il y aura des retombées plus tard, et la retraite, on pourra toujours en rêver.

Craignant qu'elle se mette à ruminer de vieilles histoires, je me levai instinctivement, comme si cela pouvait changer quelque chose, mais non, c'était une femme raisonnable. Elle comprenait quel sujet il ne fallait pas aborder et se cantonna au problème des retraites. Peut-être son inquiétude était-elle sincère. Je me rassis et continuai de dessiner une spirale dans mon agenda. La ligne remplissait déjà la moitié de la feuille. Bien décidée à raccrocher avant d'avoir à tourner la page, je me mis à évoquer les premiers pas de la carrière de sa fille. Je voulais vérifier ce qu'elle savait. Avec Daria, nous étions convenues de ne pas parler de la véritable nature de son travail à des tiers ; chez elle, ils étaient donc censés croire qu'elle était mannequin, conformément aux vœux de Valentina Sokolova, ce dont mon interlocutrice, à l'entendre, semblait convaincue. Puis elle revint à ses fils.

– Je leur avais fait promettre d'appeler à la maison à la fin de chaque roulement.

Je ne compris pas où elle voulait en venir, ou si elle voulait même en venir quelque part. J'attendis un peu pour voir. Le boulier s'était tu, je n'entendais pas de clients : elle était seule et pouvait enfin parler à cœur ouvert. Je ne lui avais pas demandé comment allait son fils hospitalisé. Je soupçonnais qu'on allait aborder le sujet. J'avais chargé Alexeï d'élucider les circonstances de l'accident : selon la milice, la houillère artisanale exploitée dans le jardin derrière la maison des grands-parents s'était écroulée pendant que les frères travaillaient au fond. La nouvelle m'avait fait hausser les sourcils : les trois-huit dans une grande kopanka ne suffisaient donc pas aux Sokolov ! Le milicien avait avoué que c'étaient là des accidents classiques, qui se produisaient régulièrement lorsque les gens creusaient trop sous l'effet de leur cupidité. À son avis, la famille pouvait s'estimer heureuse : les deux fils avaient eu la vie sauve et la maison n'avait pas été entraînée tout entière dans l'effondrement. Je pris un Analgin dans le tiroir de mon bureau, l'avalai et continuai de promener le stylo sur l'agenda. Au pire, je pourrais toujours raccrocher au milieu de la communication et envoyer ensuite un message d'excuses pour dire que je n'avais plus de batterie. Valentina Sokolova soupira et reprit son souffle.

– Une fois, Pavel a pris un double poste sans nous prévenir. Ma belle-fille a débarqué chez moi en courant et en pleurant, comme elle n'avait pas eu de nouvelles de lui à la fin de sa journée de travail, et j'étais sûre d'avoir perdu mon enfant, mais il n'a plus jamais commis cette erreur, tellement il a reçu une bonne leçon. Aucune mère ne devrait avoir à subir une émotion pareille. Et aucune épouse.

La secrétaire se manifesta à la porte. Notre agence de visas attendait son tour depuis un moment.

– Ce que je veux dire, c'est que je n'aimerais pas que Daria ait un mari charbonnier, conclut Valentina Sokolova. Et je ne veux pas qu'elle revienne ici. Elle a d'autres perspectives. Elle fait tout de même des études supérieures.

Je posai le stylo. Cette fois, j'avais compris. La mère souhaitait à sa fille une autre vie que la sienne.

Je n'osais pas parler de Daria à ma chef avant sa visite à notre succursale de Dnipro. L'investissement serait perdu si jamais elle avait une réaction allergique à une piqûre ou si elle n'était pas capable de produire suffisamment d'ovules, or ma chef avait horreur des pertes. J'espérais pouvoir mieux lui expliquer en tête à tête pourquoi j'avais pris ce risque.

– Nous n'accordons pas d'acomptes, dit la chef avec un plissement de front sévère. Et pour cause. D'ailleurs, combien a coûté ce poste pour le frère, au juste ?

Je lui montrai les chiffres dans le dossier que j'avais préparé pour sa visite. Elle était assise sur ma chaise, derrière mon bureau, et elle grattait avec les doigts le rouge à lèvres collé sur ses dents, qui se transforma en empreintes digitales sur la table claire. Craignait-elle d'avoir été mal inspirée, tout compte fait, de laisser la succursale de Dnipro sous ma responsabilité ? Avais-je outrepassé mes limites ? Vis-à-vis de Daria, j'avais pris des mesures plus qu'arbitraires, et ma chef n'avait pas oublié le scandale de Chypre. Mes compétences avaient été remises en question, et mes initiatives semblaient échouer coup sur coup. Je n'avais plus droit à l'erreur.

– Moi aussi, il m'est arrivé de parier sur le mauvais cheval, concéda-t-elle en feuilletant les papiers et en marmonnant qu'on apprend de ses erreurs.

Je n'avais pas retouché les résultats médicaux de Daria : aucune falsification n'était nécessaire. Elle n'avait aucune pathologie héréditaire. L'analyse chromosomique était satisfaisante, les prises de sang ne présentaient aucune anomalie, pas plus que les échographies. Son QI était brillant et ses études d'ingénieur à l'école nationale des mines de Dnipro étaient authentiques, Daria n'avait pas menti. De même, j'avais testé ses compétences en langues. Son allemand était aussi bon qu'elle l'avait déclaré, et elle s'était bravement inscrite à des cours pour améliorer son anglais. Les clients qui ne parlaient aucune langue étrangère allaient la prendre pour une surdouée.

– Un échantillon musculaire ! s'exclama la chef en se ranimant.

– Les qualités sportives sont importantes pour tous les clients. Les cellules musculaires de Daria sont parfaites, son gène ECA indique des dons exceptionnels pour la course.

– C'est toi qui as trouvé ça ?

– Je suis tombée sur un article qui parlait des génotypes du gène ECA.

Évidemment, je n'aurais pas ajouté ces résultats au dossier s'ils n'avaient pas été dignes d'éloges, mais puisque j'avais investi en Daria une somme considérable avant de savoir si elle pouvait réellement faire une donneuse valable, j'avais calculé que je pourrais me racheter en inventant cette nouvelle opportunité de profit. Bingo. Elle ne posa même pas les yeux sur mon décompte des frais : ils n'avaient plus d'importance.

– Tu es une vraie magicienne ! s'exclama-t-elle en refermant les classeurs.

Tout un ciel étoilé scintillait dans les diamants du lourd cadran à son poignet.

– Tu crois qu'elle conviendrait au couple d'Helsinki, là ? Tu vois qui je veux dire ?

J'acquiesçai. Je connaissais ces Finlandais depuis longtemps, et ils venaient de nous recontacter pour agrandir leur famille. La femme avait été gymnaste de compétition dans sa jeunesse, et le mari avait dû mettre un point final à sa carrière de coureur à cause d'une blessure au genou. Pour eux, les compétences athlétiques étaient une priorité qu'ils étaient disposés à payer au prix fort.

Les ongles qui me tripotaient les gencives avaient laissé une marque indélébile dans mon esprit, de même que le goût industriel de sa crème hydratante. Cependant, je ne tenais pas à épargner Daria : cette rencontre était un test.

– Vous avez du démaquillant ? me demanda la cliente en terminant l'inspection dentaire.

– Certainement.

J'avais toujours un flacon en réserve sur la petite table, en salle de réunion. Les gestes de la femme étaient durs, elle récurait la peau de Daria comme une poêle à frire avec un tampon vert, et je n'oublierai jamais sa conduite : elle lançait les questions par-dessus la tête des donneuses, directement à la coordinatrice, jamais elle n'adressait un mot à l'intéressée, elle ne la saluait même pas, et pourtant elle tenait toujours à rencontrer les candidates en personne, à les examiner de ses propres mains. Après avoir gratté le visage de Daria et tiré sur sa peau, elle parcourut le cuir chevelu et palpa la qualité des cheveux, que j'avais déjà vérifiée par moi-même : pas de raccords, pas de tissages, c'étaient bien les siens. Finalement, elle lâcha la chevelure de Daria, après l'avoir fait tourner pendant un certain temps comme la ceinture de son manteau en poil de chameau, et elle poussa un soupir de satisfaction.

– Dis-lui de se déshabiller.

Cette étape de l'opération était sans doute la raison pour laquelle le mari avait été envoyé se promener en ville avec un guide. De mon temps, il explorait l'histoire de la cité à l'époque tsariste ; cette fois, c'était le tour du modernisme soviétique, dont les bâtiments emblématiques ne manquaient pas à Dnipro depuis l'ère glorieuse des missiles. J'avais promis d'emmener la femme un peu plus tard au café Poplavok, en forme de vaisseau spatial, où devait se conclure la visite de son mari, et je comptais les prendre en photo pour qu'ils puissent envoyer à leurs amis une preuve du but de leur voyage : tourisme architectural.

Daria obtempéra, plia ses vêtements sur le canapé et, après un bref échauffement, elle fit le grand écart. Je n'en avais jamais été capable. Mes pieds ne se courbaient pas comme ceux d'une danseuse du Bolchoï, et mon port était loin d'être aussi majestueux que le sien. La femme la jaugea du regard et se mit à palper ses muscles. Seule une déglutition légèrement plus rapide trahit un tant soit peu les sentiments de Daria, ainsi que le voile vitreux apparu sur ses yeux. J'en étais fière. Malgré son inexpérience, elle se comportait comme un cheval bien dressé.

– J'aimais beaucoup Nadia Comăneci, dit la femme. La gymnaste. J'aurais voulu être comme elle. Vous avez beaucoup de sportives talentueuses, par chez vous.

Je me mordis la lèvre pour me retenir de la contredire. Je ne relevai pas que Comăneci ne venait pas d'Ukraine mais de la Roumanie de Ceaușescu, où pour rien au monde cette femme n'aurait souhaité vivre. Elle n'aurait pas voulu connaître le sort de l'invincible Nadia, une fille parfaite, interdite de sortie du territoire à cause du risque de défection. Nous aurions le loisir d'en rire un peu plus tard, avec Daria. Quand j'aurais fini de mitrailler ces deux-là au bord du Dniepr, je l'emmènerais dans un salon de thé et je lui rappellerais le montant qu'elle allait toucher. Mais cette femme était l'exception. D'habitude, les donneuses étaient idolâtrées. Et d'ailleurs, l'attitude d'une cliente au cours du processus ne présageait nullement de ce qu'elle pouvait devenir ensuite en tant que parent.

– Daria serait devenue une athlète olympique, si elle n'avait pas subi une grave entorse à la cheville, rappelai-je.

– Elle est plus grande que les gymnastes en général. Ou que les Ukrainiennes, d'ailleurs.

– Si la discipline attire particulièrement les gens de petite taille, c'est uniquement parce que les possibilités sportives sont limitées, dans leur cas. Daria, par contre, a choisi la gym par passion, et elle est un choix exceptionnel, surtout si l'on songe à la taille de votre mari.

Mes arguments étaient inutiles : la cliente était déjà convaincue. Je le sentais à la chaleur de son corps et au regard rêveur qui approuvait les épaules de Daria, sa constitution, sa pointure et la forme de ses bras. La peau était satisfaisante. Les cheveux aussi, ainsi que les dents et les sourcils. Pas de lunettes, pas de transfusions sanguines, pas de greffes d'organes, pas de radios à répétition, pas de voyages dans des pays à risque – listés dans une rubrique à part sur le formulaire. Pas de maladies physiques, pas de troubles mentaux, pas de traitements médicamenteux. Ni elle, ni sa mère, ni son père, aucun de ses quatre grands-parents, frères ou sœurs, oncles ou tantes, cousins ou cousines. Elle n'avait même pas de caries, et ses dents étaient si éclatantes qu'on aurait pu les croire blanchies. Elle était parfaite, et la femme voulait être la mère d'une fille parfaite.

Je comprenais l'admiration de la cliente. J'en avais fait l'expérience moi-même, la première fois que j'avais vu Daria, sur le canapé de mon bureau. La voix de mon ancien agent était revenue à mes oreilles, promettant une carrière fulgurante comme une fusée, et des choses remontèrent à la surface de mon esprit, des choses dont j'ignorais qu'elles m'avaient manqué. J'avais la saveur du succès sur la langue, la poitrine palpitante sous le souvenir des appareils photo qui m'exprimaient leur amour, et je savais que je les ferais adorer Daria, elle qui n'était encore qu'un fruit vert dans le prunier mais plus pour longtemps.

Mon plan s'était développé dans ma tête en une seconde. Tout d'abord, on avait besoin d'un enfant pour démontrer que Daria était une donneuse valide. Après la naissance, elle aurait des clients plus importants, une meilleure rémunération, et bientôt assez d'économies dans son bas de laine pour pouvoir arrêter avant qu'il ne soit trop tard. Elle donnerait des ovocytes à plusieurs reprises, mais pas trop, surtout pas. Pendant ce temps, je lèverais des capitaux et, peu à peu, nous pourrions envisager ensemble de la propulser dans le monde du mannequinat. Nous viserions les podiums, nous ne saurions nous contenter de moins.

À la même époque, je suivais l'ascension vertigineuse de Natalia Vodianova dans *Vogue*, au fil des couvertures. Je me rappelais à quelle vitesse les physiques soviétiques étaient passés de mode, alors qu'à peine un peu plus tôt tous les grands rôles de cinéma étaient confiés à des visages portant exactement ces caractéristiques-là. Le vent pouvait tourner plus vite qu'on le pensait. Toutefois, les mannequins de l'Est n'avaient pas encore perdu leur splendeur, et Daria n'était pas sans rappeler la Vodianova qui avait bien mérité son surnom de « Supernova ». Elle pourrait devenir le prochain nom incontournable. Mais pour y parvenir, elle aurait besoin de moi, et ce n'était pas qu'une question de petit encouragement pour faire des miracles sur son amour-propre, comme dans mon cas. Sans moi, Daria commettrait à coup sûr les mêmes erreurs, et elle finirait par se demander où trouver à manger et comment payer son loyer si les séances photo ne se présentaient pas tout de suite.

Je décidai de lui louer un appartement à Paris ; d'ailleurs, nous pourrions même emménager ensemble. Daria n'aurait pas à subir la vie que j'avais connue dans les logements collectifs des agences, avec leurs lits superposés. Les Russes étaient les plus nombreuses, bien sûr, et elles étaient tout étonnées de me voir parler ukrainien avec une compatriote. Un vulgaire patois, paraît-il. Parfois, l'ambiance rappelait l'armée soviétique. Une fille intoxiqua ses concurrentes avec de l'huile de ricin pour aller à un casting pendant que nous autres gémissions au fond du lit. Elles étaient toutes ennemies entre elles. Les vieilles routardes ne voulaient pas partager leur expérience avec les novices que nous étions. Lorsque le mental ne supportait plus la compétition ou la faim, des filles rentraient chez elles avant même d'avoir pu débuter. Certaines faisaient un job d'escort au passage, d'autres s'y consacraient entièrement, de gré ou de force. Non, Daria ne connaîtrait pas ce sort-là. Je la protégerais.

Ses qualités photogéniques étaient hors pair, dès ses clichés maison ; aussi bien le formulaire éliminatoire validé les doigts dans le nez que la rencontre avec la première cliente m'avaient confirmé qu'elle était faite pour le mannequinat. Grâce à ses années de gymnastique, elle avait l'habitude d'utiliser son corps comme un instrument de travail, un outil qui devait résister au regard des autres, à leurs paroles, à leurs jugements incessants. Son rapport à son corps était professionnel. Et contrairement à moi, elle ne serait pas à l'Ouest pour la première fois. Les rayonnages d'une banale épicerie ne lui paraîtraient pas surabondants. Elle ne s'arrêterait pas pour s'étonner de trouver dans chaque pâté de maisons une boucherie aux étals débordants, une poissonnerie et une pâtisserie. Elle n'arpenterait pas les rues de Paris avec la salive aux lèvres, ne serait pas bouleversée par la viande sanguinolente, et elle saurait énoncer le mot juste lorsque les serveurs lui demanderaient la cuisson de son steak. Je les avais faites, ces gaffes. Elle ne serait pas comme moi. Ses bases seraient bien meilleures. Et je ne l'escroquerais pas. Je ne retiendrais sur ses rémunérations qu'une honnête commission, et je comptais lui donner un surnom attractif. « La Fusée », par exemple. Ça sonnerait encore mieux que Supernova.

Lorsque je serais l'agent de Daria et que nous irions de défilé en défilé, je ne laisserais pas voir que je connaissais les gens. Ils nous salueraient, s'empresseraient de venir bavarder, sous-entendraient que nous étions de vieux amis, et je froncerais un peu les sourcils comme si j'essayais de me remémorer si nous nous étions vraiment déjà rencontrés. Je ferais part de mes regrets en souriant. Je feindrais de ne pas me rappeler. Le photographe qui ordonnait d'enlever le haut quel que soit le sujet de la séance. Le type qui nous avait traitées de petites cochonnes quand il nous avait surprises en train de nous jeter sur des croissants. Les nombreuses mains qui, lors des essayages, ne faisaient guère attention aux épingles ou aux ciseaux. L'artiste capillaire qui avait coupé ma queue-de-cheval sans me demander la permission, après quoi il m'avait fallu des mois avant de recouvrer la possibilité de participer à des séances photo requérant des cheveux longs. La femme qui avait dessiné au feutre les lignes sur mes hanches en signe de graisse excédentaire comme si j'étais une carte du bœuf. Non, je ne me souviendrais pas d'eux – et je ferais payer le double à tous ceux qui m'avaient laissé entendre que j'avais intérêt à écarter les cuisses si je voulais du travail.

Plus j'y pensais, plus j'étais prête à faire des concessions. Daria ne savait pas que ma chef avait cessé d'enjoliver la biographie des filles, mais rectifier le lieu de naissance n'était pas en soi un gros truc. Le processus impliquait toujours des risques, et certaines filles pouvaient ensuite devenir nos clientes. Tout était possible. Si j'avais eu une fille qui envisageait de donner ses ovocytes, je lui aurais recommandé d'attendre au moins d'avoir eu ses propres enfants, et encore…

Quant à moi, j'avais arrêté dès ma promotion au poste de coordinnatrice. Jamais je n'aurais imaginé que Daria continuerait plus longtemps si elle avait d'autres opportunités d'avenir, or elle n'en manquait pas.

Daria était une merveille de la nature, rayonnante comme un sapin de Noël. Je tenais cependant à vérifier par moi-même sa faculté d'adaptation à la période où les câlins, l'alcool et tant d'autres choses étaient interdits, et je l'emmenais tous les jours se promener, manger et faire des courses. Rien ne semblait lui poser de problèmes. Lorsque je pressentis un gonflement des pieds, je l'entraînai au magasin de chaussures et l'invitai à choisir des bottes une pointure au-dessus, ainsi que quelques paires sur le compte du bureau. Nous ressortîmes chargées de boîtes, et elle éclata de rire, les larmes aux yeux.

– Je comprends tellement mieux les femmes qui pleurent au cinéma, maintenant. Ça ne m'était jamais arrivé, sanglota-t-elle en s'enfilant à mon bras. Comme si j'étais une autre. Comme si j'avais l'âme d'une autre, la vie affective d'une autre. Tu devrais essayer, toi aussi. C'est merveilleux.

Je n'avais pas oublié mon piteux état suite à la collecte d'ovocytes : les vomissements perpétuels, le ventre sensible, les bouillottes… Mais pendant que Daria appréhendait les sautes d'humeur d'origine hormonale comme une aventure passionnante qui faisait d'elle une personne beaucoup plus sage, je souhaitais orienter la conversation dans une autre direction. À côté du magasin de chaussures, une boutique de fourrures m'inspirait une idée. Je la lui montrai et lui promis un bonus si la ponction donnait un bon résultat. Un gilet en fourrure, de renard ou de loup. Mon offre lui fit arquer les sourcils, puis elle sanglota de plus belle. Au bout d'un moment, le gâteau au miel du salon de thé lui rendit son humeur joviale et elle claqua des doigts comme si elle accompagnait le rythme du boulier à la caisse.

– Comment vont tes études, au milieu de tout cela ? demandai-je. Si jamais le jour de la ponction tombe sur des partiels, tiens-moi vite au courant. Nous paierons le médecin pour qu'il te signe un mot d'absence.

La question ne semblait pas la préoccuper.

– Je suis plus performante que jamais ! s'écria-t-elle. Tu ne devines pas combien ma mère se réjouit de me voir grossir. Elle craignait que je me laisse dépérir, dans le mannequinat.

À la première ponction, on recueillit une quarantaine d'ovules sains et vigoureux. Daria refusa de passer plus d'une soirée au lit : elle voulait aller en ville pour fêter sa réussite, et elle enfila son nouveau gilet en renard avec une aisance inconcevable. Après un brin de shopping, nous allâmes manger ; en chemin, malgré son ventre endolori qui la forçait à garder sa veste ouverte, elle ressemblait plus à un chamois bien stable sur une crête qu'à une nana du Donbass en équilibre dans le soufflet du bus accordéon qui pilait au feu rouge.

À table, je lui demandai en passant comment allaient les affaires de cœur. Elle baissa les yeux. Je masquai ma bouche acerbe derrière un verre de champagne. Il était temps de régler cette question.

– Dans la vie, il est bon de se faire plaisir, dis-je, mais les hommes tolèrent mal les femmes qui suivent leur propre voie. Et c'est ton cas maintenant.

Manifestement, elle n'y avait pas songé. Elle se considérait toujours comme une étudiante pour qui même le restau U était un luxe. Lorsque je l'invitai à goûter le saumon local, ses yeux parcoururent les prix sur le menu. Je me concentrai aussi sur la carte, comme si elle avait plus d'importance pour moi que notre entretien. Il fallait convaincre Daria que la décision était la sienne.

– J'aime ma liberté, déclara-t-elle avec entrain après une pause.

– Mon petit trésor, tu peux fréquenter qui tu veux, bien sûr. Tu as choisi ?

Je levai le regard au-dessus des tables en quête d'un serveur.

– Les voyages, c'est sans doute plus simple sans hommes.

– Tu ne crois pas si bien dire ! m'exclamai-je en riant de bon cœur. Passé l'exaltation initiale, tous les prétendants romantiques se transforment en boulets qui réclament des chemises propres et parquent la femme dans la cuisine. À moins que tu rêves déjà d'avoir tes propres enfants ?

À cette idée, Daria parut terrifiée.

– Si tu veux de la compagnie pour le voyage, tu peux toujours emmener ta mère. Ou ton frère et sa famille.

– Mais il ne faut pas leur avouer le but du déplacement, si ?

– On dira que c'est pour des séances photo. On les emmène avec toi pour un job pendant lequel tu feras la connaissance de tes clients. Bien sûr, nous nous occuperons des passeports internationaux, visas et autres. Tu aimerais sûrement offrir à ta mère des vacances en Espagne ou en Amérique, non ?

Daria sourit.

– Écoute, oui, les cavaliers ne manqueront pas, à l'avenir non plus.

J'étais sûre que le petit coquin qui avait des vues sur Daria était maintenant une affaire résolue. C'était une fille astucieuse, et je comptais la conduire dans le monde sans ces amoureux qui finissaient généralement par devenir une charge. Rares étaient les hommes qui comprenaient que la donneuse, à l'approche de la ponction, était dans un état absolument inadapté à la fornication. Parfois, il fallait s'assurer de la bienveillance du gugusse avec un nouveau téléphone ou un petit cadeau. Lorsque le fiancé était au courant du profil professionnel de sa copine, il pouvait être tenté de s'incruster en voyage en s'imaginant qu'il serait invité aussi et que ce ne serait qu'une grande partie de plaisir au soleil. D'un autre côté, si elle lui cachait sa source de revenus, il finissait tôt ou tard par la découvrir et par lui interdire de continuer sur cette voie. Pas question de prendre de tels risques avec Daria.

Lorsque nous aurions l'occasion de partir en voyage d'affaires dans une ville où je connaissais un bon photographe, nous constituerions son portfolio, et elle pourrait parler à ses parents de véritables séances de pose, de véritables salaires, de véritables couvertures de magazines. Mon plan était infaillible.

Helsinki
2016

Après avoir payé le taxi, j'amène Daria dans le hall et je la tire derrière moi jusqu'à l'ascenseur, non sans saluer le réceptionniste d'un signe de tête en passant. Dans sa chambre, elle s'affale sur le dessus-de-lit, bordé si serré qu'elle aurait bien du mal à se glisser dessous sans assistance après cette soirée festive, et je parie qu'elle va s'endormir dans un instant. Vite. Je lui mets sous le nez le portable trouvé sur la table en lui demandant de mettre une musique entraînante, par exemple Svetlana Loboda, pendant que je lui verse un cognac du minibar. Par miracle, elle réussit à taper son mot de passe avant de s'écrouler et je me retrouve avec l'ordinateur déverrouillé sur les genoux. Quand sa respiration se stabilise, j'éteins la musique. Je m'assieds sur le bord du lit pour reprendre mon souffle et regarde autour de moi. Le Radisson Royal ne m'aurait pas impressionnée au sommet de ma carrière, mais cela fait longtemps que je ne me suis plus assise dans une chambre d'hôtel où d'autres que moi sont chargés du nettoyage, et cela me rappelle le Radisson de Kiev. Lorsque je débutais dans l'agence, ma chef en parlait comme d'un phare vers lequel mettre le cap. Avant que le Radisson débarque à la capitale, la situation hôtelière en Ukraine la plongeait dans un certain désespoir. La chaleur étouffante de nos étés arrachait aux papiers peints une odeur que les étrangers n'accueillaient pas avec la même tendresse que moi. Pour eux, cela puait le renfermé, pas l'enfance. Ils demandaient les cartes des chambres, manipulaient les clefs avec perplexité comme s'ils avaient oublié l'époque antérieure au verrouillage magnétique des portes, soupesaient les lourds porte-clefs comme si c'étaient d'obscures antiquités, et ils s'affolaient en constatant que nous ouvrions les fenêtres pour aérer les pièces, même dans les immeubles de dix étages, du haut desquels ils plongeaient un œil avec un nœud dans la gorge. Ces détails leur inspiraient des doutes quant au niveau de nos services, à leur sécurité. La sécurité, voilà le mot qu'ils répétaient toujours. Ma chef en avait marre.

Le Radisson de Kiev apportait une solution suffisante aux problèmes de logement que le bureau avait à résoudre, ce qui la mit en joie. Les autres chaînes hôtelières allaient suivre et couvriraient bientôt le pays entier. Accrue par la révolution orange, la nouvelle confiance en l'Ukraine devait donner de l'élan aux activités, aussi bien à Dnipro ou à Kharkov qu'à Odessa, et le pays devint d'autant plus attractif que les ressortissants de l'UE furent dispensés de visa. Au fil des années, les perspectives de développement rapide retombèrent, comme toujours ; mais avant ma mutation à la succursale de Dnipro, j'avais rencontré des clients au Radisson, justement. Aucun ne s'était plaint du personnel apathique ou des oreillers bosselés à l'éternelle humidité digne d'une cave. En pénétrant dans le hall, les clients avaient compris qu'ils étaient presque en Europe, et j'avais partagé cette impression. Mieux : c'était comme une perpétuelle fête d'anniversaire. J'avais reconquis ma vie, quitté la chambre de ma mère, j'étais émerveillée par le printemps kiévien et je chantais Vopli Vidopliassova au volant de ma voiture, la mienne, un véhicule de première classe.

Daria ne se réveille pas lorsque je tapote avec le petit doigt sa joue qui n'a plus la souplesse que lui conférait la fécondité. Les rides irradiant de son nez sont des entailles dans du papier, son menton est un quignon de pain rugueux et sa peau livide prend des teintes de fin d'automne comme si elle se décomposait déjà. Dégoûtée par cette association d'idées, je fais un pas en arrière et m'essuie les doigts sur le couvre-lit. Je ne veux pas la toucher, et pourtant je vais être obligée si je veux récupérer le téléphone coincé sous son dos. J'avais oublié ce détail. J'hésite à la tourner sur le côté. Finalement, je me contente de glisser la main sous son corps. Elle ne se réveille pas. Même ses paupières ne bougent pas pendant que je pose son pouce sur le capteur pour déverrouiller le système. La supercherie fonctionne sans peine. Pourtant, je suis nerveuse.

En premier lieu, je vais dans la galerie pour supprimer les photos de mon passeport, puis celles de mon visage. Les données d'appel m'apportent une surprise : il n'y en a pas. Sur son ordinateur portable, je ne trouve rien de plus : l'historique de recherche du navigateur est vide. En revanche, les photos ne manquent pas, aussi bien de la famille du parc à chiens que de moi. Je connecte laborieusement le téléphone de Daria à l'appareil, et j'y branche la clé USB publicitaire de mon boulot qui traînait au fond de ma poche afin de copier les images. J'y distingue mon dos, ma jambe tendue, la botte dont j'avais ouvert la fermeture éclair pour soulager la douleur causée par la longue journée. La pointe pâlie par l'usure ressemble à la truffe d'un vieux chien. Je surveille Daria. Elle dort toujours, respire en toute tranquillité, sans se repentir d'avoir espionné et enregistré mes moments de vie privée, moi, mon dos tordu, ma botte à la tige béante, la fillette de la famille, les chatons de saule qu'elle tenait à la main, et son frère. Je n'ai jamais osé les photographier, moi. La façon dont Daria observe les enfants dans le parc m'inquiète autant que le fait qu'elle m'ait retrouvée. L'insolence avec laquelle elle les a photographiés me donne des picotements. Se souvient-elle du visage de mon père ? A-t-elle reconnu ses traits ou les miens, dans ceux du garçon du parc à chiens ?

Je zoome. Le fils plisse les yeux au soleil. Il va devenir un tombeur, c'est évident, aussi évident que mon propre déclin, et le sentiment de honte qui m'envahit est écrasant. Mes cheveux dépassent. On voit nettement les racines. Mes vêtements sont en loques. C'est dans cet état que les enfants m'ont vue. Que le garçon m'a vue.

L'instant aux chatons de saule capturé dans la galerie date d'un soir précédant la Semaine sainte où j'ai entendu la mère parler tressage de rameaux avec une autre promeneuse de chien. Inspirée par la conversation, j'ai décidé d'acheter des œufs en chocolat et d'attendre le moment propice. Je comptais les donner à la fillette en échange d'un rameau façonné par ses soins, et j'offrirais aussi des bonbons au garçon, par la même occasion : il avait peut-être passé l'âge des bricolages de Pâques mais il ne cracherait pas sur des sucreries. Nous discuterions. Nous.

Il n'en a pas été ainsi. Les chocolats fondaient dans ma veste – ou bien c'était à cause de ma main moite qui plongeait sans cesse dans ma poche, toujours en vain. En fait, mon plan était foireux : n'importe quel parent trouverait suspect qu'un adulte s'approche de ses enfants pour leur offrir des bonbons. Malgré tout, je n'arrivais pas à réprimer ma déception, et cela aura diminué ma vigilance. Rien d'autre ne peut expliquer que je n'aie pas remarqué Daria alors qu'elle fréquentait le parc en même temps que moi. Mais comment n'ai-je rien vu venir ? La famille me tient-elle sous son charme au point que je suis devenue aveugle à ce qui m'entoure ? Daria m'a surveillée, visée avec son appareil photo, elle s'est peut-être assise sur le même banc, et malgré tout je suis en vie. Elle avait le temps de me signaler à mon ex-chef ou à toi. Ou de me faire avoir un accident. Mais non. Autrement dit, ce n'est pas moi qu'elle guette. Je n'ai pas à craindre sa vengeance. Notre rencontre n'est qu'un hasard favorisé par ma faiblesse, et j'en suis seule responsable. Les derniers mois, Daria a surtout pris des photos des enfants. Dans le répertoire des images, je ne vois pas la porte de mon domicile, mes déplacements professionnels ou ma mère. Les membres de la famille du parc à chiens, en revanche, figure sur de nombreux clichés, de même que la porte et les fenêtres de leur immeuble. Elle a entendu les prénoms des enfants lorsque les parents les appelaient. Ce n'est pas moi qu'elle est venue chercher, c'est eux. Elle a dit la vérité. Cette famille est-elle donc si importante pour elle ? Aussi importante que pour moi ?

Je me rappelle le mal que j'ai eu à m'établir à Helsinki. Le succès de ma fuite ne m'avait soulagée que pour la durée d'un soupir, et l'hiver m'avait plongée dans une longue nuit noire sans sommeil. Finalement, je ne voyais plus pourquoi j'avais pris la peine de m'échapper, si c'était pour me résigner désormais à me traîner au travail et à rentrer dans mon appartement aux échos nostalgiques, où les tasses à café étaient telles que je les avais laissées le matin et où il n'y avait jamais l'odeur d'une autre personne, le désordre de quelqu'un d'autre. Je n'aurais pas cru que ces choses-là me manqueraient.

Ma vieille passion pour les langues étrangères s'était volatilisée, et la lecture demandait trop de concentration, mais mon ancien moi n'avait pas totalement disparu. Mes oreilles fonctionnaient toujours aussi bien, et elles attrapaient machinalement des mots nouveaux parmi les paroles des passants. C'est justement cette habitude qui m'a rappelé la famille du parc à chiens. J'étais assise dans le tramway devant deux passagers qui évoquaient les immeubles de standing en ville. Un nom a tinté à mon oreille comme une cuillère dans un verre de thé. Siltasaari. Je connaissais ce quartier : j'avais eu des clients de Siltasaari. Je me suis crispée sur mon siège. Lorsque ce couple était revenu nous voir pour un deuxième enfant, j'étais coordinatrice :

en m'occupant de leurs papiers, j'avais enfin pu connaître leur nom et leur adresse. La toile m'avait fourni le reste. Lui était ingénieur et bien payé ; elle, chef des ventes dans une grande entreprise. Leur vie semblait déjà parfaite, à l'époque. J'avais recherché Siltasaari sur une carte, admiré des photos de la baie de Töölö, sans me douter qu'un jour ces paysages seraient aussi les miens et que ces gens habiteraient à deux pas de chez moi. Une fois qu'ils avaient eu autant d'enfants qu'ils souhaitaient grâce à notre bureau, j'avais décidé de les oublier, et je m'étais tenue à cette décision.

À présent, je pouvais tomber sur eux à tout moment.

L'idée m'a desséché la bouche.

Je suis descendue à l'arrêt suivant. Je tremblais sans retenue, comme si je venais de me baigner dans un lac gelé. J'avais un passeport finlandais et une nouvelle vie dans une ville parfumée par les embruns, mais le château de glace que je m'étais construit avec soin menaçait de fondre, je le sentais se fissurer. J'ai appelé les renseignements malgré le coût du service, en espérant que la famille aurait déménagé. Mon espoir était vain, mes modestes ressources volatilisées. Dès lors, j'étais incapable de sortir sans me demander si je tomberais sur la famille dans la rue, à la caisse, à la poste, à l'arrêt de tram ou à la supérette. Est-ce que je les reconnaîtrais, d'ailleurs ? Et les parents se souviendraient-ils de moi ? Si oui, que se passerait-il ? La femme était-elle la mère qu'elle promettait de devenir, ou différente ? Avait-elle toujours les mêmes cheveux blonds, les mêmes manteaux en poil de chameau ? Gardait-elle les enfants ou travaillait-elle ? Le frère et la sœur pratiquaient-ils la course et la gymnastique, comme elle en rêvait autrefois ? Il fallait absolument que je les voie.

Une fois nichée dans ma tête, cette idée s'est mise à me brûler comme un cataplasme à la moutarde laissé trop longtemps sur la peau. Je savais que je ne pouvais apaiser la brûlure qu'en retrouvant cette famille. J'ai fait des recherches sur les médias sociaux tout en me persuadant que c'était uniquement pour ma sécurité : il fallait que je sache identifier les enfants afin d'éviter tout écueil. J'ai parcouru sans répit les lieux de rencontre possibles, avec une imagination sans limites. Le plus sage aurait été de déménager. Mais les gens comme moi ne bénéficiaient pas d'une position de force dans l'immobilier, le loyer de mon deux-pièces était modéré en raison de son mauvais état, et mon quartier actuel répondait à mes besoins : il était anonyme et peuplé d'immigrants. J'aurais bien du mal à retrouver ailleurs un logement équivalent.

J'ai espionné la famille sur la toile, sans pêcher autre chose de leur vie que les miettes qu'ils voulaient bien partager : entraînements de hockey sur glace du fils, leçons d'équitation et de gymnastique de la fille, photos du chien dans le parc, photos du chien au centre d'éducation, photos du chien aux expositions canines avec les rosettes portées en ces occasions, herbes de Pâques et décoration intérieure d'un appartement à la blancheur toute scandinave. Beaucoup de bouleaux, lirettes comme de gros nuages ronds, fenêtres sans rideaux – ils aimaient la lumière naturelle. Je suis allée me promener à Siltasaari, j'ai regardé les étages supérieurs de l'immeuble, mais la transparence du logement sans rideaux n'aidait pas : la famille habitait au dernier étage, et je voyais uniquement la lumière déferlant de leurs fenêtres. Ma faim n'en était que plus dévorante.

Cependant, je n'osais pas aller plus loin. Je me contentais d'observer leurs actualités sur la toile, allant jusqu'à me créer un faux profil sur le site pour tenter ma chance. La vie mondaine de la famille semblait animée. J'ai estimé qu'ils ne prêteraient pas d'attention à la demande d'amitié d'une femme apparemment inconnue, qu'ils l'accepteraient sans trop se poser de questions, et je ne me trompais pas. Je me suis fondue dans la masse en toute discrétion et j'ai découvert le visage des enfants sur les photos qui n'étaient pas publiques. J'ai aussi appris leurs prénoms : Väinö et Aino. Je me suis dit que je devais m'en contenter. J'avais obtenu ce que je cherchais. Désormais, je pouvais reconnaître les membres de la famille et les éviter si je les croisais. Le fils allait bien et je savais maintenant à quoi il ressemblait. Curieusement, il tenait plus de mon père que de moi-même : la forme des sourcils était caractéristique, ainsi que la courbe de son nez, et ses cheveux plus foncés.

A posteriori, j'ai du mal à comprendre pourquoi c'est précisément l'explosion de l'avion en plein vol qui m'a poussée à bouger, à m'approcher de la famille. Les Russes ont abattu un avion de ligne malaisien en juillet 2014, et cet incident allait avoir une conséquence inattendue : je me suis mise à fréquenter le parc à chiens avec une audace folle. En fait, il n'y avait aucun rapport. J'étais à Helsinki, l'avion était tombé dans l'est de l'Ukraine, dans la zone contrôlée par la Russie, et je ne connaissais personne à bord, mais ses débris s'étaient éparpillés dans une région que je ne me rappelais que trop bien.

Lorsque j'ai appris la nouvelle, j'étais en train de nettoyer l'évier d'un retraité. Tout à coup, le volume de la télé a augmenté et ma poche s'est mise à vibrer. J'ai regardé l'écran de mon téléphone. Ma mère. Je n'ai pas répondu. Dans les phrases sèches du journaliste, je distinguais des mots épars qui m'attiraient de force vers le séjour. Le pépé s'est soulevé du canapé, tournant la tête en alternance vers moi et vers le téléviseur, et il m'a demandé : « Vous venez d'Ukraine, non ? »

J'ai regagné la cuisine, j'ai avalé un verre d'eau, regardé couler le robinet, que je basculais à droite et à gauche, du froid au chaud, et j'ai concentré mes pensées sur cette eau qu'on pouvait boire, ici, sans recourir à un système de filtration sophistiqué. Ici, dans les salles de bains, il n'y avait pas de chauffe-eau à gaz. Les enfants élevés ici n'auraient même pas su ce que c'était. S'ils allaient en Ukraine, ils ne reconnaîtraient pas un kiosque à eau. Ils croiraient que les purificateurs d'eau placés au pied des immeubles vendent des boissons rafraîchissantes, boiraient sans crainte au robinet par vieille habitude et s'étonneraient de la tête des Ukrainiens qui les verraient faire. Je me suis focalisée sur une goutte au bord de mon verre comme si rien d'autre ne comptait, malgré la voix monotone du journaliste qui cherchait à s'introduire dans ma tête avec l'obstination d'une perceuse et le téléphone qui vibrait dans ma poche. Je ne voulais pas entendre parler des gens qui habitaient alors dans l'est de l'Ukraine. Celui qui avait vu pleuvoir des corps dans son jardin, des membres, des têtes et des bras ; celui chez qui un Hollandais brûlé était tombé à travers la toiture. Les gens qui allaient déménager dans leur cave et leurs enfants qui passeraient devant les lambeaux de siège de l'appareil pour aller à l'école… Et je ne voulais pas savoir quel serait l'impact de tout cela sur le cours de la guerre. Les Russes accuseraient les Ukrainiens et vice versa. Personne ne semblait savoir ce qui s'était véritablement passé.

Le monde entier ignorait l'existence de Hrabové avant l'explosion de l'avion malaisien au-dessus de ce bled. Subitement, tous les pays qui avaient des ressortissants à bord – les 283 passagers et les 15 membres de l'équipage – se sentaient concernés et, dans un sens, je me suis dit que c'était une bonne occasion d'arrêter la guerre. Que les étrangers y mettent tout de suite un point final ! Mais l'instant est passé rapidement, et j'ai ravalé mon illusion enfantine avec un nouveau verre d'eau en comprenant que cela ne changerait rien. La guerre continuerait, il y aurait d'autres cadavres, sans tête, brûlés ou désintégrés, voire d'autres avions tombés du ciel, et personne ne serait jamais tenu pour responsable.

Le vieillard s'est faufilé dans la cuisine sans quitter de l'œil son écran. J'ai changé de jambe d'appui. J'ai respiré profondément. J'ai serré le verre. J'observais les efforts de la goutte sous l'effet de la tension superficielle. Il n'allait pas tarder à me demander ce qu'on racontait là, quelle mouche piquait Poutine, et sa curiosité ne serait pas rassasiée tant qu'il n'aurait pas une réponse inédite, une information plus authentique que celles de la télé, qu'il pourrait partager, transmettre à ses enfants.

Au travail, l'atmosphère était déjà altérée par les grands titres relatifs aux révolutionnaires rassemblés sur le Maïdan, ou plutôt par l'aggravation de la situation. Lorsque le président Ianoukovitch avait lancé ses troupes à l'assaut des maïdanistes attroupés sur la place, les gens s'étaient réveillés, la presse aussi, les journalistes s'étaient mis sur le qui-vive, et tous les Finlandais que je rencontrais me regardaient d'un autre œil, comme s'ils découvraient subitement que leur femme de ménage venait du pays où cela se passait. Où une insurrection démarrait. Dont le président faisait soudain l'objet de toutes sortes de révélations. Une marionnette de Moscou, un véritable salopard ! Jusque-là, on m'avait sans doute prise pour une Russe, d'où la curiosité des fidèles spectateurs du

JT qui voulaient maintenant vérifier d'où je venais. Je préférais répondre que j'étais originaire de Kiev, plutôt que d'Ukraine de l'Est ; en entendant cela, les Finlandais soupiraient, autant de soulagement que de commisération. Si j'étais passée inaperçue auparavant, la révolution m'avait rendue par trop visible : avec le déclenchement de la guerre, j'allais devenir un grand point d'exclamation à leurs yeux.

Au début, cela m'a fait peur, puis j'ai compris que c'était une preuve de compassion. J'ai fini par me brouiller avec une femme de ménage russe à laquelle j'avais l'habitude d'acheter de l'Analgin et du Korvalol rapportés de Russie, où elle se rendait plus souvent que ma mère en Finlande. Au fil des années, nous étions devenues de bonnes collègues, j'avais même été invitée à son anniversaire. La guerre a changé la donne. Un jour, un petit vieux qui nous regardait laver ses vitres nous a posé des questions sur la situation en Ukraine. Ma collègue s'est enflammée contre les Ukrainiens, qu'elle a traités de « fascistes sanguinaires », et je lui ai lancé le flacon de détergent à la figure. L'incident étant remonté aux oreilles de notre chef, j'ai eu peur d'être mise à la porte. Mais les Finlandais protestaient à leur manière, et de nombreux clients ont fait savoir à la boîte que les Russes n'étaient pas les bienvenus chez eux. J'ai récupéré leurs heures, avec l'avertissement qu'il n'était pas désirable de parler de Poutine sur le lieu de travail. Personne ne voulait d'un champ de bataille politique à son domicile, idem à la cueillette des fraises ou aux autres emplois dont le personnel était composé d'Ukrainiens, de Russes et d'autres représentants de nationalités plus ou moins concernées par la question.

Le même accord avait été conclu ailleurs, paraît-il. La presse appelait cela « la paix des fraisiers ».

Les Finlandais me demandaient conseil : quelle était la façon la plus sûre d'envoyer de l'aide aux révolutionnaires ? Certains avaient des réminiscences de la guerre d'Hiver ; au bout d'un an de combats, les plus âgés se sont demandé : et si la guerre arrivait jusqu'ici ? Avec les sanctions économiques infligées à la Russie, les produits laitiers destinés aux marchés de l'Est s'écoulaient en Finlande à un prix dérisoire – dans la langue populaire, on appelait cela « les fromages Poutine ». On faisait des blagues, on les achetait par caddies entiers, ils étaient numéro un des ventes. J'en ai reçu en cadeau de la part de gens chez qui je faisais le ménage, et nous avons bien ri.

Après le crash aérien, je ne voulais pas écouter la radio, regarder la télévision ou lire les nouvelles en ligne. Ma mère y tenait, elle. Elle était en visite chez moi, et elle a voulu alors rentrer au pays. Je ne l'ai pas laissée faire. La guerre risquait de faire tache d'huile, les frontières de se fermer, tout pouvait arriver. Après ma journée de travail, je rentrais dans un appartement qui était devenu une véritable Babel de chaînes d'informations. Ma mère suivait le cours des événements en ukrainien, en russe, en anglais et en finnois, alors qu'elle ne comprenait que deux de ces langues. J'éteignais la télé – une fois, j'ai coupé une émission en plein milieu de l'hymne ukrainien. Elle allait discrètement rallumer. Nous avons continué ainsi pendant des semaines. Je me taisais lorsqu'elle déclarait qu'elle souffrait de plus en plus de se savoir absente. Contrairement à elle, je ne pensais plus à l'avion, aux membres tombés du ciel, aux réfugiés de Donetsk qui avaient rempli Dnipropetrovsk, aux hommes d'affaires qui avaient transféré leurs fonds de Donetsk à Dnipro, ou au fait que tu devais être très occupé. Je pensais à la famille qui habitait à Siltasaari : comment les approcher ? Les monologues de ma mère et les voix de journalistes étaient semblables à la pluie tombant sur la vitre, que je voyais mais qui ne me touchait pas. Comme si je ne comprenais même pas la nature de l'eau qui tambourinait sur la fenêtre, sa provenance et sa raison d'être.

Peut-être le changement venait-il du fait que l'appareil avait explosé précisément dans le ciel de Snijné, à quelques kilomètres à peine de l'ancienne maison des parents de mon père. Ce sentiment ne s'était pourtant pas manifesté lors de l'invasion de Snijné par les troupes russes, lorsque les drapeaux de la République populaire de Donetsk étaient hissés dans la région, lors de l'afflux des réfugiés de guerre du Donbass, aucune autre nouvelle du conflit ne m'avait ébranlée ainsi. Les cadavres. Les disparus, les prisonniers, les unités blessées. Les photos d'immigrants de Russie dans le Donbass, les colonnes de véhicules chargés d'armes que les Russes faisaient passer pour des convois humanitaires. Ni les photos des bombardements de Snijné, de ses ruines, de ses habitants relogés dans les caves, des cadavres roulés dans des tapis, des sacs sur le bord des routes, des ambulances, ces fameuses tabletki aux yeux ronds. Ni les vidéos où une citoyenne en colère traitait les soldats ukrainiens de « fascistes qui assassinent leurs semblables » et appelait Poutine au secours, ni l'omniprésence de la femme en question, qui jouait aussi la citoyenne lambda dans d'autres reportages : tantôt une matrone d'Odessa, tantôt la mère d'un soldat de Kiev, tantôt une antimaïdaniste de Kharkov. La télévision russe accordait un généreux temps d'antenne aux interviews de sa « dame du coin ». Une fois, elle avait parlé devant un immeuble écroulé à Snijné, comme une politrouk, en brandissant un éclat d'obus. Derrière elle, l'édifice déversait ses entrailles dans la cour. Selon les déclarations de l'état-major, aucun avion de l'armée ukrainienne ne volait au moment du bombardement, et l'on a donc accusé la Russie d'avoir effectué cette frappe pour faire croire à la culpabilité des Ukrainiens ; les tanks russes, d'ailleurs, ne manquaient pas de témoins oculaires. Je n'étais pas étonnée, et pas davantage lorsqu'on a appris ensuite que le missile ayant atteint l'avion malaisien avait été transporté par une troupe de Russes qui avaient traversé Snijné avec leurs tanks en plein jour et s'étaient même arrêtés pour faire une pause devant le supermarché Fourchette. Peut-être avaient-ils eu un petit creux. Peut-être avaient-ils cherché un sachet de graines de tournesol à se mettre sous la dent, ou quelque chose de plus consistant, du poulet roulé dans du pain lavash. Je pensais au Prospekt Lenina, avec sa grande surface couverte de tôle ondulée jaune narcisse, à ces hommes qui tenaient des sandwichs chawarma, sirotaient leur bière dans des bouteilles de deux litres, le front en sueur. Ou peut-être voulaient-ils de la glace et de l'eau. Le mois de juillet était torride, à Snijné. Peut-être se sont-ils rafraîchis avec une glace plombir, comme moi autrefois, lorsque je tenais la gaufrette qui ramollissait dans ma main tout en me demandant comment j'allais bien pouvoir m'extirper de ce bled. Il n'y avait pas le supermarché jaune, de mon temps, mais peut-être les soldats s'étaient-ils fait la même réflexion que moi : maudissant cette fichue mission qui les avait envoyés dans cette cambrousse, ils avaient rêvé de vacances, de leur copine… Et puis, s'essuyant la bouche, ils avaient jeté leurs déchets par terre, lancé des signes de victoire aux passants, et repris la route pour aller descendre l'avion.

La maison des parents de mon père était très jolie et bien tenue, à l'époque. Peut-être était-elle habitée désormais par une famille de séparatistes, et peut-être que cette famille extrayait notre charbon. Les représentants du nouveau pouvoir avaient pris possession des kopanki et s'enrichissaient avec. Ma mère remerciait la Très Sainte Mère de Dieu que mes grands-parents ne fussent plus là pour voir la destruction, l'avidité et les pillages. Cela la contrariait, mais pas moi. Pour ma part, ce trou paumé n'avait que ce qu'il méritait. Chaque tunnel oblique, chaque puits de mine pouvait bien exploser, tous les hauts fourneaux s'éteindre et les bâtiments s'effondrer jusqu'au dernier… Mais tout à coup, j'avais honte d'avoir pensé ainsi. À deux pas de notre ancien domicile, il y avait sans doute des soldats russes par centaines de milliers. Soixante-quinze pour cent des citoyens de Russie étaient favorables à la guerre contre l'Ukraine. L'ampleur des chiffres et la quantité des bottes militaires frappaient si fort ma conscience que mes oreilles sifflaient. On ne pouvait pas les ignorer en haussant les épaules ou en traitant les adversaires de vatniki, de crétins qui léchaient les bottes de Poutine. Ils voulaient absolument nous tuer.

J'avais toujours détesté Snijné, toute la région ; mais soudain, cela me semblait injuste. Et le même sentiment d'injustice m'a accablée pour avoir quitté cette ville qui aurait pu devenir la mienne. Je me suis surprise à me demander ce qui serait advenu si nous avions conservé la maison achetée par mon père et si je ne m'étais jamais enfuie à Paris. Aurais-je connu le même bonheur qu'à Kiev, lorsque j'avais enfin pris ma vie en main ? Ou aurais-je fondé une entreprise familiale avec enthousiasme ? Aurais-je rejoint mon père dans ses business ? Aurais-je aussi chanté Vopli Vidopliassova à tue-tête dans ma voiture, à Snijné, ou autre chose ? Est-ce que je serais tombée amoureuse d'un gars du coin, me serais mariée, aurais amené mon enfant sur les tombes familiales, avec le pain de Pâques dans mon panier ? Et tout cela se serait écroulé avec la guerre, des bouts de corps brûlés se seraient fracassés sur ma table au milieu des assiettes, mon fils aurait collectionné les douilles et les éclats d'obus, mon mari ou mon père auraient négocié avec les séparatistes au sujet des mines, des kopanki et des transports de houille, ma mère aurait protesté et son débrouillard d'époux se serait accommodé ? Peut-être se serait-il bien entendu avec les nouveaux détenteurs du pouvoir. Peut-être s'en serait-il mis plein les poches.

Ou peut-être aurait-il fini avec une balle dans la nuque et nous aurions dû fuir quand même, soit chez ma tante à Mykolaïv, soit avec d'autres réfugiés à Dnipro ou à Zaporijjia, nous aurions élu domicile dans un conteneur et j'aurais prié tous les soirs pour que les nouveaux habitants de la maison de ma grand-mère succombent sous les balles ou sur une mine, ou qu'une meute de chiens les attaque, oui, j'aurais savouré l'idée de ces animaux abandonnés par les fugitifs, qui devaient être sacrément affamés, complètement ensauvagés, encore plus que les chiens errants de Tchernobyl.

Mais nous avions quitté Snijné depuis longtemps et je n'avais pas pris part à une révolution, pas une seule, pour aucun camp, je ne m'étais jointe ni aux séparatistes ni à l'armée ukrainienne – qui recrutait aussi des femmes –, je n'avais rien connu de tout ce qui aurait pu m'attendre en Ukraine, je suivais le cours de la guerre depuis une ville où ces choses-là n'étaient que des titres dans les journaux, et les vers de Evgueni Evtouchenko me revenaient à l'esprit. Ils tournaient dans ma tête comme si je comprenais maintenant de quoi ils parlaient.

Je suis chaque vieillard fusillé ici.
Je suis chaque enfant fusillé ici.
Rien en moi n'oubliera jamais cela.

Les mots martelaient ma tête sans arrêt comme un intrus qui refuse de quitter la maison. Ils me réveillaient la nuit. Je me surprenais à les coucher sur le papier en rédigeant la liste des courses, ou à les marmonner pendant que je passais la serpillière. Ils ont fini par me laisser en paix lorsque j'ai osé m'aventurer jusqu'au parc à chiens.

Le banc est devenu un doux siège de cinéma dans lequel je m'enfonçais pour ne pas penser à autre chose. Je regardais la vie de la famille qui le fréquentait comme une histoire qui aurait pu être la mienne si tout avait pris une autre tournure.

La première fois, j'ai eu la prudence de pénétrer dans le parc à la faveur de la pénombre. Je me suis approchée en catimini du banc qu'occupait souvent un membre de la famille. Je m'y suis assise avec la plus grande circonspection, comme si ses lattes étaient de verre ; j'ai contemplé le paysage, leur paysage, et j'ai imaginé quelle pouvait être leur vie dans ce pays où les chiens jouissaient d'un parc exclusif, mieux entretenu que les aires de récréation destinées aux humains en Ukraine. J'ai fait le tour du jardin arbre après arbre et de l'enclos canin le long de la clôture, tout en comptant combien de secondes il me fallait pour rejoindre la rue si je me faisais surprendre. Je m'entraînais. Je m'essoufflais. Il n'y avait personne, excepté une tête qui dépassait un peu plus loin, vraisemblablement celle d'un sans-abri. Nul n'était intrigué par mes déambulations. En plein jour, ce serait une autre affaire. J'ai tout de même décidé de me lancer. La fois suivante, je viendrais en journée, et ensuite, à l'heure où la famille sortait le chien. Je m'éclipserais si j'avais l'impression d'être reconnue, ou au moindre coup d'œil un peu soutenu. Dans ce cas-là, je n'y retournerais plus. Je me teindrais les cheveux, chercherais un logement ailleurs, peut-être dans une autre ville, je changerais de travail. La famille croirait s'être trompée. Pendant quelque temps, ils surveilleraient leur environnement, mais ils oublieraient bientôt toute l'histoire et concluraient que leur imagination leur avait joué des tours. En cas de besoin, l'agence saurait les rassurer. Elle avait l'habitude des clients paranoïaques qui appelaient dès qu'ils pensaient avoir vu des inconnus qui ressemblaient à leurs enfants. Personne au bureau ne les prendrait au sérieux.

Après avoir rassemblé mon courage pendant une semaine, je suis allée dans le parc sous un soleil éclatant. En chemin, j'ai vérifié mon apparence sur mon miroir de poche. J'avais une veste à capuche dont je serrais et relâchais les cordons en alternance. Les lunettes de soleil glissaient sur mon nez sous l'effet de la transpiration, et les livres de la bibliothèque pesaient lourd. J'avais eu l'idée de les emprunter pour ne pas être désœuvrée. Les gens étaient sur leurs gardes depuis qu'on avait trouvé des friandises canines empoisonnées dans le quartier. Je m'étais bien préparée, et pourtant j'éprouvais le sentiment accablant de ne pas être digne du cercle de la famille, pas même de leur parc préféré. Avec la déchéance de mon train de vie, j'étais devenue la personnification même de mon nouveau métier. Rien en moi ne rappelait la personne que j'avais été. Ma peau se ratatinait, les pores étaient béants. J'avais remplacé le rouge à lèvres par de la vaseline, les collants à cent euros la paire par des haillons du magasin de bienfaisance. J'avais un sac à dos sur les épaules, comme une Finlandaise, et cela faisait longtemps que je ne me sentais plus ridicule ainsi harnachée. Il ne restait rien de mon ancien moi, et c'était tant mieux. Ils ne me reconnaîtraient pas. Néanmoins, j'avais honte de me montrer dans cet état. J'avais peur de voir les yeux du garçon exprimer du mépris devant une femme appartenant à la lie de la société, si jamais il jetait un coup d'œil dans ma direction. Pour autant, mes peurs me bloquaient-elles ? Bien sûr que non. Je ne pouvais pas arrêter, je ne pouvais plus.

En voyant la famille enfin vivante devant moi, je me suis cramponnée à l'accoudoir du banc, certaine que leur chien allait flairer mes intentions. Il était si vigilant vis-à-vis de son entourage qu'il ne pouvait pas rester insensible au danger que je représentais. Lorsque le schnauzer se précipiterait sur moi, la mère arriverait en courant. Elle défendrait à grands cris son toutou qui ne se comportait jamais de la sorte, et alors elle me reconnaîtrait.

Le chien ne s'est pas arrêté pour me renifler, il n'a même pas remué la queue.

La femme suivait du regard la fillette qui jouait avec lui.

L'homme était en pleine conversation.

Arrêté près du portail, le fils était indifférent à ce qui se passait autour de lui.

Son attention était monopolisée par son téléphone.

Je me suis levée lentement et j'ai marché vers lui, certaine que sa mère n'allait pas tarder à se jeter sur moi en hurlant, à me griffer au visage avec ses ongles aiguisés par la manucure, à me tirer par les cheveux et à me traîner au sol, et son mari ne chercherait pas à l'arrêter. Un tiers alerterait la police. Le père se hâterait de sortir avec les enfants avant d'appeler mon ancienne chef.

J'ai marqué une pause à deux mètres du fils. Il ne quittait pas des yeux l'écran de son téléphone, ne cessait pas de pianoter. Il ne me voyait pas. Le chien courait en tous sens dans l'enclos, sans interrompre ses jeux pour venir grogner devant moi. Le nez du garçon était toujours celui de mon père, mais sa peau diaphane était la mienne.

Ma peur d'être reconnue n'avait été qu'une forme de vanité, un vestige de mon ancien moi, l'abusive présomption d'être irremplaçable. J'aurais dû m'en douter. Même si j'avais eu comme avant une coupe de cheveux régulièrement entretenue au salon de coiffure et des sacs en cuir de bonne qualité, la famille ne m'aurait pas reconnue. Les gens comme nous étaient invisibles. La mémoire de nos visages fondait comme neige dans leur esprit, car aucun client ne voulait se rappeler notre existence.

Par un jour de gel, un incident inopiné s'est présenté : la femme s'est approchée de moi spontanément. Venir lire dans le parc, ce n'était plus du tout crédible en hiver, aussi avais-je pris l'habitude de déambuler dans les parages comme une simple promeneuse. La femme a ouvert le portillon de l'enclos canin. J'ai pressé le pas dans l'intention d'atteindre la rue avant qu'elle n'arrive devant moi. Cependant, elle restait debout près de la barrière et, en remarquant que je me faufilais entre les voitures vers le trottoir d'en face, elle m'a suivie en essayant visiblement de me rattraper. Cette fois, j'étais fichue. Elle se rappelait. Je me suis arrêtée. Et si je laissais couler, sans offrir de résistance ? J'ai fermé les yeux. J'attendais une volée de coups. Mais non. Elle m'a saluée, s'est excusée de me déranger et a promis de ne pas me retenir trop longtemps. Tout d'abord, je n'ai pas compris ce qu'elle m'expliquait à propos de la lumière déclinante et de la neige immaculée. Puis j'ai pigé. Elle souhaitait que je prenne une photo qui ferait une jolie carte de Noël à envoyer à ses proches, or il n'y avait personne dans le parc à qui demander ce service. La journée était d'une beauté tellement extraordinaire qu'elle ne voulait pas perdre cette lumière fugitive sur la neige immaculée.

J'ai capturé le paysage hivernal et le moment radieux de bonheur familial comme seule en est capable celle qui n'a jamais connu ce rêve.

Après cette scène, la femme a pris l'habitude de me saluer du menton en passant. Le reste de la famille a suivi son exemple. Léger sourire, hochement de tête, salutation. Le chien remuait la queue et se laissait caresser. La fillette a pris contact avec plus d'entrain. Le fils moins, ou pas du tout. Il ne regardait même pas dans ma direction, sans parler de sourire, contrairement à sa sœur qui suivait de bon cœur le modèle de sa maman. Gardant espoir malgré tout, je me suis mise à stocker des friandises dans ma poche, à tout hasard. Je les donnerais au toutou en cachette pour être en bons termes avec lui. J'avais confiance dans la longue mémoire des animaux et je voulais me persuader que l'opportunité allait se reproduire. La femme aurait de nouveau besoin d'aide un jour où le temps serait parfait, ou lorsque les nuages ou le crépuscule seraient particulièrement photogéniques. Peu à peu, la discrète salutation s'étofferait pour amorcer un bavardage, une discussion de plus en plus réelle au fil des mots, le chien serait trop friand de petits biscuits pour ne pas rester jouer avec moi, et alors le garçon finirait par s'arrêter aussi et par me saluer à son tour.

Cela ne s'est jamais produit.

Les hochements de tête se sont dissipés.

Le chien remuait la queue pour les autres, pas pour moi.

Je suis surprise de voir combien cela m'affecte ; ce petit salut signifiait beaucoup pour moi, j'attendais que la situation évolue dans une autre direction. En soirée, je vide la bouteille de horilka distillée par Boris, apportée par ma mère, et je me persuade que j'ai obtenu que ce que je cherchais : l'assurance que la famille ne me reconnaît pas, et la preuve que les parents ont les qualités souhaitées. La femme est bien la mère qu'elle promettait de devenir. L'homme est un père tel que je l'imaginais. Chez le fils, mon héritage ne s'aperçoit qu'en filigrane, dans ses traits. J'ai réussi à voler une tranche de leur vie au moment où ils passaient encore un temps agréable tous ensemble, et je dois m'en contenter. Dans quelques années, je ne verrai plus le garçon dans le parc, et la femme regrettera l'époque où il léchait la glace accumulée sur ses moufles. Un instant éphémère, puis il ira au lycée, plus tard peut-être à l'université ; le cas échéant, il aura une bonne bourse d'études et ne vivra pas de sacs de pommes de terre postés par ses parents. S'il va à l'armée, ce ne sera pas pour être envoyé sur le front. Après l'école, il n'ira pas ramper au fond d'une kopanka pour gratter le charbon souillé de cendre et de soufre, il ne fabriquera pas des armes avec ses battes de base-ball en y plantant des clous. Il n'apprendra pas à faire des cocktails Molotov avec des ampoules. La guerre ne divisera pas sa famille, pas plus que la révolution. Sa voiture ne sera pas incendiée. Il ne sera pas sur écoute. Il n'installera pas une caméra sur son pare-brise, par précaution contre les policiers qui arrêteraient sa voiture pour lui extorquer des pots-de-vin, ou contre un automobiliste qui l'accuserait d'un accident imaginaire. Personne ne l'emballera dans du plastique pour le jeter dans une décharge, il pourra ouvrir sa porte aux inconnus sans crainte. Après son diplôme, il achètera un logement où il n'aura pas besoin de système d'alarme, et il ne fera pas de réserves de batteries électriques au cas où la Russie fermerait les vannes de gaz de son pays. Il ignorera l'existence des orphelins sociaux comme Boris, qui ne sont jamais allés à l'école et qui finissent oubliés dans une institution à moins qu'un parent comme Ivan daigne les délivrer. Si ce garçon va un jour en Ukraine, ce sera en vacances, et il se comportera alors comme les touristes occidentaux. Il prendra des photos des climatiseurs accrochés aux façades et ça le fera rire, mais il admirera les mémés à fleurs au bord de la route qui, selon la saison, proposent aussi des carottes à fanes, ou bien, en fin d'été, deviennent des mémés à fraises. Il trouvera que ces petites vieilles au dos courbé ont un caractère authentique, traditionnel. Il y a un autre mot pour cela, *pauvreté*, mais il ne le reconnaîtra pas. Il ne pleurera pas sur les mêmes chansons que ma mère et moi, il ne rira pas des mêmes blagues, il ne parlera pas la même langue, n'apprendra pas les mêmes coutumes. Il n'offrira pas son bras à sa copine en descendant de voiture et ne la soutiendra pas légèrement par le coude dans l'escalier. Il n'aura pas envie de voir des arbouses, des abricots, des fleurs de châtaignier et des fresques sur les murs des immeubles. Il ne ressentira pas un mal du pays indéfinissable, car il aura son propre pays où retourner ; j'imagine toutes les choses fâcheuses auxquelles il échappera parce que son pays est ici, et je les répète dans ma tête pour ne pas réfléchir aux belles choses dont il sera privé, ces choses qui me manquent.

Je bois toute la nuit, parce que chaque décision que j'ai prise était juste, malgré le fait que toi, moi et notre fils aurions pu être comme la famille du parc à chiens, qui passe tout son temps libre ensemble. J'aurais eu un nouveau trench-coat chaque printemps, un brushing au salon de coiffure ; lors de nos grasses matinées, tu te serais réveillé avec le petit-déjeuner sur un plateau arrangé par notre fils aux mains grasses, et tu aurais trouvé des Lego dans tes poches, ou des cailloux, et puis, en automne, des feuilles d'érable ramassées par ses soins.

Tout cela aurait été possible si je t'avais parlé de Snijné et de Daria dès notre rencontre. Peut-être aurais-je pu sauvegarder ce que nous avions. Tu m'aurais pardonné ce détail, une autre aurait eu mon avancement et progressé dans sa carrière, mais je n'aurais pas eu à te quitter, à m'enfuir.

De même, j'aurais dû te parler de notre fils Olejko, j'aurais dû partager la nouvelle avec toi sans tarder, dès que j'ai su que j'attendais notre enfant. Je voulais le faire. Je pensais que tu croirais la mère de ton fils plus que les autres, si jamais les choses prenaient une mauvaise tournure. Et si tu ne me croyais pas, tu m'aiderais quand même, ne serait-ce que pour lui.

Daria se retourne et marmonne dans son sommeil. Je ne distingue pas les mots. Je lâche l'oreiller que j'écrasais et je redresse mes doigts crispés. Je suis obligée de continuer. Il y a des milliers de photos sur son téléphone, les plus anciennes datant de trois ans. De moi, je ne vois rien de récent. Mais je ne suis pas rassurée pour autant. Elle a collecté des données sur d'autres femmes. Elle a surveillé des mères et des enfants. Elle a photographié en cachette des gens dont je ne voudrais jamais qu'ils me reconnaissent grâce à ses fichiers, et la situation est plus grave que je le craignais : parmi les anciennes clientes figure la plus importante de toutes.

Les photos de Lada Kravets et de ses enfants sont récentes, prises d'étonnamment près, et il y en a beaucoup. Cela indique un danger sur lequel je devrais logiquement me focaliser de toute urgence. Mais mon cœur en décide autrement : dès que j'ai distingué les Kravets, il me force à te chercher à l'écran. Tu es là, quelque part. Il faut que j'aperçoive ton visage. Ta main. Ta nuque. Ta voiture. Ton ombre. La fameuse terrasse de Mimino, que tu aimais tant, ou un célèbre café viennois. Une table de dîner photographiée de loin, où Lada Kravets rajuste son foulard en dentelle, et tu seras assis à côté d'une femme, une femme qui sera clairement la tienne. Rien qu'une vision fugitive de ton environnement, celui des Kravets, et je saurai que ton souffle, si ce n'est plus, est gravé dans l'image. Si je ne trouve aucune trace de toi, cela voudra dire que tu as connu le sort que je craignais. Tu ne viendras pas me chercher. Ce sera quelqu'un d'autre. Après tout, c'est peut-être plus facile ainsi.

Je te reconnais immédiatement, bien que le cadrage n'ait retenu que la moitié de ton dos : ton épaule droite est toujours un peu plus haute que la gauche, la position de ta tête m'est familière. J'agrandis la photo, de date récente. Lada est de face et paraît en forme, heureuse, tout le contraire d'autrefois – et parfaitement ignorante de la présence d'une photographe embusquée qui espionne ses enfants. Le fils tient sa mère par la main, et une inconnue conduit une poussette dans laquelle est assise une fillette. Cette femme que je présume être la nounou n'a pas de brushing, et sa jupe faite à la main couvre les formes irrégulières de ses hanches. À côté, un caniche toy déambule en manteau Burberry. À en juger par les immeubles qui transparaissent derrière les arbres, la photo est prise à Londres, plus précisément du côté de Belgravia. Comment ne vois-tu pas le danger qui vous guette ? Daria est-elle habile au point d'échapper même à ton regard ? Je croyais que tu serais devenu plus vigilant que jamais, après ce que j'ai fait.

Je ne sais pas quoi penser. Certes, j'ai envisagé l'hypothèse où tous les torts te seraient imputés. Mais je n'y crois pas vraiment. Tu es de l'étoffe de ceux qui s'en sortent, ou tu auras racheté ta place, j'en ai maintenant la preuve. Dans le cas contraire, tu ne figurerais pas sur la même photo que la belle-fille de ton chef et ses enfants, à leurs côtés. Cela confirme l'essentiel : tu fais toujours partie de la famille Kravets. C'est bien toi, malgré tout, et nul autre. Tu as vieilli, tu es le même, tu es en vie. Mais pour combien de temps, si les Kravets apprenaient que Daria les a espionnés sous ton nez ?

Je devrais quitter la chambre d'hôtel en courant, être déjà en cavale. Au lieu de cela, je cherche d'autres signes de toi, et je fais défiler avec impatience les images de la galerie jusqu'à tomber sur des clichés recueillis dans de vieux magazines. Sur l'un d'eux, Lada Kravets porte son bébé dans les bras, contre le fond bleu du Parti des régions. Je me rappelle bien l'événement, il y a six ans, la scène à l'écran me renvoie immédiatement dans la salle où, côte à côte, nous écoutions les discours des invités de marque. Adossés au mur, nous avons échappé à l'objectif. En fermant les yeux, je sens ton souffle sur ma nuque, la chaleur de ton corps contre moi, je distingue ton odeur dans ma sueur. La chaleur me labourait le dos et les chaussures neuves me serraient, alors que je les avais assouplies à l'alcool pendant une semaine. La journée était remplie de toasts, de discours et d'orateurs internationaux. Notre objectif était de rattraper la catastrophe de l'année précédente, où l'on avait dû restituer les vaccins de grippe porcine envoyés par les États-Unis. Selon les couches profondes de la population, c'était un complot américain pour stériliser les pauvres : de l'eugénisme pur et simple. Ces rumeurs avaient démarré au quart de tour, et l'épidémie de rougeole aussi, une fois de plus ; à présent, devant les invités, les mêmes politiciens et hommes d'affaires qui avaient alimenté la rumeur se félicitaient sans vergogne de relancer leur fabrication de vaccins. En la circonstance, Lada

Kravets et son bébé donnaient une bonne impression ; quant à moi, puisque je représentais de nombreuses fondations favorisant la santé des enfants, ma mission était la même : redorer la réputation du pays. Pour amorcer la production, il fallait arracher des subventions à la délégation allemande, et tu me chuchotas à l'oreille que les invités étaient furieux depuis longtemps à propos de l'équipement qu'ils avaient offert. Si les subventions étaient nécessaires, c'était justement dans le but de lancer ce projet spécifique. Dix années avaient passé, le matériel n'avait jamais été utilisé et sa localisation physique n'était même pas connue. Se sentant escroqués, les Allemands étaient en colère, ils ne voulaient plus apporter leur aide et ne faisaient pas confiance au programme de vaccination du nouveau gouvernement.

– Tu pourrais faire quelque chose, chuchotas-tu.

– Comme quoi ? demandai-je.

– Sourire, rien que sourire.

J'avais pour mission de convaincre la délégation que les vents nouveaux allaient tout transformer et que le président Ianoukovitch était l'homme de la situation.

Au dîner, je fus placée à côté d'un Allemand. Je lui racontai que nous vaccinions toutes les filles par sécurité avant de les accepter sur les listes du bureau, et seulement après avoir fait vérifier la qualité des vaccins par nos médecins. Je fus incapable d'avaler un morceau, je chipotais dans mon assiette pour la forme, et je bus du vin avec les Allemands. Peu à peu, j'en vins à dire à mes voisins de table qu'ils feraient mieux de laisser tomber. Tant pis ! Nos ministres préféraient dorer leurs datchas avec leurs subventions, et les Allemands seraient bien inspirés d'aller voir sur place à quoi ressemblaient les sanatoriums où avaient été flambées les ressources de leurs compatriotes. J'étais prête à parier qu'ils n'y trouveraient pas l'ombre d'un patient !

Je finis par interrompre ma litanie débridée en remarquant que tu me fusillais du regard depuis une autre table. Pétrifiés, les Allemands me regardaient. J'étais dans l'embarras, je le savais déjà, alors quelle importance ? Dans tous les cas, j'allais te perdre. Que pouvait bien changer ce qui sortait de ma bouche ?

Le lendemain matin, tu m'annonças que les visiteurs étaient en déplacement-surprise sur la péninsule de Crimée. Ils tenaient à visiter les établissements de soins qu'ils avaient subventionnés, et tu voulais savoir si j'avais quelque chose à voir avec ce changement de programme. Je plongeai le menton dans mon gilet en renard et t'assurai que j'avais fait de mon mieux. En Crimée, la délégation allait trouver un tas de cailloux et serait accueillie par une statue de Lénine envahie par les herbes folles au milieu d'un jardin fréquenté par les mineurs soignés dans un sanatorium jadis resplendissant.

Mais ma gaffe avec les Allemands fut l'exception. La visite était tombée un de ces jours où mes nerfs me lâchaient. Globalement, je parvenais tout de même à garder l'équilibre et à me comporter normalement, sauf lors de rares crises comme celle-là. Tu imaginais toujours que ce qu'il y avait entre nous était durable, et je faisais mon possible pour te donner raison. Tu me tenais la main parce que nous étions deux amoureux, et je le faisais aussi parce que j'étais au bord de la noyade.

L'an dernier, ma mère a entendu dire que Lada Kravets aurait déménagé à Vienne avec sa famille. Elle a lancé cela en passant, et j'ai fait mine de n'y accorder aucune importance, mais je me suis bientôt surprise à consulter des photos de Vienne sur mon téléphone en me demandant ce que tu faisais et si tu habitais toujours dans l'immeuble dont je me souvenais bien. J'avais choisi le lustre chez un antiquaire recommandé par la femme de ton chef, Maria Kirillovna, lorsqu'elle croyait encore que nous nous installions ensemble. Si la famille était à Vienne, alors toi aussi. Peut-être au restaurant, en ce moment même, devant une assiette de tafelspitz au bord du Danube : rien que d'y penser, je sentais dans ma bouche la sauce aux pommes et le raifort, j'en avais même le nez qui piquait. Ou non, c'était janvier, la saison des bals. Tu te préparerais pour une soirée en compagnie d'une femme, et celle-ci te tournerait le dos, elle écarterait une mèche tombée de son chignon et te demanderait de l'aider avec la fermeture éclair bloquée dans l'épaisseur du tissu. J'entendais le frou-frou de la robe et voyais tes doigts la parcourir. J'aurais pu être cette femme. J'aurais pu danser la valse avec toi en cette soirée de janvier si je n'avais pas été poussée à fuir, car votre monde n'a guère changé malgré la guerre et le nouveau gouvernement. Vos bals sont les mêmes, vos villas niçoises sont les mêmes, vos enfants fréquentent les mêmes internats et vos voitures sont toujours aussi chères. Peut-être quelques collaborateurs en plus, peut-être quelques-uns en moins, peut-être de nouvelles relations commerciales à la place des anciennes, mais rien de bien grave. Au contraire. Si ça se trouve, vous allez mieux. La guerre vous aura fourni des opportunités rentables, et vous avez plus d'argent, plus de pouvoir qu'avant. Peut-être les lois martiales ont-elles permis de réaliser des affaires absolument inouïes, et pourquoi pas ? Les journaux ont rapporté que ton chef finançait le bataillon de Dnipro contre les séparatistes, et que son armée privée constituait le noyau dur des troupes de volontaires. Je ne crois pas que ce soit seulement une question de patriotisme et de protection des investissements – même s'il y a de cela aussi, bien sûr. Les enquêtes ouvertes dans le cadre de l'insurrection du Maïdan ont révélé de vastes réseaux de corruption, provoquant une vague de suicides parmi les notables, mais je n'ai pas imaginé un seul instant que cela puisse vous concerner.

J'ai suivi de loin le cours de la révolution ; par moments, j'étais certaine que les tanks russes allaient déferler dans Dnipro. Après l'annexion de la Crimée, j'ai regardé sur mon ordinateur les derniers JT de Russie, le matin, pour voir la forme de leur carte météo, et je n'étais pas la seule à le faire. Du jour au lendemain, c'était peut-être toute l'Ukraine qui allait être rattachée à la Russie, sur la carte, pas seulement la Crimée.

Quand je voyais des photos du fameux hôtel Parus dont la façade arborait maintenant le trident ukrainien, j'aurais voulu être là pour repeindre les rues dans les couleurs jaune et bleu du pays. J'aurais porté une couronne de fleurs, notre fils aurait été ravi. Nous aurions déployé le drapeau à la fenêtre du bureau, chanté l'hymne national dans les concerts. Nous aurions vu tout cela ensemble, Dnipro qui reconnaissait les couleurs, la statue de Grigori Petrovski – dont la ville avait pris le nom à l'époque soviétique – qui tombait de son piédestal, l'hymne brejnévien de Dnipropetrovsk qui cessait de retentir dans les trains et au conseil municipal, cessait de saluer les camarades et les ouvriers devant un public qui se levait en rythme. J'aurais voulu éprouver ne fût-ce qu'un moment de foi dans le changement, dans un monde nouveau, un nouvel avenir… et puis j'aurais été déçue, comme tant d'autres. Des hommes jeunes rentrent sans cesse du front, aptes au combat. À ton avis, que pensent-ils de la lenteur du changement, ces vétérans ? Pendant qu'ils voyaient leurs amis mourir, rien n'a changé dans vos vies !

Au cours de la révolution, je pensais souvent à ma chef, je l'imaginais hésiter entre le drapeau ukrainien et le portrait de Poutine, faire les cent pas dans son bureau, accrocher l'un au mur, puis l'autre, et finalement les ranger tous les deux dans l'armoire. Le site web du bureau déclare maintenant qu'on n'accueille plus de donneuses russes, mais je suis sûre que le portrait de Poutine, joliment encadré, se trouve encore dans le placard, à tout hasard.

Je pose le téléphone de Daria sur mes genoux et me frotte le visage. Me voici dans une chambre d'hôtel où je ne devrais pas être, en train de regarder une femme que je ne suis pas censée côtoyer, endormie sur le dessus-de-lit. Je repense à des choses qu'il vaudrait mieux oublier, et cela me ralentit, comme toujours avec les sentiments. Je redresse mes jambes engourdies et me lève pour écouter la respiration de Daria en me demandant si son sommeil est toujours aussi profond. Trouverait-elle un moyen de m'éliminer si elle ne me voyait pas à son réveil ? Penserait-elle que je me suis enfuie ? S'affolerait-elle ? Je décide de lui envoyer le marchand de sable pour un deuxième service. Je me dirige vers la salle de bains, où je devine avoir distingué une odeur familière, et j'y trouve en effet un flacon de Korvalol. J'en dilue une franche rasade dans un verre d'eau, soulève la tête de Daria et enfile le liquide dans sa bouche à la cuillère. Elle marmonne, gargouille et avale. Je laisse un mot sur la table de nuit avec la promesse de revenir pour le petit-déjeuner ; je détache ma clé USB de son ordinateur et remets le téléphone sous son dos. Dans le hall, je me faufile devant la réception en cachant ma tête sous mon châle. À chaque pas, la peur qui me taraude m'arrache un grand battement dans la poitrine ; en même temps, ton bras me manque pour m'y retenir. À tout moment, j'ai le réflexe de prendre la direction du terminal maritime ou de l'aéroport. Mais je m'en abstiens. Trop de questions relatives à Daria restent en suspens, trop de vies sont encore en danger. Et je ne peux pas disparaître sans prévenir ma mère : elle serait sûre qu'on m'aurait tuée.

À la maison, je descends du grenier la valise avec laquelle je suis venue de Dnipropetrovsk. Sans me laisser décontenancer par le regard éloquent de ma mère, je prétends que je fais de la place dans la mansarde pour les vêtements d'hiver. Elle ne dit rien, pas même que c'est une heure incongrue pour faire du rangement en pleine nuit, et j'attends qu'elle aille se coucher avant d'ouvrir la valise.

L'odeur du parfum Tobacco Vanille qui imprègne toujours les habits règne dans l'entrée comme une caisse de pommes d'hiver remontée de la cave, et je dois retenir mon souffle un moment. Je ne sais pas si Karl Marx a toujours son prospekt à Dnipro, ou si la plaque commémorative avec le portrait de Leonid Brejnev a disparu sur la façade de sa maison natale. Depuis la révolution, il y a des centaines de villes à renommer en Ukraine, des rues par dizaines de milliers, de même que des Lénine et autres statues à renverser. Tous les Prospekt Lenina et Gagarina connaîtront ou ont connu le même sort, mais le contenu de mon sac n'a pas changé depuis ma fuite.

Je sors une robe fripée – j'aurais dû la plier dans du papier de soie – et je me demande à quoi je pensais en mettant cela dans mes bagages. S'il était parfaitement assorti à mes escarpins en peau de serpent, ce vêtement n'a aucune utilité à Helsinki. Imaginais-je continuer ma vie comme avant ? Est-ce la raison pour laquelle je l'avais emporté ? Ou bien était-ce à cause de toi ? J'avais reçu cette robe de la part de ma chef pour un gala philanthropique, l'une des nombreuses et interminables soirées auxquelles nous participions pour établir des contacts. La bienfaisance était à la mode depuis que les financiers ukrainiens avaient compris que c'était un bon moyen d'acheter des doctorats honoris causa à Cambridge et des superstars à Hollywood pour rendre les galas plus attractifs. Cela permettait de blanchir l'argent, de se donner de la légitimité, tous les visages devenaient respectables. C'est dans cette robe, à Zaporijjia, que j'ai participé à une fête d'où nous nous sommes échappés avant la fin, toi et moi. Je craignais la réaction de ma chef si elle remarquait ma disparition, et malgré tout je te suivis dans l'ombre des colonnes du théâtre. Ma respiration s'était mise à siffler au bout d'une heure en ville; après l'avoir écoutée un moment, tu me parlas des enseignants qui avaient mis en garde les filles de tout le pays contre les garçons de Zaporijjia. Si on couchait avec eux, par-dessus le marché, on était condamnée à vivre à Zaporijjia! Tu me fis un clin d'œil et me rappelas que tu avais quitté la ville depuis longtemps. Ma poitrine palpita et tu proposas une petite promenade: la majestueuse façade du théâtre serait plus belle à voir depuis le trottoir d'en face, de l'autre côté du Prospekt Lenina, où se trouvait un square. Je verrais la totalité du fronton surmonté d'une statue qui brandissait moins une harpe qu'une faucille et un marteau. Cette figure féminine avait une position qui me rappelait ma chef; à ses pieds, deux komsomoltsy tenaient une bandoura; je me demandai alors si tu te moquais de moi, si tu trouvais que je me comportais devant ma supérieure hiérarchique comme un de ces membres du mouvement de la jeunesse en pâmoison. En entendant sonner la fin de l'entracte, je retournai vers la porte, mais tu m'attrapas par le bras avec un regard coquin; aussitôt, je ressentis le désir irrésistible de m'enivrer et de tout oublier.

Les chaussures, c'est toi qui me les as offertes plus tard, de même que les bottines, et je les ai même apportées dans leurs boîtes, avec les embauchoirs, comme si j'avais une place infinie dans ma valise.

Des fleurs d'acacia sont encore collées sur la semelle des escarpins, réminiscence de notre dernier printemps ensemble. Je les détache et les contemple dans ma main. En mai, le parc revêtait une blancheur hivernale : nous pataugions dans la couche d'acacia et dans le duvet de peuplier qui pleuvait sur nous comme une averse de neige, et tu me racontas que tu t'étais pris une raclée la fois où tu avais mis le feu à une de ces touffes de poils chez ta babouchka. Ça brûlait drôlement bien !

Je remets les chaussures dans la valise. Je n'ai utilisé aucune de ces deux paires, ici. Leurs talons sont inadaptés à la vie nordique, à ses grilles boueuses, aux trous sournois de ses tapis en caoutchouc sous la neige fondue, à la vie d'une personne sans voiture. Ou bien j'ai voulu les préserver parce que je n'ai plus d'homme pour m'offrir des cadeaux luxueux. J'enfonce les ongles dans mes paumes et cherche à détourner le cours de mes pensées. J'en suis incapable. Le moment où tu m'as surprise en train d'aller faire des achats au centre commercial Passage est par trop vivant dans mon esprit. Daria et moi avions emménagé dans la villa du Bois-d'Argent pour la durée du processus, et je faisais un saut dans le centre de Dnipro pour acheter des bottines. À l'approche du bâtiment, je m'arrêtai en entendant mon nom, et j'eus la surprise de constater que tu m'avais attendue près du manège. Tu tenais des roses, elles étaient pour moi. Tu me proposas une balade, et ce n'était pas l'envie qui manquait, mais j'hésitai. J'avais pour mission de surveiller personnellement les injections de Daria, et je ne voulais pas trahir la confiance de ma chef. Elle ne se contentait pas d'avoir placé une infirmière à plein temps en charge des piqûres. Je me promis donc de rentrer à la villa dès que j'aurais fini mes achats. Tu me suivis à l'intérieur du Passage ; en ressortant, nous fîmes une halte devant le manège, je détournai les yeux de toi, regardai vers le Palais de la culture et la statue de Lénine. Les marchroutki passaient en trombe, orange comme les feux de signalisation. Tu continuais ton jeu de séduction. Allez, juste un petit tour, au moins prendre un verre si ce n'est pas un déjeuner, au moins un moment si ce n'est pas pour toute la soirée... Je consultai l'heure sur mon téléphone. Malgré ma résistance, mes jambes se mirent en marche comme d'elles-mêmes et je finis par me laisser conduire, devant le cirque, jusqu'au bord du Dniepr. Il n'y avait pas de cracheurs de feu, pas de jongleurs, et le temps était trop rude pour les pêcheurs aussi. Je plaçai la tête face au vent froid qui charriait une douce odeur de halva depuis les usines d'huile de tournesol et faisait danser un bouquet de roses abandonné sur le garde-fou de la berge, le malmenait, je ne pensais pas à mes devoirs mais à la destinataire de ces fleurs qui n'était pas venue au rendez-vous, et à la tristesse que j'éprouvais toujours à la vue de bouquets oubliés ici ou là.

Je remets dans leur boîte les bottines achetées au Passage, et j'aperçois dessous un pot de teinture capillaire, des faux cils et des lunettes de soleil qui m'ont coûté la peau des fesses. Le flanc de la boîte à chaussures est chatouillé par un gilet en renard adapté au climat nordique. En Finlande, ce sont surtout les Russes qui portent des fourrures. Mais je n'ai pas pu me résigner à me défaire de ce gilet, contrairement à celui en loup. Je palpe la douce toison. Je ne pourrais en tirer que trois sous, pas assez pour une nouvelle fuite. Je commence à avoir mal à la tête et je soupçonne que c'est à cause de ce parfum que je n'ai pas utilisé depuis longtemps. En m'installant à Helsinki, j'ai acheté des imitations. Puis j'ai dû y renoncer aussi, parce que les clients protestaient auprès de la boîte de nettoyage, et j'ai reçu ma leçon sur les bonnes manières en usage, « chez nous, en Finlande ». En me faisant des remontrances, le directeur des ressources humaines m'a jaugée de la tête aux pieds et, en le regardant, j'avais l'impression de voir mon ancien moi. Moi aussi, j'avais contrôlé l'usage du parfum chez les filles, si nous avions des clients du Nord. Les Scandinaves ont le nez sensible, ils se plaignent toujours des produits d'entretien dans les hôtels et du goût de chlore dans l'eau.

Un jour, sur une étagère d'un domicile où je passais le balai à franges, j'ai remarqué un flacon de Tobacco Vanille. Le bouchon était couvert d'une toile de poussière et c'est pourquoi la vivacité de l'odeur m'a surprise. J'étais seule ; une fois le nettoyage terminé, je me suis vaporisé du parfum sur l'intérieur des poignets. Cette nuit-là, je me suis réveillée avec ton souffle sur ma nuque. J'ai tendu la main, mais mon lit était vide.

Je rebourre la robe de soirée dans la valise. Je préfère ne pas voir l'air ridicule que j'aurais là-dedans, en supposant que j'arrive à remonter la fermeture éclair. Je sors un corsage en soie. Parmi les affaires, il y a aussi de quoi m'insuffler un brin d'optimisme : des jupes crayons et deux jaquettes. Si elles m'allaient encore, je pourrais passer mes dernières journées dans des vêtements que je reconnaîtrais comme miens et dans lesquels j'éprouverais au moins un semblant de dignité. Je tenterais de ressembler à la femme avec qui tu avais imaginé partager ta vie. Au fond de la valise, je trouve encore un paquet de collants neuf, du cirage et une brosse à vêtements.

Je regarde autour de moi sans rien trouver d'autre à emporter. J'hésite en voyant le tube à cardamome que j'avais acheté pour notre fils. J'avais vu que les Finlandais conservaient les dents de lait de leurs enfants dans ces éprouvettes à épices, et j'avais pensé que ce serait le premier pas d'Olejko dans la finlandité. Cette fois, j'abandonnerai tout ce qui me fait penser à lui. J'ai essayé, j'ai échoué : c'est un échec total.

Je me réveille avec des coups dans la poitrine et je lève la tête. Je ne comprends pas comment j'ai pu m'assoupir sur la table de la cuisine dans cet état. J'appuie le poing sur mon cœur pour apaiser les battements. L'écran de mon portable est éteint. J'y ai consulté les photos de Daria que j'avais transférées depuis la clé USB. Comme la palpitation menace de se propager à mes tempes, je vais chercher un comprimé d'Analgin. En versant l'eau dans le verre, je remarque les corneilles assemblées dans l'arbre, devant ma fenêtre. Comme si ma détresse les avait alertées pour venir guetter l'instant où la proie rendrait son dernier soupir. Je ferme brusquement les rideaux. La voix au fond de moi se répète si fort que tu l'entends sûrement. Elle ne peut pas ne pas t'appeler, elle ne se tait pas, elle me trahira, te conduira sur mes traces, et j'ai envie de prendre mes jambes à mon cou. J'accours dans l'entrée et saisis la poignée de ma valise qui attend là, elle est prête, aussi prête qu'elle l'était lorsque je me suis enfuie de Dnipropetrovsk, et je la tire vers la porte. Je m'arrête pour enfiler une veste et les mitaines tricotées par ma mère. Mon regard se pose sur mes mains. J'observe mes ongles en moignons, eux qui étaient encore fermes et solides il y a six ans. À l'époque, ma fuite a réussi. J'avais ma fourrure, mes cheveux d'occasion et mes cils allongés, j'avais l'air de voyager tout le temps en avion, d'avoir les moyens, et pourtant j'étais nerveuse à l'aéroport de Kiev. Comment pourrais-je imaginer m'enfuir, cette fois ?

Je vais m'asseoir par terre à côté des chaussures de ma mère. Je m'étonne encore d'avoir gardé la tête sur les épaules pendant que je m'enfuyais, d'avoir réussi à franchir la frontière en passant pour une femme d'affaires déterminée. Le personnel de sécurité était trop occupé avec les bocaux en verre qui défilaient sur le tapis de l'appareil à rayons X, et je remerciais en pensée les mémés qui n'arrêtaient pas de perturber les procédures de contrôle. Ces baboussi ne comprenaient pas pourquoi elles ne devaient pas transporter des pots de cornichons dans leurs bagages à main, et on finissait généralement par les laisser passer avec leurs cadeaux. Personne n'eut le temps de prêter attention à mon corps tremblant, aux auréoles sous mes aisselles, aux collants qui glissaient dans les bottes, et le passeport finlandais ne fit l'objet que d'un coup d'œil désinvolte. Malgré cela, je m'attendais à sentir à tout moment ta main se refermer sur mon bras, t'entendre chuchoter à mon oreille : « Où imaginais-tu aller comme ça ? » Parfois je me suis dit que tu avais peut-être fait exprès de me laisser partir, de m'accorder le temps de m'enfuir. Le referais-tu maintenant ? Comment te convaincre que je n'ai que trop souffert ? Le personnel de l'aéroport ne permet plus de transporter les pots de cornichons dans les bagages à main. Ma mère ne peut plus en apporter en Finlande, pas la moindre conserve, alors que sa cave en regorge, et c'est ce qui l'afflige le plus. Tu ne me laisseras peut-être plus partir. En supposant que c'était le cas à l'époque. À moins que je me berce d'illusions.

Je me demande souvent ce que les gens de mon passé pensent qu'il m'est arrivé. Certains imaginent sûrement que je suis morte, que mon cadavre a été enroulé dans un tapis et jeté dans une décharge. Les autres croient peut-être que je vis sur une île paradisiaque en sirotant du champagne. Rares sont ceux qui devineraient que je suis maintenant une femme dont toute Helsinkienne de classe moyenne peut s'offrir les services. N'est-ce pas une punition suffisante ? Une vie pareille, une vie d'exil, à trier le linge sale d'inconnus et troubler la marmaille de parfaits étrangers. Me laisserais-tu garder cette vie insignifiante si je t'expliquais la raison de mes actes ?

Le soleil se lève et les balayeuses mécaniques se mettent au travail, mais je n'ai pas trouvé de solution au problème pendant la nuit, malgré mes espoirs. Je tripote la carte d'hôtel piquée à Daria comme si c'était une boule de cristal, alors qu'elle ne m'offre aucune ouverture vers l'intérieur de sa tête ; en même temps, je parcours distraitement les photos sur mon portable. Malgré des heures de recherche, je n'ai toujours pas trouvé une seule réponse, et je suis toujours abasourdie par le nombre de familles sur les photos, par la quantité d'enfants portant les fossettes de Daria. La plupart me sont inconnus. Je l'avais épargnée ; les coordinatrices qui m'ont succédé n'auront pas eu cette indulgence. Je ne comprends pas pourquoi elle a accepté cela, et pourquoi le bureau n'a pas fait l'effort de la caser. Ont-ils été pris de court par le flot de clients qui convergeaient vers le pays ? Était-ce à cause de la Thaïlande qui, incommodée par sa réputation d'usine à bébés, a fini par interdire la GPA aux étrangers ? La fiabilité du pays en a pris un coup dans l'aile, sans aucun doute, pour la clientèle. Si l'Inde lui emboîte le pas, l'Ukraine deviendra alors le maître incontesté en la matière. Le développement international des affaires oriente sans cesse les couples vers l'Ukraine. Je calcule les sommes gagnées par Daria. Si elle a pris goût à la vie de château, elle a pu devenir avide. Peut-être que la voiture ou la fourrure ne lui ont plus suffi. Elle aura décidé de vouloir tout posséder, et de donner ses ovocytes aussi longtemps que cela lui garantirait des revenus confortables.

Ces derniers temps, cependant, Daria n'a rien gagné, j'en suis certaine. La fille que j'ai laissée dormir sur le lit de sa chambre d'hôtel, je n'oserais pas lui demander plus de dix dollars, même pas. Je ne me permettrais pas de la présenter à quelqu'un.

Pour m'aider à penser, je sors du frigo le salo apporté par ma mère et je me verse un verre de la horilka distillée par Boris à partir de la sève du bouleau. Il faut que je me concentre, que je récapitule les événements passés, les filles à problèmes. Daria en était une, sans plus. En général, si nous avions des difficultés, c'était parce que la donneuse devenait inutile une fois le processus achevé. C'était souvent un coup dur, de même que la perte des avantages comme le logement. La chute de leur niveau de vie conduisait certaines à chercher un nouveau moyen de gagner de l'argent; parfois, ce moyen était le chantage. Or avec vous, Daria pourrait obtenir bien plus qu'avec ses clients précédents, et cash. Pourtant, elle ne m'a pas vendue, pas encore. Je reviens sans cesse à la même conclusion : ce n'est pas une question financière. Il y a autre chose. Peut-être n'a-t-elle pas supporté que son ancien entourage ne comprenne pas sa grande vocation de donneuse de vie. Car les revenus, les cadeaux et les voyages n'étaient pas les seuls attraits du métier. Le sentiment d'avoir de l'importance était également un facteur attractif, et strictement personne ne renonçait à donner ses ovocytes après une première expérience. À cet égard, Daria ne faisait pas exception à la règle. Pourrait-elle être une de ces filles qui ne savaient pas vivre sans faire l'objet d'un culte, sans jouir d'un statut de sainte ? Ou de celles qui avaient la tête sous l'eau à cause du déséquilibre hormonal, si profond que la vie entière commençait à leur sembler vaine ? Ou de celles qui ne trouvaient aucun secours face à leur souffrance, même en Dieu ? Parfois, elles s'effondraient purement et simplement. N'importe laquelle de ces explications pourrait s'appliquer à Daria. Ou bien elle serait l'une de ces filles qui prenaient conscience de la signification de leurs actes lorsqu'elles avaient ensuite leur propre progéniture : une autre avait donné naissance à de vrais enfants avec leurs ovules à elles. Non, Daria ne me donne pas l'impression d'être mère. Au vu de son mode de vie et de la productivité dont témoignent les photos, c'est impossible. Toutefois, les filles de cette catégorie pouvaient voir surgir le besoin obsessionnel de prendre contact avec d'anciens clients. La plupart prétendaient qu'elles détenaient des informations vitales pour la santé de l'enfant et qu'elles en diraient plus si la famille les rappelait.

Nous ne transmettions jamais leurs messages. Ils ne donnaient lieu qu'à des problèmes, des problèmes comme Daria inconsciente dans sa chambre d'hôtel.

Je me surprends à compter les filles et les garçons sur les photos comme les fleurs d'un bouquet. Si les enfants sont en nombre impair, ils seront semblables à une gerbe funéraire, peut-être pour moi. Si leur nombre est pair, j'ai l'espoir de m'en sortir. Mais si les filles sont en nombre impair et les garçons en nombre pair ? Je me masse le front. La horilka ne m'a pas éclairci les idées. Aucun des cas épineux antérieurs n'était comparable à celui-ci. Cette énigme, je ne sais pas la résoudre. Et je ne veux pas répéter l'erreur que j'ai déjà commise : considérer Daria comme une fille ordinaire dans les rangs compacts d'une foule de donneuses.

– Qu'est-ce que tu fais assise dans le noir ?

Ma mère se pointe à la porte de la chambre, va ouvrir les rideaux et se met à changer les draps. Comme la lumière me fait mal aux yeux, je tourne le dos à la fenêtre. Elle n'est chez moi que depuis une semaine et elle a déjà repassé tout le linge, alors que d'habitude, ici, on se contente d'étirer les vêtements et de les rouler côte à côte. Personne n'attend autre chose de moi au travail. Mais les usages finlandais ne changeront pas ses idées.

Mon regard fait le tour de la pièce dans un mouvement d'adieu, s'arrête sur chaque objet que ma mère a fait l'effort d'apporter ici. Je vais devoir tout laisser, les nappes brodées aux motifs de pavots et les chemisiers vychyvanka. Je me séparerai enfin de la taie d'oreiller que ma mère tient maintenant à la main. Elle est faite du même drap que nous avons stocké à Tallinn dans les derniers jours du rouble et qui a voyagé avec nous jusqu'à Snijné. Les draps en cette matière, elle les a apportés en Finlande après avoir remarqué les déficits de ma literie. Ma situation économique ne me permettait pas de faire valoir une objection. Elle lâche le linge sale dans le panier et s'arrête à côté de moi, dégageant des effluves de crème de souci.

– Alors tu vas me dire ce qui se passe ? Quelque chose te tracasse.

Je regarde nos pieds en silence. Les pantoufles de ma mère. Ses éternelles pantoufles. Ses varices. Mes orteils nus, leurs ongles écaillés. Je pense aux pantoufles pour les invités qu'elle a apportées d'Ukraine et que personne n'utilise. Elle les glisse toujours à côté de mon lit, alors que les pantoufles ne font pas plus partie de la culture finlandaise que les crises énergétiques ou la dilatation des radiateurs électriques, or je lui ai bien dit que je voulais vivre comme les Finlandais. Je n'ai pas besoin de me soucier que la guerre en Ukraine ait un impact sur le prix du chauffage au gaz. J'ai mentionné tous ces faits dans ma liste des choses positives, ma liste parfaitement inutile. Ce printemps ne sera pas le printemps de ma vie. Ce printemps ne sera rien du tout. Je pourrais très bien me rouler sous la couette et rester couchée là jusqu'à ce que vous veniez me tirer une balle dans le front.

– Allons, raconte ce qui ne va pas, insiste ma mère.

Je repousse son bras, vais m'appuyer avec les mains sur le bout du lit et je m'y cramponne pour me retenir d'aller fermer les rideaux. C'est un mardi matin comme les autres, il faut bien laisser entrer la lumière, mais du coup j'ai la sensation d'être une cible, alors que personne ne peut me guetter par la fenêtre du cinquième étage. Pourquoi suis-je toujours chez moi ? L'une des familles chez lesquelles je fais le ménage est en voyage : je n'aurais qu'à prendre les clefs en toute discrétion au siège de l'entreprise. Pourquoi ne l'ai-je pas placée là-bas, ma mère, ou renvoyée chez ma tante ? Comment la faire bouger ? Qu'est-ce que je pourrais inventer pour la rassurer ? Je lui réponds un peu sèchement qu'elle doit sans doute manquer à ma tante.

– À la campagne ? s'exclame-t-elle.

Je vois son regard qui balaie ma misérable penderie, et elle rejette l'hypothèse qui lui était venue à l'esprit : celle de l'amoureux qui voulait une fiancée ukrainienne mais pas sa famille. Elle se rappelle parfaitement comment je me comportais lorsque j'avais quelqu'un, et ta présence m'incitait à changer les draps en permanence. Désormais, je ne reçois plus de visites nocturnes, je dors dans les mêmes draps pendant des semaines et j'ai l'air d'une femme qui n'aura jamais de mari, dont aucun homme n'achètera la compagnie, dont le lit désert est un sarcasme. Je n'aurai jamais de domicile stable. Je serai toujours en cavale.

– Ma tante commence à avoir de l'âge, inventé-je. Comment peut-elle se débrouiller toute seule à la campagne ?

– Boris l'aidera.

– Boris ? Un homme adulte qui ne sait pas lire !

– Il se débrouille déjà pas mal avec la lecture, dit ma mère. Et il fait des progrès. Pour de bon, qu'est-ce qui te tracasse ?

Elle paraît vexée. Tant pis, qu'elle se mette en colère ! Pour ma part, je suis prête à sortir en claquant la porte. Je regarde l'heure. Daria va bientôt se réveiller en se demandant quoi faire maintenant qu'elle connaît ma ville de résidence. Ou peut-être sait-elle déjà comment exploiter ce renseignement, et elle va se délecter devant cette perspective comme à l'idée d'un petit-déjeuner au lit. Il faut que je mette ma mère et Olejko en sécurité. Quitte à les traîner de force à l'aéroport.

– Comment veux-tu que ma tante s'occupe de tout ? Les semailles, les massifs d'asters, les plants de tomates. Et le toit du petit coin, il fuit encore ? Et celui de la serre ?

– Boris l'aidera, et Ivan aussi, si besoin.

– Ivan, il exploite son frère pour ses propres business. Qu'est-ce qui t'a pris de débarquer ici à cette saison ? Ma tante ne rajeunit pas.

Sans le vouloir, j'ai crié ces derniers mots. Ma mère fait les signes de croix. Elle attend de voir si je vais continuer. Je me tais.

– Olenka, mes billets d'avion étaient les moins chers, dit-elle pour me rappeler gentiment qu'il serait coûteux de les échanger.

– Je m'en occupe.

– Ton jour de paye n'est pas dans deux semaines ? Tu as besoin d'une avance ? S'il te faut de l'argent, je peux demander un acompte à Ivan. Il nous paiera largement pour les pavots.

– On n'a pas déjà parlé de ça ? Ne viens-tu pas de déplorer qu'Ivan ne voulait plus se contenter de simple compote ? Ne te plaignais-tu pas que Boris se soit lancé dans l'extrait de capsule de pavot ? Qu'il soit passé de la cuisine des compotes à la chimie de l'héroïne ? Pourquoi crois-tu qu'Ivan a tellement voulu que Boris ait son propre compte bancaire ? Tu ne te rends compte de rien ?

Ma mère a les yeux baissés. J'ai deviné qu'Ivan évoluait dans sa carrière ; elle ne veut pas me causer de soucis, elle a juste marmonné vaguement qu'il envisageait de développer ses affaires. La compote est le produit opiacé le moins cher possible, qui convient même aux plus pauvres, aux plus désespérés. La véritable héroïne est à la compote ce que le cognac est à la bière forte, et ce travail peut procurer de tout autres ressources.

– Bon sang, pourquoi es-tu toujours ici ? crié-je. N'était-ce pas toi qui disais que les descentes anti-stups sont plus fréquentes depuis la révolution ? Tu ne connaissais pas la baboussia de quatre-vingts ans qui vient d'être arrêtée ? Que peut faire Boris, sans vous ? C'est lui qui a besoin de soutien, plus que moi. Je vais chercher l'argent pour les billets !

Mon propre ton me fait sursauter. Je viens de faire une promesse que je ne suis pas sûre de pouvoir tenir. De nombreuses possibilités de gain me passent par la tête, mais uniquement celles que j'ai ratées. Pourquoi n'ai-je pas su les saisir ? Pourquoi n'ai-je pas économisé avec plus d'assiduité ? Pourquoi me suis-je brouillée avec la femme de ménage qui me fournissait des médicaments de Russie à un prix dérisoire ? Avant notre brouille, elle m'avait proposé de réceptionner comme elle les colis postaux venant de l'étranger, que les Russes faisaient livrer en Finlande, et de les acheminer à Saint-Pétersbourg. Le manque de fiabilité de la poste russe m'offrait ainsi un moyen d'arrondir les fins de mois, et j'ai rejeté cette opportunité parce qu'il était impensable de demander un visa à l'ambassade de Russie. Mais cette collègue aurait sûrement eu d'autres idées. Je suis faible, bête, peureuse, donc fauchée.

– Pour l'amour de Dieu, m'exhorte ma mère, dis-moi enfin ce qui se passe.

Apparemment, la carte Boris n'a pas suffi. Ni les travaux printaniers qui retombent sur les épaules de ma tante. Je dois surenchérir. Ma poitrine palpite. Je ne trouve rien d'autre. Enfin, si. Mais je ne veux pas le dire tout haut. Pourtant, il le faut. J'enfonce mes ongles dans le creux de mes mains.

– Tu pourrais emmener Olejko à la maison, du même coup.

Le soupir de ma mère ressemble à un ballon qui se dégonfle. Cela m'a échappé. Elle n'aime pas que j'appelle Oleh par ce diminutif, du coup elle se remet à douter de ma lucidité, je le sens tout de suite, même si c'est elle qui avait lancé cette idée en premier, il y a longtemps. J'avais refusé, à l'époque.

– C'est donc Oleh qui explique ton comportement bizarre, rien d'autre ?

– N'attendais-tu pas que je sois prête pour que tu puisses emporter Oleh ?

– Je ne peux pas te laisser toute seule dans cet état.

– Vous partirez avant que je change d'avis.

Ma mère se lève et s'approche de moi. Je m'écarte. Sa pitié trouble ma concentration. Je vais à la penderie et je prends sa valise sur l'étagère du haut. Il faut que je la mette dans l'avion avec Oleh. Je manque de lui dire que je suis désolée, mais je n'ai pas envie de me faire caresser la joue, alors je m'abstiens. Je dois rester en possession de mes moyens. Ma mère chez moi, c'est une erreur, et Olejko aussi. Les erreurs sont des plaies. Les plaies saignent, laissent des cicatrices, et les cicatrices sont des signes particuliers. Avec des signes particuliers, on finit par se faire prendre, toujours.

– Oleh est mort, dit ma mère. Rien ne pourra le faire revenir.

L'urne est sur la table de nuit. Elle la prend dans ses mains et l'apporte devant moi. Elle m'ordonne de la regarder. C'est au-dessus de mes forces, pas aujourd'hui, pas maintenant.

– Je ne partirai pas avant d'être sûre que tu ne vas pas retomber dans un état grave. Après. Après, je ramènerai Oleh à la maison et je lui donnerai des obsèques en bonne et due forme. Tu l'entends toujours pleurer ?

Au cours de mon premier hiver à Helsinki, lorsque j'ai su que les brassières destinées à Oleh allaient rester sur les étagères, j'ai failli descendre acheter des somnifères. Mais je n'ai pas osé. J'aurais avalé toutes les pilules d'un coup, sans retenue, comme les gaufrettes de mon enfance. La nuit, je veillais à côté du téléphone, allongée, en espérant qu'il sonnerait. Toi ou ma mère, vous auriez dû pressentir ma détresse. Toi ou ma mère, vous auriez dû avoir l'idée de m'appeler au moment où j'en avais le plus besoin, et j'étais déçue que ce ne soit pas le cas. Le téléphone restait aussi muet qu'un galet au fond de la mer. C'était horrible. Je n'avais personne à qui parler de la situation, avec qui aborder le sujet, et cela me plongeait entre deux eaux : un jour, ce qui s'était passé me semblait vrai ; un autre jour, non.

Je ne sais pas comment je m'en serais sortie si la voisine ne s'était pas immiscée involontairement en venant sonner à ma porte en pleine nuit. Le son m'a fait sursauter et je suis allée dans l'entrée en chancelant, sans oser ouvrir. À ce moment-là, je n'avais pas peur que mes prédateurs aient fini par flairer ma piste. Je craignais tout autre chose : les ombres aux aguets sous mon lit, les apparitions dans le coin de l'œil, la force d'attraction de l'escalier béant. J'étais sûre qu'il n'y avait personne derrière la porte, seule la rampe qui m'appelait en chuchotant.

La fente à lettres s'est entrouverte. J'ai reconnu la voix de la voisine.

– Tout va bien ?

Non, rien n'allait bien, mais pourquoi venait-elle me poser cette question ? Pensant qu'elle avait dû être réveillée par les pleurs du bébé, j'ai ouvert la porte. Elle a tressailli et, en robe de chambre, m'a regardée de la tête aux pieds ; j'ai soudain eu peur qu'elle me signale à la protection de l'enfance, à la police, aux services sociaux, à tous ceux qui risquaient de m'enlever mon Olejko. Je me suis forcée à sourire.

– Quelques petites larmes, c'est tout, j'ai bredouillé. Je suis vraiment désolée.

– Euh, si vous avez besoin d'aide…

Elle a fini sa phrase en aspirant, comme font souvent les Finlandais, surtout les Finlandaises. Le danger aigu était donc passé. Dans ce pays, les gens ne parlent pas ainsi lorsqu'ils s'apprêtent à passer à l'acte. J'ai souri aussi largement que possible et lui ai souhaité une bonne nuit. Une fois débarrassée de la voisine, j'ai tourné en rond dans l'entrée en me demandant que faire. Elle allait revenir, si elle entendait de nouveau des pleurs ou des cris. Elle ou son mari. Ils allaient parler de moi, peut-être l'avaient-ils déjà fait, et ils finiraient par appeler les autorités. On découvrirait mon identité. Une perspective encore plus effrayante que celle de perdre Olejko.

Je ne pouvais plus attendre.

Tremblante, j'ai tapé un message à ma mère. Il est arrivé sur le téléphone secret laissé pour elle, qu'Ivan avait caché dans sa commode, sous les photos d'enterrement de mon père. Je n'avais pas échangé un mot avec elle depuis ma fuite. Nous nous étions séparées en mauvais termes. Du coup, je n'étais pas sûre qu'elle me réponde, et la sonnerie m'a surprise. Je m'attendais à me prendre une claque, mais non, sa voix était douce comme un verre de lait chaud. Elle m'a encouragée à parler d'Olejko et nous avons oublié aussitôt nos querelles passées. Elle a promis de lancer les préparatifs de voyage dès le lendemain matin. Cela la rendait déjà un peu plus proche : bientôt, elle serait ici, et tout s'arrangerait, tout ou partie, un tant soit peu. Je ne voulais pas raccrocher, j'avais peur que prenne fin cette sensation apaisante. J'ai continué de prendre des nouvelles et j'ai réagi avec un calme étonnant lorsqu'elle a signalé que tu avais fait un saut chez eux après ma fuite. Je n'avais parlé de toi à personne depuis longtemps et je craignais que les pleurs me submergent. Cependant, ma mère entretenait la communication avec le plus grand naturel. Comme si nous étions en train de nous dire qu'il faudrait mettre un peu plus d'aneth dans la salade de concombre. Comme si Olejko et toi étiez nos sujets de conversation quotidiens. Comme s'il était normal que je vive sous un faux nom à Helsinki. Comme si ton passage chez elle avait été une banale visite rendue à sa belle-mère par le gendre potentiel. Ce n'était pas cela du tout. Mais nous avons fait comme si, et elle a affirmé que ta conduite avait été courtoise en dépit du contexte, ton enquête était restée superficielle, et j'ai eu l'impression que toi aussi, tu avais fait semblant, dans ce jeu singulier. Tu étais venu tout seul à la campagne, soi-disant, tu t'étais excusé de déranger, et tu lui avais demandé si elle savait ce que j'avais fait.

Elle avait secoué la tête, et ma tante aussi. Après une petite pause, tu avais raconté l'incident, examiné la maison et leurs téléphones. Pour finir, tu avais laissé ton numéro en demandant qu'elles te contactent si je donnais signe de vie – et je ne savais pas si ma mère me présentait là une version édulcorée ou véridique. Je voulais croire en cette dernière hypothèse.

– Tu penses qu'il sait tout ?

– Absolument tout ? Je l'ignore.

J'aurais voulu l'interroger davantage, lui demander si tu étais plutôt furieux ou déçu, vexé ou vindicatif, ou si je n'avais laissé dans ton cœur qu'une légère entaille, à peine perceptible, qui semblait douloureuse mais qui guérirait vite. Comme ma gorge se nouait, j'ai changé de sujet pour revenir aux préparatifs du voyage.

– Ma tante est au courant ?

– Plus ou moins. Elle pourra m'aider à trouver un prétexte pour mon déplacement. Autrement, les villageois se poseraient des questions.

– Et si elle disait que tu te rends à Tallinn pour garder les petits-enfants de ton frère ?

– Oui, c'est une bonne excuse, a-t-elle répondu. Personne ne s'étonnera de mon absence. Ce n'est pas qu'on nous surveille encore, mais…

– On vous a surveillées ? ai-je tressailli.

– Ça a duré plusieurs mois. Un 4×4 noir de luxe gardait notre maison nuit et jour.

Concluant la discussion sur cette anecdote, elle m'a demandé si j'avais bien pensé à prendre des vitamines et à me reposer suffisamment, et je me suis surprise à lui répondre par l'affirmative, sans réserve.

Lorsque ma mère est arrivée, je me suis soudain rendu compte que j'avais dû omettre de lui dire l'essentiel, car elle apportait des cadeaux, des vêtements de bébé ; mais tout à coup, j'étais incapable de me rappeler ce que j'avais oublié de raconter. Elle, en revanche, a compris tout de suite ; le soir, je me suis endormie dans le creux de son bras, et j'étais contente qu'elle soit chez moi, finalement, alors que je l'avais priée de venir pour la seule raison que je ne savais pas de quoi je serais capable. Deux mois auparavant, j'avais perdu ce qui donnait un sens à ma nouvelle vie bâtie en Finlande, et cela s'était produit au cours d'une seule soirée. La veille encore, j'avais observé les mères finlandaises qui nettoyaient leurs étagères de cuisine, leur table à langer, qui endormaient leur bébé dehors dans le froid glacial, et tout allait bien. Le lendemain matin, rien n'était pareil. Entre-temps, j'avais trouvé du sang sur le drap. La douleur n'est apparue qu'ensuite.

Mais ce n'est pas le moment de repenser à Oleh. J'ai toujours de bonnes raisons pour régler la situation et sauvegarder ma vie à Helsinki. Si je ne me rends pas à l'aéroport ou au terminal maritime, c'est parce que je veux voir grandir le garçon du parc à chiens. C'est tout ce qu'il me reste. Je ne laisserai pas Daria m'en priver.

Daria dort toujours lorsque je me réintroduis dans sa chambre. La lourdeur de l'ivresse s'est dissipée de sa respiration, qui traduit maintenant un sommeil plus superficiel. J'essuie mes empreintes sur la carte magnétique, sur son téléphone, sur les poignées et sur les robinets. Je prends un oreiller. Il est léger, en duvet. Je la regarde. Ses clavicules font saillie, ses côtes ressortent. Elle n'offrira aucune résistance. Je sais qu'il n'y a pas à tergiverser si je veux résoudre le problème ; pourtant, je m'attends à éprouver un sentiment, un écho nostalgique de notre amitié passée, ou de la pitié devant ce que je vois : l'extinction de l'étoile la plus éclatante du bureau.

Non, je n'éprouve rien.

Je lâche l'oreiller. J'ai été filmée par les caméras de surveillance de l'hôtel. Je ne peux pas accomplir cela maintenant.

J'ouvre le minibar mais le referme aussitôt. Il faut rester vigilante. Tu es en train d'approcher. Je le sens dans l'air comme un changement de saison.

Croiras-tu ma version des faits, si je te dis comment et pourquoi tout a mal tourné ? Croiras-tu un seul mot, quand je te dirai la vérité ? Jamais je n'aurais risqué délibérément de perdre ce que j'avais de plus cher : toi, Olejko et notre avenir commun.

Pourtant, il faut me croire : je n'ai pas tué Viktor.

II

Vers l'odeur du lait

Dnipropetrovsk
2008

J'observais à travers les voilages un inconnu au pied de l'immeuble. Il fumait par petites bouffées, abritant sa cigarette dans le creux de sa main, et tournait la tête vers chaque voiture qui passait comme s'il attendait quelqu'un. Je me demandais bien qui il croyait leurrer en se comportant ainsi, de même que tant d'autres clients de notre bureau. Parfois, les couples passaient de nombreuses fois devant la porte avant d'oser entrer. Certains ne trouvaient jamais le courage de le faire, d'autres seulement après plusieurs années. En général, les étrangers prenaient rendez-vous à l'avance ; pourtant, il y en avait toujours qui jouaient les simples vacanciers et se promenaient devant notre agence en faisant mine de contempler des curiosités remarquables, alors que chaque touriste occidental était une attraction à lui tout seul, dans cette ville.

En l'occurrence, je devinais sans peine que le fumeur était ukrainien, rien qu'à la couleur typique du costume, qui me frappait maintenant que j'avais passé quelques années à l'étranger : les hommes d'affaires locaux affectionnaient précisément ce ton de bleu. Je criai à la secrétaire qu'elle pouvait directement m'envoyer ce nabab en costume, si jamais il se décidait à entrer, car j'avais un trou d'une heure ou deux dans mon agenda.

– Je ne sais pas très bien comment cela fonctionne, confessa le visiteur sur le pas de ma porte. Je n'ai jamais…

Sa phrase resta en suspens. Il ne s'était pas présenté. Cela n'avait rien d'étrange. C'était sans doute à cause de sa profession ou de sa situation. La quarantaine, des chaussures en cuir bien cirées et, dépassant sous la manchette, une montre qui devait coûter à peu près mon salaire annuel. Son chauffeur l'attendait certainement dans une ruelle voisine.

– Nous nous occupons de tout, lui dis-je en souriant et en l'invitant à s'asseoir.

Je notai la moustache en sueur, obstinément hérissée sur la lèvre. Il allait sûrement commencer par des explications bidon pour justifier l'absence de son épouse, ou feindre de prendre contact à la demande de celle-ci. Dans les couples ukrainiens, d'habitude, c'était la femme qui faisait le premier pas. Cependant, mon visiteur ne mentionna pas la sienne, et je ne lui posai pas de question. Visiblement, il avait largement les moyens de recourir à nos services : dans ces cas-là, on s'alignait sur les conditions du client.

Il mit longtemps à atteindre le canapé. À chaque pas, il semblait chercher un prétexte pour parler de n'importe quoi plutôt que du motif de sa visite, s'arrêtant pour feuilleter les magazines empilés sur la petite table ou pour contempler la vitrine. En apercevant des photos de clients avec leurs enfants, il tressaillit et pivota sur ses talons, chercha à nouveau une façon d'engager la conversation, puis vit la boîte de thé Mariage Frères sur mon bureau. Il me demanda si je revenais de Paris. Je répondis que j'y avais longtemps vécu. Je m'abstins de préciser que cette marque n'était pas à la portée de ma bourse, en ce temps-là, vu que je ne pouvais même pas manger à ma faim. Plus tard, lorsque j'étais retournée à Paris en voyage d'affaires, je m'étais empressée d'acheter des macarons Ladurée et du thé Mariage Frères dès mon arrivée en ville, pour la simple raison que j'en avais enfin les moyens. L'homme voulut savoir ce qui m'avait amenée à Paris. Je fis instinctivement un pas en arrière.

– Vous ne souhaitez pas en parler, dit-il. Pardon. Je ne voulais pas être indiscret.

Il ne s'était toujours pas assis et paraissait avoir complètement oublié la présence du canapé.

– Il n'y a pas de mal. J'étais mannequin.

Aussitôt, il me considéra d'un œil neuf. Il se demandait certainement si j'employais le terme de « mannequin » comme euphémisme pour « escort », aussi lui parlai-je de l'annonce pour un concours de beauté qui m'avait interpellée dans le journal. Déjà grande pour mon âge, j'avais participé. Et gagné. Après l'effondrement de l'Union soviétique, le marché des mannequins s'était ouvert sur l'Est, dont les filles représentaient un nouvel exotisme. J'avais quinze ans.

– Cette époque… dit l'homme. C'est là que mon père a débuté dans ses affaires. Comme tant d'autres.

J'observai la montre à son poignet. Le père de mon nouveau client avait manifestement réussi, contrairement au mien. Ce détail accrut ma curiosité. Ma chef aimait les histoires de Cendrillon, les guides du succès à l'américaine, elle y soulignait des astuces et nous encourageait à lire les biographies des millionnaires pour y découvrir les facteurs qui avaient favorisé leur réussite. Je me voyais déjà lui offrir un tuyau auquel elle n'avait pas encore songé, alors que les success stories locales n'avaient sans doute aucun secret pour elle. Je caressais aussi l'espoir de tisser un nouveau réseau de relations publiques. Moi, toute seule. C'était nécessaire à cause du scandale de Chypre. Et après Kryvyï Rih.

Promue coordinatrice au début de l'année précédente, je cherchais un moyen de démontrer que j'étais digne de ma nouvelle position. La ville de Kryvyï Rih retint mon attention un soir où je marquais sur la carte les endroits d'où nous venaient le plus de filles. De Kryvyï Rih, nous n'avions personne, mais... pourquoi pas ? Les autres ayant déjà quitté le bureau, pour stimuler le plan qui se formait dans ma tête, je débouchai une bouteille de transcarpatien apportée par une donneuse et en ouvrant la fenêtre sur le soir printanier. Tandis que je faisais tourner entre mes doigts le corps soyeux d'une cigarette fine, j'avais déjà pris ma décision, et je portai un toast à moi-même. À l'instar de Dnipropetrovsk, Kryvyï Rih bénéficiait d'un niveau d'instruction élevé depuis les années où l'économie soviétique avait connu son apogée, et je m'attendais à y rencontrer une file interminable de savants, de vrais diplômes, de thèses écrites grâce au seul talent de leur auteur. Avec la progéniture des grands penseurs et des champions d'échecs, je voyais une opportunité d'introduire dans les services de l'agence une offre exceptionnelle : qualité garantie, prix avantageux. Si le niveau de revenus des Balkans était loin de celui d'Europe de l'Ouest, la classe moyenne était en plein essor et les valeurs traditionnelles étaient respectées. Pour une femme, ne pas avoir d'enfants constituait souvent un grand malheur; par conséquent, les clientes potentielles ne manquaient pas. En outre, la proximité géographique était un avantage, autant pour nous que pour elles.

Je fis des calculs, lus des études... Plus j'approfondissais la question, plus j'étais certaine que ma stratégie était rentable. À Kryvyï Rih, on trouverait une donneuse pour cent dollars, et je n'aurais aucune inquiétude à envoyer toute sa famille rencontrer les clients, fût-ce pour s'entretenir de physique nucléaire. En général, les filles qui nous apportaient des diplômes achetés ne voyaient pas le risque que cela présentait pour moi : un client matheux voyait tout de suite si la donneuse et sa famille connaissaient à peine la table de multiplication. Avec les filles de Kryvyï Rih, on n'aurait pas ce souci.

Dans un premier temps, j'attendis le bon moment pour faire part de mes idées à Alexeï. Un jour où nous allions chercher une nouvelle donneuse à la gare, je vis poindre l'occasion. La fille n'était pas là. Nous restâmes plantés sur le quai un certain temps, glissâmes un œil dans un wagon vide dont la porte était ouverte, sans doute à cause de la chaleur. Le conducteur nous regarda avec une mine désolée, déplorant un défaut technique ; l'hymne saluant la camarade Dnipropetrovsk et ses ouvriers retentissait toujours dans les haut-parleurs – on le jouait à bord des trains de grande ligne à l'approche de la gare –, et je commençai à craindre que tout cela nous prenne plus de temps que prévu. Nous interrogeâmes les gens en leur montrant la photo de la fille. Une femme secoua la tête. J'échangeai un regard avec Alexeï. Soit elle n'était pas venue, soit la secrétaire s'était encore trompée d'heure. Ou de train. Nous regagnâmes la voiture.

– Qu'est-ce qu'on fait ? demanda Alexeï en tambourinant sur le volant. Si la fille a décidé de passer le job à la trappe et qu'elle est partie prendre le soleil ?

– On appelle la secrétaire.

Je tombai sur la messagerie. Pas de réponse non plus du côté de l'intéressée. Alexeï régla la clim et posa un regard soucieux sur les tiges des roses qui dépassaient à nu sur la banquette arrière. Toutes les semaines, il achetait des fleurs pour son épouse, et il attendait la fin de la journée de travail pour rejoindre sa famille. Allais-je oser lui faire part de mon projet, finalement ? Notre collaboration était récente, et je le craignais encore un peu. J'étais tendue.

– C'est la troisième fois ! m'exclamai-je. Pourquoi n'a-t-elle pas déjà été virée, cette secrétaire ? Elle est de la famille de la chef, ou c'est un retour d'ascenseur ?

– L'un ou l'autre. Il faudrait s'en débarrasser, de cette garce.

Je continuai de rappeler, tout en mettant au point dans ma tête une introduction susceptible d'éveiller l'intérêt d'Alexeï. Finalement, je réussis à joindre la secrétaire. J'entendais caqueter en fond, dire du mal d'un mari, à croire qu'elle était en train de siroter du champagne avec ses copines. Je réussis toutefois à comprendre que le train était censé arriver en fait une heure et demie plus tard, enfin, peut-être. Nous décidâmes d'attendre dans la voiture, et c'est alors que je pris mon courage à deux mains. Je sortis mes papiers pour les tendre à Alexeï.

– Kryvyï Rih ? s'exclama-t-il. Sérieusement ! Tu y as déjà mis les pieds ?

– On sait, on sait, la pollution est un problème, mais…

– Cette ville ne voit jamais un fleuve bleu, sans parler de neige blanche.

– N'exagère pas, les conditions se sont beaucoup améliorées.

– Là-bas, j'ai toujours l'impression de renifler de la colle, répondit Alexeï.

– Mais écoute un peu.

Je parlai pendant une heure. Je présentai le segment de clientèle. Les couples se rendraient directement à Kiev ou à Dnipro et n'apercevraient pas un brin du smog de Kryvyï Rih. Ou bien nous pourrions les envoyer à Chypre. Nous avions une grande clinique là-bas, le voyage était commode et les frais modérés. Il n'y avait pas de souci à se faire pour la santé des filles et de leurs familles : si l'on pouvait déplorer que leur lieu de résidence mette à rude épreuve les reins et les poumons, cela n'avait rien d'héréditaire. De toute façon, le segment de clientèle que je visais s'intéressait davantage au prix, à la beauté, et à la garantie d'un certain niveau intellectuel. Ce ne serait pas comme avec les Américains.

– Ces filles méritent de tenter leur chance.

Alexeï parcourut les photos de mes candidates. J'avais déjà demandé à mes petits oiseaux d'agrafer des annonces sur les poteaux électriques de Kryvyï Rih, dans les universités et sur les tableaux d'affichage des écoles de danse. Le nombre de réponses m'avait surprise, de même que leur qualité. Aucune ne se plaignait des cent dollars de rémunération, et toutes se réjouissaient à l'idée d'un voyage gratuit sur une île enchanteresse de la Méditerranée. Je constatai qu'Alexeï révisait son jugement, et il finit par acquiescer : oui, peut-être que c'était pertinent, oui, éventuellement, ça pouvait intéresser la chef.

Et ce fut le cas.

Mais le décès de la Tatare à Chypre vint tout chambouler et poussa ma chef à prendre une décision : la clinique qui avait souillé notre réputation fut vendue. Comme je ne trouvais pas assez rapidement de nouvelle Tatare pour remplacer la donneuse décédée, le client alla voir ailleurs. Pour ma peine, je perdis la direction du bureau créé pour couvrir la zone balkanique, au profit de mon ancienne subordonnée, qui ne fit qu'aggraver la situation. Elle demanda aux filles une cotisation pour leur permettre d'entrer dans le catalogue des donneuses, sans même daigner vérifier leurs déclarations. Dans le lot, certaines n'étaient pas majeures, ce que nous découvrîmes en recevant un coup de fil d'une grand-mère : elle se demandait d'où venait l'argent rapporté par sa petite-fille de quinze ans et voulait savoir qui lui offrait des vacances à l'œil. Les journalistes vinrent pointer leur nez. Bref, le programme balkanique fut stoppé net. Mes petits oiseaux allèrent retirer toutes nos annonces à Kryvyï Rih.

Les filles déjà admises sur nos listes me rappelèrent. Leurs mères. Leurs pères. Je cessai de répondre. Je jetai à la poubelle les fleurs qu'on m'envoyait. Quant aux bouteilles de cognac et aux boîtes de chocolats laissées à mon nom à la réception, je les distribuai aux mémés qui balayaient les rues ou qui vendaient des fleurs sur le bord de la route.

Remarquant mon humeur morose, ma chef me dit d'oublier les filles de Kryvyï Rih. Elles finiraient par trouver dans leur ville un mineur bien payé, elles tomberaient amoureuses, et elles auraient des enfants qui suivraient la voie de leur père. Elles seraient contentes de leur vie parce qu'elles n'en connaissaient pas d'autre. Par conséquent, elles ne sauraient pas désirer les mêmes choses que moi, par exemple. Tel fut le raisonnement de ma chef, accompagné d'un clin d'œil troublant. Comme si elle craignait d'avoir commis une erreur en m'accordant sa confiance.

Non seulement le nouveau propriétaire de la clinique chypriote garda l'ancien personnel, mais il embaucha aussi la coordinatrice qui m'avait succédé à la tête du bureau balkanique et que nous avions virée. Des rumeurs de dysfonctionnements ne tardèrent pas à circuler. Certaines clientes se présentaient pour une transplantation et repartaient après avoir payé cash, cela à plusieurs reprises, et elles finissaient par soupçonner que rien n'avait été fait. Plus tard, un cas alla même en justice : les tests indiquaient que l'enfant né par fécondation in vitro n'était pas de la cliente, alors qu'il n'avait jamais été question de faire appel à une donneuse. Ma chef m'envoya un article d'actualités relatif à cette arnaque, petit rappel de mon manque de discernement, et calcula la date de ladite fécondation : la clinique venait juste de changer de propriétaire. Elle trouva que la mort de la Tatare avait été un coup de pot : l'incident nous avait mis la puce à l'oreille quant aux pratiques du lieu. Autrement, le scandale qui éclatait aux nouvelles serait retombé sur nous.

Mes déboires ne s'arrêtèrent pas là. L'arriviste qui, après mon échec, s'était élevée au rang de bras droit de la chef à Kiev vint contrôler la succursale de Dnipro et voulut vérifier la comptabilité. Elle arriva en compagnie de ses hommes à elle, s'installa dans mon bureau comme en terrain conquis et se donna de l'importance. Je ne pouvais pas protester, car le programme balkanique relevait de mon initiative, et c'était moi qui avais recruté les gens qui s'en occupaient. J'avais été la première roulée dans la farine. Mais le lancement d'activités dans cette zone géographique était indéniablement de ma responsabilité, et cela m'avait fait dégringoler du statut de favorite à celui de paria. Une autre rêvait sans doute déjà de réaménager mon nouvel appartement à son goût. Il était situé dans les tours jumelles qui éblouissaient tout Dnipro, et n'importe qui était prêt à tuer pour le panorama qu'on avait de là-haut. Quand je contemplais le coucher de soleil par les fenêtres, j'avais l'impression que la ville entière m'appartenait. Pour rien au monde je ne voulais perdre cette vue, cette sensation.

Je fis la connaissance de Viktor Kravets au bon moment : pour ma chef, c'était un client suffisamment important. Grâce à lui, je pus retrouver ma cote aux yeux de la hiérarchie. Jamais je n'aurais levé la main sur lui.

Distinguant de loin le pas hésitant de Viktor, je déplaçai mon sac sur le banc pour lui ménager une place. Je lui avais donné rendez-vous dans le parc Globa. Le train des pionniers avec ses petites gares, le zoo, le château gonflable, les pédalos et les stands de glaces composaient un tableau idyllique pour un jour sans pluie ; nous étions entourés par le tintamarre des enfants, et c'est avec une certaine satisfaction que je vis l'un des bambins donnant à manger aux oiseaux qui percutait mon client, et lui qui se figeait sur place. Confuse, la maman emporta le mouflet dans ses bras. Viktor reprit sa marche, à toute allure, comme s'il s'échappait en courant. Comme je criais son nom, il me chercha du regard, puis il finit par repérer mes grands gestes. Ce rendez-vous était le troisième en son genre. Nous n'avions toujours pas avancé. À vrai dire, nous en étions littéralement au même point.

– Je suis en retard ? demanda-t-il en prenant place à côté de moi. Toutes mes excuses.

– Je vous en prie, répondis-je en souriant.

Je lui montrai la grande roue avec ses sièges en tasses à thé et prétendis que c'était l'attraction préférée de ma filleule, comme la mienne autrefois. Conformément à mes attentes, mes paroles provoquèrent une réaction, quoique surprenante : je vis les larmes lui monter aux yeux.

– Pardon, dit-il. Cela faisait longtemps que je n'étais pas venu ici. Il y a tellement de…

Sa voix se brisa. Je regardais la coupole du théâtre de verdure, en forme de coquillage, comme si c'était follement intéressant, et je me préparais à l'entendre au moins parler de sa femme. Le parc Globa était infaillible. J'y amenais des clients dont le budget se volatilisait dans moult tentatives infructueuses, et ce cadre faisait remonter leurs sentiments vers la surface. Après le parc, ils étaient prêts à hypothéquer leur maison s'il le fallait pour continuer avec nous. Je ne voyais aucune raison que ma méthode ne fonctionne pas avec Viktor.

– On vient de me demander d'être parrain, déclara-t-il.

– Mais c'est merveilleux !

– Pas pour moi. Cela veut dire que je fais pitié à mes amis. Ils ont déjà tous des enfants. Parrain, c'est le lot de consolation.

Toujours pas. Pas un mot à propos de l'épouse.

– Je crois que je n'y arriverai pas.

Viktor sortit quelque chose de sa poche. Des lunettes de soleil. Sous cet accessoire, je ne pouvais plus voir son regard, uniquement son nez rougeoyant. Les veines dilatées bougeaient sur sa peau au rythme des sanglots, tels les lombrics dans la terre fraîchement retournée. Il était misérable, écorché vif, et j'allais l'aider. À ce moment-là, il ne m'en fallait pas plus pour être heureuse.

– Nous allons y remédier, le rassurai-je. Nous bénéficions de la collaboration des meilleurs experts.

Je me levai, avançai de quelques mètres et regardai par-dessus mon épaule pour voir s'il me suivait. Il m'emboîta le pas laborieusement, comme un vieillard, et sursauta en trouvant sur son chemin un gosse qui grignotait une barre de lait caillé. J'eus le tact de garder une bonne longueur d'avance et de lui laisser un peu de temps. Il s'imaginait peut-être au baptême, tenant l'enfant de son ami dans ses bras. Ou il entendait les invités chuchoter et sentait sur sa peau les regards chargés de compassion ou de malin plaisir, selon les rapports qu'il entretenait avec ces gens, et il avait peur qu'on lui pose des questions sur ses petits à lui, autant de piques involontaires ou délibérées. Je pouvais parier qu'il cherchait un prétexte de querelle pour se brouiller avec le père et se soustraire à l'événement. Il ne serait jamais parrain – en tout cas, pas avant que ma mission soit accomplie.

Finalement, Viktor me rattrapa et je crus que l'instant était arrivé. Nous avions atteint le train des pionniers. Grâce à moi, un jour, il emmènerait son petit y faire un tour et son amour paternel serait un objet de fierté, telle une médaille sur la poitrine récompensant d'âpres combats.

– Demain, j'irai parler à l'inauguration d'un foyer d'accueil, dit-il.

Toujours pas. Décidément, ce jour-là non plus, nous n'aborderions pas le sujet.

– Mon père a une fondation qui soutient les foyers d'accueil pour enfants et il veut que j'y prenne plus de responsabilités. Cela me paraît impossible dans ce contexte, à commencer par le discours à écrire sur le thème des enfants.

Il me tendit un feuillet aux plis déjà usés. De l'autre main, il tripotait son mouchoir en papier comme s'il ne savait pas où le mettre. Je le lui pris avec tact pour le jeter dans une poubelle.

– Ma secrétaire a rédigé quelques notes. Je serai incapable de les lire.

Je parcourus le discours en question. C'était assommant, d'une banalité affligeante. Bafouillé par une secrétaire timorée.

– Vous trouvez que ce n'est pas bon.

– On peut le revoir ensemble.

– Si ça ne vous dérange pas trop.

– Bien sûr que non. Les foyers d'accueil nous tiennent à cœur.

Viktor se racla la gorge.

– Et si vous donniez ce discours à ma place ?

Dès qu'il eut formulé sa proposition, le soulagement éclaira son visage. Je ne me permis pas de refuser. Notre rôle consistait à marcher au rythme du client, et ce client-là représentait un potentiel incommensurable. Nous avions de bons rapports avec les nombreux assistants sociaux grâce à une collègue qui avait travaillé précédemment dans les adoptions internationales. Ses relations chaleureuses avec le ministère et avec la justice provenaient de là et avaient motivé son embauche. Elle avait intégré notre bureau avec plaisir, les progrès de la médecine ayant provoqué une inflation dans le domaine de l'adoption. Mais pourquoi ne pas tisser mon propre réseau, y compris dans les foyers d'accueil ? Les hommes que ma chef avait envoyés examiner nos comptes occupaient toujours mon bureau. Si notre comptabilité était impeccable, je soupçonnais qu'une autre convoitait mon poste : dans ce cas, glisser des anomalies parmi les justificatifs serait un jeu d'enfant. J'avais besoin d'une astuce qui me rendrait aussi précieuse que la collègue qui se vantait de ses relations au ministère.

Viktor était la réponse à mes problèmes ; dès lors, j'attendis avec impatience de donner mon discours. Je savais ce que je porterais. Ma robe couleur de blé. Elle irait bien avec le bleu du Parti des régions, que je m'attendais à voir déployer en cette occasion. Cependant, je ne comprenais pas encore très bien l'importance de ce client. Quoi qu'on ait pu te dire, j'ignorais qui était Viktor, je savais seulement qu'il pouvait être suffisamment important aux yeux de ma chef. Je n'en demandais pas plus.

Les intervenants se succédaient, les applaudissements tonnaient, les flashes crépitaient. L'un des photographes attroupés avait tiré le rideau devant les fenêtres donnant sur le pupitre. Je le remerciai en pensée pour la lumière qui serait ainsi plus seyante en ce milieu de journée. Le lendemain, en tête d'article, on verrait l'un des députés en train de couper le ruban, comme toujours, mais le regard des lecteurs serait capté par ma photo comme par du papier tue-mouche.

Je me tenais contre le mur de la salle. Les places assises s'étaient remplies rapidement et je regrettais de m'être attardée dehors ; l'air était toujours âcre à cause de l'usine, la foule allait encore augmenter la température, et je ne voulais pas compromettre mon élégance en transpirant. Cependant, je ne regrettai pas longtemps mon arrivée tardive. J'avais une bonne visibilité, et il me restait un moment avant mon discours. Je le mis à profit en évaluant la moisson du foyer d'accueil. Attendant leur tour, les petites choristes aux rosettes dans les cheveux ressemblaient à un massif de pivoines. Celles qui avaient débarqué ici suite à l'emprisonnement de leurs parents ou à une vie troublée par l'alcool, je les céderais aux clients à budget serré. Ceux-là, en général, une beauté pure et une santé correcte leur suffisaient. Les filles au parcours trop compliqué deviendraient porteuses ; pour toute rémunération, elles se contenteraient d'un toit sur la tête et de pain dans l'assiette. Quant à mes pépites, je les trouverais parmi les filles placées au foyer parce que leurs parents étaient partis travailler à l'étranger. Elles avaient toutes besoin d'argent de poche, ce n'était pas la motivation qui manquait. Nous n'avions qu'à être les premiers, à réserver celles qui nous plaisaient avant que d'autres n'aient l'idée de venir les attendre à la sortie dès leur majorité. Depuis la révolution orange, la course s'était accélérée dans tous les domaines économiques, et je ne comptais pas me laisser doubler.

Le chef de chœur orienta les interprètes vers la scène qui, comme je m'y attendais, arborait les couleurs du parti. Je distinguai au premier rang le profil de Viktor. Sa tête pivota en arrière ; comme je me haussais sur mes orteils, il m'aperçut, sourit et chuchota à l'oreille de sa voisine, qui quitta sa place et se fraya un chemin vers le fond : elle venait me chercher ! J'étais surprise que Viktor Kravets affichât ainsi notre relation en public. Mais c'était compréhensible : les intérêts communs de la fondation familiale et de notre bureau fournissaient un excellent prétexte à nos rendez-vous.

Alors que le chœur chantait déjà, les regards du public se décochèrent sur moi un à un, et la foule me céda le passage dans des bruits de chaises. Les filles me faisaient des courbettes. Elles devinaient que j'avais une certaine importance, et elles espéraient que je les remarquerais, que je les choisirais, que j'achèterais leur libération. Certaines avaient un regard par trop adulte, d'autres des gestes langoureux appris dans les saunas, prêtes à faire n'importe quoi pour faire perdre la tête, mais j'apercevais aussi quelques perles authentiques. Je paierais le directeur pour qu'il protège ces boutons de fleurs, qu'il ne les laisse pas prendre la fuite ou être souillées par un crâne rasé avant leur majorité. En chemin vers l'estrade, je pensai aux orphelins encore mineurs. Dans les institutions du pays, ils étaient au moins soixante-cinq mille.

Les acclamations adressées au chœur auraient aussi bien pu m'être destinées, car j'étais en train de prendre possession de la tribune. J'avais gagné de l'assurance dans la matinée grâce aux échanges décontractés avec le directeur de l'établissement, et les regards aussi voluptueux que serviles rehaussaient d'autant plus ma posture. Tous les foyers soutenus par la fondation seraient bientôt à ma botte. J'attendis que le silence se fasse jusqu'à distinguer le bruissement du tissu tandis qu'une fille debout un peu plus loin frottait entre eux les bouts de ruban de sa tresse, puis je pris la parole tout en souriant aux caméras comme je savais si bien le faire, formulant en pensée les mêmes mots que j'avais toujours adressés à l'œil impitoyable de l'objectif chaque fois qu'il se braquait sur mon visage : « Aime-moi. » Cela marchait à tous les coups, et ce fut le cas cette fois aussi, avec toi. J'ignorais que tu étais présent. Plus tard, tu m'as dit que j'avais l'air d'une déesse de la victoire, ce jour-là, et que tu n'avais cessé de me désirer depuis lors.

Mon discours au foyer d'accueil fut mon premier succès. Aussitôt, j'allai d'un événement à l'autre, acceptant chaque invitation à une manifestation de bienfaisance en rapport avec les enfants, accourant aux conférences et aux fêtes qui réunissaient les philanthropes les plus distingués. Les invités étrangers m'aimaient bien, l'Unicef aussi, tout le monde, car j'avais une spécialité : je savais parler d'une façon qui relâchait les cordons des bourses, une façon qui capturait les cœurs et forçait la sympathie.

Après mon discours au foyer d'accueil, ma chef se pointa au bureau à l'improviste et débarqua dans la cuisine pendant que j'étudiais la sélection de donneuses que j'avais préparée pour Viktor. L'épouvante se lisait sur le visage de la secrétaire qui passait derrière. Elle venait évidemment me parler de mon nouveau client. J'avais regardé ce que la toile racontait à son sujet, et j'avais trouvé autant de photos de Viktor que des filles de Poutine : pas une seule, ou si floue que le sujet était absolument méconnaissable. Pourtant, j'étais certaine que Viktor avait une certaine position, du pouvoir et de l'argent, et bien plus que tous nos autres clients réunis.

– Tu sais sans doute qui est Viktor Vitalievitch Kravets ? Le fils de qui ? Et son fils unique ? Et le filleul de qui ? Et de qui son parrain est le meilleur ami ?

Je me levai. Ma chef était à bout de souffle. Je ne l'avais jamais vue aussi agitée. Je repliai mon ordinateur et fis de la place sur la table envahie par les tasses sales. Les intrus s'étant approprié mon espace, j'étais réduite à travailler dans la cuisine et ne pouvais utiliser mon bureau que pour mes rendez-vous de clientèle.

– Le meilleur ami du parrain de Viktor Vitalievitch est Guennadi Vekselberg. Ça ne te dit rien ? Vekselberg appartient à la troïka de Privat Group, et Vitalievitch lui-même siège dans les conseils d'administration de nombreuses filiales.

J'avalai malencontreusement le bonbon que j'étais en train de sucer. Alors ça, je ne m'y attendais pas ! Privat Group était incontournable, dans cette ville. Son logo ornait aussi bien les rambardes de la berge que la gigantesque façade de l'hôtel Parus, et les clients prenaient à tort ses couleurs pour une référence au drapeau ukrainien. Le malentendu n'était pas loin de la vérité : Privat Group était un État dans l'État. Si nous faisions en sorte que Viktor soit satisfait, le monde serait à nous, et personne ne viendrait plus mettre ma position en péril. Je me mordis la lèvre pour ne pas éclater de rire. Dès le lendemain, je serais débarrassée des mollusques incrustés dans mon bureau.

– Apporte les photos des candidates de classe A.

J'avais déjà sélectionné les meilleures. La chef m'arracha la pile de classeurs comme s'il s'agissait de courir contre la montre. Elle avait raison. Il fallait prendre une longueur d'avance, en dépit des hésitations de Viktor. Si l'on attendait indéfiniment, le client risquait de nous échapper.

– Alexeï n'a rien trouvé de mieux ? déplora la chef.

– Il a fait son possible.

Alexeï avait réussi à se procurer quelques photos de Viktor, ainsi que de sa femme, dont la beauté était réputée exceptionnelle. Sur la base de ces clichés de faible qualité, c'était difficile à dire. Malgré nos échanges, Viktor ne m'avait toujours pas envoyé ses données personnelles avec de vraies photos. Ma chef secoua la tête, compara le couple aux candidates et se mit à jeter les portfolios par terre. Elle marmonnait des remarques sur des yeux trop écartés, une tête trop petite, des hanches trop larges, un air putassier, des parents trop ridés ou trop gros, un nez de Bouratino... Son front brillait, les traînées de rouge à lèvres se multipliaient sur ses dents, ses ongles impatients galopaient sur la table. L'heure du déjeuner passa, mon ventre gargouillait et j'espérais de tout cœur avoir deviné juste. De temps en temps, elle agitait comme un sceptre son poignet muni de la montre, poussait une photo devant moi et me demandait pourquoi diable on trouvait des dindes pareilles sur nos listes.

– Toutes les clientes ne sont pas des miss, fis-je remarquer.

– Personne ne veut un enfant laid. Surtout les femmes laides !

La secrétaire revint guetter à la porte de la cuisine, que nous avions laissée ouverte. Personne n'osait entrer. Ma chef ne semblait même pas remarquer que nous étions obligées de contourner la vaisselle sale pour feuilleter les papiers, alors qu'elle n'aurait eu qu'à éjecter les types qui occupaient mon bureau pour que nous puissions discuter sur des sièges convenables. J'envoyai promener quelques emballages de bonbons qui produisaient des crissements désagréables sous les classeurs, puis je croisai les doigts en cachette sur mes genoux. Finalement, la chef tira des croix au feutre noir sur les candidates à disqualifier, puis elle tapota de l'ongle la maigre pile à sa droite.

– Celles-là. L'une d'elles, conclut-elle. Sais-tu qui nous a recommandés ?

Je secouai la tête. Je ne m'étais pas demandé pourquoi le choix s'était porté sur notre bureau. Autant l'élite allait volontiers se faire soigner à l'étranger, autant notre législation était exceptionnelle au sujet de la procréation médicalement assistée : seuls les futurs parents jouissaient d'une protection juridique, les donneuses et les porteuses n'avaient aucun droit. Viktor Kravets n'aurait pas une meilleure qualité de service hors d'Ukraine, et nous étions les premiers du pays dans ce domaine car notre entreprise était dirigée par une femme au flair inégalé, qui ne cessait de m'apprendre de nouvelles choses. À l'origine, elle avait eu l'idée d'acheter une clinique de procréation assistée ; grâce à un subtil montage juridique, nul ne savait que la directrice de l'entreprise était aussi à la tête du bureau qui fournissait donneuses et porteuses. Son pari était génial. Les médecins de la clinique ne pouvaient pas être accusés d'eugénisme, car seuls les employés de l'agence s'entretenaient avec les clients des caractéristiques que devait avoir l'enfant. Notre site web était irréprochable, et nous avions toujours une longueur d'avance. Avant les autres, nous avions ajouté des tests psychologiques à la gamme des options disponibles ; à cet effet, un cabinet apparemment indépendant avait été fondé, pour lequel on avait embauché un psychologue qui s'était fait un nom à Londres. Quant à moi, j'avais eu l'idée de lancer un service consacré à l'authentification des documents. Chaque stade de développement renforçait notre réputation de manière fulgurante. Nous anticipions la croissance du flot de clientèle en intensifiant la recherche de filles, car l'avenir était clair : ailleurs, le don anonyme d'ovocytes ne serait pas possible éternellement ; chez nous, si. Après un simple changement législatif au Royaume-Uni, le nombre de clients britanniques avait connu une croissance exponentielle. Chez nous, on pouvait choisir le sexe de l'enfant, le nom de la porteuse ne figurait pas sur le certificat de naissance, les clients n'avaient pas à se tracasser avec des vérifications, et nous avions un flux garanti de beautés blanches pour servir de mères porteuses. Voilà pourquoi j'avais été prête à supporter l'humiliation et la méfiance, à me battre pour ma position. Cela avait valu le coup, car j'étais en train de devenir la confidente d'un proche de Privat Group, et les amis de Privat Group ne connaissaient pas de barrières, pas même au ciel.

Ma chef me demanda de libérer les agendas des filles retenues, par précaution. Ces clients-là n'attendaient pas. L'une des candidates approuvées par la chef était Daria, qui avait déjà permis à deux femmes d'être enceintes. Sa capacité d'ovulation était phénoménale, et la forme de son visage présentait un point commun avec la femme de Viktor : elles avaient toutes deux des fossettes. C'était suffisant si les gènes du père étaient ceux de Viktor.

– Lequel a un problème, la femme ou le mari ?

– On n'a pas encore dit un mot au sujet de sa femme.

La chef frotta ses dents avec le doigt. Les traces de rouge à lèvres disparurent.

– Les problèmes d'une femme font toujours l'objet de rumeurs plus vives que ceux d'un homme, poursuivis-je. Que sait-on sur son compte ?

– Ces dernières années, Lada Kravets s'est vouée au Christ, répondit la chef avant de revenir subitement à la réalité. Pourquoi sommes-nous assises dans la cuisine ?

Après un dîner en tête à tête, ma chef retourna à Kiev tandis que je regagnais mon bureau d'un pas décidé, savourant la pensée que j'allais enfin pouvoir flanquer à la porte les vermines qui s'y planquaient, mais la pièce était déjà déserte. Les types n'avaient laissé qu'une odeur piquante d'après-rasage. J'ouvris la fenêtre sur cour et inspirai à pleins poumons l'air du début de juin. Alexeï était sur le départ. Il fit un signe en direction du vieux vinettier. Je hochai la tête. Oui, l'arbre à bonbons fleurissait enfin.

Le terminal aéroportuaire international de Dnipropetrovsk ressemblait à un hangar vide dont le toit était simplement bordé du mot аеропорт, en caractères vieillots à peine lisibles. Certaines lettres poussaient toujours un soupir bleuté. Les réverbères étaient encore plus mal en point : malgré la pénombre, un seul fonctionnait. Partie de sa propre initiative pour un job en Amérique, une « fille de confiance » rentrait au pays, et nous attendions son vol retardé dans la voiture d'Alexeï, sensiblement plus confortable que le terminal. Je montai la clim, comme si cela pouvait me débarrasser aussi bien de la fille ou du terminal que de la femme de Viktor, qui ne cessait de me tourmenter alors que je ne l'avais toujours pas rencontrée. Alexeï savait une chose ou deux à son propos ; plus il m'en avait raconté, plus j'étais tentée de renvoyer le fardeau sur quelqu'un d'autre. Je ne voulais pas penser à elle. Néanmoins, pour tuer le temps, nous imaginions des choses que Lada Kravets avait eues dans son enfance et pas nous.

– Ils avaient sûrement une voiture.

– Sans aucun doute, approuva Alexeï.

– Du vrai café, de la saucisse fumée et des pâtes d'amande.

– Une calculatrice. Japonaise.

– Et des jeans.

– Des baskets.

– Toute une rangée de bottes d'hiver, et à la bonne pointure.

– Mais elle n'a pas réussi à être enceinte pour autant.

– Non. En effet.

Cela non plus ne m'apporta aucun plaisir. Lada Kravets et moi étions de la même génération, mais issues de réalités diamétralement opposées. Née à Dnipro, elle avait grandi parmi les nombreux plaisirs de la ville fermée, les privilèges de la nomenklatura. Ses parents étaient cadres dirigeants au sein de l'usine de missiles surnommée « l'usine centrifugeuse », et l'Union soviétique s'était montrée à sa famille sous son meilleur jour. En principe, cela ne devait pas me poser de problème. Je n'avais aucun mal à offrir un service de première classe à des clients que je n'aurais jamais fréquentés sur mon temps libre. Dans le cas de Lada Kravets, mon sentiment était différent.

– Les garçons de sa famille n'ont certainement pas connu les brimades à l'armée, fit remarquer Alexeï. Ni grand-chose d'autre, d'ailleurs. Ils pouvaient noyer les officiers dans le cognac.

Je n'avais pas repensé depuis longtemps à mon cousin dont le visage était encadré chez ma tante, au milieu de mes publicités. À présent, cela me revenait. Au moment du service militaire, les Estoniennes recouraient à la liqueur Vana Tallinn pour préserver leur fils d'une mauvaise affectation. D'où la peine qu'on avait à s'en procurer. Évidemment, mon père s'était débrouillé pour arranger ça, et ma tante était venue en visite à Tallinn dans le but de rapporter les bouteilles aux officiers. Nous l'avions accompagnée à la gare et aidée à embarquer ses cliques et ses claques, sans oublier les flacons de liqueur.

Ma tante était arrivée trop tard.

J'allumai une cigarette, ouvris la fenêtre et jetai l'allumette dehors.

La fortune de la famille de Viktor me dérangeait moins que celle de Lada. Selon Alexeï, il avait fréquenté l'Institut métallurgique de Dnipro, qui engendrait apparemment des flopées de millionnaires, mais sa famille avait travaillé à la force des bras. Viktor m'avait dit que son grand-père avait été ouvrier dans les mines, comme le mien. Ces hommes avaient extrait de leurs propres mains la quasi-totalité du charbon soviétique. Pendant ce temps, avec ses parents et grands-parents, la petite Lada se la coulait douce à la datcha en grignotant des saucisses fumées, sans jamais apprendre à faire la queue, et quand l'URSS s'était effondrée, ils s'étaient précipités aux premières loges pour tout réorganiser à leur convenance : dépôts de missiles, hangars d'avions, mines souterraines et à ciel ouvert, tout cela s'était retrouvé entre leurs doigts pour un prix dérisoire. Cette caste s'était cramponnée à ses privilèges d'une décennie à l'autre, d'une révolution à l'autre, d'un régime à l'autre, et j'allais leur fournir un héritier qu'ils enverraient étudier à Oxford pendant que leurs sociétés familiales continuaient de sucer ici les métaux et le charbon jusqu'à la dernière miette. C'était injuste, pénible comme un caillou dans la chaussure. Curieusement, je préférais même les enquiquineuses américaines, avec leurs exigences faciles à tolérer parce qu'elles nous faisaient bien rigoler. En constatant que les Ukrainiens fumaient librement dans les lieux publics, elles pouvaient réclamer que la donneuse ne mette jamais les pieds dans un café, et nous nous empressions d'acquiescer, de vanter le régime alimentaire de l'intéressée, de présenter les concombres du jardin vendus par les mémés du marché en rappelant que tout le monde en Ukraine mangeait les produits du potager, garantis pur bio – non sans échanger des clins d'œil en cachette. Lada Kravets ne me faisait pas rire, mais sa famille représentait des opportunités qu'aucune Américaine ne pouvait m'offrir. Au bout de deux ans, je n'aurais plus à me tourmenter avec ces questions. D'autres iraient chercher les filles à l'aéroport, d'autres feraient la tournée des internats et ramasseraient des donneuses dans des maisons où l'on buvait l'eau du puits. Pourtant, cette pensée ne me réjouissait pas. Je ne comprenais pas ce qui me chiffonnait.

L'appareil atterrit enfin sur la piste. Nous sortîmes de la voiture pour aller à la rencontre de la fille.

– À la morgue, tu pourras attendre dehors, si tu préfères, me dit Alexeï.

– Cette fille était conne.

– On peut aussi aller au cimetière des chiens.

– La morgue fera l'affaire, dis-je. Et merci, je viens quand même. Je dois apprendre à m'endurcir.

– On s'y habitue, de même qu'à l'odeur. D'ici deux ans, tu n'y penseras même plus, dit Alexeï. Fumer, ça aide. Ma babouchka, elle fume toujours trois paquets par jour. Dans sa jeunesse, elle pansait des blessés, et les vers bouffaient la chair sous les plâtres. Elle ne supportait pas, ça la faisait tourner de l'œil. Du coup, on leur disait de fumer.

Alexeï sortit de sa poche un pot de baume étoile. C'était assez efficace, si on collait vraiment le nez dedans. C'était sa petite astuce. Je le mis dans mon sac, décidée à suivre son conseil. Je repensais à notre dernière visite, où le médecin légiste venait d'examiner un corps défiguré par des coups au visage : j'avais été obligée de sortir en courant.

Je resserrai la ceinture de mon manteau et suivis Alexeï vers le terminal. À part notre voiture, il y en avait trois autres sur le parking. Dans deux d'entre elles, un chauffeur piquait du nez ; une dame descendit de la troisième, manifestement dans les services d'accompagnement, et elle s'empressa d'avancer vers l'aérogare, en me fusillant du regard, comme si je voulais lui voler son client ou son employée.

Nous attendîmes derrière la dame en question, à côté du tapis de bagages de deux mètres de long. Au bout, les valises tombaient par terre et formaient un tas branlant. Ce tapis était absolument dérisoire pour une ville d'un million d'habitants, il constituait un spectacle déprimant, à l'image de tout ce terminal de l'époque soviétique, où l'écho résonnait à l'unisson de toutes les halles construites sous cet empire, gares, aéroports et autres. Je fermai les paupières. Ma mélancolie était-elle due à l'acoustique, au carrelage, aux matériaux, aux rampes en bois, ou à quoi d'autre ? À Kiev, j'avais eu moins de défis à relever, et un compte en banque moins garni. Pourtant, j'y avais toujours été d'excellente humeur. La succursale de Dnipro avait accru mes responsabilités, mais aussi mes revenus et mes soucis. N'étais-je pas à la hauteur ?

Je clignai des yeux et dis à Alexeï que j'allais aux toilettes. Le mascara avait formé une petite flèche noir anthracite dans le coin de l'œil. Je l'essuyai et, en sortant, jetai deux pièces dans la coupelle de la dame pipi. Elle ne me remercia pas, ne daigna même pas lever la tête. Je revins tout de même sur mes pas pour lâcher un billet dans sa coupelle, et je ressentis le besoin d'ingurgiter cent grammes de cognac. Ma baisse d'humeur devait être imputable à Mme Kravets et à la demoiselle que nous venions récupérer. Cette nana que nous considérions comme une fille de confiance avait essayé d'extorquer de l'argent aux clients, et cela avait fini par coûter cher : nous avions dû accorder une remise au couple et dépenser sans compter sur notre temps de travail pour les tranquilliser. Ces filles-là me faisaient passer pour une idiote qu'on mène par le bout du nez.

La dizaine de personnes descendues de l'avion étaient enfin arrivées dans le terminal. Quelques hommes d'affaires, quelques voyageurs célibataires américains, quelques escorts de retour au pays, et une blonde pendue au bras de son mécène. En queue de file, notre nana cherchait des yeux son comité d'accueil tandis que les autres passagers volaient au secours de leurs bagages en cours d'amoncellement. Elle cherchait sans doute son fiancé. Nous le soupçonnions d'avoir manigancé le sale coup, mais nous étions seuls à attendre la voyageuse. La culpabilité brillait de loin sur son visage et elle essayait de se cacher sous ses cheveux, de se faire toute petite. Mais elle n'avait pas d'échappatoire.

– La chef sait bien que cette demoiselle n'est pas ta trouvaille, me rappela Alexeï.

– Qu'est-ce que ça change ?

– Pense à Daria. Elle, c'est toi qui l'as trouvée, et elle ne jouera sûrement pas les mêmes tours que cette petite conne.

Bientôt, la fille comprendrait son alternative : ou elle travaillait pour nous comme donneuse sans contrepartie jusqu'à ce que la perte soufferte par le bureau soit recouvrée avec intérêts, ou elle aurait son étiquette au gros orteil.

Encore deux ans, puis je n'accompagnerais plus personne à la morgue. Quelqu'un d'autre s'en chargerait, pas moi. Voilà pourquoi j'allais supporter cette prima donna de Kravets.

Certes, le sentiment désagréable que j'éprouvais à l'égard de Lada Kravets était compensé par ce que Viktor avait à m'offrir. Je ne le nierai pas, et je dois avouer être tombée sous le charme de l'échantillon de marbre qu'il me présentait. En fixant le rendez-vous dans son bureau, j'avais imaginé que l'environnement officiel favoriserait l'avancement de mon plan. Mais j'oubliai aussitôt ma mission.

– Il est beau, hein ?

Je caressai la pierre. Je faillis y poser un baiser, tant elle était ravissante. Le centre Menorah, prunelle des yeux de l'homme d'affaires Guennadi Vekselberg, était le sujet de prédilection de Viktor depuis longtemps, et le marbre était révélateur de la splendeur éblouissante que devait revêtir le futur édifice. Centre de congrès international, hôtel cinq étoiles, musée de la Shoah. Des jalons qui relateraient le passé de la ville, aussi grandiose que tragique, mais également son avenir triomphant. En quelques années, Menorah était voué à devenir le centre d'affaires et de culture juive le plus prestigieux au monde. Si Dnipro était depuis des siècles un important pôle commercial, on allait maintenant passer à un autre niveau. J'avais l'honneur d'être parmi les toutes premières personnes à voir les plans les plus récents.

– Mon parrain me les a remis aujourd'hui et je n'ai pas résisté à la tentation de vous les montrer tout de suite, m'expliqua Viktor en effleurant les dessins déployés sur son bureau. Même mon père n'en a pas encore eu connaissance.

Moi aussi, j'avais quelque chose à lui montrer, et l'idée d'aborder le sujet me rendait nerveuse. J'avais pris ce rendez-vous avec lui quand j'avais enfin reçu les analyses de sperme effectuées par notre clinique, qui révélaient que l'endométriose rapportée par le médecin de sa femme n'était pas le seul de nos défis : les spermatozoïdes de Viktor étaient de classe C. Un problème aussi délicat, je ne pouvais pas lui en parler avant d'avoir détecté des signes indiquant qu'il était prêt à l'entendre. Mais une fois de plus, Menorah lui servait de prétexte pour s'esquiver.

– Je connais bien Vekselberg, dit-il avec une fausse nonchalance. Gocha est un homme formidable, associé de mon parrain.

Viktor appelait Guennadi Vekselberg par son diminutif, et il faisait cela avec une chaleur qui dénotait une relation de longue date et une amitié aussi solide qu'une vieille fortune de famille. J'avalai de l'air en souhaitant que les résultats d'analyses dans mon sac se volatilisent ou deviennent meilleurs comme par magie.

– Vous pourriez avoir un bureau là-dedans, vous aussi, dit Viktor en tapotant les plans du centre Menorah. Je suis sûr que Gocha en serait ravi.

Le marbre s'était réchauffé dans ma main. Je pénétrais dans des pièces qui m'avaient été fermées. Elles ne l'étaient plus et c'était délicieusement excitant. Il me semblait apercevoir là l'avenir que je méritais. Le coup de blues de l'aéroport s'était éloigné, et je n'en demandais pas plus. Peu m'importait de savoir en détail comment Viktor Kravets avait acquis sa position. Tel était le charme qui m'envoûtait, la fascination exercée par le marbre.

– J'ignorais que Vekselberg pouvait avoir de l'intérêt à l'égard de notre secteur d'activité.

– Chez les juifs orthodoxes, rares sont ceux qui osent parler de ce genre d'ennuis, bien que ces problèmes soient fréquents.

Viktor connaissait étonnamment bien les exigences de pureté imposées par la religion, qui rendaient la procréation très compliquée dans le cas où l'ovulation ne se conformait pas au protocole dicté par le rabbin. Certains préféraient recourir aux services de notre clinique plutôt que de s'adonner à des relations intimes en des jours favorables à la fécondation mais incompatibles avec la religion. Ma chef allait être ravie. La ville regorgeait de familles juives fortunées : l'ouverture du centre allait en attirer encore davantage.

– Prenez les plans, bien sûr. Vous pourrez les montrer à votre chef.

J'ouvris mon sac pour y ranger les images en veillant à ne pas les froisser. Ce n'était pas le bon moment pour aborder mon sujet. Et si le bon moment ne se présentait jamais ? Je décidai qu'Alexeï ou un coursier anonyme livrerait les résultats plus tard, afin que mon client puisse digérer la nouvelle sans être bousculé. Puis je procéderais à une nouvelle tentative.

Sur le bureau de Viktor, il n'y avait pas de photos de sa femme. Dans toute la pièce, rien n'indiquait qu'il fût marié. Même l'alliance était absente à son doigt.

Nous devînmes rapidement amis. Cela se produisit spontanément, au fil des conversations où nous apprenions à nous connaître. Nous flânions sur la berge et finissions souvent sur l'île aux monastères. Une fois, en revenant, Viktor pointa le menton vers un bouquet de roses qui dépérissait sur une pierre, et il baptisa cela « le monument au rendez-vous manqué ». Je rougis, comme prise en flagrant délit de vol à l'étalage. Il avait vu que mon regard s'arrêtait toujours sur les fleurs abandonnées. Une femme séparée, me dis-je, j'avais l'air d'une femme séparée. Comment l'avait-il remarqué ? Parce que mon regard était inéluctablement attiré par les bouquets abandonnés et par les cadenas d'amour ? Depuis combien de temps se livrait-il à ces observations ?

– Pardon, dit-il. Les séparations sont toujours difficiles.

– Ce n'est pas cela, Vitia. Enfin, cela fait longtemps.

Ma réplique sortit un peu trop vite, malgré moi, si vite qu'elle ne pouvait que corroborer son hypothèse, et mes joues rougirent de plus belle. L'empathie s'exerçait entre nous dans le mauvais sens. C'était moi qui devais la lui offrir, pas l'inverse, et pourtant je me mis à lui parler de mon petit ami américain qui avait insisté pour que je paie la moitié du loyer lorsque je partageais son domicile : c'était le seul moyen de lui prouver que je n'étais pas avec lui pour l'argent. Finalement, j'avais regagné mon logement antérieur, un appartement collectif peuplé de dizaines de nanas qui étaient mannequins comme moi. Après cela, j'étais sortie avec un autre Américain. Celui-là était accro aux filles de l'Est, et il tenait un journal où il notait les pourcentages de sex-appeal en fonction du pays d'origine. Le dernier de mes glorieux Occidentaux était un type qui avait un curieux fantasme sur la pureté de ces exotiques filles de l'Est et qui, par conséquent, ne daignait pas utiliser de préservatifs. Je m'abstins de le mentionner à Viktor, mais j'aurais pu – c'est dire si notre relation était devenue intime. Je lui parlais de choses dont je n'avais jamais parlé à personne, car lui-même en faisait autant.

– Tu es chez toi, maintenant, me fit-il remarquer. Tu n'as plus à te soucier de passeports occidentaux.

J'essayai de rire. Malgré le vent froid, l'île et la berge étaient pleines de couples qui se donnaient la main. À l'instar des femmes en manque de bébé qui voient partout des poussettes, j'avais l'impression de tomber sans cesse sur de jeunes couples posant pour leurs photos de noces. C'était encore le cas. Je détournai la tête de la mariée en robe blanche. J'avais été seule trop longtemps, et trop longtemps un déversoir pour les chagrins des autres.

Viktor rompit le silence avec tact pour parler de ses copains d'Odessa qui s'étaient amusés à arrêter un adepte du « tourisme de romance », l'avaient forcé à se déshabiller et avaient jeté ses vêtements à la mer. Ils l'avaient photographié en train de s'échapper tout nu. Je dus sourire en imaginant la scène. Viktor savait comment éclairer mon humeur morose, et il percevait les choses qui me manquaient pour être entière, tout comme moi les siennes, bien que ces choses fussent fort différentes. Cela le rendait spécial, parmi mes clients ; par contraste, j'avais l'impression que les autres étaient des gosses pendus à mes seins avec les yeux encore fermés, de sorte que je ne pouvais même pas espérer qu'ils me voient. Les mioches flairaient seulement le lait : pour les clients, je n'étais qu'une médiatrice qui leur ouvrait la voie vers l'odeur du bébé.

– Et une autre fois, voici comment ça s'est passé, commença Viktor.

Il avoua avoir participé à une scène où ses amis et lui avaient surpris des Turcs en train d'encercler un groupe de femmes sur la plage. Les poulettes avaient déguerpi dès qu'elles les avaient remarqués, abandonnant les casanovas turcs à leur sort. Viktor et ses copains s'étaient offert le plaisir de leur infliger une bonne baignade.

– Je crois qu'ils ne sont pas près de revenir à Odessa !

Allait-il me demander ensuite qui j'aimerais voir se prendre une raclée ?

– Tu rencontreras quelqu'un, dit soudain Viktor. Le contraire serait impossible.

– Vitia, bien sûr que si.

J'attendais une réplique sur le fait que j'étais trop belle pour rester célibataire, mais je me rendis compte qu'il ne risquait pas de prononcer ces paroles-là. Une vie construite à la perfection ne garantit pas qu'on reçoive ce dont on manque. Il était bien placé pour le savoir. Autant j'aurais voulu le haïr, lui et tout ce qu'il représentait, autant j'en étais incapable, et cela n'était pas seulement dû au marbre du centre Menorah que j'avais placé sur mon bureau et que je soupesais tous les jours dans mes mains... Viktor se sentait concerné. Peut-être est-ce à cause de ma trop longue solitude que j'ai reçu si volontiers les marques de sincère empathie du premier venu. Je n'avais aucune intention de le blesser, encore moins de l'assassiner. Je n'étais pas dans une démarche de vengeance, et je ne me suis pas liée d'amitié avec lui dans le but d'approcher ainsi l'objet de mon inimitié, car Viktor n'était pas mon ennemi. Il était mon ami et j'étais son amie.

J'aurais dû écouter ma petite voix intérieure et me laisser gagner par l'aversion que m'inspirait Lada Kravets. Mais je ne l'ai pas fait. La confiance de Viktor et la sensible consolidation de notre relation pesaient davantage dans la balance ; au demeurant, nous serions-nous jamais rencontrés, dans le cas contraire ? Comment regretter ce que nous avons été, toi et moi ? Et comment aurais-je pu résister à l'attrait du Bois-d'Argent, avec tous les bénéfices que Daria pouvait en tirer ?

Le gardien vérifia le nom d'Alexeï et le mien sur sa liste, ainsi que le numéro d'immatriculation, puis il agita la main. La barrière se leva et notre voiture s'engagea dans la résidence du Bois-d'Argent, dont j'avais entendu parler mais où je n'avais encore jamais mis les pieds. Je collai mon visage au pare-brise. La route était déserte, goudronnée de neuf, régulière comme la glace d'une patinoire. Tandis que les phares sondaient la forêt obscure, les pins ressortaient tels des troncs d'ambre jaune. Des balançoires et des jeux à grimper apparaissaient entre les arbres, aux couleurs si vives qu'ils semblaient plus appartenir à des dessins animés qu'à la lisière de la forêt. J'étais frappée par le manque de barrières. Certains propriétaires se contentaient de haies, aucun n'avait d'imposant mur en briques. Les jardins individuels étaient tous visibles, plus dépouillés que je ne l'aurais cru. Seul l'aboiement hargneux d'un chien de garde occasionnel rappelait que nous n'étions pas à l'étranger. Je devinai de loin laquelle était la villa des Kravets. Contrairement aux autres, on voyait qu'elle était habitée. Ou bien c'était un éclairage plus vif qui m'induisait en erreur. Lorsque Viktor la quitterait, elle deviendrait semblable aux autres maisons, qui luisaient dans une lumière tamisée tel un cintre vacant dans une penderie allumée.

En descendant de voiture, j'eus l'impression d'avoir atterri sur une autre planète. C'était d'un calme... Et l'air... Daria allait adorer. Alexeï poussa un petit sifflement admiratif. Même lui était loin d'imaginer qu'il pouvait y avoir autant de riches à Dnipro. Le nombre de bâtiments aux allures de châteaux était une surprise. Et comment l'aurions-nous su ? Le Bois-d'Argent était caché aux regards de la populace.

Le tour du propriétaire dura longtemps. Viktor voulait montrer chaque variateur, chaque interrupteur finement ouvragé, chaque volière ; il expliqua que le bâtiment était la copie d'une villa du littoral de Dinard qui figurait souvent dans les films hollywoodiens. Son histoire me passa au-dessus de la tête, vu que j'étais concentrée sur ses gestes et sur ses intonations ; et je devinai que des donneuses avaient déjà vécu ici. Sinon, il n'aurait pas signalé que la salle de bains marbrée était parsemée de produits reconnus inoffensifs pour elles. Le frigo allait être rempli selon le même précepte, et le soin de préparer les repas serait confié à une cuisinière. De toute évidence, Viktor avait souvent présenté cette visite guidée. Combien de fois, à qui, et pour quel résultat ? En tout cas, ma patience était en train de porter ses fruits : nous touchions au but. Viktor avait eu besoin de temps, et il en avait fallu aussi pour construire une relation de confiance. Les bonnes nouvelles allaient plaire à ma chef, et le Bois-d'Argent offrirait à Daria un cadre agréable pour la durée du processus. Je conduirais les Kravets à s'attacher à elle, j'en avais la certitude. Je tenais à ce qu'elle ait ce job, parce qu'elle était une fille de Snijné. Sa famille s'y trouvait toujours. Après, elle pourrait arrêter.

Non sans fierté, j'étalai les photos des candidates sur la table vitrée du séjour. Viktor s'enfonça dans le canapé, et son regard qui sondait l'obscurité extérieure n'était pas celui que j'espérais. Je jetai encore un coup d'œil à la brochette de filles. Sur le dessus de la pile, j'avais choisi des photos de plage. Ça marchait à tous les coups, indépendamment du sexe. Sauf cette fois.

– Je peux laisser tous les documents ici, si tu souhaites les parcourir en toute tranquillité, suggérai-je.

Sur les photos, Daria posait en bikini rouge, le regard vers l'objectif. Je lui avais choisi un maillot de bain plus couvrant que les tenues de plage classiques. Ce bikini trop grand avait été rétréci par-derrière avec des épingles à nourrice et du scotch. Le résultat exerçait une chaste séduction. Peut-être les filles légèrement vêtues gênaient-elles Viktor parce qu'il trouvait un peu inconvenant de regarder les donneuses de cet œil-là. Je n'avais encore jamais été confrontée à ce problème. Son regard ne se tourna même pas vers l'offre présentée sur la table, pas vers Daria. Il restait posé sur les ombres du jardin.

– Je ne sais pas comment lui proposer que nous essayions encore.

Je compris aussitôt ce qu'il voulait dire. Sa femme n'était même pas au courant qu'il préparait une nouvelle PMA ! Voilà donc pourquoi je ne l'avais pas rencontrée. Et si elle refusait de coopérer ?

– Je pourrais parler à ta femme.

– Tu crois ?

Viktor se ranima. Il vint s'asseoir à côté de moi, prit mes mains dans les siennes et les serra fort. Je sentis scintiller dans mon esprit la crainte d'être face à quelque chose d'irréparable.

– Tu es sûr qu'elle est prête à se lancer ?

– Oui, absolument. C'est juste que la dernière tentative s'est très mal terminée.

– Il faut du temps pour s'en remettre, confirmai-je.

– Ce n'était pas sa faute, dit Viktor. J'ai essayé de la convaincre qu'elle ne devait pas se blâmer. Je l'ai répété tant de fois ces dernières années que je ne suis plus sûr de le penser encore.

Il tressaillit en prononçant ces mots. Ses doigts tremblaient, il ne me lâchait pas.

– Tant de fois que ça devient dur à croire ?

Il me regarda dans les yeux.

– Tu vois ce que je veux dire. Il faut que ça vienne de quelqu'un d'autre.

Je me forçai à rester immobile malgré la chaleur qu'il dégageait et qui me faisait transpirer. C'était un test : il voulait savoir si je réagirais de la même façon que sa femme, qui devait vaciller devant lui. Je ne les avais jamais vus ensemble, mais j'en étais sûre. Peut-être n'était-elle pas la seule qui n'arrivait pas à soutenir son regard. Peut-être que les parents de Viktor ne savaient que dire, et éludaient le sujet. Peut-être qu'il sortait des blagues salaces en présence de ses amis alors que c'étaient autant de balles qu'il se tirait dans le pied, et si les autres ne pensaient pas ainsi, lui le croyait.

– J'essaie de me rappeler combien nous étions amoureux lorsque nous nous sommes rencontrés. Nous avons commencé nos études en même temps, mais elle a arrêté. Le regard des autres, c'était trop pour elle. Tout le monde était sûr que nous allions nous marier très vite, puisqu'elle était enceinte. C'est la seule raison pour laquelle on célèbre des mariages, dans ce pays, pas vrai ?

Viktor prit le verre sur la table et le vida d'une traite.

– Nous faisons chambre à part depuis des années et nous sommes devenus deux étrangers. Elle fuit mon regard, cherche de l'aide dans le magnétisme et dans les astres, des explications dans son régime alimentaire et dans le chauffage de la voiture. Nos portes voient défiler un flot ininterrompu de prêtres et de guérisseurs. Je suis désolé de ne pas t'en avoir parlé plus tôt.

Lui laissant tout son temps pour s'exprimer, j'examinai les petits canapés servis sur la table – pas question de toucher à la vodka. Je comprenais sa solitude et ne fus donc pas surprise lorsqu'il m'avoua avoir recherché hors mariage sa virilité perdue. Le ton était de plus en plus confessionnel : je le tenais enfin entre mes doigts. C'était l'instant tant attendu, mais j'étais trop nerveuse pour me réjouir de ma victoire ; je commençais à m'inquiéter qu'il ne se mette rien sous la dent. De toute évidence, il avait déjà puisé dans son minibar avant notre arrivée. Craignant que notre entrevue soit gâchée par les effets de l'alcool, je lui mis un toast de caviar dans la main. Il l'accepta.

– J'ai tenté ma chance avec pas mal d'autres femmes. C'étaient des années gaspillées, je m'en rends compte maintenant.

– Et tu as demandé conseil à des spécialistes ?

– C'est souvent le cas, les hommes qui vont en premier chez le médecin ? plaisanta Viktor.

Il avait longtemps digéré la question, sa voix détendue en témoignait. Il n'était plus bouleversé à l'idée d'avoir recours à un don de sperme. Peut-être pouvait-il même se contenter d'une grossesse de sa femme suivie d'un accouchement : personne ne connaîtrait les circonstances. J'étais soulagée, la situation avançait à une vitesse vertigineuse.

– J'ai rencontré une fille, en voyage d'affaires, soupira-t-il. C'était déjà tendu à la maison, et un brin de charmante compagnie me changerait les idées. Au bout de deux mois, elle m'a annoncé qu'elle était enceinte. J'ai fait part de la joyeuse nouvelle à mes amis, nous l'avons célébrée tous ensemble, et au moment où l'enfant est né, j'étais l'homme le plus heureux de l'univers. J'en ai même informé ma femme, et elle a exprimé son désir d'adopter le garçon.

Des spasmes secouèrent sa joue. Il ne remarqua même pas qu'il venait de parler de son épouse, elle qu'il avait tant évité de mentionner jusque-là.

– L'enfant n'était pas le mien. C'était le bâtard d'un autre. Finalement, je dois regarder la vérité en face et m'avouer que moi aussi j'ai un défaut.

– Test de paternité ?

– À la demande de mon père. Il avait raison de prendre cette nana pour une aventurière. C'est la raison pour laquelle ses avocats traitent les questions juridiques avec votre bureau, et c'est ce qui explique la clause qu'ils ont ajoutée au contrat pour soumettre l'enfant à un test ADN. L'intransigeance de mon père sur ce point frise la paranoïa.

Les Kravets avaient-ils eu vent de l'histoire des couples qui étaient venus pour une procréation assistée et qui avaient été trompés ? Je me rappelais la nervosité de ma chef lorsqu'elle avait appris par la presse la mésaventure de parents italiens dans une clinique russe. Sachant qu'elle ne se laissait pas affoler en vain, je présumais que notre bureau avait dû connaître des cas similaires. Elle avait pu rogner sur les dépenses en début de carrière, et peut-être m'était-il arrivé aussi de suggérer que les médecins remplacent les gamètes invalides de nos clients par d'autres qui présentaient de meilleures chances de donner naissance à des enfants sains. J'avais reçu des éloges pour mes résultats. Mais nous ne pratiquions plus cela. Sur le long terme, c'était trop risqué. Dans le cas de ce couple, ce serait de la folie pure. Viktor se méprit sur mon silence.

– Je suis désolé, ce n'est pas de la méfiance envers vous. Mon père me traite comme un ingénu, ce en quoi il n'a peut-être pas complètement tort. Dans une situation pareille, on a tendance à se raccrocher à toutes sortes de planches de salut et à n'importe quel sourire prometteur.

Viktor regarda sa montre. Il la fit tourner autour de son poignet. Timide comme un écolier.

– Ma vie est devenue sinistre, après la trahison de cette traînée. Nuit et jour, j'imaginais qu'elle avait dû se moquer de moi avec ses copines, et j'avais l'impression d'être la risée de toutes les femmes que je croisais. Ça doit vraiment te sembler bête.

Sa voix redevenait hésitante. Je me contentais de secouer la tête, alors que j'aurais dû nier plus explicitement. Je fis ce geste tant de fois au cours de la conversation, dispensant ainsi mon empathie, que je finis par éprouver le besoin de me retirer dans la salle de bains, où j'aurais pu détendre les muscles de mes joues, comme faisaient les mannequins pendant les séances photo pour rester concentrées. Comme c'était impossible, je recourus à une autre astuce : je me pinçai discrètement les paumes. La douleur injectait de l'adrénaline dans les veines et maintenait le regard clair. En même temps, je voulus ranger dans le classeur les photos de mes rieuses candidates.

Je n'en eus pas le loisir. Viktor tendit le bras vers les dossiers. J'osais à peine respirer. Toutes les photos étaient au goût des Américains, sourires nacrés à pleines dents, mais elles ne convenaient pas à ce client-ci. Même chose avec les vidéos démo. S'il s'était confié plus tôt, j'aurais pu faire préparer d'autres documents. J'avais encore gaffé.

Viktor lâcha le classeur sur la table. Son regard s'était arrêté sur la nuit d'automne derrière la vitre. En tête du cortège, Daria badinait sur son meilleur cliché, pris au terme d'une longue journée de poses, lorsque le photographe, apercevant une viorne obier encore en fleur, lui avait ordonné de poser devant l'arbuste. J'avais vu sa figure s'allonger et je m'étais empressée de lui raconter la fois où on nous avait commandé de rire de toutes nos forces, à moi et aux autres mannequins. Je la débridai en lui décrivant les astuces que nous avions expérimentées pour en être capables pendant des heures. Je m'abstins de préciser quel genre d'article ces photos devaient illustrer. Le papier traitait des expériences de la peur chez les femmes et les hommes, et son titre était emprunté à une célèbre femme de lettres dans une interview à ce sujet. Je n'avais pas oublié ce titre : « Les hommes ont peur que les femmes se moquent d'eux – les femmes ont peur que les hommes les tuent ».

– Comment les gens décident-ils, d'habitude ? Comment savent-ils laquelle convient ?

Le visage de Viktor était toujours orienté vers le jardin. Je tendis discrètement la main pour fermer le classeur.

– Souvent, les clients ont des critères auxquels ils ne renonceraient pour rien au monde.

– Par exemple ?

– Ils veulent tous que l'enfant ait de bons cheveux. Surtout pour les femmes, c'est très important.

Viktor se redressa, vida son verre. Quelque chose dans ses gestes me laissait penser qu'il allait bientôt s'attaquer au classeur. Je le posai sur mes genoux.

– Nous pourrons revenir aux candidates ultérieurement. Tu n'es pas obligé de toutes les passer en revue en une seule fois.

– Inutile de remettre à plus tard.

Il tendit la main. Je piochai quelques photos au hasard dans les portfolios. Chacune provoqua un semblant de réaction, tremblement ou moue dubitative. Je ne lui montrai pas Daria. À la vue de la vieille photo de plage où elle riait, son client précédent avait soupiré que c'était enfin la bonne. Elle avait l'air de se jeter dans ses bras, ses bras à lui. Je gardai le cliché bien serré dans le classeur, et le classeur dans mes bras.

– Certains affirment qu'au moment où ils trouvent la bonne donneuse, ils ont l'impression d'avoir toujours su à quoi ressemblerait leur enfant.

– Et si cette impression ne vient pas ? demanda Viktor.

– Alors on énumère les critères. Qu'est-ce qui est important pour toi ?

– La discrétion. L'anonymat.

– Et l'enfant ? Tu veux une fille ou un garçon ?

– Un garçon. Une fille plus tard, peut-être. D'abord un garçon.

Je posai la main sur sa manche, lentement. Enfin une réponse claire.

– Souvent, la bonne semble directement s'adresser à toi dès la photo, dis-je. Comme si elle t'appelait. Il y en a qui qualifient ça d'expérience de reconnaissance.

Viktor jeta par terre les photos que j'avais retenues et alla se resservir à boire. Après un début prometteur, la soirée prenait un mauvais tournant. Il portait un costume bien taillé, mais ça ne suffisait pas à le faire tenir debout : il s'appuya au bar, essayant sans doute de ne pas pleurer, à voir les tremblements qui secouaient sa tête. Je n'arrivais même pas à éprouver de l'envie à l'égard de tout ce qu'il possédait, puisqu'il n'avait pas ce qu'il désirait le plus.

Je remballai les dossiers dans mon sac. On prendrait de nouvelles photos pour les envoyer à Viktor et à sa femme, dont les vœux m'étaient toujours parfaitement inconnus. Cela ne facilitait pas la tâche, dans la perspective de la séance de pose. En phase initiale, les clients donnaient l'impression que n'importe qui ferait l'affaire pourvu que l'enfant soit sain. L'examen de l'épais catalogue était même une corvée, comme sur un site de rencontre ou devant la sélection d'une agence matrimoniale. Avec le passage en revue approfondi des photos, le côté intellectuel du client subissait toujours un changement, sans exception. La situation lui donnait du pouvoir, la faculté de décider, de prendre ou de laisser. Au début, la grâce du petit nez enfantin esquissé dans son esprit n'était qu'un germe d'idée, mais bientôt son imagination partait au galop vers des cheveux de pub de shampooing, des teints pour magazines féminins, des coupes rapportées de championnats scolaires, et l'on oubliait complètement le budget initial, on se mettait à éliminer les plus laides ou les moins douées presque sans le faire exprès, le choix était grisant comme une fortune soudaine. Certains protégeaient alors la donneuse comme un placement, et l'équipement de la villa confirmait que les Kravets appartenaient à cette catégorie. Je m'attendais à ce qu'ils me présentent sous peu la liste des produits à tenir hors de portée de la donneuse, et j'étais prête à parier que le système de sécurité incluait une vidéosurveillance exhaustive des locaux. Car cette prétentieuse de Kravets voulait s'assurer que la donneuse ne risquait pas de s'appliquer du rouge à lèvres par inadvertance, de se teindre les cheveux ou de s'asperger d'une substance qu'elle imaginait susceptible de perturber l'équilibre hormonal. Je calculai les bonus. Daria gagnerait bien. Comme la donneuse devait habiter sous contrôle pendant toute la durée du processus, rien que le forfait de base serait doublé. Le projet avançait beaucoup plus lentement que d'ordinaire, ce qui serait facturé en supplément. L'argent rapporté par cette mission subviendrait aux besoins de la famille de Daria pour longtemps, et je pourrais alors la préparer à sa reconversion. Je ne comptais pas faire le grand saut avant d'avoir assez de capital pour financer ses premiers pas dans le mannequinat et garantir notre subsistance, à nous deux, pendant les périodes creuses. J'avais donc l'intention de continuer dans l'agence le temps de convaincre les grands couturiers étrangers de s'intéresser à elle. En tout cas, les Kravets seraient ses derniers clients : j'en avais la certitude.

– On a déjà fait cela tant de fois... dit finalement Viktor en revenant à la table avec un verre à la main. Je n'en peux plus.

Son nez rougeoyait, ses yeux étaient enflés.

– La première fois, la photo de la donneuse a été encadrée et accrochée à l'iconostase. Pas ici, mais... Le père Arseni a béni la photo, et il n'arrêtait pas de prier. Nous avons fait des dons à l'église. Tout était parfait. Enfin, aurait dû l'être.

Je comprenais maintenant ce qu'il avait voulu dire lorsqu'il avait effleuré les plans de travail de la cuisine en soulignant qu'ils étaient en spectrolite, une pierre réputée protectrice, tranquillisante et bénéfique pour la confiance en soi... Une fois de plus, sa phrase était restée en suspens. C'était sa femme, sans aucun doute, qui avait commandé la spectrolite pour la villa, de même que la carnéole rouge, sous forme de petits cailloux polis placés dans des récipients de-ci de-là. Au moment où j'en prenais conscience, Viktor empoigna une vasque sur la table basse et la jeta par terre. L'acte en soi ne me bouleversa pas tant que le bruit fracassant, comme un mur qui s'écroule.

– Elle était persuadée que cette donneuse-là lui avait parlé. Celle dont on avait mis la photo sur l'iconostase.

Qu'elle avait parlé à sa femme, présumai-je.

– Pourtant, tout a foiré ! s'écria Viktor. Nous avons même eu la bêtise de chercher à faire coïncider la naissance avec la meilleure conjonction astrale possible, et son horoscope...

Encore une phrase inachevée. Il vida son verre et se resservit une rasade de Khortytsa. Je me promis d'appeler ma chef en arrivant chez moi. Elle allait devoir contacter le père de Viktor pour vérifier le consentement de l'épouse.

– Je ne peux plus choisir. Mes choix sont sûrement mauvais, maudits, voués à l'échec. Choisis, toi.

Alors que ma chef et moi étions en chemin pour rencontrer le père de Viktor à son bureau dans le but de signer les papiers relatifs au processus, j'ignorais que ma vie allait prendre un tournant inattendu, et ce changement imminent n'était pas dû aux contrats enfin en voie de finalisation, mais à toi. J'allais te voir. Je n'étais pas au meilleur de ma forme, la nervosité avait fait poindre sur ma joue un bouton palpitant et ma chef était aussi agitée que moi. Dans l'ascenseur, elle me tapa sur les mains en me commandant de les garder près du corps : l'entrevue ne nécessitait pas d'agiter les bras en l'air, d'user d'un langage corporel hostile. Aucune de nous n'avait encore rencontré Vitali « Veles » Kravets. Sa réputation le précédait. Alexeï avait dit que le surnom Veles remontait à une bagarre d'antan. À un moment donné, sa défaite semblait inévitable et lui-même paraissait plus mort que vivant. Son adversaire avait alors baissé sa garde, et il bombait déjà le torse sous les acclamations lorsque Vitali l'avait frappé avec une bouteille brisée. Son front défoncé dans ce combat lui avait valu le surnom de Veles, dieu slave cornu, seigneur des enfers revenu d'entre les morts.

Notre crainte était vaine. Visiblement impressionné par le succès de notre bureau, Veles se contenta de s'entretenir avec ma chef de la conjoncture économique pendant que nos juristes fignolaient les détails déjà revus de nombreuses fois. Viktor n'était pas là, ni sa femme. Si je n'avais pas vu les preuves de l'existence de l'épouse – sa signature et les photos d'Alexeï –, j'aurais pu croire qu'elle n'était qu'un esprit. Malgré mes demandes de contact, elle ne m'avait jamais rappelée. Selon ma hiérarchie, elle était au courant de l'avancement du projet et cela devait lui suffire. Ma chef aussi, cela lui suffisait.

Pour relâcher la pression, je dodelinais de la tête. J'essayai de rester éveillée en comptant les animaux morts qui couvraient les vastes murs du bureau. Un lion. Un loup. Un ours. Crocs dénudés de bêtes féroces. Bois d'élan. Sur la paroi du fond, un crocodile entier. À côté, j'avais remarqué une vignette munie d'une croix, en entrant : la pièce était bénie. Une carpe empaillée s'enfonçait dans les pompons dorés des rideaux, la climatisation ronronnait et le tic-tac de l'horloge dorée imitait un métronome soporifique. De temps à autre, ses battements étaient couverts par un gazouillis provenant de la volière, puis un craquement l'interrompit. Crac, comme une châtaigne écrasée sous la chaussure. Ou une coquille d'escargot. Ou de noix. Dans le coin de la pièce, les craquements continuaient à un rythme irrégulier. J'étais certaine de ne pas les avoir entendus jusque-là. Sans tourner la tête, j'aperçus un homme assis dans un fauteuil, qui nous observait. Une tête d'ours et un oiseau empaillé à long bec pendaient au-dessus de ta tête. Tu étais assis à une table basse en marbre. Puisant des fruits secs dans un bol en cristal devant toi, tu les ouvrais avec un casse-noix et lâchais les coquilles par terre. Tout à coup, j'étais parfaitement éveillée.

– Viktor Vitalievitch ne quittera pas sa femme.

En prenant place sur la banquette arrière, je ne prêtai pas tout de suite attention à ces paroles qui venaient du siège du conducteur. J'étais occupée à rectifier mon maquillage, et il me fallut un moment avant de me rendre compte qu'il ne convenait pas à un chauffeur de me parler sur ce ton. Quant à l'après-rasage, il aurait pu être un peu plus discret. Il y avait donc quelqu'un au volant. Je te reconnus : l'homme aperçu chez Veles Kravets, dans le coin du bureau. Je me rappelais ton insolence, les coquilles de noix jetées par terre… Peu à peu, je compris ce que tu venais de dire. Je portai la main à mes cheveux pour me donner une contenance en faisant mine de me recoiffer. Une femme séparée. Pour toi aussi, j'avais l'air d'une femme séparée, alors que ma dernière rupture remontait déjà loin. Quel autre sens aurait pu avoir ta phrase ? Ou surinterprétais-je ?

Je décidai de t'ignorer. Pendant le trajet, je comptais me plonger dans mes papiers et me concentrer sur le grand moment qui m'attendait. Lada Kravets allait me recevoir dans sa datcha. Viktor m'avait transmis le message, et il préférait ne pas rester dans nos pattes.

– Vous auriez dû patienter à l'intérieur, dis-tu. Vous ne vous seriez pas mouillé les pieds.

J'en conclus que le conducteur était un homme qui avait le don de faire des commentaires intempestifs. L'averse avait formé une vaste mare devant le bureau, mais ce tronçon de la rue était maintenant loin derrière et nous longions les tours des suicidés. Chaque fois qu'un habitant de la ville voulait absolument mettre fin à ses jours, il grimpait sur le toit de ces immeubles. J'avais beau m'efforcer d'en détourner la tête, ils attiraient toujours mon regard comme un aimant.

Je gardais le silence. Nous n'avions pas été présentés, je ne savais pas qui tu étais. Aussi n'avais-je pas besoin de parler avec toi, et les mots que tu m'adressais me semblaient fort incongrus, s'ils étaient destinés à engager la conversation.

Le temps s'était éclairci et l'asphalte brillait lorsque tu t'arrêtas dans une station-service. Je continuais de feuilleter mes dossiers, comme si je n'avais pas remarqué que nous étions arrêtés et que tu faisais le tour du véhicule pour m'ouvrir la portière.

– À l'avant, vous auriez plus de place, insistas-tu.

Je ne bougeai pas. En cours de route, une cage à perroquet récupérée chez le vétérinaire avait été posée à côté de moi. Cependant, j'étais assez svelte pour prétendre qu'elle ne me dérangeait pas. Je ne voulais pas m'asseoir devant, à côté de toi. Curieusement, j'avais la sensation que tu ne m'aimais pas. Peut-être était-ce à cause de ton regard scrutateur. Je me sentais jaugée. En entendant cliqueter un briquet, j'eus envie d'une cigarette. Mais je gardai le nez dans mes papiers. Tes pas s'éloignèrent vers la boutique. Une fois ton dos hors de vue, je sortis fumer. Manifestement, le tabac était interdit à bord de la voiture, et j'en déduisis qu'elle devait être réservée à l'épouse. L'oiseau devait lui appartenir aussi. Tu n'avais pas l'air d'un homme à perroquets. Un chien errant venu gambader à côté de moi poussa son museau vers la banquette arrière, cherchant des restes à grignoter. Je le mis en fuite, écrasai la cigarette et soulevai la housse qui recouvrait la cage. Les couleurs des plumes étaient comme sur le drapeau ukrainien, criardes, et néanmoins profondes, semblables à celles d'un vieux tableau. Les doigts prestement courbés vinrent gratter le bord de la cage.

– Il s'appelle Ostankino.

Je rabattis la housse. J'avais encore les pieds dehors, je m'étais seulement penchée à l'intérieur pour soulever la protection. C'était une erreur. Je fus obligée de me redresser pour me tourner vers toi. Je cherchai derrière tes épaules un point où fixer mon regard, en vain. J'avais les joues en feu.

– Enchanté, dis-tu comme si nous venions de nous rencontrer pour la première fois. Je suis Roman.

Je ne répondis pas. Pour un inconnu, tu t'étais trop approché. Fahrenheit. C'était ton parfum. Plus loin, j'aperçus une voiture qui faisait le plein de gaz, et je me concentrai dessus. Celle-ci roulait à l'essence, elle n'était pas équipée d'une bonbonne de gaz, et elle ne le serait jamais, car elle transportait des gens qui avaient les moyens de payer leur carburant au prix fort : à bord de cette voiture, on roulait vers un avenir radieux, et j'avais pour mission de gérer tous les obstacles susceptibles de se présenter en travers de la route.

– Vous seriez nettement plus à l'aise à l'avant.

Tu ouvris la portière et, comme je ne voulais pas paraître grossière, je te laissai m'orienter vers le siège du passager. Je regardai mes mains en me demandant si j'arriverais à attraper mes affaires restées derrière ou si cela risquait de passer pour une impolitesse, un refus de bavarder. Tant pis, je renonçai à mes papiers. La voiture se remit en mouvement.

– Que savez-vous de Lada Pavlovna ? me demandas-tu. Viktor vous a parlé d'elle ?

Je ne savais que répondre. J'ignorais dans quel camp tu étais, et peut-être imaginais-tu que j'étais la maîtresse de Viktor ou que je convoitais ce statut. Sinon, pourquoi m'aurais-tu annoncé qu'il ne quitterait pas sa femme ? Ou bien devinais-tu mon raisonnement de coordinatrice, mon avis intime qu'il serait plus simple de changer d'épouse pour tout arranger ? Mes considérations me firent tirer ma robe vers le bas. La stérilité était souvent une cause de rupture. Cependant, nos collaboratrices ne s'aventuraient pas sur ce terrain défendu.

– Vous devez bien savoir quelque chose, maintenant ?

– Seulement ce que j'ai lu dans ses dossiers médicaux.

C'était la première phrase que je t'adressais, et ma voix s'enroua, parce que je me rendais compte que j'avais croisé les doigts. Mauvais présage. Comme d'être assise dans l'avion à côté de quelqu'un qui fait sa prière juste avant le décollage. Tu ne le remarquas pas, pas plus que mon regard qui virevoltait comme un insecte égaré sur la vitre, bondissant instantanément d'un bout à l'autre du pare-brise. J'avais la bouche sèche. Tu ne pouvais pas connaître mes pensées profondes sur la femme de Viktor. Je me forçai à détendre mes mains.

– Lada Pavlovna risque de vous demander pourquoi vous êtes dans ce secteur d'activité.

– On me le demande souvent.

– Mon rôle consiste à m'assurer que le projet se déroule comme il faut et qu'on vous fait confiance.

– Pourquoi ne me ferait-on pas confiance ?

– Si cela arrive, poursuivis-tu, je devrais tout de même veiller à ce que les choses avancent de la façon souhaitée. Votre bureau n'est pas le premier avec lequel ils ont exécuté le processus dans son intégralité. Ça lui a pris du temps, à Lada Pavlovna, pour retrouver l'espoir d'un résultat positif, après tant d'échecs.

Je baissai la vitre. Il bruinait toujours. Un bureau dans le centre Menorah. Un sol en marbre. La stratégie balkanique et Kryvyï Rih étaient deux projets qui m'avaient échappé. Celui-ci, non. Cette fois, j'allais réussir. Je resterais ici, même si la femme de Viktor semblait maintenant plus complexe que le simple fruit d'une enfance choyée. Et si je répondais mal à l'interrogatoire de cette princesse ? Mais comment le pourrais-je ? Nous nous mouvions dans la zone la plus intime de la vie humaine : par conséquent, nous étions habituées à tout. Pourtant, on ne nous avait encore jamais rien demandé de personnel, excepté les choses relatives à notre vie de famille. Cela les intéressait toujours. Comme les clients ne devaient pas croire que nous fussions dans ce secteur d'activité pour l'argent, l'histoire officielle disait que ma chef avait eu deux enfants in vitro à cause d'une endométriose sévère, ce qui l'avait incitée à se consacrer à ces préoccupations. Son récit n'avait jamais été remis en question, ni le mien. Je te racontai qu'une amie à moi avait eu un accident dans son enfance et qu'elle avait été sauvée grâce à un don de sang. Cela avait changé ma conception de la vie et, en grandissant, j'avais voulu accomplir un acte aussi important, moi aussi. Je trouvais injuste que le corps de chaque femme en âge de procréer produise sans cesse des ovules qui auraient pu changer la vie d'une autre. J'avais emprunté cette histoire à une donneuse. Elle était crédible, touchante et vraie. Je savais la jouer à la perfection, et elle ne donnait pas du tout l'impression que nos filles étaient motivées par la culpabilité, comme c'était souvent le cas, quand ce n'était pas simplement par la pauvreté. Si les femmes avaient du mal à avoir des enfants ou si leur vie était dure, elles cherchaient parfois des causes dans leurs avortements et croyaient que leur problème disparaîtrait si elles venaient travailler chez nous pour expier leurs actes. Avais-tu eu connaissance de mon avortement ? Cela faisait longtemps. Non, tu ne pouvais pas être au courant. Je n'en avais parlé à personne, pas même à ma chef.

– Comment s'appelle-t-elle, votre amie ? Celle qui a été sauvée grâce à un don de sang ?

Tu arrêtas la voiture sur le bord de la route et te tournas pour me dévisager. Ton regard était celui d'un détecteur de mensonges. Snijné ? Était-ce le motif de cet interrogatoire ? À part ma formation et le sort de mon père, c'était la seule chose que nous avions changée dans ma biographie, d'un commun accord avec ma chef. Tu avais fait des recherches sur mon compte. Tu avais trouvé des témoins, des gens qui nous connaissaient, moi ou ma famille, quelqu'un qui savait que mon père n'avait jamais travaillé dans le bâtiment à Mykolaïv. Tu avais trouvé l'erreur. Le mensonge.

– Si Lada Pavlovna vous pose des questions à ce sujet, elle risque de téléphoner à votre amie.

– Qu'elle le fasse.

– Ne plaisantez pas.

Tu me tendis un bout de papier où était noté le nom d'une certaine Loudmila Kornilova, sous un numéro estonien.

– Enregistrez ça dans votre répertoire.

Je ne comprenais plus ce qui se passait. Peut-être n'aurais-je pas dû m'étonner que tu aies mené ton enquête, mais Viktor était-il dans le secret ? Et sa femme ? Pourquoi m'aidais-tu à bétonner mes modestes mensonges ? Et Snijné ? Étais-tu aussi au courant ? Avais-je intérêt à te parler de Snijné spontanément ? Pour paraître plus sincère ? En éradiquant la ville de notre parcours, à Daria et moi, on ne faisait que poser un léger maquillage, une petite rectification pour les regards des clients occidentaux. Tu ne te souciais pas de Snijné, ni Viktor. Votre seule crainte, c'était le mensonge : si nous vous trompions une fois, de quoi serions-nous capables ensuite ?

– Il y a un problème ? demandas-tu. Je présume que votre amie devrait habiter à Tallinn, là où l'accident est censé s'être produit, non ?

– C'est qui, cette Loudmila ?

– Quelqu'un qui répondra si on l'appelle, et qui racontera la même histoire que vous.

– Combien ?

– Combien quoi ?

– Qu'est-ce que vous voulez, en échange de ce service ?

– De votre part ? Rien.

Tu baissas la vitre, allumas une cigarette et la tins dehors par la fenêtre. Je m'enhardis à suivre l'exemple. Le numéro de Loudmila brillait sur l'écran de mon téléphone.

– Qui est au courant ? Pour qui travaillez-vous ?

– Pour nul autre que Veles. Il veut que le projet se déroule sans heurt, et les détails ne l'intéressent pas. Cette histoire épuise la famille entière depuis trop longtemps. Ils vont tous finir par devenir fous. Les affaires en souffrent et Viktor devrait déjà être entré en politique. Les coups durs ne sont plus permis. Autrement, croyez-vous vraiment que je consacrerais mes journées à ces histoires ?

J'avais réussi ton test, et je me félicitais qu'il t'ait conduit à renforcer la crédibilité de mon récit. Je décidai donc de passer Snijné sous silence. C'était un détail insignifiant, du moment qu'il n'était pas découvert. Si tu m'avais mise à l'épreuve en relevant le bluff du don de sang, tu ne savais peut-être pas tout pour autant : tu voulais seulement me le faire croire. Nous fumions en silence et regardions les échoppes au bord de la route, sur lesquelles les vendeuses avaient assemblé des bâches pour s'abriter tant bien que mal avec leurs sacs de pommes de terre. De temps en temps, une voiture qui passait ensevelissait leurs étals dans un nuage de charbon. Il y avait peu de trafic, personne ne s'arrêtait, les marchandes grelottaient au bord de la route sans aucun profit. Je ne pouvais pas me permettre de perdre mon client. Il fallait que j'apprenne à aimer la femme de Viktor, quels que soient les caprices de cette princesse, et il fallait que je me lie d'amitié avec toi.

– Lada Pavlovna ne manque jamais de demander aux personnes impliquées comment elles sont arrivées dans le milieu de la PMA, dis-tu. Mieux vaut être préparé.

– N'aurait-il pas été prudent de mettre ces choses au point avant la signature du contrat ? Ou d'attendre un peu avant la synchronisation des cycles de Daria et de la future mère ?

Je n'avais encore jamais participé à un processus où je n'eusse pas rencontré la femme désirant un enfant avant que les choses en soient déjà arrivées à ce point. C'était une situation absolument inédite. Aussi avais-je dit sans ambages au médecin que l'échec n'était pas une option. Que l'on augmente encore toutes les posologies, s'il le fallait. Cette fois. Juste cette fois, pour m'en débarrasser rapidement.

– Nous avons essayé, dis-tu. Mais il faut parfois laisser les choses aller à leur rythme.

– Pourquoi ai-je l'impression que la future mère est plus compliquée que Viktor Vitalievitch, en l'occurrence ? Est-ce le cas ?

– Je ne sais pas. Peut-être. Non. C'est sans importance. Viktor ne quittera pas sa femme. L'Église, les élections et les divorces sont une combinaison délicate. Sans parler des affaires et des rapports de possession qui viennent compléter le tableau. Tout ira bien pourvu que vous vous rappeliez votre histoire. Votre candidate a l'air splendide.

– Daria est incontestablement la meilleure, confirmai-je.

En fait, aucun des intéressés n'avait fait de commentaire sur la donneuse que j'avais choisie. Veles n'avait même pas touché à nos classeurs, dans son bureau. S'il était aussi mal à l'aise que son fils devant les photos à parcourir, s'il avait peur comme lui du visage des donneuses, c'était peut-être à toi qu'ils avaient confié le soin d'approuver mon choix ; et si tu avais aussi mené ton enquête sur elle, j'espérais que tu avais adopté la même méthode qu'avec moi.

– Y a-t-il autre chose à savoir ? demandai-je.

– Je ne crois pas. Lada Pavlovna a horreur des avortements. Ce n'est guère étonnant, mais vous n'avez pas ce genre de filles, hein ?

Je te jetai un coup d'œil. Je n'arrivais pas à déchiffrer ton expression. Peut-être étais-tu sérieux, ou bien c'était une blague. Ce point faisait évidemment l'objet d'une rubrique à part sur le formulaire éliminatoire. Aucune donneuse n'avait avoué avoir interrompu une seule grossesse, car elles n'étaient pas bêtes. Officiellement, sur nos listes, il n'y avait pas de femmes dont l'auréole serait entachée d'un tel acte ; et si jamais les clients posaient des questions, je leur rappelais que les statistiques de notre pays étaient en train d'évoluer à toute vitesse vers les chiffres occidentaux, en termes d'avortements – mais je m'abstenais bien sûr de souligner la fracture croissante entre l'est et l'ouest de l'Ukraine. Dans l'ouest, le phénomène n'était que trop problématisé. Si les générations précédentes avaient pris l'habitude de faire des gosses pour avancer sur la file d'attente des logements puis, une fois atteint le nombre approprié, de pratiquer des avortements pour gérer la planification familiale, pourquoi la classe d'âge suivante se comporterait-elle autrement et pourquoi l'obligerait-on à être différente ? Lada Kravets devait connaître la situation de son pays.

Comme mon silence risquait de donner une impression suspecte, je cherchai rapidement une réplique opportune, mais je remarquai alors l'ébauche d'un sourire au coin de tes lèvres. Consciemment ou non, c'était une invitation à embellir la réalité avec les moyens requis par le contexte.

Assis sur le canapé depuis une heure ou deux, le pope prenait connaissance de mes classeurs. Je commençais à soupçonner que c'était encore une épreuve et que la future mère n'arriverait jamais au rendez-vous. J'essayai tout de même de garder mon calme et, après avoir observé les paons qui faisaient la roue sur le gazon, je me mis à contempler l'imposante bibliothèque. Les rangées d'ouvrages à reliure de cuir rehaussée de fils d'or atteignaient le plafond. Cependant, en regardant de plus près, je n'en crus pas mes yeux : entre les plats de couverture, il n'y avait que du vide, les pages étaient absentes.

– Un Trebnik du métropolite Petro Mohyla daté de 1646, déclara le père Arseni en montrant une vitrine derrière moi. Je vous en prie, consultez-le en toute tranquillité. Vous pouvez le manipuler.

Je m'attendais à sentir la légèreté d'une imitation, mais non, le Trebnik était authentique. Je m'abstins de demander pourquoi ce trésor national ne se trouvait pas dans un musée. Je reposai le livre sur son lutrin avec des picotements au bout des doigts et allai examiner le piano à queue de couleur blanche qui donnait son nom à cette « salle de piano ». Une trace de feutre sale ressortait sur la surface laquée, sans doute l'autographe d'une célébrité. J'entendis le bruit de mes dossiers à revêtement de cuir contre la table. Ma chef ne permettait pas les pochettes plastique : tout devait avoir du style, en plus du contenu.

– Cette fois, nous essayons de procéder autrement, dit le père Arseni. Nous avons connu tant de déceptions. Lada Pavlovna ne veut rien savoir de la donneuse, elle fait confiance à notre jugement. Elle ne veut pas se faire une représentation mentale de l'enfant par anticipation.

Je regagnai la table. Pour occuper mes mains, je tournai la cuillère dans mon thé refroidi. Elle n'était pas dorée mais véritablement en or massif, elle pesait lourd. J'avais envie de la tordre pour vérifier, mais je devais me concentrer sur ce que me disait le père Arseni. J'étais agitée. Quand je compris pourquoi, cela me surprit. Toi. Tu me manquais : dès notre arrivée, tu m'avais laissée pour apporter le perroquet à sa maîtresse. Je fixais le tourbillon formé dans la tasse. Je ne te connaissais même pas. Mon sentiment n'avait pas de sens. Ou peut-être que si. Pendant le trajet en voiture, tu étais devenu un allié : nous avions le même objectif, et tu m'avais beaucoup aidée. Sans toi, je n'aurais pas deviné l'importance du pope. Cela dit, je pensais m'être bien débrouillée sur les premiers mètres : je lui avais demandé sa bénédiction, me comportant en parfaite croyante, et je portais sur la poitrine une croix que tu avais avec toi « par hasard » et que tu m'avais prêtée. Décidément, tu devais être très impatient de te débarrasser de ce projet, toi aussi.

– J'ai bien sûr discuté de la situation avec nos médecins quotidiennement, poursuivit le père Arseni en affichant sa position décisionnaire en la matière.

Aïe, Daria avait-elle un défaut ? J'allais être virée. J'allais perdre Daria, la voiture et la vue de mon appartement. Je serais condamnée à rentrer chez ma tante. Moi qui avais rêvé de faire bâtir une nouvelle maison pour mes proches, équipée d'une pompe à eau et d'une salle de bains… Cela n'arriverait jamais. On allait devoir agrandir le champ de pavot. Boris m'apprendrait à préparer la compote. À l'idée de ma future clientèle, ma vue se brouilla un instant. Dealeuse de compote.

– Je suis très content de cette Daria.

Le père Arseni égrena les mots lentement. Un par un. Comme des perles.

Si la datcha avait l'aspect extérieur d'un chalet en rondins, l'intérieur recelait l'odeur et l'atmosphère d'une église, et Lada Kravets donnait l'impression d'être sans cesse en chemin pour l'office. Sa tête et ses épaules étaient couvertes par un foulard en dentelle blanc calla, sa main était une aile d'oiseau portant par moments à ses lèvres la croix pendue autour du cou, les ongles courts, non vernis et asexués comme ceux d'un petit enfant. Elle ne correspondait pas à l'idée que je m'en étais faite, ni à ce que j'avais pu imaginer en t'écoutant dans la voiture : j'étais incapable de croire qu'une femme si frêle ait pu s'en prendre physiquement à une donneuse et la rouer de coups.

J'avais rencontré de nombreuses clientes à la poitrine creusée par l'injustice du sort ; parfois, leur fureur bouillonnante pouvait se révéler aussi explosive qu'une poche de grisou. Elles ne toléraient pas que les alcooliques et les toxicomanes aient des enfants spontanément, ou que certaines aillent avorter comme on va acheter du lait. De même, j'avais rencontré d'innombrables candidates porteuses qui n'admettaient pas d'essuyer un refus, et j'étais parfois tentée de jeter des regards furtifs par-dessus mon épaule, sous les porches obscurs, par crainte de leurs représailles. Lada Kravets ne laissait rien paraître de semblable. Seulement de la tristesse et de la crainte, tandis qu'elle me saluait et s'asseyait à côté du père Arseni. Décidant de m'adresser à elle comme à une néophyte, je récapitulai les étapes du processus depuis le début, alors que la synchronisation des cycles avec Daria était déjà démarrée. Je lui parlai des traitements à base d'œstrogène, des hormones du corps jaune avec leurs effets, ainsi que des calendriers de la réceptrice de l'ovocyte et de la donneuse, je répétais le vocabulaire médical et la regardais chaque fois que j'énonçais un terme en langue étrangère ; elle m'écoutait comme si elle ne les avait jamais entendus et répétait les expressions *stade blastocyste*, *ponction* et *transplantation*. Je surveillais discrètement ses mains. Elles avaient battu une femme, une femme jeune et vigoureuse – tu m'avais montré des photos sur ton téléphone, en voyant que j'avais du mal à te croire. La pause entre les PMA de Lada était due aux épisodes en question. Après cela, d'après ton chef et toi, il valait mieux qu'elle prenne le temps de se rétablir. Je voulais bien croire que la femme assise devant moi avait accusé la donneuse de sa fausse couche ; mais c'était autre chose d'imaginer qu'elle avait pris sa voiture et s'était rendue en personne chez la fille, pour la molester à coups de ciseaux à ongles jusqu'à ce que la malheureuse finisse à l'hôpital. À présent, je comprenais mieux pourquoi les Kravets avaient choisi notre bureau. Ce n'était pas uniquement pour notre réputation irréprochable. Un service aussi personnalisé n'existait nulle part ailleurs : quoi qu'il arrive, nous saurions gérer les situations conformément aux exigences. Cette crise risquait-elle de se reproduire ? Devais-je avoir peur pour Daria ? Et si la grossesse aboutissait de nouveau à une fausse couche, ou si l'enfant, pour une raison ou pour une autre, ne plaisait pas à la dame ? Et comment réagissait-elle aux traitements hormonaux ? Risquait-elle d'avoir des accès de colère incontrôlables, comme c'est parfois le cas ?

Lada Kravets était mignonne. Je ne m'y attendais pas.

Avant mon départ, le père Arseni proposa une petite promenade dans le parc. Il voulait me montrer la nouvelle chapelle. Devant l'édifice, je remontai le châle sur ma tête ; je m'inclinai en entrant, fis les signes de croix et baisai les pieds du Christ Pantocrator, espérant ne pas attirer l'attention par mon inexpérience dans le domaine de l'inclinaison du buste. Je ne me rappelais même pas la dernière fois que j'étais entrée dans une église. Mais le pope était impatient de me présenter les icônes apportées de Moscou. La chapelle avait été bénie, paraît-il, par le patriarche en personne. Dans la plus récente acquisition, le « Regard de feu », je reconnus la silhouette : le chef de l'Église avait servi de modèle. Je me tenais devant l'image sainte et le père Arseni attendait visiblement quelque chose. Comprenant in extremis ce que j'avais à faire, je m'empressai de m'incliner, fis les signes de croix et posai les lèvres sur les pieds du patriarche ainsi immortalisé, puis je m'inclinai de nouveau. Le froid sillonnait mon dos, et la raideur commençait à se répandre dans mes doigts. Pourquoi le père Arseni avait-il tenu à me présenter la chapelle construite par Lada Kravets ? Et pourquoi cette icône en particulier ? Pour montrer ce qui m'attendait en cas d'échec, ou si nous cherchions à tricher, à violer le contrat ? Non seulement Viktor et sa femme, mais l'Église, le patriarche, Dieu !

Tu attendais près de la voiture et tu m'ouvris la portière. Un bocal était posé sur le siège avant. Je le pris sur mes genoux et la voiture franchit le portail.

– Alors, c'était vraiment compliqué ?

Je me forçai à sourire : effectivement, la rencontre était un succès. Le père Arseni n'avait rien à redire au sujet de Daria, du calendrier ou d'autre chose. Ni la future mère. Comme tu l'avais deviné, on m'avait demandé pourquoi je travaillais dans la procréation médicalement assistée, et j'avais présenté mes explications, sans omettre de mentionner la Loudmila que tu m'avais indiquée. Mon premier entretien avec le père Arseni et sa chère sœur Lada avait réussi, et mon compte rendu allait réjouir ma chef. Malgré l'évident motif de célébration, je n'avais pas envie de champagne. En soirée, j'achèterais les derniers magazines de mode et relèverais les noms des photographes les plus chauds en vue du dossier de Daria pour le mannequinat. Je commencerais à la préparer mentalement à sa reconversion professionnelle dès que la ponction serait passée. Le bocal en verre était froid.

– Cette graisse n'est pas à tartiner, commentas-tu. C'est pour Daria.

Semblable à un pot de confiture, le bocal avait un couvercle en verre muni d'un joint en caoutchouc : le contenu était clair comme du saindoux. Je l'entrouvris. De la graisse, oui, mais pour la peau.

– Vous vous souvenez d'Allan Tchoumak ? Le guérisseur qui passait à la télé sous la perestroïka ?

– L'hypnothérapeute ?

Je ne pus retenir un éclat de rire, aussi sincère qu'involontaire. À l'époque, cet homme grisonnant qui bougeait les mains en marmonnant régnait sur l'éther tous les matins à 7 h 15. La télé-guérison mettait l'Union soviétique en transe. Pendant que le flux énergétique était actif, on n'entendait rien dans les postes récepteurs.

– Ne me dites pas que la future mère a regardé de vieux enregistrements de Tchoumak en tenant ce pot de graisse devant le téléviseur ! Elle n'est pas un peu trop jeune pour cela ?

– La foi n'a pas d'âge. Et vous vous souvenez d'Anatoli Kachpirovski, le collège de Tchoumak ? Vous trouverez des DVD dans la boîte à gants. Pour Daria, également.

J'ouvris le casier et sortis les boîtiers. Une photo était glissée entre eux, où un Kachpirovski ressemblant à une star du porno sur le retour me fixait intensément avec sa fameuse coiffure à la Monsieur Spock. Il portait toujours le même blouson noir. Je me frottai les lèvres. Après avoir baisé les mains du père Arseni, j'avais transmis au thé l'odeur de rose et de cire d'abeille qui les imprégnait. À présent, l'arôme s'était dissipé et je n'avais plus froid, et je me rendis compte que tu avais monté le chauffage à mon insu.

– Une connaissance de ma tante s'est rendue à la clinique privée de Kachpirovski, à Kiev, relatai-je. Au cabinet de psychothérapie fondé par Kachpirovski dès la perestroïka.

Après cela, lorsque Ostankino avait propulsé la star dans le ciel de toute l'Union soviétique, ma tante avait appelé sa copine pour entendre des ragots, et elle avait été servie : l'autre avait guéri d'un cancer, et elle se félicitait d'avoir pu bénéficier des soins de Kachpirovski avant son apogée. Si je me souvenais bien, l'émission du guérisseur miracle fut suspendue ensuite, accusée de provoquer des crises cardiaques et des dépressions nerveuses chez les téléspectateurs. Je retournai la photo.

– Cela dit, Kachpirovski prépare son come-back, repris-tu. Il paraît que notre guérisseur miracle pourrait revenir à l'écran. Il est dans les bonnes grâces de Moscou.

– Sérieusement ?

– J'enverrai des billets à votre tante.

– Non ! Je ne supporterais pas que ça recommence.

Tu ris de bon cœur. C'était tellement inattendu que cela me fit sursauter. Non pas de te voir rire pour la première fois, mais de songer soudain que tu pourrais être agréable à côtoyer hors du cadre professionnel. Je ne sais pas sur quoi se fondait ce pressentiment. Ou cette idée. T'imaginer en train de t'amuser avec ta partenaire. Je me pinçai. Une femme séparée. Je pense comme une femme séparée. Une femme désespérée, persuadée que les autres ont une vie amoureuse rayonnante même si rien ne le laissait penser. C'est plus fort que moi, je suis convaincue que tout le monde a le cœur en joie, sauf moi, qui ne connaîtrai jamais ce privilège.

– Kachpirovski tourne depuis longtemps dans les pays où vivent d'anciens ressortissants soviétiques, et il est allé donner des séances particulières chez Lada Pavlovna. C'est un vieil ami de la famille. Après sa dernière fausse couche, elle a trouvé la tranquillité d'esprit grâce à ce traitement. Le tout était filmé, et elle a revu chaque séance plusieurs fois.

Le portail de la datcha était maintenant loin derrière nous. J'avais toujours le châle sur la tête. Comme je le retirais et le rangeais dans mon sac, j'en profitai pour jeter un coup d'œil dans mon miroir de poche. J'étais rouge comme un cynorrhodon, et je me dis que j'allais regarder les enregistrements avant de les remettre à Daria. Bon sang, pourquoi venais-je d'avoir cette idée saugrenue ? Parce que j'avais déjà fait l'expérience, dans mon enfance, de boire de l'eau placée devant le téléviseur pendant cette émission ? Parce que j'étais désemparée ? Ou craignais-je que mon vague désir et mon cœur vide soient des obstacles à mon efficacité ? Qu'ils finissent par être trop visibles ? Ou avais-je songé à regarder les séances parce que j'habitais en Ukraine depuis trop longtemps et que la confusion qui régnait dans ce pays recommençait à me sembler normale ? Un jour, une donneuse avait dit à un client que l'Ukraine était un conte de Grimm devenu réalité. L'interprète s'était sagement dispensée de traduire cette phrase.

– Mon grand-père ne voulait pas guérir de son alcoolisme, dis-tu. Du coup, il sortait toujours de la pièce quand l'émission commençait.

Je mis un moment à comprendre ce que tes mots avaient de personnel, d'inattendu. C'était quasiment une confession. Aussitôt, je sentis ma tête se vider. J'ouvris la bouche dans l'intention de formuler ce qui n'était encore qu'un germe de pensée, mais j'aperçus alors les échoppes au bord de la route. Si je faisais une gaffe, ma mère serait obligée de grelotter avec ses sacs de carottes derrière un de ces étals, l'année suivante. Le moment m'échappa. Celui où j'aurais pu te parler de mon père, de tout ce qui s'était passé à Snijné, t'avouer pourquoi j'avais menti à ce propos, à l'égard de Daria et de moi. J'aurais pu changer le cours de mon destin et tout aurait pris une autre tournure. Mais je n'ai pas osé. Par la suite, je n'ai pas osé non plus : comment l'expliquer un jour, si j'avais gardé le silence la veille ?

Devant le comptoir, je soupesais la dernière boîte de gâteaux Napoléon, dans laquelle deux des pâtisseries étaient écrasées. J'hésitais à prendre ce dessert préféré de Viktor endommagé, ou un gâteau impeccable avec glaçage royal et crème au beurre. Les gens entraient et sortaient, j'étais toujours aussi indécise. Depuis ma rencontre avec Lada Kravets, le moindre choix me posait problème, chacun me semblait être un présage à interpréter sans faute, au risque d'emprunter une mauvaise direction. Une fille passa par la porte de service en gloussant dans son téléphone. Elle me bouscula et, sans demander pardon, continua son épanchement sentimental à propos d'un mariage, et cela me rappela la photo de noces de ma cousine, où les tourtereaux posaient dans un magasin similaire. Enceinte au dernier degré, la mariée s'appuyait au comptoir de saucisses, un tube néon pendait au-dessus de son voile, et les gens emmitouflés dans leurs vêtements d'hiver faisaient leurs courses autour du couple. Pour accéder au bureau de l'état civil, il fallait traverser le magasin et emprunter la porte de service. Ce cliché était le préféré de ma cousine : elle s'y trouvait au sommet de sa beauté.

– Prenez les deux.

Je sursautai. Je ne t'avais pas remarqué.

– Je vous ai vue entrer.

Je plaçai le gâteau et les pâtisseries dans le panier et resserrai mon gilet en renard, comme s'il pouvait dissimuler les battements qui secouaient ma poitrine. La poche intérieure contenait une liasse de dollars en cas de départ soudain. Je m'étais préparée à cette éventualité presque inconsciemment depuis mon retour de la datcha.

– De la part de Lada Pavlovna, voici des billets pour les séances de Kachpirovski, dis-tu en me tendant une enveloppe.

– Vous auriez pu les poster.

Comme je voulais me débarrasser de toi, je pris les documents et les rangeai dans mon sac à main. Devais-je réellement les utiliser ? Aller à cet événement avec Daria ? Lada risquait-elle de me poser des questions ? En plus des invalides, il y aurait là des troupeaux de femmes qui cherchaient de l'aide pour leurs chagrins d'amour ou leur stérilité, des hommes qui imaginaient trouver le secret de la fortune, et des parents qui rêvaient que le thérapeute redonne la santé à leur enfant par enchantement, qu'il leur rende la vue, l'ouïe ou les fasse arrêter de boire, et chaque personne dans la file d'attente aurait une lueur d'espoir dans les yeux, sans oublier toutes celles qui étaient amoureuses de l'hypnothérapeute. Si je donnais les billets à ma mère, elle sauterait dans le premier train de nuit en espérant secrètement que Kachpirovski lui apprenne quelque chose sur la mort de son mari. Je ne me rappelais pas ce que mon père avait fait pendant que nous placions les verres d'eau devant le poste pour recevoir les télé-rayons. Ou était-ce lui qui avait posé les verres ? Avais-je bu cette eau avec lui ? Je cherchais à me rappeler de toutes mes forces, sans résultat. Même le visage de mon père, j'étais incapable de m'en souvenir.

– À vrai dire, vous n'êtes pas obligée d'aller voir l'homme miracle, ajoutas-tu en faisant la moue. Je dirai à Lada Pavlovna que le cadeau vous a fait un grand plaisir.

Je me dirigeai vers la caisse en espérant que tu t'éclipserais entre-temps. Tu n'avais lu que trop bien dans mes pensées, et cela m'agaçait. Je décidai de remettre l'enveloppe à ma chef, elle serait ravie. Les connaissances des Kravets avaient sûrement accès à un coin VIP bondé de clients potentiels, et elle ne manquerait pas d'y dénicher des contacts utiles. J'entassai mes articles sur le tapis roulant, et tu me suivais comme si nous étions venus faire les courses ensemble. Pour énoncer le montant à payer, c'est à toi que la caissière s'adressa, et cela me mit hors de moi. Enfin, j'avais de l'argent, moi aussi !

– De même, je dirai à Lada Pavlovna que les enregistrements des séances de Kachpirovski ont été remis à Daria et qu'elle utilise la graisse de souci tous les jours.

Je cherchai ma carte de crédit avec mes mains moites. Tu ne pouvais pas savoir que le bocal était toujours chez moi. Je l'avais essayé après le bain, après quoi j'avais fait des rêves si banals que je ne m'en souvenais plus le matin. Rien n'avait changé. Sauf que ma première pensée, au réveil, avait été pour toi. Dès le lendemain, j'apporterais à Daria les affaires restées dans mon séjour.

La caissière nous souhaita mielleusement une bonne fin de journée. J'avais envie de la gifler : elle ne m'avait jamais dit cela ! Je réussis à garder mon calme, non sans peine, et m'arrêtai à la porte du magasin. Ta voiture était garée devant et j'espérais que tu me laisserais enfin seule, mais tu t'emparas de mon sac de courses pour le porter.

– Viktor va venir au bureau sous peu, fis-je remarquer.

– Je sais. Je vous accompagne.

– Ce n'est qu'à quelques mètres.

– Le trottoir est vraiment en mauvais état, dans votre rue.

Je ne pouvais pas te contredire. Les flaques qui se déployaient devant le magasin étaient traîtresses. Tu m'offris ton bras et je ne sus pas refuser. J'imputai ma faiblesse à la caissière qui était certainement en train de nous regarder. Je fréquentais le magasin depuis longtemps, à toute heure du jour et de la nuit, tantôt avec les filles, tantôt avec la secrétaire, tantôt avec ma chef, souvent avec les clients, jamais avec un homme qui n'appartenait à aucune de ces catégories. Auparavant, la vendeuse m'avait toujours montré la somme à payer, et l'irritation qui me taraudait en caisse venait de céder la place à un étrange désir de me donner en spectacle. Je me fichais de ce que pouvait bien penser cette demoiselle. Pourtant, je souhaitais profiter de l'instant pour être regardée différemment, non comme une femme séparée, solitaire, ne fût-ce que le temps de quelques pas. Je me concentrai sur le trottoir. Les châtaignes tombées par terre crissaient sous nos pieds, il y en avait tellement qu'on ne voyait plus les pavés. Les lumières de Planeta s'éloignaient. Un seul réverbère fonctionnait. J'aurais dû me focaliser sur le rendez-vous à venir. Je le ferais un peu plus tard. Dès que tu aurais repris ton chemin, où que tu ailles, chez une femme, une personne à côté de laquelle tu te coucherais. Une autre que moi.

Lorsque ma chef avait prévu d'ouvrir une succursale à Dnipropetrovsk, son choix s'était porté sans aucune hésitation sur cette rue ravissante qui dégageait une atmosphère de l'époque tsariste et bénéficiait des principaux services : Planeta, ouvert vingt-quatre heures sur vingt-quatre, ainsi que l'hôtel Park, le seul de la ville recommandable aux étrangers. Quatre étoiles et un bon restaurant ouvert tard. Le quartier était calme, nous avions un parking clôturé dans la cour, et le gardien assis dans sa guérite était fiable. Ce jour-là, la rue me paraissait moins belle que d'habitude. C'était à cause du morceau de marbre du centre Menorah que j'avais caressé dans la journée et qui reposait sur mon bureau, et de ton bras auquel je me tenais.

– Vous avez des doutes à l'égard de ce projet ? demandas-tu. Vous voulez arrêter ?

Ta question me rappela à la réalité. Je ne répondis pas. Ça se voyait tant que ça ? Étais-je si mauvaise actrice ? Un pavé descellé me fit trébucher, ton bras vola à mon secours, donnant l'impression que nous nous embrassions, une impression qui n'allait pas avec cette rue, avec cette conversation, une chose qui relevait d'un tout autre tableau. Tu me lâchas. La lumière qui s'échappait des fenêtres du bureau éclairait les marches et se reflétait dans une flaque sur le trottoir. Comme la lune.

– Viktor vous aime bien. C'est une bonne chose.

– Et si tout prenait une mauvaise tournure ?

– Vous pourrez toujours m'appeler. Quoi qu'il arrive. N'importe quand. Que ce soit à propos de Lada ou de Viktor.

– De Viktor ?

Tout ce qui me traversait encore l'esprit, c'était Lada Kravets en train de défigurer la donneuse à coups de ciseaux à ongles, pas Viktor. Pourquoi m'avais-tu montré uniquement des photos témoignant de ses crises de rage à elle ? Peut-être pensais-tu que je pourrais croire n'importe quoi au sujet de Viktor mais pas de sa femme. Car elle était tout de même une femme, une future mère ! Une autre châtaigne glissa sous ma chaussure. Ou sous la tienne. Ou les deux.

– Vous ne pouvez plus arrêter, dis-tu. Ce serait mal vu. Je suis désolé.

Je baissai discrètement les radiateurs du bureau. Les auréoles sous mes bras menaçaient de s'élargir et le regard scrutateur de Viktor avait tendance à raidir mes mouvements. Cherchait-il à voir si j'avais des bleus au visage depuis ma rencontre avec Lada ? Ne toisait-il pas mes manches longues comme pour deviner ce qu'elles couvraient ? Je retirai le châle de ma nuque et retroussai mes manches jusqu'aux coudes.

– La future mère réagit vigoureusement au processus, affirmai-je. Notre entrevue s'est avérée un grand succès.

Les photos de la donneuse molestée clignotaient toujours dans mon esprit comme un néon défaillant. On avait acheté son silence et l'affaire en était restée là. Avec ces gens, il n'y avait jamais de suite. Viktor s'approcha de moi et me serra le bras avec sévérité.

– Ne mens pas. Pas à moi, je t'en prie.

Comme je jurais que notre rencontre avait été des plus chaleureuses, il n'insista pas ; haussant les épaules, il retourna s'asseoir sur le canapé dans sa position bien connue. Il se tenait droit, détaché du dossier, un bras sur un coussin à côté de lui, l'autre sur ses genoux. À la datcha de Lada Kravets, j'avais vu un portrait où il posait de cette façon en compagnie de son père. Leurs deux têtes étaient ceintes de couronnes de laurier dorées et le décor était celui d'une villa romaine. Il n'y avait pas d'autres traces du futur père, dans la villa.

Nous ne parlâmes pas davantage de sa femme, mais Viktor guettait sans cesse mes réactions. Si j'avais voulu croire qu'il n'était peut-être pas au courant des caprices de son épouse, je n'en doutais plus désormais. Cherchant de quoi occuper mes mains, je repensai aux gâteaux Napoléon; j'entrepris de les disposer dans les assiettes, tout en me demandant si je pouvais me permettre d'aller remonter la température de la pièce. Je n'osai pas.

– Nos parents attendent tous des petits-enfants, dit Viktor, et je ne suis pas certain qu'ils se soucient plus de leur succession que du qu'en-dira-t-on. Tu sais bien de quoi on me traite.

Il me jeta un coup d'œil. Je secouai la tête.

– De couille molle.

Nouveau coup d'œil.

– Ici, c'est dur d'être respecté, si l'on n'est pas un homme. Et un homme n'en est pas un s'il tire à blanc.

– Avez-vous songé à déménager, à repartir de zéro dans un autre pays ?

– On ne peut pas transférer l'amour de la terre natale. Crois-moi, j'ai essayé.

J'aurais voulu répondre à son regard en toute sincérité, comme avant, mais quelque chose avait changé entre nous. Il avait gagné ma sympathie en me parlant de la bonne femme au rire narquois qui avait hanté son esprit et en me racontant qu'il n'avait plus osé sortir de chez lui de peur de tomber sur des gens qui féliciteraient le jeune père. À présent, je n'arrêtais pas de lui resservir des pâtisseries pour ne pas avoir à m'asseoir à côté de lui, et j'allai chercher le sucrier que j'avais oublié sur la petite table, puis des cuillères et d'autres serviettes, jusqu'à ce que je ne trouve plus rien à faire, si bien que je fus obligée d'aller prendre place sur le même canapé que Viktor, qui avait laissé la moitié de son gâteau. Puis je gardai ma tasse à la main en me maudissant d'avoir eu l'idée de venir me mettre si près de lui que je sentais sa chaleur corporelle. Pourquoi n'avais-je pas pu me comporter de la même façon qu'avec les autres clients, rester sur ma chaise, face à lui ? Je formai des tourbillons dans mon thé avec la cuillère pour me donner une contenance. S'il me prenait à nouveau les mains dans les siennes, il ne manquerait pas de remarquer leur fraîcheur moite, mes doigts couleur de chaux. Il verrait que j'essayais de prendre des distances, et il guetterait le frémissement d'antipathie qu'il avait déjà cherché auparavant, sans y parvenir. Si la femme de Viktor pouvait commettre de tels ravages avec ses ciseaux à ongles, de quoi serait-il capable, lui, son mari ? Quel enfant allaient-ils donc élever ?

– J'ai fait virer le médecin qui m'a dit que mes spermatozoïdes étaient faibles, raconta Viktor. La nouvelle m'avait anéanti, je l'ai accusé de mentir. De chercher à gonfler ses honoraires avec des examens complémentaires parfaitement inutiles. Cela fait longtemps. Pendant des années, je me suis senti totalement bon à rien.

Je mélangeais toujours le sucre qui semblait ne pas vouloir se dissoudre, les cristaux tournoyaient dans le thé contre la porcelaine. Il n'y avait personne dans le bâtiment à part nous, la secrétaire était rentrée chez elle. Je n'avais pas envie de me trouver en tête à tête avec Viktor. Je ne convoitais plus ce genre de privilège. Je ne voulais pas entendre ces aveux, et l'intimité de la scène m'oppressait la poitrine. J'élaborais des plans dans ma tête au cas où je devrais quitter le pays à l'improviste. Il fallait que je renouvelle au plus vite mon passeport étranger, saturé de tampons. J'essayais de me rappeler si j'avais une connaissance au service des passeports, une personne de confiance. J'avais besoin de pouvoir accélérer le processus, et je ne voulais pas solliciter nos employées. D'un autre côté, la Russie était toujours facile d'accès, et mon visa pour la France était valide. Viktor cherchait ses mots, sa voix crépitait comme un vieux tourne-disque et, de temps en temps, elle devenait si chétive que je devais lire sur ses lèvres.

– Mon père s'est engagé à être le donneur.

J'oubliai aussitôt mes histoires de passeport et reposai ma tasse sur la table. Sérieusement, nous en étions donc arrivés là ?

– Tu lui en as déjà parlé ?

– C'est lui qui l'a proposé.

Viktor écarta les bras. D'abord, il avait protesté. Puis accepté. Il n'avait pas le choix.

– Nous avons suffisamment essayé les micro-injections, les fois précédentes. Quoi, tu n'es pas d'accord ?

Je secouai la tête. J'étais stupéfaite. Était-il réellement favorable à une chose pareille ?

– Mes parents se mettent en quatre pour m'aider. Ils feront de magnifiques grands-parents.

Viktor ne mentait pas.

Lada fut enceinte.

Mais la pomme que j'avais choisie dans mon panier était gâtée.

Daria s'enfuit. Tu imagineras sans peine mon état d'esprit lorsque je découvris le contretemps. Je ne pouvais dire à personne qu'elle avait disparu, ni demander de l'aide sans me démasquer par la même occasion. Comme j'avais camouflé sa ville natale dans ses données personnelles, je ne pouvais même pas indiquer où la chercher. Personne au travail ne savait que nous étions des filles du même patelin. Et toi non plus.

Je me mis en contact avec ses camarades d'études. J'essayai de joindre sa famille. Je cherchai à mettre la main sur des voisins, des connaissances de connaissances ; je faisais mine de tomber par hasard sur chacun de ces informateurs potentiels, et je leur présentais un bobard qui m'amenait à leur poser des questions sur Daria. Je pris rendez-vous dans son salon de coiffure, seulement pour apprendre que sa dernière visite remontait à plusieurs semaines avant sa fugue. Personne n'avait de nouvelles. Elle s'était volatilisée.

Avec un enfant sain, Lada Kravets reprit courage.
Elle commanda une icône.
Tu te rappelles peut-être qui elle représentait.
Mais le modèle était absent.

J'eus la promotion que j'attendais.

Au bureau, on fit la fête.

Tu te rappelles peut-être que je n'étais pas d'humeur festive.

Daria était toujours en cavale.

L'assiduité avec laquelle notre étoile poursuivait ses études commença à intriguer ma chef.

Car j'avais trouvé un prétexte pour justifier l'absence de Daria.

Au bureau, on envisagea de donner son appartement à une autre fille en attendant son retour.

Le logement était inoccupé depuis longtemps.

J'en fis disparaître discrètement son mobilier.

Je craignais les suites du bonheur des Kravets.

Le moment où ils s'enhardiraient à souhaiter des frères et sœurs pour leur bambin.

Le moment où ils risquaient de pousser l'audace jusqu'à vouloir rencontrer leur donneuse.

Est-ce qu'une autre pourrait encore leur convenir ?

Bien sûr que non.

Que leur dirais-je ?

Que j'avais perdu leur auguste sainte ?

Je nourris longtemps l'espoir de retrouver Daria moi-même, par mes propres moyens. Je ne pouvais avouer à personne pourquoi j'avais choisi une fille dont le mental n'avait pas résisté aux épreuves du processus. Les perspectives qu'elle m'offrait n'étaient pas la seule raison.

Je l'avais choisie parce que j'avais causé la ruine de sa famille, bien des années auparavant.

III

Le petit soleil

Helsinki
2016

Au fil des années, tu auras sûrement entendu toutes les explications possibles, les supplications et les mensonges que les gens inventent pour tenter de sauver leur peau. Les larmes, ce serait une vieille blague, pour toi. Si tu me laissais dire trois mots, je te dirais que j'attendais ton enfant. Est-ce que ce serait utile ? Est-ce que cela te ferait hésiter, ne fût-ce qu'un moment ? Me croirais-tu, alors, si je te disais que je n'aurais jamais voulu compromettre notre avenir en attaquant le fils de ton chef ?

Souvent j'ai tenté de me forcer à te contacter, voilà six ans que j'essaie. Tous les matins, je me rappelle l'époque où nous ne manquions pas de nous téléphoner dès le réveil si jamais nous ne dormions pas à la même adresse. J'étais incapable de me lever sans entendre ta voix. Je veux tout te raconter. L'idée que tu ne connaisses jamais la vérité m'est insupportable. Mais je suis réduite à regarder les joints rectilignes de ma cuisine, et ma seule tasse de café sur la table. Je n'arrive pas à sélectionner ton numéro. La nuit dernière, j'ai été tirée de mon sommeil par la sensation d'un mordillement familier sur la lèvre. Celui de nos câlins et de mes réveils. J'étais certaine que tu étais arrivé. Mon pouls accéléré se déchaînait à mes oreilles, et je sentais toujours tes dents sur ma lèvre tandis que je me faufilais dans l'entrée pour écouter les bruits sur le palier : si tu n'étais pas derrière la porte, je te trouverais forcément dans la cuisine, les fleurs de mon kimono se colleraient à mes cuisses, les bougies vacilleraient et les platanes aux troncs brillants, huileux de pluie, se dessineraient à la fenêtre de ma chambre.

J'ai appuyé sur l'interrupteur. Les lumières se sont allumées, l'électricité fonctionnait. Le palier était vide. Il n'y avait pas de paquets de câbles pendus dans les coins du plafond bas, pas de rosaces décoratives, pas de moulures, ce n'était pas la cage d'escalier d'un palais de l'époque tsariste. Le gémissement dans la chambre à coucher n'était pas le tien, c'était celui de ma mère qui se tournait sur son lit d'appoint. Je ne t'ai trouvé ni dans la cuisine, ni dans la salle de bains, et je n'aurais pas su dire si j'avais eu peur ou envie d'entendre ta respiration dans le noir, le grincement du parquet sous tes pieds, comme cette nuit-là, à Odessa, la première de nos nuits, celle qui allait me faire comprendre le véritable prix de mon innocente machination.

Daria se réveille en marmonnant. Elle n'a pas l'air étonnée de me voir dans sa chambre d'hôtel, où je poireaute depuis un petit moment. Peut-être qu'elle se rappelle comment je l'ai ramenée et croit que j'ai passé la nuit ici.

– File-moi un antalgique.

Je prends la boîte d'Analgin dans mon sac et la lance sur le lit.

– Aboule de l'eau.

Je vais dans la salle de bains en retenant la colère que m'inspire son ton impératif. Le climatiseur est puissant, mais pas assez pour dissiper la puanteur qu'elle a créée là : tout un pot-pourri de pharmacie, d'Ukraine et de remontées gastriques. Pour empêcher les réminiscences d'imprégner mon organisme, je retiens mon souffle. Ce n'est pas efficace, pas plus que l'éclat régulier de la lampe, les joints propres entre les carreaux, les prises ajustées dans le mur avec une précision toute scandinave, sans un brin de crasse, contrairement aux affaires éparpillées par Daria, que j'ai fouillées pendant son sommeil sans rien trouver d'utile. J'appuie la tête contre le carrelage rafraîchissant et je palpe le téléphone dans ma poche. Ivan saurait quoi faire, lui. Avant, je pouvais toujours compter sur son aide, en cas de pépin. Mais je n'ai plus son numéro. Je n'ai pas parlé avec lui depuis mon départ et il ne sait pas que ma mère me rend des visites, il ne sait même pas où je suis. Mon ventre se tord. Je ne dois pas penser à ma mère, pas maintenant. Ni à Olejko. En danger chez moi, tous les deux. Je dois me concentrer.

– Qu'est-ce que tu fais ? crie Daria.

Je lave le verre au savon, bois de l'eau en premier, puis le remplis pour elle. À la porte de la salle de bains, je pense à retirer la montre Zaria de mon poignet et je la mets dans ma poche. Je n'aurais pas la force d'affronter ses railleries à ce sujet.

– Qu'est-ce qu'on fait, aujourd'hui ?

– Je dois aller travailler.

– Et après ? Allons ensemble au parc à chiens.

– Ce n'est pas une bonne idée.

– Mais si. Je veux voir la fille.

Enthousiasmée par son idée, Daria s'assied en répétant le prénom de la fillette, Aino, et elle s'en délecte comme si elle suçait un nid d'abeilles. La bave séchée s'effrite autour de sa bouche, semant des flocons sur le dessus-de-lit en rythme avec ses paroles. La pièce aurait besoin d'un bon nettoyage, et Daria aussi, mais j'ai accroché à la poignée de la porte la pancarte « Ne pas déranger ». Un désordre pareil, le personnel ne manquerait pas de le signaler. Je m'en occuperai moi-même.

– À quelle heure tu finis le boulot ?

– Tard.

– Tu finiras assez tôt pour qu'on arrive à l'heure au parc, insiste Daria. Nous aurions dû sortir plus souvent.

Malgré sa gueule de bois, Daria paraît satisfaite de notre soirée arrosée de Jaloviina. J'espère que je ne serai pas confrontée aux mêmes dépenses, aujourd'hui. On frappe, et je vais réceptionner les petits-déjeuners que j'ai commandés au service de chambre. Je referme au nez du livreur dès que j'ai signé la commande sous le nom de Daria. Tout en arrangeant les assiettes et en servant le café, je prends mon courage à deux mains : le seul moyen que j'aie trouvé pour en venir au fait, c'est de lui rappeler sa famille, alors que pour rien au monde je n'aurais voulu parler des Sokolov.

– Comment ça va, à la maison ? Ta mère est toujours à Snijné ?

Daria place lentement son doigt dans l'anse de la tasse. Il reste là, dans une position figée comme celui d'un soldat de plomb sur la détente de son fusil. Je dois continuer, cela fonctionne. Ce matin, j'ai essayé de savoir si ma mère détenait des renseignements récents sur les Sokolov. Mes questions l'ont surprise. Nous n'avions pas parlé d'eux depuis longtemps. En réaction, je me suis vexée. J'arrive enfin à aborder des sujets que j'étais incapable d'évoquer jusque-là. N'est-ce pas la preuve que je vais mieux ? Ne devrait-elle pas m'encourager en emportant l'urne d'Oleh, en l'amenant à la campagne, de préférence tout de suite ? J'ai insisté sur le mot *urne*. J'ai pu l'articuler. Mais ma mère n'a rien pu m'apprendre. Elle n'a pas plus de nouvelles des Sokolov depuis des années ; elle ne sait pas si les frères de Daria sont sur le front ni, le cas échéant, dans quel camp. Je vais donc devoir redoubler de prudence. Je ne voudrais pas jeter de l'huile sur le feu en amorçant une dispute au sujet de la Russie.

– Et ton frère, Pavel ? poursuivis-je.

– Il bosse.

– Oui, bien sûr. Comment va sa famille ? Il n'avait pas un enfant ?

Je pose sur la table la serviette en papier mouillée par mes mains moites. Si seulement il suffisait que j'y écrive une somme et que je la lui tende pour que l'affaire soit réglée ! Je ne comprends pas comment j'ai pu avoir la bêtise de jouer franc jeu, à l'époque. Tout le monde trichait sauf moi, et voilà le résultat : je suis maintenant assise à côté de Daria, à sa merci. Ma mère et Olejko sont en danger. Le fils du parc à chiens en est aux derniers instants de sa vie familiale idyllique. Je jette un coup d'œil à Daria. Ses yeux ont revêtu leur fameuse surface émaillée.

– Et ton petit frère ? Il a pu finir le lycée ?

Elle ne répond pas. Je vais encore être obligée de la cuisiner, alors qu'en l'occurrence je n'ai pas les moyens de la faire monter sur le toit de l'hôtel et de lui rappeler tout l'argent qu'elle pourrait perdre. Je n'ai pas de bonus à lui offrir, pas de vacances gratuites. Je n'ai pas de levier pour l'intimider. Ni avec Ivan. Ou Alexeï. Ou toi. Aucune relation pour m'aider à causer du tort aux Sokolov, avec le fisc, l'administration, la sécurité d'État, les détenteurs du pouvoir. Mais ce sont justement les difficultés de sa famille qui l'ont conduite dans mon écurie. Elle ne voudrait pas leur causer du tort. En tout cas, pas la Daria que j'ai connue. Ne voit-elle pas que son attitude met en danger d'autres gens, ceux qui lui sont le plus chers ?

Son souffle interrompt ma réflexion.

– Ma mère est à Dnipro. Le bureau nous a donné un logement après ton départ. Ils trouvaient préférable que j'aie de la compagnie.

– Cela remonte loin. Avant la guerre.

– Pavel aussi nous a rejoints, avec sa famille. Il a eu des problèmes rénaux à Kryvyï Rih.

J'aurais cru qu'elle ferait preuve de plus d'émotion en rapportant cela. Je la revois téléphoner à sa mère tous les jours, à l'époque, et me présenter sa nièce en photo. Maintenant, elle ne sort plus de portraits. Elle n'en a même pas sur elle, pour autant que j'aie pu voir en fouillant ses affaires. Je me rends compte que la femme assise à côté de moi parle de sa famille de manière distante, comme de vieux souvenirs, et ça me refroidit. Notre discussion ne lui rappelle pas ce qui l'avait poussée à venir postuler au bureau : le salut de ses proches. Quand je sortirai de l'hôtel, j'appellerai ma mère en soulignant qu'il est essentiel d'emmener immédiatement Olejko au pays. Chaque soir et chaque nuit en compagnie d'Olejko ne pourrait que compliquer mon rétablissement, et je risquerais de changer d'avis à tout moment. J'enfonce les ongles dans mes paumes. Je dois me concentrer sur la famille de Daria, pas sur la mienne.

– Tu as parlé avec ta mère, ces derniers jours ? demandé-je. Elle va bien ?

– Pourquoi elle n'irait pas bien ?

– Sait-elle où tu es ?

– Sur un job.

Je ne proteste pas. Aussi aveugles que soient les mères à l'égard de leurs enfants, je ne puis absolument pas croire que Valentina Sokolova considère que sa fille soit encore apte à travailler.

– Et Pavel, quand as-tu eu de ses nouvelles pour la dernière fois ?

– Pourquoi cet intérêt à l'égard de ma famille, tout d'un coup ?

– Si les gens du parc à chiens te reconnaissent, ils alerteront le bureau. As-tu oublié le sort des filles qui ne respectaient pas leurs engagements ? Ou de leurs familles ? Et s'il était arrivé quelque chose à ta mère ? Ou à tes frères ? Ou à ta nièce ?

Daria souffle avec indifférence et me jette le petit pain qu'elle était en train d'émietter. Il tombe par terre. Elle a soif, elle veut du vin, pas un misérable petit-déjeuner d'hôtel, et elle m'ordonne de rapporter à boire. Tout cela risque de s'arrêter net, ici et maintenant. Je resserre ma main sur le tire-bouchon et je repense aux caméras de surveillance. La sueur imprègne mon chemisier, j'ai du mal à tenir la bouteille.

– Comme si tu t'intéressais à ma famille.

Je déglutis. C'est ce que je craignais.

– Chaque fois que nous allions sur la tombe de mon père, nous évoquions le jour où vous avez débarqué à Snijné, vous autres. Vous n'auriez pas pu rester là d'où vous veniez, non ?

Je pose la bouteille et le bouchon sur la table de nuit, et je m'apprête à partir. Daria cherche la dispute. Pas question que je joue le jeu. Pas aujourd'hui. Mais je n'ai pas le temps d'atteindre la porte. Elle se rue devant moi et me donne des bourrades dans la poitrine. Je recule. Elle me suit. Je la laisse persifler. Je laisse les mots passer au-dessus de ma tête sans les entendre et je pense à ma liste des choses positives, jusqu'à ce qu'elle assène ce reproche :

– Tu n'es pas venue à l'enterrement de mon père.

Elle n'était qu'une enfant, à l'époque. Elle ne peut pas s'en souvenir. Sa mère, peut-être, oui. Ont-elles ruminé ces choses-là entre elles ?

– J'avais de la fièvre.

– Tu n'en avais pas la veille.

La veille, c'était l'enterrement du mien.

– Tu n'as pas daigné te déplacer, alors que nous avions célébré les funérailles de ton père, dit Daria. Nous avions porté les couronnes, marché dans le cortège, j'avais posé des œillets sur le cercueil. Nos pères étaient amis. Nos familles étaient amies. Pour toi, ça n'a aucune importance.

Ce n'est pas tout à fait ainsi que les relations entre nos parents se sont gravées dans ma mémoire. Mais il est inutile de discuter.

– Tu es empoisonnante, siffle Daria. Tout ce que tu touches devient venimeux, et je te souhaite que la tombe de ton père se prenne une grenade. D'ailleurs, à la voir, on croirait que c'est déjà arrivé.

Je la laisse dans sa chambre et je sors en courant.

Pas une seule fois je n'ai apporté de fleurs à mon père après son enterrement, contrairement à ma mère. Ma tante a mentionné quelquefois que sa sœur avait voyagé pour Pâques à Snijné en train de nuit, avec un pain bénit et des œufs teints à l'oignon rouge dans son panier. Je travaillais alors comme mannequin et ma mère ne me parlait pas de cela. Avec la guerre, le cimetière s'est trouvé du mauvais côté de la ligne de front, et nous n'avons plus de parents dans la région pour entretenir nos sépultures familiales. Moi, ça ne m'afflige pas. Pourtant, les paroles de Daria m'ont blessée : sa critique ne visait pas la tombe de mon père.

Pour la pierre tombale, ma mère a choisi une photo qu'elle voulait regarder lorsqu'elle viendrait au cimetière mais que mon père n'aurait guère approuvée. Le monument s'avérait petit, à la hauteur de nos moyens, et le portrait qu'on y avait immortalisé n'était pas plus grand que la paume de la main, on devinait à peine la chemise et le col de la veste. La gravure reproduisait une vieille photo de passeport, et le résultat ressemblait à n'importe qui. Pire. À un homme sans voiture, sans honneurs, sans pouvoir. Un homme mort dans son lit, sous sa couette, dans une maison où le papier peint était le même depuis des décennies.

Pourtant, tel ne fut pas le destin de mon père.

Dnipropetrovsk
2009

Le jour où je t'ai parlé de mon père, c'était mon anniversaire, lorsqu'on m'offrit un bouquet de fleurs et que je le jetai à la poubelle le soir même, après le départ des invités. Une collègue m'avait apporté des œillets rouges et des brins d'asparagus, sans savoir à qui cela me faisait penser. Mon père avait toujours acheté ce bouquet à ma mère pour son anniversaire, tout simplement parce que c'était le seul disponible. Cet arrangement floral si populaire à l'époque soviétique était incontournable, il figurait sur les cartes postales, et il aurait pu me transporter dans les moments de bonheur de mon enfance. Mais non, il me rappelait seulement tout ce que j'avais perdu. Mon père.

En flanquant le bouquet dans la poubelle, je me rendis compte que ma conduite réclamait une explication.

– Mon père n'aimait pas les asparagus, dis-je en toute sincérité. Il trouvait que ça ressemblait à des mauvaises herbes.

Ton regard compatissant m'invitait à continuer, mais tu pensais bien sûr à l'accident de chantier qui était censé avoir emporté mon père prématurément dans la tombe. Ce soir-là, j'aurais pu te dire la vérité. Après avoir tourné dans ma bouche, cependant, ma langue formula des mots qui n'étaient pas ceux que je souhaitais, et je me surpris à raconter des histoires amusantes, des morceaux choisis. Je le décrivis comme un homme actif, ce qui n'était pas un mensonge, si ce n'est que j'omis de préciser que cette caractéristique l'aida à quitter ses pénates lorsque le service militaire lui en offrit l'opportunité. Il avait attendu l'armée comme un enfant attend la neige. Il souhaitait un endroit où la vie serait agréable et où il ne finirait pas dans un cercueil en zinc : finalement, il dénicha une planque en république socialiste soviétique d'Estonie, ses amis lui ayant envoyé des cartes postales de la capitale en vantant les possibilités qu'elle offrait en termes de shopping. Tallinn était exactement ce qu'il cherchait, et je prétendis qu'il y était né.

Ce n'est pas vrai. Mon père était originaire de Snijné, et c'est justement la raison pour laquelle nous nous y sommes établis ensuite. Nous avons quitté Tallinn pour emménager dans sa maison d'enfance, celle de ses parents ; par la suite, j'ai compris qu'il avait dû considérer qu'il n'était chez lui qu'à Snijné, pendant toutes les années où il avait vécu ailleurs.

Je n'arrivais pas à comprendre pourquoi on quittait Tallinn, après tout le mal que mon père s'était donné pour y aller. Il rappelait souvent son aventure épique, sa course contre la montre pour faire enregistrer son passeport à Tallinn après l'armée. La date de fin de validité approchait, et il n'avait pas de logement. Pour arranger cela, il eut l'idée du chantier de construction dont les ouvriers bénéficiaient automatiquement d'une place dans un logement collectif et, du même coup, d'une adresse permanente, condition nécessaire pour obtenir le tampon de résidence. Son passeport fut enregistré avec succès, il devint un vrai Tallinnois comme par magie – grâce à son ingéniosité, une fois de plus – et la ville lui offrit des opportunités qu'on ne trouvait pas à Snijné. En particulier, il s'enticha des Tallinnoises. La plus ravissante d'entre elles, une dactylo douce comme le nectar, allait devenir ma mère.

Si la vie ultérieure de mon père devait être une succession d'échecs, tout avait été différent à Tallinn. Sa débrouillardise était extrêmement utile, et ses affaires florissantes. Rien ne laissait deviner que ses trafics pourraient entraîner autre chose que de joyeux dénouements. S'il secouait sa boîte d'allumettes en me disant « Devine ce que j'ai trouvé », je savais tout de suite que j'allais découvrir quelque chose d'amusant, que ce soit une saucisse récupérée par la petite porte de l'usine ou une arbouse dont on testerait la maturité en tapant sur la peau. J'étais persuadée qu'il réussirait éternellement, en toutes circonstances.

L'une des premières idées de mon père était une chose dont il n'hésitait pas à parler autour de lui, en rapport avec la télévision finlandaise qu'on pouvait capter sur la côte estonienne, seul territoire soviétique à jouir de ce privilège. Naturellement, ce signal occidental faisait l'objet de minutieux efforts de brouillage ; or voilà qu'il nous bidouilla un décodeur permettant de voir les programmes ! Son appareil étant également au goût des autres, il ne voyait aucun inconvénient à ce que le salaire à l'usine fût plus modeste que dans les mines de Snijné. Ce récit montrait que nous ne saurions assez remercier la brise occidentale de Tallinn pour avoir insufflé à mon père sa première bonne idée commerciale, et je pouvais sans crainte la partager avec toi, puisqu'il fallait bien que je te raconte quelque chose à son sujet ; dans la foulée, encouragée par cette anecdote qui enracinait solidement notre famille à Tallinn, j'enchaînai nonchalamment sur un exemple du rôle joué par ma mère. Au bureau de l'usine, elle avait accès à une machine à écrire ; sur suggestion de son mari, elle se mit à rédiger les programmes des chaînes d'outre-golfe transmis par une connaissance finlandaise d'une amie estonienne à elle, traduits à la perfection, qui étaient ensuite distribués non seulement aux ouvriers de l'usine, mais aussi à la direction et aux mouchards. Au mieux, ma mère copiait des centaines de listes de programmes par semaine au bureau, et mon père passait le plus clair de son temps de travail à assembler les décodeurs ; peu à peu, on nous fournit un service à thé en porcelaine Lomonossov, un service à moka et une série de verres en cristal, à champagne et à cognac ; mon père se procura un certificat de grossesse pour des jumeaux au nom de ma mère, ce qui nous permit de bénéficier d'un logement plus grand. Mais je ne pouvais pas t'en dire plus, si je voulais rester dans le vrai.

Je n'avais pas vu venir le déménagement de mes parents, bien que les premiers signes de ce projet se fussent manifestés dès l'effondrement de l'Union soviétique. Comment aurais-je pu ? Je n'avais jamais rendu visite à notre famille en RSS d'Ukraine, c'étaient toujours eux qui venaient chez nous car ils voulaient faire du shopping à Tallinn, le petit Paris de l'Union soviétique. Personne n'avait jamais proposé que nous allions faire un tour dans le Donbass ou à Mykolaïv. Si les cousins ukrainiens venaient en visite, je leurs racontais les feuilletons qui passaient à la télévision finlandaise, et eux aussi se passionnaient pour *Dallas* et *K2000*. Par contre, ils n'avaient rien d'intéressant à me raconter.

Quand les frontières s'ouvrirent, les Estoniens commencèrent à partir en Finlande, les Russes en Russie ; un beau jour, je constatai que les deux appartements voisins étaient vides. L'un était celui d'une mémé chez laquelle j'étais allée manger l'okrochka à la cuillère. La porte était ouverte et le mobilier disparu, de même que la mémé. Il ne restait que le chien, un bolonka gris. Le Finlandais qui racheta notre appartement discuta avec mon père. En guise d'interprète, il y avait une Russe vêtue à l'occidentale qui exerçait sur moi une fascination irrésistible. Alors que ma mère aspergeait toujours ses cheveux de laque à mobilier, cette demoiselle utilisait manifestement autre chose, un produit qui sentait bon, comme le déodorant finlandais, et elle avait un casque de baladeur pendu à la lanière de son sac à main. J'avais vu cela à la télévision finlandaise. Ma mère interrompit ma contemplation en me tendant une boîte à gâteau pour que je me rende utile. J'enfonçai discrètement le doigt dans la crème au beurre tout en disposant le service en cristal sur la nappe. Nous recevions apparemment des visiteurs de marque. Sinon, il n'y aurait pas eu sur la table une salade Capitale baignant dans la mayonnaise. Les invités avaient apporté du vrai café, d'où les tasses à moka riquiqui qu'on avait sorties de l'armoire, réservées aux jours de fête. J'étais intriguée par ce couvert habituellement réservé au nouvel an, et je piquais discrètement des rondelles de saucisse, dont j'enlevai les morceaux de gras gros comme le bout du doigt, ce que ma mère, trop absorbée par la conversation, ne remarqua pas non plus. J'avais très envie d'essayer le baladeur de la nana, et si mon père se décidait à en faire commerce, je comptais bien avoir le mien. Remarquant mon regard scrutateur, la demoiselle me décocha un clin d'œil, glissa dans ma main un boîtier en plastique dont le couvercle s'ouvrit avec un clic, et chuchota que c'était un cadeau. On ne m'avait jamais rien offert de comparable ! Aussitôt, je m'immergeai complètement dans des morceaux inconnus. J'examinai l'appareil. Il enregistrait. Il avait la radio. J'entendais les ondes finlandaises.

Je me rappelle avoir regretté de ne pas avoir eu cet appareil lorsque tous les garçons devaient encore servir dans l'armée soviétique. J'aurais pu monter mon petit business en vendant des enregistrements de la radio d'outre-golfe, et j'aurais peut-être pu sauver mon cousin. Je savais que les autres avaient envoyé aux officiers des enregistrements de musique des groupes occidentaux selon leurs souhaits. C'était plus sûr à envoyer par la poste que les bouteilles de Vana Tallinn. J'étais peut-être un peu amoureuse de mon cousin, que j'avais rencontré dans le cadre des séjours shopping qui l'attiraient à Tallinn avec sa mère. Au milieu de mes souvenirs, je levai les yeux et vis ma grand-mère, dans la chambre, qui sortait déjà les valises.

Nous partîmes deux jours après la visite des invités de marque. Je ne comprenais pas le caractère irréversible de ce départ, je croyais que nous emmenions d'abord ma grand-mère maternelle – qui habitait alors chez nous – rendre visite à sa famille à Vinnytsia, après quoi nous ferions un saut chez les parents de mon père à Snijné puis renterions à Tallinn avant les derniers épisodes de *Dynastie*. Il ne me serait jamais venu à l'idée que l'un de nous souhaiterait vivre dans un trou miteux noir de houille pendant que le monde entier nous tendait les bras, et surtout pas mon père. Ma mère et ma baboussia venaient de s'esclaffer en voyant tomber les têtes de Lénine en Estonie. Nous déménagions pour un endroit où elles étaient toujours en place.

Mon père piqua un camion à l'usine et s'approvisionna en carburant auprès des troupes de l'Armée rouge, qui n'avaient pas quitté le pays. Puis il passa nous chercher. Je traînais, donnais des coups de pied dans les bagages bourrés de sacs blancs en tissu. C'étaient diverses marchandises qui dataient de l'époque où l'on achetait tout et n'importe quoi, aussi bien sur carte de rationnement qu'en vente libre, de peur que le rouble perde sa valeur. Mon père nous pria d'en laisser une partie, par exemple les taies d'oreillers roulées en boule. À l'arrivée, nous aurions tout ! Ma mère n'y croyait guère. Elle n'avait pas oublié son unique voyage en Ukraine. À l'époque, des camions entiers charriaient le pain en ville depuis les campagnes, où il n'en restait plus. Mon père souffla et agita sa boîte d'allumettes comme si cela pouvait nous presser à nous mettre en route. D'après lui, Snijné était désormais un autre monde. Il n'était plus question de laisser Moscou saigner l'Ukraine à blanc. Les temps avaient changé.

Pendant qu'ils se disputaient, je continuais de donner des coups dans les bagages, et mon pied finit par traverser un carton, mais cela ne retarda pas plus le départ que le différend de mes parents. Mon père finit par céder : tous les jeux de draps et de serviettes achetés lors des derniers jours du rouble et inutilisés partirent avec nous pour l'Ukraine tel un trousseau de mariée.

Ma baboussia versa des larmes pendant tout le trajet, mais pour d'autres raisons que moi. Elle rentrait chez elle : un jour, elle serait enterrée dans son pays. En l'entendant chuchoter dans la cabine exiguë du camion, je me sentis comme une étrangère dans ma propre famille. Les souvenirs renaissaient vigoureusement comme les herbes folles par les fissures de l'asphalte, et tous sauf moi les sentaient sous leurs pieds.

Je ne me rappelle pas à quelle époque ma grand-mère avait commencé à penser à l'Ukraine quand elle parlait de « chez elle ». Je croyais toujours qu'elle faisait référence à notre logement à Tallinn ; lorsque je me rendis compte que ce n'était pas le cas, je crus qu'elle devenait sénile. Le mal du pays de ma baboussia, encore, je pouvais le concevoir : elle était née près de Vinnytsia avant d'être envoyée en Sibérie, et elle nous avait toujours parlé en ukrainien. Par contre, ma mère née en déportation avait connu une tout autre destinée. Elle parlait russe avec mon père et avait construit sa vie en Estonie, où elle avait un frère qui ne manifestait pas la moindre intention de quitter Tallinn. Cet oncle parlait à sa sœur en ukrainien, à mon père en russe, et aux Estoniens en estonien – en bafouillant, mais au moins il faisait l'effort –, et il invita mes parents à venir travailler dans le stand de chachlyki qu'il avait monté au bord de la nationale dès qu'il en avait eu la possibilité. Par quel miracle la nostalgie maladive de ma grand-mère contamina-t-elle donc ma mère ? Pourquoi se laissa-t-elle embarquer dans les folies de son mari ? S'était-elle vraiment sentie étrangère, pendant toutes ces années à Tallinn, et avait-elle aspiré à vivre en Ukraine ? Ou n'était-ce que la peur du changement ?

Ou bien la mallette pleine de dollars contenue dans notre camion de déménagement avait-elle un rapport avec ce départ précipité ?

Tout avait dû commencer lorsque j'avais répondu à un coup de fil de Maxime Sokolov. À l'autre bout de la ligne grésillante, il y avait un homme qui se présentait sous le nom de Max et qui demandait mon père. J'allai le chercher puis passai dans la cuisine. Je demandai à ma mère qui était Max. Elle posa sur la table le pot de choucroute à moitié rempli. Après avoir cherché ses mots, elle me dit que Maxime Sokolov était le meilleur ami de mon père. Dans leur jeunesse, les camarades étaient membres du même club sportif, et Max, qui habitait toujours à Snijné avec sa famille, était venu nous rendre visite avant la naissance de sa fille Daria. J'étais si petite, à l'époque, que je ne m'en souvenais pas, mais ma mère me rappela que nous avions beaucoup de photos noir et blanc des deux lurons. Mon père s'y pavanait en compagnie de Max, tantôt à la pêche, tantôt en compétition sportive : cela, je m'en souvenais.

Tout en parlant dans l'entrée, mon père tirait sur le fil du téléphone et l'entortillait en tire-bouchon. J'aurais cru que cela agacerait ma mère. Mais non.

Concentrée, elle avait l'oreille tendue en direction des phrases indistinctes de mon père, son talon nu se décollait de la pantoufle chaque fois qu'elle changeait de position, la semelle claquait puis crissait. La préparation bouillonnait, la flamme bleue du gaz léchait le fond de la casserole, la louche tapotait l'aluminium et tournoyait sans but, jusqu'à ce que ma mère ne pût plus se retenir : elle s'approcha de l'entrée. Quand mon père raccrocha, ça sentait le brûlé. Aucun d'eux ne s'en aperçut. Je courus fermer la valve de la bouteille de gaz et éteindre la cuisinière. La porte du séjour se ferma brusquement. Je m'approchai pour guetter les paroles de mes parents, sans parvenir à entendre autre chose qu'un chuchotis et le rythme assourdi de la boîte d'allumettes, qui ressemblait à des maracas : cette fois, mon père était enthousiaste.

Leur concertation terminée, mes parents vinrent dans la cuisine. Entre-temps, j'avais mis la table. Ma mère retira la vaisselle de l'égouttoir pour la ranger dans l'armoire, mon père tapota sa cigarette sur le bord du cendrier. Je tordais ma cuillère en alu, et ma mère ne me le reprocha même pas. Aucun des deux ne s'asseyait.

– Ça te dirait, du caviar rouge ? lança mon père.

Ma mère voulait le faire taire, mais je hochai la tête. Bien sûr que j'aimais ça, comme tout le monde !

– Et du caviar noir, par la même occasion ? Qu'en dirais-tu ?

J'aimais bien le caviar, mais je n'imaginais pas que c'était synonyme de Donbass.

L'année suivante, le nouveau Parlement estonien nous déclarait étrangers. Je ne comprenais pas ce que cela voulait dire – vraisemblablement des files d'attente interminables dans diverses administrations, des demandes de permis de travail et de résidence, quelque chose comme ça, les ennuis classiques de la bureaucratie. Ma mère se demanda au passage si mon grand-père estonien, né sous la première république d'Estonie, nous donnait droit à la citoyenneté sans avoir à passer les examens de langue. Je ne voyais pas ce qui la tracassait. J'étais sûre que mon père arrangerait cela. Il réussissait toujours. Peut-être est-ce à cette époque, d'ailleurs, qu'ils parlèrent de plus en plus de l'Ukraine et que ma grand-mère se remémora les Carpates, près de sa région natale de Vinnytsia... Voilà qu'ils avaient tous une soudaine nostalgie des poires ukrainiennes, des abricots ukrainiens, des arbouses ukrainiennes, comme si nous avions souffert de la faim ces dernières années !

À l'instar de tous les Ukrainiens, nous nous trouvions dans un no man's land : pour les Russes, nous étions une sorte de sous-Russes, et pour les Estoniens, nous étions des Russes. De temps à autre, je surprenais ma mère en train de regarder son passeport soviétique avec la même perplexité que les roubles avant l'arrivée de la nouvelle devise estonienne. Comme si elle ne savait pas quoi faire avec, ou comme si c'étaient des corps extraterrestres tombés du ciel.

J'avais aussi omis de remarquer que mon père ne s'asseyait plus à côté de moi pour regarder la télévision finlandaise, où, comme les Estoniens, j'avais appris le finnois. Lui ne l'apprit jamais, et les opportunités de business avec les Finlandais lui filèrent donc sous le nez au profit des Tallinnois qui maîtrisaient les langues, pendant que lui se tournait les pouces. Peut-être cela explique-t-il qu'il ait recontacté son vieil ami et demandé des nouvelles du pays. Peut-être est-ce la raison pour laquelle Maxime Sokolov lui téléphona. Leur conversation lui aura fait miroiter un créneau de nouveaux investissements, et il voulait s'en emparer : à lui le caviar noir !

Snijné
1992-1996

Lorsque nous arrivâmes à Snijné au terme d'un périple épuisant, je vis tout de suite qu'il y avait un sérieux problème : quelque chose clochait. Je n'aurais même pas su dire si notre arrivée faisait plaisir à babouchka Galina, ma grand-mère paternelle que je n'avais pas vue depuis longtemps, ou si sa curieuse expression traduisait de la méfiance. Ses dents d'acier scintillaient sans donner l'impression de sourire. Mon père nous laissa au milieu de la cuisine et s'en alla voir ses associés. Le camion était toujours dans la rue, intact ; en cours de route, baboussia Vilina était restée chez des parents à elle et, à mon avis, nous aurions mieux fait de l'imiter. L'accueil à Vinnytsia avait été beaucoup plus cordial, les parcs de la ville jolis et verdoyants… Et maintenant, voilà.

– Un long voyage, déclara ma babouchka. Jusqu'ici.

Ma mère se déhancha. Babouchka Galina rongeait de la propolis et se plaignait de ses dents. Finalement, elle s'essuya les mains sur sa blouse et empoigna sa canne. Je crus qu'elle venait enfin nous embrasser, mais non, elle but une louche d'eau et alla moucher la mèche de la lampe. Du coin de l'œil, je l'aperçus faire les signes de croix et, en passant, essuyer une poussière invisible sur la photo de son défunt mari, qui posait avec toutes les médailles de la Grande Guerre patriotique sur la poitrine comme fin prêt pour le défilé du jour de la Victoire. Ma mère se tourna pour regarder dehors, bien qu'il n'y eût rien d'autre à voir que le chien aboyant au bout de sa chaîne. Je ne savais pas ce qui était arrivé à l'ancien toutou de babouchka Galina – un bolonka, la race de prédilection des calendriers et des cartes de vœux, qui ornait souvent les messages qu'elle m'envoyait pour mon anniversaire.

– Et si tu allais faire des courses ? suggéra enfin ma mère.

Elle voulait se débarrasser de moi pour bavarder en paix avec sa belle-mère. On me fourra alors des bouts de papier dans la main, et je compris le sens des marmonnements de mon père que j'avais entendus un peu plus tôt. Ici, il n'y avait pas de devise officielle. Ici, on payait en monnaie de singe.

Sur le comptoir, le boulier cliquetait comme à Tallinn, mais les rayonnages étaient encore plus vides. La vendeuse découpait des tickets dans la bande de papier que lui tendait l'unique cliente de la boutique pour les planter sur un gros clou dressé devant elle. Apparemment, la villageoise achetait du sel. Comme je ne savais pas quoi prendre avec mon argent-jouet qualifié de « coupons », je renonçai au magasin et sortis me promener. Les blocs d'immeubles puaient le pipi de chat tout autant que chez moi, et leurs façades étaient de la même brique grisâtre. Les carcasses des bâtiments inachevés étaient couvertes d'herbes. La plupart des rares voitures étaient russes, quelques-unes d'une marque ukrainienne sur laquelle mon père avait fait des blagues en chemin : c'était en rapport avec le fait que la Zaporojets avait le moteur à l'arrière, sous le capot du coffre. Je ne voyais pas les voitures occidentales que mon père admirait tant.

L'étrange montagne qui gardait l'horizon était nouvelle, et une petite promenade révéla que ce n'était pas la seule. Toutes sortes de tours de chevalement perçaient le ciel comme le monument à Iouri Gagarine devant lequel nous étions passés en chemin. Autre nouveauté : les camions de houille et les arbustes que mon père appelait des « arbres à bonbons ».

Je passai devant une porte verrouillée qui devait mener à la cantine. Les rideaux, cependant, paraissaient neufs. La façade était ornée d'une mosaïque représentant le loup et le lièvre des fameux dessins animés. *Nou, pogodi !* Attends un peu ! Attends un peu, tu vas voir, on sera revenus au pays avant la rentrée des classes. Il n'y avait pas d'autre possibilité, toute alternative était inconcevable. Je restais dehors, donnais des coups de pied dans le sable, traînais sur une balançoire à la peinture écaillée ; en prenant de la vitesse, je donnais des coups de pied dans les crottes de chien pour les envoyer le plus loin possible. Je faisais tout pour retarder mon retour chez ma babouchka, car je devinais que mon père n'était pas rentré et que l'ambiance, pendant mon absence, n'était pas devenue celle d'une fête de retrouvailles à l'euphorie débridée.

J'avais raison. À la maison, ma mère ne semblait même plus me voir. Elle s'éloigna dans la chambre avec sa belle-mère pour continuer de bavarder. La porte refermée, elles allumèrent la télévision et montèrent le son. Le jingle de *Vremia* que j'entendais depuis la cuisine était celui de la première chaîne russe : il était 21 heures à Moscou. Sur la table, on m'avait laissé une assiette de syrniki et un pot de confiture. La toile cirée était parsemée d'entailles noircies. J'éteignis la radio centrale. À Tallinn aussi, ce dispositif soviétique qualifié de « haut-parleur » ou de « cloche à bétail » était encastré dans le mur, mais je n'avais jamais vu personne écouter ces émissions-là. Je regardai autour de moi. Il n'y avait pas de poste à antenne. Au loin, j'entendis des détonations. Par la suite, j'allais apprendre qu'il s'agissait de coups de feu : il ne fallait pas y prêter attention.

Je ne vis pas mon père de la semaine. Je déambulais dans la maison avec mes écouteurs sur la tête, arrêtant le baladeur de temps en temps. Ce subterfuge me permettait d'attraper des mots que je n'étais pas censée entendre et qui pouvaient expliquer la situation. Je finis par conclure que mon père avait dû partir pour la Russie ou pour Donetsk avec Maxime Sokolov.

Lorsqu'il finit par revenir, il m'invita à sortir en sa compagnie. Selon lui, une promenade me ferait le plus grand bien. Il marchait au milieu de la route, je me faufilais sur le bas-côté. Il puait l'alcool, mais il était bien là. Je constatai qu'il avait adopté une nouvelle allure : faussement lente, un peu pendulaire. Comme s'il avait le temps, comme si toute la place était pour lui.

– Il n'y en a pas une qui te plaît ?

De quoi parlait-il ?

– Une maison, précisa-t-il. On ne va pas y passer la journée.

Tandis qu'un camion de houille approchait, c'est à peine si mon père s'écarta pour le laisser passer. Il leva tranquillement la main. Comme pour saluer une vieille connaissance. Comme pour accorder au conducteur la permission de rouler à côté de lui.

– Voilà l'avenir qui passe.

Le véhicule s'éloigna en laissant sur la route un tourbillon de poussière. Mon père me sourit. Moi, je ne voyais aucune raison de sourire.

– Nulle part il n'y a autant d'anthracite que chez nous, ici, dans le Donbass, déclara-t-il. Alors, tu as choisi ? Quelle est la plus belle baraque dans les parages ?

Affolée, je m'empressai d'indiquer une maison qui avait une mosaïque sur la façade et des volets couleur œuf de pinson.

Mon père marcha dans la direction pointée par mon doigt, ouvrit le portail d'un coup de pied et alla frapper à la porte. Je le suivis au pas de course. Les poules caquetaient, le chien tirait sur sa chaîne. La femme apparue dans l'embrasure, épouvantée.

– Combien demandez-vous pour cette maison ?

Mon père sortit une liasse de dollars.

– Elle n'est pas à vendre.

– Maintenant, oui.

La malheureuse voulut tirer sur la poignée. Mais mon père avait bloqué le vantail avec son pied et il entra de force. J'aperçus la bouche arrondie de l'habitante et ses sourcils arqués comme des faucilles. Le foulard à fleurs disparut dans l'obscurité. Je regagnai le portail en hésitant à aller rapporter l'incident à ma mère. Je n'en eus pas le temps. Mon père ressortit avec une clef à la main. Il me la lança et annonça que nous pouvions décharger les affaires. Il avait besoin du camion pour son travail.

La femme avait tout laissé sauf les photos. Elle avait laissé les poules, le chien hargneux, les meubles, les médailles de son défunt mari, une collection variée de papiers du Parti communiste, une armoire pleine de robes en chintz et de culottes longues en coton, tout un tiroir de mouchoirs ramollis, pour homme, pour femme et pour enfant, chacun sa pile, bien repassés en angles pointus, et un réveil Slava dont le tic-tac avait exactement le même ton que chez nous à Tallinn ou chez ma babouchka. Mon père nous planta dans la cuisine de l'inconnue : il était pressé. Ma mère s'assit. La tasse de thé de la résidente précédente était encore sur la table, à moitié pleine, et un bortsch vert stagnait dans une casserole en aluminium sur la cuisinière. Nous nous regardâmes. Sous mes sandales, des éclats de verre crissaient. Ma mère prit les coupons de monnaie de singe restés dans un coin d'armoire, les tripota un moment, puis les remit à leur place.

– Eh bien, dit-elle. On rentre les bagages ?

Je ne bougeai pas.

– Ce n'est pas si pressé. Mais il faudra le faire avant l'arrivée de baboussia Vilina.

– Comment ça ? Elle va venir ici ?

– Voyons, elle ne peut pas vivre indéfiniment aux crochets des autres.

– Enfin, pourquoi voudrait-elle venir ici ? Ne rêvait-elle pas de Vinnytsia ?

– Ne parle pas à baboussia de cette maison, si tu lui écris. Ni de Svetlana.

Je n'avais pas rencontré Svetlana, mais je connaissais l'histoire. Cette amie de ma babouchka avait habité sur un joli terrain jusqu'au jour où des crânes rasés s'étaient mis à passer chez elle pour réclamer sa maison à tout prix. En fin de compte, elle l'avait vendue pour deux cents dollars puis était partie s'établir en Russie. Inutile de préciser pourquoi il valait mieux ne pas en parler. Baboussia Vilina avait dû tout quitter autrefois, également, et elle n'oublierait jamais cela, surtout le sort des animaux. On ne lui dirait donc pas comment nous avions eu notre nouvelle maison, évidemment. Malgré tout, je ne pouvais pas croire que ma baboussia accepterait d'emménager ici. C'était un autre monde, sans rien à voir avec celui qu'elle aimait tant.

– Laissons donc papa faire ce qui l'attirait tant à Snijné.

– Et après, nous partirons ? insistai-je. Pourquoi ne pas partir tout de suite ? Ou pourquoi on ne partirait pas toutes les deux ? Il nous rejoindra, papa.

– Si nous laissons ton père ici, nous ne le reverrons plus jamais, déclara ma mère avec un tremblement du menton.

J'allai tester le téléviseur trouvé dans la chambre. La seule fréquence visible était celle de la première chaîne de Russie. Tout le reste n'était que neige.

Dans « notre nouvelle maison », il y avait tout de même l'eau courante – enfin, l'eau froide : après les mois d'été, le soleil ne suffisait plus à chauffer le réservoir pluvial situé dans la cour, et je dus relancer mon père chaque fois que je le voyais, quitte à paraître snob. Notre domicile tallinnois me manquait, avec sa salle de bains décente, et je ne comprenais pas l'indifférence de ma mère à cet égard. Elle ne semblait même pas voir le dépôt suspect qui restait toujours au fond de la casserole quand on faisait bouillir de l'eau, ou bien elle n'osait pas se plaindre, faire la difficile devant mon père. Moi, j'osais, mais sans résultat. Finalement, quand il en eut assez de m'entendre râler, il proposa de chercher un logement mieux équipé. Mais je ne voulais pas une autre maison. Je voulais rentrer chez moi.

L'odeur de l'habitante précédente persista longtemps. Ça collait à mes vêtements, aux robes de ma mère, à ses cheveux. Je reculais quand elle essayait de me caresser le bras. Elle puait l'inconnue, je puais l'inconnue, malgré tous nos efforts pour astiquer le plancher à l'eau de Javel, frotter les casseroles à la cendre et au sel, éliminer les toiles d'araignées, récurer les portes en insistant autour des poignées et vaporiser sur le papier peint un authentique parfum français dont mon père, un soir, avait rapporté un plein carton. L'odeur persistait. Le chien ne s'habituait pas à nous, et mon père ne supportait plus ses aboiements. Un jour, je détachai cette pauvre bête en cachette, de peur qu'il lui fasse du mal, qu'il la batte ou la tue. Il ne semblait pas remarquer que toute la maison sentait Opium et la vieille étrangère, une curieuse combinaison de mort prochaine et de luxe.

Je ne fondis pas en larmes en apprenant la mort de baboussia Vilina. Je ne pleurai pas plus sur la route interminable pour Vinnytsia qu'à l'enterrement où fourmillaient tant de visages inconnus. Je ne pleurai pas, alors que j'enterrais avec ma baboussia mon rêve secret d'aller vivre chez elle, de me placer complètement sous sa protection. Je refusais d'intérioriser les événements, et je ne comprenais pas pourquoi ma mère préparait notre retour à Snijné dès la fin de la cérémonie, pourquoi elle se précipitait à bord du train de nuit, torride comme un sauna. Elle ne raffolait pas plus que moi des paysages du Donbass, et j'avais envie de rester, au moins encore un peu.

– On ne sait pas ce que ton père va encore inventer, pendant ce temps, m'expliqua-t-elle. Mieux vaut le rejoindre.

La gare était déjà tellement suffocante que l'idée de passer la nuit sur une couchette me donnait la nausée. Je criai à ma mère que j'allais chercher un snack et je me frayai un passage dans l'étroit couloir, alors qu'elle me répondait qu'on avait assez de provisions. Comme une passagère bouchait l'allée derrière moi en étalant ses bagages, je parvins à sauter sur le quai bondé de voyageurs sans que ma mère puisse me rattraper. Il me vint une idée : s'il y avait un train qui partait loin ? S'il y avait un train pour Tallinn ! Ou qui m'emmènerait n'importe où plutôt que vers l'oblast de Donetsk… J'observai un conducteur apparu devant moi, coiffé d'un calot, qui acceptait contre paiement les paquets à acheminer à leurs destinataires. Me cacherait-il dans son compartiment ou ailleurs ? Réussirais-je à semer ma mère ? Mais ce train-là n'allait pas à Tallinn. C'était un autre. Il devait bien y en avoir un ! Je pourrais me faufiler à bord. Je fonçai en avant comme si c'était ma dernière chance de rentrer chez moi, et je m'arrêtai en entendant parler de Moscou. Moscou ? Tiens, pourquoi pas ? Toujours mieux que Snijné ! Une passagère emportait des affaires dans ses gros sacs pour les marchés de Moscou. Un homme traînait un tas de diables pour la même destination, des kravtchoutchki, commodes pour transporter les marchandises, et il se lança aussitôt dans le commerce. Je n'avais pas de kravtchoutchki à vendre, encore moins de devises d'aucun pays, je n'avais sur moi que l'icône de la Très Sainte Mère de Dieu léguée par ma baboussia, et je la serrais dans ma poche. Elle l'avait achetée à un marchand ambulant tallinnois à côté de la cathédrale Nevski, et je n'irais pas loin avec ça. Je n'avais rien à troquer, rien de monnayable, rien pour m'échapper. La voix de ma mère retentit derrière moi. Faisant mine de ne pas l'entendre, je jouai des coudes entre les doudounes et toutes les affaires pour me ruer sans but, droit devant, jusqu'au moment où la foule monta dans le train voisin et la cohue m'emporta dans son flot, sans que je puisse me détourner de ces voyageurs déterminés. Voilà que je m'étais retrouvée à bord d'un train de banlieue dont les portes automatiques tentaient en vain de se fermer. Quelques fenêtres du wagon étaient ouvertes. On s'empressait d'y introduire encore d'autres sacs et un bébé hurlant. Je saisis la poignée du banc et remarquai que les revêtements similicuir étaient arrachés : quelqu'un avait dû les vendre aussi. J'entendis encore mon nom. Ma mère avait réussi à me rejoindre et elle m'entraîna sur le quai à l'instant où le train démarrait. Elle fourra alors dans ma main un mouchoir humide tout chiffonné en chuchotant qu'il y en avait des propres dans la valise. Mais pourquoi ? La raison me surprit : contre toute attente, je sanglotais. Je n'avais pas versé une larme à l'enterrement de baboussia Vilina, alors pourquoi maintenant ? Je m'essuyai le nez. Le mouchoir était à ma baboussia. Reconnaissant les lignes bleu clair rendues soyeuses par l'usure, je pleurai de plus belle. Je n'emménagerais jamais chez elle. Je retournais dans une ville hostile où ma mère et moi étions regardées de travers, et dans une école où je n'avais pas d'amis. Babouchka Galina nous avait recommandé de ne pas évoquer Vinnytsia, pas plus que notre famille qui vivait à l'Ouest. Les gens de là-bas n'aimaient pas ceux d'ici, paraît-il, et vice versa.

Sur la couchette du train de nuit, je fis semblant de dormir et je repensai à *Dynastie*. J'avais raté les derniers épisodes, et personne ne m'avait écrit pour me les raconter. Avant notre déménagement, mon amie Evelin était sur le départ pour la Suède, chez des parents à elle ; Marina s'en allait cueillir les fraises en Finlande avec sa mère. Elles ne cherchaient pas à savoir comment j'allais, et pour cause. Il y avait fort à parier que je n'existais plus pour elles.

À Snijné, une surprise nous attendait. Mon père avait acheté un nouveau téléviseur et il passa la soirée à le régler. C'était sans doute sa façon à lui de se racheter pour ne pas être venu aux funérailles, et il était tout fier que je puisse enfin regarder les chaînes ukrainiennes. Babouchka Galina, ça ne l'amusait pas du tout : elle donna des coups avec sa canne dans le bas du vaisselier à plusieurs reprises. J'avais déjà observé son jeu de canne ostentatoire, sans en comprendre la raison. Elle faisait toujours cela lorsque mon père était de passage à la maison. J'avais regardé ce que contenait le meuble en question : une pile de savon pour le visage. Une fois, ce fut du sarrasin. Lisant la perplexité sur mon visage, ma mère voulut bien m'éclairer. Babouchka n'aimait pas les vents nouveaux et ne croyait pas aux plans de business de mon père. Selon elle, les actions n'étaient que des bouts de papier, sans aucune valeur, quand les salaires et les retraites étaient payés en conserves de poisson, en coton, ou en savons qui seraient bons à passer à la casserole, l'hiver suivant, pour assaisonner les pommes de terre, faute de mieux. Pendant que ma mère me rapportait cela, je songeai que nous devrions au moins faire calfeutrer les fenêtres en vue de l'automne ; ma grand-mère glissait du tissu et du papier frotté au savon entre les vitres. À cette idée, j'éprouvai une certaine satisfaction : nous aurions déjà un souci en moins. Comme si j'étais résignée à ce que nous restions à Snijné. Comme si j'étais certaine, à l'instar de ma grand-mère, que les activités de mon père ne pouvaient pas rapporter de véritables ressources, quand bien même les dirigeants des usines et des mines s'enrichissaient de leur côté, pendant ce temps, en échangeant la houille contre tout et n'importe quoi, ce qui était aussi le cas pour certaines des anciennes connaissances de mon père, comme celui qui habitait à Donetsk, un type qui avait des projets encore plus grandioses que Maxime Sokolov ou lui-même. Mon père ne nous emmenait jamais à ses rendez-vous. Et personne ne parlait des dollars qu'il avait apportés à Snijné. Je commençais à croire que j'avais rêvé en le voyant cacher la mallette derrière le canapé, à Tallinn, et en me levant la nuit pour aller voir ce qu'elle contenait. Peut-être avais-je encore rêvé en revoyant la même mallette sous les sièges de la camionnette.

Les nouvelles chaînes de télé ne m'apportèrent aucun réconfort. Les rares programmes étrangers étaient doublés par un seul homme en traduction simultanée, et on aurait dit qu'il avait une pince à linge sur le nez. Il nasillait à tort et à travers. Je craignis d'oublier tout ce que j'avais appris grâce à la télévision à Tallinn, mon finnois et mes notions d'anglais. Certains captaient une chaîne avec des dessins animés américains en VO, paraît-il, mais nous n'avions pas cette chance. Et ma mère ne me parlait plus en ukrainien. La langue disparaissait. Un soir, elle m'appela en russe : Alionka, au lieu d'Olenka, sans même s'en rendre compte.

Je n'arrivais pas à comprendre ce qui nous arrivait. À Tallinn, j'étais persuadée que mon père savait tout organiser pour le mieux. À présent, ma confiance dans ses capacités commerciales était perdue. Parfois, il m'arrivait de le voir en ville, de loin, menant une bande de crânes rasés quelque part, s'adressant avec emphase à des gringalets en survêtement ou blouson noir accroupis au pied des immeubles.

Un jour, je trouvai sur la table de la cuisine une demande de rediffusion rédigée par ma babouchka pour la Télévision centrale. Ma mère avait déjà contresigné son souhait de revoir *Isaura*, une série qui racontait le chemin vers la liberté d'une esclave brésilienne. Je dus aussi indiquer mon nom sur cette lettre à adresser à Moscou, puis je la portai à la poste. En lâchant l'enveloppe dans la boîte, je me rendis compte de l'absurdité de tout cela. J'attendais comme les autres la série *Les riches pleurent aussi*, vieux programme qui n'était pas tourné dans la bonne langue, qui n'était pas doublé dans la bonne langue, et où les femmes étaient plus maigres que dans *Dynastie*.

Peut-être fut-ce là, devant la boîte aux lettres, que j'envisageai pour la première fois de m'échapper. En tout cas, je me dis que j'allais avoir besoin de dollars et de papiers d'identité. J'avais beau être enregistrée à Tallinn, mon passeport soviétique ne serait bientôt plus bon à rien ; je n'étais même pas sûre d'être encore citoyenne d'un pays, de pouvoir aller ailleurs qu'en Russie avec mes documents, et peut-être aurions-nous carrément besoin d'un visa, bientôt, pour séjourner en Ukraine. Ma mère, cela ne l'inquiétait plus autant. Elle balayait les soucis d'un geste de la main : mon père arrangerait tout, je n'avais pas à me tracasser.

J'étais apparemment la seule de la famille à vouloir quitter ce trou perdu.

Une nuit, je fus réveillée par une voix inconnue dans la cuisine ; il était vaguement question d'une personne qui avait eu les doigts estropiés dans une portière de voiture. Je distinguais les pas de mon père, et sa façon typique de claquer la louche à eau contre la paroi du seau émaillé. Ma mère veillait toujours à ne pas faire de bruit lorsque je dormais.

– La mère de ce gars est passée chez moi, dit ma babouchka. Elle m'a raconté la scène.

– Ben pourquoi il n'a pas vendu ses actions ? demanda mon père.

Maxime Sokolov renchérit :

– Il voulait plus de dollars, l'imbécile.

Je repensai aux paroles de mon père. D'après ce que j'avais compris quant au démantèlement du système soviétique et aux privatisations, les employés des usines recevaient un certain nombre d'actions en fonction de leur ancienneté ; en l'occurrence, mon père et ses amis désiraient les racheter à quelqu'un, peut-être à l'homme de Donetsk.

– Sûr qu'il vendra, dit Maxime. Ils finissent tous par vendre. Enfin, babouchka Galina a bien dit à sa mère qu'autrement il sera viré ? Où il imagine retrouver du boulot, après, ce crétin ?

Des volutes de fumée se faufilaient par la porte entrebâillée. Si la voix de Maxime était relativement respectueuse, elle dénotait aussi autre chose, comme un sachet éventé de chlore en poudre qui pique le nez.

– Il serait bien plus commode que babouchka Galina explique la situation à ses amies. La bêtise ne paie pas.

Mon père accompagnait les paroles de Maxime par des répliques aussi brèves qu'énergiques : oui, tout à fait, absolument.

– Pourquoi devrais-je régler les embrouilles des jeunes gens ? se fâcha ma grand-mère.

Ma mère se taisait. Elle était impassible, si calme qu'on aurait dit que ma babouchka discutait à trois avec son fils et Maxime. Un pot fut déplacé : elle avait dû se lever pour ranger les récipients destinés aux plantes, les verres et les journaux, et elle donnait de temps en temps des coups avec sa canne comme pour en faire tomber la terre accumulée.

– À présent, il faut que ça cesse, tout ce cirque, déclara-t-elle. Je ne veux plus entendre parler de vos affaires sous mon toit.

La porte claqua, les camarades reprirent leur chemin, et ma mère se ranima, traînant ses pantoufles vers la cuisinière et le vaisselier. Je tendis le cou pour regarder le réveil. Il n'était pas encore minuit. Mon père ne justifiait jamais ses déplacements. Il était tout le temps pressé et on le voyait rarement. S'il était là, c'était couché sur son lit à siroter la saumure d'un pot de cornichons pour soulager sa gueule de bois, et il repartait dès qu'il était rétabli. Nous dormions toujours chez babouchka Galina, alors que nos affaires étaient restées dans la maison où nous étions censées nous sentir chez nous.

– Les privatisations, ça offre des opportunités, avança prudemment ma mère.

– Ça veut seulement dire que la famille du président s'approprie les usines pour une bouchée de pain, soupira ma babouchka. Pour nous autres, les privatisations, c'est synonyme de menaces ou de doigts coupés. Dans le meilleur des cas.

Je crus entendre un « chut », ou une sorte de chuintement.

– Malgré cela, babouchka parlera des actions à ses amies, hein ?

Ma mère répétait docilement les paroles de mon père comme si elle devait pratiquer une langue étrangère qu'elle ne maîtrisait pas. Ses mots ne dénotaient pas la même conviction que lui, sa confiance, sa foi. Elle ne pigeait sans doute pas grand-chose à ses grands discours. Cette fois, elle n'avait pas ce ton un peu méprisant qu'elle prenait en faisant référence au vocabulaire occidental qui envahissait peu à peu la langue parlée, et j'étais surprise qu'elle se rallie à mon père, qu'elle se rallie à Maxime Sokolov.

J'avais appris deux ou trois choses sur le compte de Maxime Sokolov. Il semblait être aussi dégourdi que mon père, et il ne s'était pas laissé abattre en constatant que ses compétences de boxeur n'étaient pas suffisantes pour les rings internationaux. Il était devenu entraîneur puis, comme tant d'autres, s'était trouvé sans revenus avec l'effondrement de l'Union soviétique. Cependant, il disposait de toute une écurie de jeunes hommes sans le sou, sans travail et sans avenir. Pas question de les laisser ronger des graines de tournesol dans sa salle de sport ! Il allait les mettre au travail, et il saisit les options qui s'offraient aux gens de leur espèce : les mines et la sécurité étaient deux secteurs qui ne connaissaient pas la crise. Il embrassa les deux voies, et il embarqua mon père avec lui. Non seulement cet associé partageait ses projets, mais il allait jusqu'à imiter ses mimiques. Les rares fois où mon père était à la maison, il tirait la chaise à une bonne distance de la table, presque au milieu de la pièce, et s'asseyait confortablement en écartant les jambes. Au début, je ne voyais pas d'où lui venait cette nouvelle habitude. Quand je vis Maxime Sokolov marcher à côté de lui, je compris l'origine de sa nouvelle démarche. Et de sa position arrogante sur la chaise.

La fois suivante, lorsque mon père passa à la maison pour changer de chemise, je le suivis discrètement dans sa chambre et lui offris du mors de cerise.

– C'est moi qui l'ai préparé, dis-je en espérant qu'il ferait au moins une pause le temps de vider le verre.

Sans même se retourner, il continua de fouiller dans l'armoire en laissant tomber les vêtements de leurs cintres et en dérangeant le linge propre de ma mère. Je posai la carafe de jus sur la table, ramassai une robe et m'engageai à lui trouver quelque chose à enfiler, d'une voix douce comme une bouillie de semoule. Il recula et finit par prendre le verre que je lui tendais ; il me remercia, même. Sa montre Slava avait disparu. À la place, il avait un bracelet en plastique avec un écran à cristaux liquides.

– Ce ne sera pas long, dis-je en fouillant dans la penderie.

Je mis tout de suite la main sur sa chemise, mais je continuai de farfouiller un petit moment.

– Moi aussi, j'aimerais bien faire un tour en voiture, des fois.

J'aurais aimé voir l'effet produit par mes mots, mais je n'osais pas le regarder en face.

– Tiens donc !

Je l'entendis se resservir du mors, et sa hâte semblait plus ou moins apaisée.

– C'est ta mère qui t'envoie ?

Je lui tendis la chemise et secouai la tête. Ma mère faisait les courses avec ma babouchka et notre conversation ne les concernait pas, encore moins mes propositions. Il sembla me jauger du regard.

– Bientôt, on ira se balader avec une vraie voiture occidentale. Qu'est-ce que tu en dis, mon petit rayon de soleil ?

Je tâchai de me montrer enthousiaste. Une Volga l'attendait dans la rue, avec un chauffeur pour lui ouvrir la porte. La semaine précédente, son moyen de locomotion était encore une Jigouli orange avec un tapis recouvrant la banquette arrière. Sous les sièges, j'avais trouvé un animal en mousse oublié là, Tchebourachka, l'ami à grandes oreilles de Guéna le crocodile. La première voiture de mon père.

– Pour avoir une voiture occidentale, on aura besoin des actions, dis-je.

– Là, mon petit soleil a parfaitement raison.

– Crois-tu que babouchka persuadera ses amies de les vendre ?

– Tu n'as pas l'air convaincue.

– Je peux m'en occuper. Contre des dollars.

Mon père éclata de rire. Il ne me reprocha pas d'avoir écouté aux portes.

– À la bonne heure ! approuva-t-il. Mais ce ne sont pas des boulots pour les fillettes. On te trouvera autre chose. Un truc rien que pour toi.

En sortant, il m'appela encore une fois son « petit soleil » et glissa dans ma main un billet de dix dollars que je m'empressai de cacher dans ma manche, sous le bracelet de la montre.

Le soir, je sortis dans le jardin de derrière. La bouche de la kopanka était couverte d'une plaque de tôle, et on m'avait défendu de m'en approcher à cause des risques d'effondrement. Je m'y rendais tout de même, en catimini, lorsque j'avais envie de pleurer, lorsque j'étais angoissée, lorsque la gorge me serrait trop. C'était mon jardin secret. Désormais, elle allait devenir aussi la cachette pour le plumier contenant mon épargne, les petites économies grâce auxquelles, un beau jour, je finirais par m'échapper. J'examinai le billet, le défroissai. Il était semblable aux dollars dans la mallette de mon père – ou la mallette de mon rêve. Je le reniflai. Il avait la même odeur que les roubles, et la réalisation de mon plan allait en nécessiter beaucoup plus, mais c'était déjà un début. À l'occasion, si mon père rentrait soûl à la maison, j'en piquerais d'autres dans sa poche.

À l'origine, le trou avait été creusé par Maxime Sokolov et ses hommes. Peu à peu, je compris les règles du jeu en vigueur par ici et les astuces pour traiter le charbon. Tout ce qu'on extrayait des cavités était emporté pour être purifié avec la houille des mines publiques ; en contrepartie, les subventions de l'État étaient versées en fonction du nombre de tonnes fournies. Mon père et Maxime parlaient des subventions sur le même ton de voix que des actions, et les poids lourds ne les intéressaient pas moins. Ils se suivaient à la queue leu leu, dans une direction qui n'était pas celle de leur destination officielle. Le labeur ne manquait pas, quand on avait la motivation. J'ignorais que ce business n'en était alors qu'à ses débuts, que les quais houillers seraient encore plus encombrés par la suite, que les kopanki deviendraient une menace pour les mines légales, que les artères principales de la ville s'affaisseraient, que les corps du cimetière dégringoleraient dans la cavité voisine… Que les enfants descendraient y bosser pour un dollar la journée. Ou peut-être était-ce déjà le cas, mais je ne le savais pas encore. Je n'imaginais pas combien mon père et ses potes visaient haut : ils voulaient atteindre le ciel, le traverser, vers le soleil. Comme Gagarine.

Mon père n'oublia pas ma requête : en de rares occasions, il commença à m'emmener en voiture. Un jour, il pila net au bord de la route, sans même remarquer que je manquais de me blesser à la tête contre le panneau de contrôle, tant il était enthousiasmé par ce qu'il me montrait du bout du bras. Malgré mes efforts, je ne voyais rien d'autre que les sombres silhouettes des terrils, dans la direction indiquée. Autrefois, nous allions au zoo, tous les deux, ou voir le cirque de Moscou ; désormais, nous visitions exclusivement des mines. Je cherchai un mouchoir dans ma poche, en vain, et je dus essuyer discrètement mon nez avec la main, ce qui me laissa un filet de morve noire sur la peau.

– Tu vois ces garçons ? s'exclama mon père. Devine ce qu'ils font.

En suivant son doigt, j'aperçus enfin un troupeau de gosses. J'entendais des rires et des cris. Ils s'amusaient. Mon père baissa la vitre et attendit que les mômes s'approchent de la route.

– Qu'est-ce que vous avez trouvé ? leur cria-t-il.

Les garnements nous dévisagèrent avec méfiance. Le plus petit nous montra un objet qui ressemblait à un gros caillou.

– On peut voir ? demanda mon père en descendant de voiture.

Les gamins se rassemblèrent autour de lui pour présenter leurs pierres, et il leur fit un petit cadeau qui déclencha une certaine effervescence, peut-être des dollars, des chewing-gums ou des cigarettes occidentales. Je regardai son dos tandis qu'il levait son butin vers le ciel avec admiration.

Les trois cailloux qu'il lâcha sur mes genoux me firent sursauter.

– Des fossiles, déclara-t-il avant de claquer la portière.

Je serrai les bords du siège avec les doigts et regardai dehors. Derrière la petite bande qui s'éloignait, une mémé au dos voûté sélectionnait les morceaux de charbon qui lui convenaient et les glissait dans son sac, en s'arrêtant de temps en temps pour s'appuyer sur sa canne.

– Tiens, regarde. Un coquillage. Et là, un escargot, énuméra-t-il en soulevant un à un les blocs qui barbouillaient ma jupe. Nous aussi, dans le temps, on allait jouer sur ces terrils, et il y en avait des tonnes.

– Avec qui ? Maxime ?

– Max et les autres. Après, on les peignait. Qu'est-ce que tu en dis, si on allait regarder un de ces jours, on pourrait en trouver quelques-uns, nous aussi ?

Je m'abstins de lui rappeler que je n'étais plus une gamine. Il continua de s'enflammer et lâcha de nouveau les fossiles sur ma jupe claire, pendant que je repensais aux dollars qu'il avait sans doute donnés à ces gamins plutôt qu'à moi.

Tandis que nous approchions de la destination, mon père se cramponnait au volant et ne ralentissait plus en passant sur les nids-de-poule. Il ne semblait même pas voir que les cahots faisaient sauter sur mes cuisses les organismes pétrifiés. J'aurais voulu jeter ses précieux trésors au pied du siège. Je n'osais pas. Les escargots étaient énormes.

La voiture s'arrêta et mon père semblait attendre une réaction de ma part. Qu'étais-je censée chercher ? Je ne voyais qu'un banal paysage minier. Il devait pourtant y avoir quelque chose de spécial, car j'étais censée inventer un nom pour cette mine-là en particulier. Les nouvelles boutiques, kiosques et baraques en tous genres qui pullulaient comme les champignons après la pluie, on leur donnait des prénoms féminins, aussi lui fis-je des propositions dans ce style, mais il secoua la tête. Il fallait s'élever vers le sublime.

La boîte d'allumettes tournait dans sa main.

– Les Héros du Cosmos. Un joli nom, tu ne trouves pas ?

– Ça fait soviétique.

D'après lui, on ne pouvait pas appeler la mine Pamela ou Sue Ellen. C'était tout de même le Donbass, où l'on avait connu les meilleurs salaires et où Alexeï Stakhanov avait vécu jusqu'à son dernier souffle ! La voix de mon père prenait une nuance de tracteur.

– Un jour, elle sera à nous. Ça ne saurait tarder.

– À Maxime et à toi, ou bien ?

Mon père éclata de rire et me donna une bourrade.

– Max, il aura sa mine à lui. Non, celle-ci sera la nôtre, à toi et moi. Qu'est-ce que tu en dis, mon trésor ?

Le soleil se couchait derrière les terrils, et mon père pivota sur ses talons pour se chauffer dans la lumière des derniers rayons comme s'il voulait bronzer. Je ne le reconnaissais plus. Un jour, ma mère avait dit que l'amour des lieux d'autrefois était pour les gens une façon d'aimer leur ancien moi. Mon père était-il en train d'exaucer des rêves dont nous n'avions pas connaissance ? Avait-il eu de l'admiration pour les mineurs, dans son enfance ? Pourquoi n'était-il pas resté ici, alors ? Ou bien avait-il dû attendre jusqu'à maintenant pour obtenir la possibilité de satisfaire une vieille aspiration ? Les petits gars qui jouaient sur le terril auraient su inventer un nom pour la mine, eux, un nom qu'il aurait approuvé. Ils se seraient enthousiasmés pour ses accomplissements, son habileté à devenir un homme avec une voiture, dans un premier temps, puis un homme avec un chauffeur.

Mais je ne voulais pas avoir le destin de la fille qui poussait sa bicyclette, par tous les temps, devant la maison de ma babouchka. Elle avait mon âge et charriait un sac de houille sur son porte-bagages, visiblement pour le chauffage domestique. Si mon père réalisait ses projets, cela ne m'arriverait pas, certes. Cependant, je ne voyais pas les choses du même œil. Peut-être parce que je n'imaginais pas le train de vie que pouvait mener une fille de baron minier, ou la fortune dont elle aurait la jouissance. Je ne connaissais pas ces filles-là. Je ne comprenais pas ce que cela pouvait signifier. En revanche, je m'imaginais sans peine en train de pousser mon vélo pour avancer. Je sentais déjà le guidon sous mes mains, et le poids du charbon, un poids plus lourd que celui des seaux en zinc dans lesquels j'apportais l'eau à ma babouchka.

Les derniers fleuristes fermaient leurs échoppes lorsque mon père s'engagea vers le cimetière pour se garer exactement devant le portail. Les visiteurs tardifs remballaient leur pique-nique, jetaient à la poubelle les journaux utilisés en guise de nappes et se retiraient. J'ouvris la portière, marchai sur un aster en plastique tombé par terre et tâchai de retrouver des forces. J'étais déjà allée me recueillir sur les tombes dans la matinée avec ma mère et babouchka Galina, mais mon père voulait absolument célébrer le jour des Morts à deux, avec moi. Il était venu me chercher à la maison à cet effet. C'était quelque chose !

Tandis que nous déambulions entre les sépultures, je me rendis compte que nous marchions depuis un certain temps dans la mauvaise direction. Il ne se rappelait pas où son père était enterré. Je ne dis rien, me contentant de nous orienter subrepticement vers la bonne allée. Maintenant que l'agitation matinale était passée, je constatais que la gamme de fleurs avait subitement enveloppé les défunts d'une atmosphère estivale, faisant du cimetière le plus bel endroit de la ville. Si Snijné avait toujours cet aspect, elle serait peut-être vivable. Je chassai cette pensée de ma tête. Le sentimentalisme m'affaiblissait et retardait la réalisation de mon plan. J'avais besoin de résolution, pas de broutilles qui risqueraient de m'enraciner ici, flirts, toutous, cinémas où j'aimerais me faire amener, endroits que je voudrais fréquenter en amoureux, et encore moins la citoyenneté ukrainienne que mon père comptait nous obtenir. En passant, il piqua une pâtisserie sur une tombe et croqua un morceau, puis m'en proposa aussi. Je refusai.

– Arrête, ça fait partie du jeu. Où crois-tu qu'elle disparaisse, la nourriture qu'on laisse ici ?

– Je n'ai pas faim.

– Si je me souviens bien, nous venions aussi au cimetière le jour de la Victoire... avec deux copains. Nous trouvions toujours quelque chose à manger et c'est ici que j'ai tiré une bouffée de cigarette pour la première fois.

Je les connaissais, les copains.

– Et on buvait de l'alcool.

Il ramassa une bouteille sur une tombe, but quelques gorgées au goulot puis me la tendit, mais, se rappelant soudain à qui il était en train de proposer de la vodka, il replia son bras en se raclant la gorge. Je fis mine de n'avoir rien vu, trop concentrée à chercher l'emplacement, et je finis par le trouver. Nous n'avions pas l'habitude de célébrer le jour des Morts à Tallinn, et je connaissais surtout mon grand-père par les photos qui semblaient lourdes à regarder à cause de la ribambelle de médailles couvrant sa poitrine. Le portrait retenu pour sa pierre tombale était de ce genre. Nous avions lavé la pierre le matin avec ma babouchka, et elle nous avait demandé si à Tallinn aussi, de nos jours, on vendait des décorations honorifiques sur les marchés en guise de souvenirs touristiques. À Moscou, paraît-il, c'était le cas, il y avait des médailles par monceaux. J'avais prétendu n'avoir rien vu de tel. Je m'étais empressée de répondre sans en laisser le temps à ma mère, et j'avais aperçu sa bouche qui se relevait en coin. Je ne me rappelais pas la dernière fois que je l'avais vue sourire.

Mon père regardait la tombe. Les œufs de Pâques disposés en cercle n'avaient pas bougé depuis le matin.

– J'ai apporté ces cosmos.

Je jetai un coup d'œil aux sépultures environnantes. Une énorme couronne était posée devant celle d'à côté. Nous n'en avions pas.

– Très bien, marmonna mon père en posant un paquet de Prima sur la pierre tombale. Il fumait toujours cette marque-là. Elle n'a pas pensé à apporter les cigarettes, ta babouchka, hein ?

J'étais gênée. Je n'avais pas assez connu son père pour exécuter les traditions de commémoration de telle manière qu'il eût des raisons de me féliciter. Je pouvais toujours rêver de dollars, ce jour-là... Je me déhanchai et tâchai d'examiner le fond du problème, de trouver un moyen de gagner des points à ses yeux. J'eus l'idée de lui demander si mon grand-père avait réellement voulu être mineur, et j'eus la surprise de voir son visage s'illuminer. Avais-je dit quelque chose d'incongru ? Non, c'était bien de l'enthousiasme de sa part ! J'appris que le salaire et les avantages en nature étaient bons. Et il ne s'arrêta pas là. Il relata les histoires de mon grand-père avec une prolixité inattendue, une prolixité dont il n'avait plus fait preuve depuis longtemps. La seule chose qui tracassait mon grand-père, dans les mines, était qu'on ne savait jamais le temps qu'il faisait en surface. Les autres s'y habituaient, mais pas lui. Les journées de labeur étaient chaudes, et pourtant, quand on remontait du puits, ça pouvait être l'hiver. Un chien errant trottait un peu plus loin ; lorsqu'il apercevait une friandise intéressante, il s'arrêtait pour enfoncer le museau entre les buissons de chrysanthèmes. Je ne voulais pas vraiment en entendre davantage. Je ne passais peut-être pas mes journées à des centaines de mètres de profondeur, mais j'éprouvais le même sentiment que mon grand-père : ma vie passée était loin de moi, les gens et les séries télé qui l'agrémentaient m'étaient inaccessibles, les nuits d'été au bord de la Baltique dispensaient leur clarté sans moi. Soudain, je pris conscience d'un mot prononcé par mon père. Il avait dit « finalement », quand je lui avais demandé si mon grand-père voulait devenir mineur. « Finalement », pas « initialement ».

– Il ne tenait donc pas à travailler dans les mines dès le début ?

– Euh, non. Je t'ai raconté comment ton grand-père est arrivé à Snijné ? Il était né à Tver.

– Où ça ?

– Tver, renommée Kalinine par la suite. Mais à cette époque, il avait déjà quitté son pays natal. Pendant la Grande Guerre patriotique, il marcha sur Berlin dans les rangs de l'Armée rouge, et il y passa même une année. Puis les ordres arrivèrent. Les soldats étaient envoyés dans le Donbass pour réparer les mines endommagées par les bombardements. Mon père ne voulait pas venir. Il aurait préféré rentrer chez lui. Mais non, s'il refusait, c'était le Goulag.

Je me rappelais que baboussia Vilina avait dénigré l'idée de déménager avec nous à Snijné. Selon elle, le Donbass était une zone trop russe, une région pour laquelle ne partaient que les gens qui avaient renoncé à tout espoir, qui avaient perdu leur pays et leur village, leurs racines et leur famille, leur langue, leur foi et leur identité. On allait dans le Donbass parce que n'importe qui était capable de bosser dans les mines, et on s'y était toujours enfui si l'on voulait disparaître du monde, échapper aux exécuteurs du tsar ou à ceux du régime rouge. Jadis, c'étaient les serfs évadés que son four de fusion engloutissait dans sa gueule insatiable ; et puis, avec les kolkhozes, c'étaient les paysans faméliques. Par la suite, apparemment, on y fut envoyé de force. Comme moi. J'avais un point commun avec mon grand-père. Lui non plus n'avait pas voulu venir ici. Et pourtant, il avait fini dans le ventre du Donbass. Cela ne m'arriverait pas. J'étais déterminée à tout faire pour que ce ne soit pas le cas. J'avais vingt-cinq dollars d'économies. Il m'en fallait davantage. J'avais pris ma décision : le prochain jour des Morts, je serais ailleurs.

– Écoute, la vie peut être pénible, des fois. Mais une fille forte arrive toujours à avancer.

Je faillis lui demander si c'était un adage de mon grand-père ou de Maxime Sokolov. Toutefois, je jugeai plus sage de me taire et de saisir la bouteille d'alcool qui pendait au bout de son bras. Il n'opposa aucune résistance, si ce n'est qu'il m'invita à ne pas le dire à ma mère.

– La mine où travaillait ton grand-père est encore publique, mais qui sait…

Il s'arrêta net.

– Qu'en penses-tu ? Si on l'appelait Berlin, cette mine ?

Mon père ne venait jamais me chercher à l'école. Aussi fus-je prise de panique en le voyant au bord de la route, un jour, après les cours. Ses baskets blanches brillaient au soleil, et il s'appuyait contre une voiture étrangère. Croyant qu'il était arrivé quelque chose à ma mère, je ralentis le pas. Puis je remarquai qu'il souriait, et la boîte d'allumettes sautait dans sa main. Il ne me dit pas pourquoi il était venu me chercher mais se contenta de m'embrasser avec fougue. Cela aussi était bizarre : il y avait anguille sous roche. Voulait-il me faire une confidence qui ne convenait pas aux oreilles domestiques ? Peut-être une histoire de femme. Une nouvelle conquête. Sous les relents d'alcool, je distinguais depuis un certain temps une odeur féminine, dans son blouson en cuir, sur le col de sa chemise.

– Allons nous promener, lança-t-il en démarrant. Je te l'avais promis, hein ?

Je sautai à bord et sentis sur mon dos les regards de mes camarades de classe. Mon père attendait que je dise quelque chose. Finalement, il ouvrit la bouche, mais je ne compris pas de quoi il parlait.

– Nous pouvons aller en chercher une autre, si celle-ci ne te plaît pas. Rouge, même. La couleur que tu voudras.

La voiture ! C'était donc la sienne ! J'avais cru qu'il ne faisait que la conduire. Un véhicule occidental. Le motif de son apparition-surprise devenait limpide : il voulait partager son bonheur avec moi.

– Très belle.

– Tiens, regarde.

Il me présenta les fonctions du tableau de bord. Ne voulant pas le vexer par mon manque d'enthousiasme, je prévoyais déjà de me justifier en disant que la technique n'était pas un truc de filles. Mais il ne remarqua rien.

– Où tu la mets, la nuit ?

Il appuya sur le champignon. Pas de réponse. À propos de la Volga, ma grand-mère avait déjà dit qu'il n'était pas question de laisser traîner dans sa cour autre chose qu'une bicyclette. Elle ne voulait pas attirer les voleurs sur le pas de sa porte. Mon père s'était discrètement moqué d'elle. On n'en avait plus reparlé, et j'avais présumé qu'il s'était réservé une place dans une aire de stationnement. À présent, je songeai que sa nouvelle conquête avait peut-être une maison avec un garage flambant neuf dans la cour. Peut-être admirait-elle son sens des affaires. Peut-être voulaient-ils la même vie, une vie où on allait de l'avant et où on avait des objectifs. Pas de rêves, directement des objectifs. L'idée du domicile de cette nouvelle femme m'emballait, contrairement à la voiture. Et s'il stockait ses marchandises chez elle plutôt que chez nous ? Y avait-il déposé aussi sa mallette de dollars ? Il fallait que je la rencontre, quoiqu'en pense ma mère. Si cet argent existait et s'il en restait, je le trouverais ; après, mes parents pouvaient se séparer, cela m'était bien égal. Lui pouvait garder ses mines, ses grands discours et ses bagnoles, sa bande de gopniki au crâne rasé ; moi, je ramènerais ma mère à Tallinn et je nous achèterais une maison dont les murs ne seraient pas en mâchefer comme ceux de ma babouchka. Une maison en briques. Une maison solide, sans cavité sous ses fondations.

Je me représentais la nouvelle femme sous les traits de celle qui m'avait offert un baladeur à Tallinn. Une demoiselle qui ne laisserait jamais un homme la voir en blouse bigarrée ou en galoches. Elle n'écouterait que la radio à antenne, ou de la musique de sa collection de cassettes et de disques, et elle aurait forcément un magnétoscope. Mon père lui rapportait sûrement des films enregistrés sur vidéocassette par un trafiquant, et ils les regardaient ensemble. Peut-être lui avait-il donné les fossiles que j'avais laissés sous le siège de la Volga. Cela ne m'aurait pas étonnée. Et ses cadeaux produiraient sur le visage de cette nouvelle femme une tout autre expression que chez babouchka Galina. Je n'utilisais plus les pantoufles occidentales qu'il m'avait offertes, j'aurais eu l'impression de trahir ma mère. Je les avais cachées dans la boîte au fond de la cour, dans la kopanka, là où j'avais mis aussi mon baladeur.

Mon père se gara au bord de la route. Devant nous, il y avait toujours des terrils. Un chien errant aux oreilles pendantes gravissait la pente.

– Tu t'es fait des copines, à l'école ?

C'était la première fois qu'il me posait la question.

– On ne devrait pas rentrer à la maison ? demandai-je. Maman nous attend.

Je faillis ajouter que ma grand-mère avait promis de préparer des vatrouchki, mais je savais qu'il était inutile d'insister, et je me tus. Il avait voulu me montrer sa nouvelle bagnole, à moi et pas aux autres. Je ne devais pas gâcher ce moment spécial. Ma mère ne l'avait pas vu depuis des semaines et elle ne le verrait encore pas ce jour-là, alors qu'elle l'attendait comme les retraitées tallinnoises attendaient le facteur apportant leur pension : les malfrats savaient parfaitement quand le postillon apportait l'argent à la maison, et c'est pourquoi le jour de paye était source d'anxiété pour les mémés. Drôle d'association d'idées. Ma mère n'était pas vieille. Pourtant, dans un sens, babouchka Galina et elle commençaient à se ressembler. Désormais, elles allaient prendre tout leur plaisir dans des choses qui ne faisaient plus partie de la vie de mon père. Il ne rentrerait plus à la maison dans les sandales brunes à lanières qu'il portait autrefois et sous lesquelles les chaussettes de même couleur tombaient en boudin sur la cheville. Il ne débuterait plus sa journée en remontant sa montre et ne passerait pas le dîner à se féliciter d'avoir vendu une flopée d'adaptateurs. Il ne fumerait pas des Prima mais des Marlboro. Et il ne me suivrait plus de son plein gré à bord d'un bus, d'un trolley ou d'un train. Avant Snijné, je n'avais jamais été seule avec lui dans une voiture. Maintenant, c'était apparemment le seul endroit où je le voyais, et je savais qu'il ne renoncerait jamais à ses véhicules personnels.

Mon père frotta une allumette. À mon étonnement, il me proposa aussi une cigarette, comme si j'étais adulte. Je secouai la tête et préférai prendre le cornet en papier poisseux qui dépassait du casier de la portière : mon goût pour les bonbons à l'épine-vinette me rappelait le père que j'avais perdu.

– Et si on partait quelque part ? Où voudrais-tu aller en voyage ? Tu peux choisir.

– N'importe où, vraiment ? Pour des vacances ?

– Oui, des vacances. La dernière fois, ça remonte trop loin.

J'essayai de retenir mon excitation. Il n'était pas venu me chercher à l'école uniquement pour me montrer sa caisse.

– On pourrait aller à l'étranger ? À l'Ouest ? Dans un pays qui accorde facilement des visas ?

– Peu importe. Tu décideras plus tard. Penses-y.

– Est-ce qu'on doit s'enfuir ?

Il tressaillit.

– Bon sang, qu'est-ce qui a bien pu te fourrer ça dans la tête ?

– Un garçon de la classe n'est pas venu à l'école, et tout le monde a dit que son père n'avait pas voulu céder ses actions. Depuis, personne n'a plus de nouvelles de la famille.

– Eh bien c'était de sa faute.

– J'aurais pu les convaincre de vendre.

Mon père prit sa boîte d'allumettes et la fit tourner dans sa main pendant un moment.

– Écoute, il faut que je demande à mon trésor de me rendre un petit service.

– Je pourrai en parler à maman ? Et les vacances ? On ira tous ensemble ?

– Oui, bien sûr. Mais ce n'est pas la peine de tracasser ta mère avec tout ça.

Il m'expliqua que la fille d'une connaissance à lui fêtait bientôt son anniversaire. C'était le directeur d'une usine ou d'un établissement de cokéfaction, et il y aurait beaucoup de rejetons de notables parmi les invités : nul ne pourrait identifier le voleur de la liste des actionnaires, et une petite fille comme moi n'attirerait pas l'attention. Mon père était certain que les papiers devaient se trouver au domicile du directeur ; tant que j'y étais, je pourrais emporter toutes les listes nominatives que je dénicherais. Si le bureau était verrouillé, je n'aurais qu'à faire signe, il se débrouillerait pour m'avoir les clefs. Et il ne boirait pas trop, parce qu'une journée chargée l'attendait ensuite, pendant que tous les autres auraient la gueule de bois. Une fois que j'aurais trouvé les documents, je devais simuler des nausées, et il s'empresserait de me ramener à la maison. Le plus tôt serait le mieux, mais pas avant d'avoir trouvé les listes. Il s'en serait bien occupé lui-même, mais la maison était gardée par des hommes et des chiens : impossible d'entrer par effraction. Pour moi, ce serait beaucoup plus facile.

Tandis qu'il précisait les détails de ma mission, je pensais à autre chose. Je prévoyais déjà ma fugue au cours des fameuses vacances à venir. Ou si nous allions voir la famille à Tallinn, peut-être que mon oncle me laisserait rester chez lui ou me trouverait du travail en Finlande. Et des vacances ensemble pourraient-elles tout réparer ? Mon père oublierait-il un peu ce qui l'avait tant attiré à Snijné ? Se souviendrait-il de notre confort de jadis ? Peut-être n'aurais-je pas besoin de décamper. Il y avait encore un espoir que tout redevienne comme avant.

J'acceptai la mission moyennant cent dollars.

Sur le chemin du retour, mon père m'appela son « petit soleil ».

Alors que nous n'avions plus de nouvelles de mon père depuis une semaine, un inconnu se présenta au portail. Le chien aboya et les mains de ma mère se figèrent sur le massif d'asters qu'elle s'était enfin décidée à planter. Assise dans le jardin devant mes devoirs de mathématiques, je levai les yeux pour voir si quelqu'un allait accueillir cet homme qui s'adressait à ma babouchka par son nom complet. Ma grand-mère eut un soubresaut mais ne quitta pas son tabouret près de la porte.

L'homme déclara qu'il était de la milice. Nous échangeâmes des regards pendant un moment. Cela n'annonçait rien d'agréable.

Ma babouchka prit sa canne et se leva péniblement. Elle marqua une pause devant le portail puis finit par poser la main sur le verrou. Ma mère ne bronchait pas. Le milicien s'arrêta à une bonne distance du chien qui grognait sourdement, et il détourna les yeux, regarda ses chaussures, ses ongles… Je me doutais qu'il allait prononcer le nom de mon père.

– Un corps a été trouvé dans la mine Zassiadko, dit l'homme. Nous soupçonnons que c'est…

Le milicien se tut. Il était jeune, le front couvert de marques d'humidité tenaces qu'il essayait de cacher en tirant son képi un peu trop bas, et il ne savait pas comment continuer. Parmi les mots qu'il bredouillait, je compris vaguement que ma babouchka ou ma mère étaient attendues pour l'identification du corps. Aucune d'entre nous ne demanda ce qui s'était passé, pourquoi mon père s'était trouvé à la mine Zassiadko, pourquoi il s'était rendu à Donetsk, qui il était censé y rencontrer. Pas même ce qu'était devenue la nouvelle voiture. Aussitôt, je me dis qu'on avait besoin d'argent pour les funérailles. J'allais devoir vendre mes affaires planquées dans la kopanka. Je posai le crayon que je tenais entre mes doigts crispés, et je constatai que la pointe avait transpercé la page de mon cahier.

Ma grand-mère vacilla et se retint à tâtons au mur de la maison. Je regardai sa main rôtie dont la couleur de sarrasin ne s'atténuait plus en hiver, et je me ressaisis assez pour me porter à son secours. Sa respiration ressemblait au grincement d'un câble rouillé, ou peut-être ce bruit sinistre venait-il de moi, peut-être de nous deux.

Le milicien s'éclaircit la voix et prit congé. Au portail, il parut se rappeler quelque chose et trépigna, gêné. Lorsqu'il se retourna, ses cicatrices d'acné rougeoyaient.

– Il y avait les dépouilles de deux personnes. L'homme qui a découvert les corps a tout de suite identifié l'un comme étant celui de Maxime Sokolov, car la victime avait la tête sur les épaules.

– Que voulez-vous dire ?

Ma grand-mère fit les signes de croix.

– L'autre corps était sans tête.

Ma mère appuya sa main terreuse sur sa bouche. Le milicien se tut et ferma les yeux, puis il continua, paupières baissées, comme s'il récitait un texte appris par cœur :

– La partie manquante n'a pas été retrouvée.

Pour la veillée du corps, le bord de la route se remplit de voitures étrangères, notamment occidentales. Je ne connaissais pas les condoléants qui affluaient ainsi chez ma babouchka, mais l'atmosphère étrangement irréelle était moins due à cela qu'au cercueil fermé. Dans l'église, je regardais le couvercle disparaître sous les roses, œillets, muguets, asparagus et gypsophiles, et le flot de bouquets semblait interminable, contrairement aux pleurs qui ne s'emparaient pas de moi, ou pas encore. Le cercueil aurait dû être ouvert ! Autrement, comment pouvais-je être sûre que mon père reposait bien sous ce monceau de fleurs ? Comment savoir ? Il aurait fallu le voir, pour en avoir la certitude. Je pensais à cela pendant toute la bénédiction du corps ; tandis que le cortège funèbre avançait lentement, j'avais envie de traverser la foule, de demander le silence aux musiciens, d'arrêter les porteurs et d'exiger qu'on ouvre le cercueil ! Je rassemblais tout mon courage afin de passer à l'acte alors que la bière était portée en terre, et cela durait une éternité, comme si la fosse était sans fond, le récitatif du pope était pesant comme un nuage chargé de pluie, et je me répétais que c'était le moment ou jamais d'arrêter toute cette mascarade. Mais aucun mot ne sortit de ma bouche. J'étais une actrice qui avait oublié ses répliques, totalement incapable de jouer son rôle.

L'ambiance resta identique au cours de la réception, même si le protagoniste du spectacle – le coffre en bois – était alors sous terre, et l'alcool déliait les gestes des invités, animait leurs paroles fallacieuses. J'écoutais porter des toasts à la mémoire de mon père, sans trinquer, respectueusement et à la chaîne, et je repensais à lui, que je ne reconnaissais pas dans les discours de ces hommes aux vestes de jogging nauséabondes. J'attendais qu'il donne enfin un signe de lui, j'attendais que les maracas de sa boîte d'allumettes m'appellent à sortir dans les ombrages des buissons, et j'y verrais mon père avec un doigt posé sur les lèvres, je me faufilerais auprès de lui et il me révélerait l'un de ses projets grandioses, il demanderait à son petit soleil de jouer avec lui dans le spectacle, pour un dollar ou pour dix, et alors tout reprendrait sens.

Ce ne fut pas le cas. Rien ne prit sens. L'air se distendait sous le poids des muscles, de la fumée de cigarette et des parfums capiteux, et nul ne rappela pourquoi le cercueil était fermé. Les blousons noirs crissaient comme une choucroute trop jeune. Quelqu'un renifla le goulot d'une bouteille de cognac, se réjouit de l'authenticité du contenu et se servit un verre à ras bord. La tête du buveur, elle aussi, était authentique. Mais rien d'autre ne l'était, ni les fleurs posées sur le tertre, ni le portrait encadré que tenait ma mère, où mon père était représenté tel qu'elle voulait le garder en mémoire.

Babouchka Galina partit chez sa frangine à Minsk, et nous déménageâmes chez la sœur de mon père, à la campagne. Ma tante se réjouit d'avoir de la compagnie, car elle ne dormait que d'un œil à cause du business de compote ; quant à moi, ce déménagement me soulageait. Papa n'avait sûrement pas pipé mot de ma complicité dans le vol, mais quand même. Comment savoir ?

Les photos de mon père furent ensevelies dans le tiroir de la commode de ma tante, et nous n'évoquâmes pas les événements de Snijné entre nous, jamais. Si quelqu'un posait une question sur son défunt mari, ma mère fronçait la bouche comme un pelmen et personne n'osait l'interroger davantage. Lorsqu'elle envisagea de reprendre son nom de jeune fille et me suggéra de l'utiliser aussi, je ne protestai pas, je m'en réjouis, et mon père disparut ainsi de nos paroles, de notre vie entière ; je pensais que c'était un nouveau départ, pour elle et moi.

Quand ma mère se mit à fréquenter l'église et à dilapider son argent pour allumer des cierges, je ne m'inquiétai pas, je ne m'en étonnai pas. Je ne fus pas surprise de voir une croix sur sa poitrine. À l'Épiphanie, elle alla se baigner dans la glace, dans un trou cruciforme autour duquel les popes virevoltaient comme des corneilles, et je ne critiquai pas le zèle qu'elle mettait à se purifier. Je croyais ce changement provisoire. Elle allait revenir dans un environnement où rien ne rappellerait le passé. Elle avait seulement besoin de temps.

Je me trompais.

Elle aussi, je l'avais perdue.

Village, oblast de Mykolaïv
1996

Lorsque le chien se mit en colère et qu'on aperçut, à travers les rideaux en dentelle, un crâne rasé figé près des parterres de fleurs, le sang se retira des doigts de ma mère. Je crus qu'elle allait s'évanouir. Ses prunelles étaient minces comme un filet de poisson. Je ne l'avais jamais vue craintive comme elle l'était depuis son veuvage, et cela me faisait peur, plus encore que l'intrus dans le jardin. Cette femme qui tremblait devant moi était une étrangère. Je voulais retrouver ma mère.

– Et voilà, ils sont arrivés, chuchota-t-elle. Je le savais.

– C'est peut-être un voleur de poules, suggérai-je avec un coup d'œil en direction de ma tante.

– Un voleur de poules, c'est sûr, renchérit celle-ci. Il y en a toujours qui rôdent.

Le chien gardait le crâne rasé à distance dans le jardin. J'observai ma mère, ses doigts serrés sur la ceinture de sa blouse. Ils me rappelaient les arbres dont on chaulait le pied à Pâques, et la peau brunie de ses mains ressemblait à l'écorce. Je ne voulais surtout pas connaître le même sort qu'elle. Je ne deviendrais pas ma mère.

– Si au moins ils pouvaient se contenter que je m'en aille, chuchota ma mère. S'ils pouvaient vous laisser tranquilles, ensuite…

– Maman, c'est sans doute juste un voleur de poules, insistai-je. Il n'y a qu'un seul homme, là.

Si les assassins de mon père et de Maxime Sokolov avaient souhaité achever leur vengeance, ils seraient venus à plusieurs.

Nous fîmes le point sur la situation. Ce vaurien en survêt semblait sorti tout droit de la bande des gopniki qui croquaient des graines de tournesol Semki dans les villages et qui semaient les sachets vides autour d'eux. Ou bien cet apprenti bandit avait plutôt le style de ceux qui vadrouillaient autour de mon père. Les gringalets déambulaient en bande de cette façon, au même rythme décontracté, avec une nonchalance traduisant leur sentiment de cohésion suprême. Non, celui-ci était plus grand. Pour développer un regard aussi dur, il fallait avoir vécu des expériences que je n'étais pas censée connaître à son âge. Mais il était seul.

Ma tante resserra le nœud de son foulard sous le menton, prit l'une des vestes d'homme au portemanteau et la jeta sur le dossier d'une chaise dans la cuisine, puis elle ajouta des assiettes sur la table comme s'il y avait plus de bouches à nourrir. Après avoir fait les signes de croix, elle prit son souffle et ouvrit la porte. Je lui emboîtai le pas malgré les protestations de ma mère, j'estimais devoir être courageuse, plus courageuse qu'elle, ou du moins le paraître.

– Votre chien est très hargneux, dit le crâne rasé.

Puis il ajouta, avec un signe de tête vers les pavots cachés dans le jardin :

– Mais est-ce bien suffisant ?

Nous devinâmes alors à qui nous avions affaire. Ma tante poussa un soupir de soulagement. Ce visiteur n'avait rien à voir avec Snijné. Un peu rassurée, j'allai jusqu'au portail pour voir avec quel véhicule il était venu. Un taxi. Ma tante avait déjà parlé des chauffeurs de taxi chargés de distribuer la compote. Remarquant mon regard, le gringalet fit la moue. Il dit que le coffre contenait des appareils électroniques obtenus en guise de paiement. Nous pouvions aller voir si nous y trouvions quelque chose d'intéressant. Ma tante me renvoya à l'intérieur et j'obéis en traînant des pieds.

– Alors vous êtes le nouveau.

Le crâne rasé acquiesça et se présenta : Ivan. Il expliqua que son prédécesseur avait voulu prendre une retraite bien méritée. Ma tante appuya ses mains sur la poitrine.

– Je n'avais plus de nouvelles de lui depuis longtemps.

– Il doit s'adonner à la paresse, aller à la pêche, faire griller des chachlyki.

Nous ne pouvions pas reconduire ce gopnik à coups de hache et d'aboiements. S'il était envoyé pour être notre nouvel intermédiaire, nous n'avions rien à y redire. Ma tante fit taire le chien, puis elle invita le visiteur à entrer et à se mettre à table. Ma mère avait disparu dans une chambre dont la porte était restée entrouverte, et je pouvais parier qu'elle était collée derrière, avec une icône et une hache entre les mains. Le crâne rasé fit l'éloge des talents culinaires de ma tante en humant le salo avant de le débiter dans son bortsch avec exaltation. Une table pareille, expliqua-t-il, c'était exactement ce qui lui manquait, avec un verre de mors, une atmosphère douillette et des rideaux en dentelle. Il dit que nous avions de la chance, et son ton n'avait rien de menaçant. Il devait tout juste sortir de prison. Personne n'avait dû lui apporter de paquets, à lui. Je pouvais le deviner.

– Boris m'a parlé de vous.

Que venait-il faire là, Boris ? Quand ma tante avait eu besoin d'un homme pour l'aider dans les travaux agricoles, le directeur de la maison de retraite locale avait accepté de nous louer l'unique jeune homme de son établissement pour un prix journalier raisonnable. Élevé dans une institution psychoneurologique, Boris avait été transféré dans la maison de retraite lorsqu'il avait eu dix-huit ans. Avant ce crâne rasé, personne n'était venu nous parler de lui. Je l'aimais bien, moi. Ma tante aussi. Et ma mère.

– Boba pourrait venir vous voir un peu plus souvent, poursuivit Ivan d'une voix chaleureuse. Si j'allais discuter avec le directeur de la maison de retraite, pour que mon frère vienne vous aider ? Tous les jours, peut-être même ? Il garderait volontiers les plantations, Boba.

Je compris aussitôt ce que cela voulait dire : Ivan proposait de payer le directeur, et moi, je pourrais alors filer à Paris. J'avais découpé dans le journal une annonce pour un concours de mannequins, et elle me démangeait au fond de la poche. La date limite n'était pas encore passée. Je n'avais pas osé m'inscrire car l'état anxieux de ma mère ne me permettait pas de la laisser seule avec ma tante. Sous son influence, celle-ci finirait aussi par dormir tout habillée, le sac à main au chevet du lit, une fourche sous le sommier. Désormais, c'était différent. Si je partais, l'amour et la bienveillance que manifestait Ivan à l'égard de son frère m'assuraient qu'il saurait prendre le même soin de ma mère et de ma tante.

Après ma victoire au concours, Ivan me trouva en train de bouder sous les pommiers. Je lui expliquai que ma mère refusait de signer l'attestation de consentement parental requise pour les mineures. Selon lui, ce n'était pas un problème. Je n'avais qu'à imiter sa signature et m'échapper. Je me débrouillerais. Lui aussi, il s'était débrouillé. Il était également un fugitif, et il promit de me conduire à la gare dans son taxi.

– Écoute, je ne sais pas ce qui vous est arrivé à Donetsk, à ton père ou à vous. Et je ne veux pas le savoir. Mais tu as la vie devant toi.

Ivan me donna une bourrade, comme mon père autrefois. Selon lui, j'avais des chances. Il ne fallait pas les gâcher parce que ma mère n'arrivait pas à faire son deuil.

Cet argument eut raison de mon hésitation. Si je restais là, je risquais d'être contaminée par l'anxiété de ma mère, moi aussi, comme par une maladie.

Avec le recul, j'ai tout de même l'impression de l'avoir attrapée, cette maladie dormante qui n'attendait que le bon moment pour se réveiller.

Parfois, des flashes m'ont ramenée à Snijné. Si j'avais des maux de ventre, si je voyais des pâtisseries à la crème au beurre. Si j'entrais dans une pièce bourrée de livres soviétiques qui n'avait pas été aérée depuis longtemps. Si je tombais sur des coquilles de tournesol amoncelées dans un cendrier. Cela pouvait se produire n'importe où, au village, dans un café, en réunion. Dans ce cas, pour un petit moment, j'étais transportée dans des relents tenaces de fumée de cigarette, de colle et de papier typiquement soviétiques, dans le bureau où j'avais eu pour mission de chercher la liste des actionnaires, et mes entrailles se tordaient à nouveau, ma langue retrouvait sur mon palais la couche de graisse laissée par le gâteau d'anniversaire. Je l'avais englouti bien vite afin de me consacrer à ma mission, non sans vider discrètement quelques fonds de verres de champagne. Personne ne m'avait vue m'éclipser vers le bureau de notre hôte, dont la porte n'était pas fermée à clef. Le plancher grinçait sous mes pieds. Il y avait beaucoup d'étagères. Je regardai autour de moi en retenant mon souffle. Le fauteuil était écarté de la table, comme si son occupant venait de se lever. Il avait laissé un cendrier en cristal bondé de coquilles de tournesol, et un verre à vin à côté. Je savais que le directeur se trouvait dans le fourmillement festif dont les sons me parvenaient à travers le plancher, et pourtant j'avais le sentiment qu'il y faisait juste un saut pour rapporter de quoi remplir son verre. En entendant grincer les lattes au-dessus de sa tête, il allait se rappeler son intention de remonter dans son bureau, sentir qu'il y avait un problème et se pointer au pas de course. Mais personne n'entra dans la pièce. Nul ne me surprit pendant que je trouvais un classeur contenant des documents à côté de la table. La voie paraissant libre, je me faufilai dans la salle d'eau avec le tas de papiers sous ma robe et j'enfonçai mes doigts dans la gorge. La crème au beurre me remonta dans le nez. La maman entendit mes spasmes et courut chercher mon père.

Je ne me souviens pas de l'entreprise concernée par ces actions. Peut-être n'avais-je même pas regardé les papiers attentivement. L'usine de jouets de Donetsk ? Ou une manufacture de tuyaux métalliques ?

Machines de raffinage ? Découpe de métal, industrie de l'espace ou de l'armement ? Machines minières ? Ou bien mon père convoitait-il un établissement de cokéfaction ? Qu'est-ce qui pouvait être important pour lui au point de prendre un tel risque ?

Je n'ai jamais dit à ma mère ce que j'avais fait. Ni à Daria. Snijné n'était pas une simple imperfection dans mon CV, et ma complicité dans l'escamotage de la liste des actionnaires compliquait grandement mon désir de te parler… de tout.

Lorsque Daria apparut au bureau, j'eus l'impression que le destin m'offrait la possibilité de les sortir du marais dans lequel ils étaient embourbés, sa famille et elle, depuis la mort de Maxime Sokolov. Et ce n'est pas tout. Je pouvais faire mieux : lui créer un avenir radieux. Nous n'avions qu'à éliminer Snijné de nos paroles, de nos esprits et de nos souvenirs, la rayer de la carte : oui, à cette époque, mes intentions étaient sincères.

Daria n'aurait jamais dû savoir à qui elle donnait des enfants.

IV

La digne fille de son père

Helsinki
2016

Le jour où ma mère emporte l'urne de mon fils en Ukraine, je suis persuadée que je vais être convoquée par la police ou par mon employeur. J'effectue tout de même mon travail comme tous les mercredis, passant machinalement d'une adresse à la suivante. L'argent pour le billet d'avion, je l'ai volé hier matin à une retraitée qui conserve des espèces à domicile. Si elle s'en rend compte, elle ne manquera pas d'accuser sa femme de ménage étrangère. Mais si je démissionnais maintenant, ce serait encore plus suspect, aussi dois-je continuer avec mes bassines, d'un appartement à l'autre, tordre les serpillières et ranger les jouets des enfants, alors que le désordre domestique remue des souvenirs que j'aimerais mieux oublier. Pourquoi ne suis-je pas soulagée ? Ma mère sera dispensée de trouver mon corps, elle ne sera pas un témoin gênant à éliminer. Olejko et elle seront en sécurité. C'est ce que je cherchais, et j'ai réussi. Alors pourquoi ma vie est-elle vide comme si je flottais dans les airs ?

Chez ma dernière cliente de la soirée, épuisée, je prends dans le frigo un pot de kéfir que Valio vend apparemment comme une nouveauté aux nombreuses vertus. Une démonstratrice a déjà essayé de me le refourguer en arguant que c'était un produit d'origine américaine. En entendant ces âneries, je me suis demandé si j'avais vraiment pris un coup de vieux et si la nouvelle génération était capable de gober cela. La représentante était jeune, elle ne pouvait pas savoir que le kéfir était l'un des rares produits qu'on pouvait se procurer en URSS sans faire la queue. Et Valio avait raison, bien sûr. Moi non plus, à leur place, je ne le vendrais pas à l'Ouest comme un vieux classique soviétique.

Je verse la boisson dans un verre. Elle a le goût des étés passés et de l'okrochka de la mémé d'à côté, que je ne mangerai plus jamais. Si je dois quitter Helsinki, je ne remettrai sans doute plus les pieds dans cette ville maritime. Tout semble définitif, jusqu'au dernier verre de kéfir, au dernier coup de balai à franges : la fin d'une époque. Je fais une pause et me glisse dans le bureau de la cliente. Personne n'est à la maison, aussi puis-je m'asseoir à sa table de travail en imaginant que c'est la mienne. Ce n'est pas la première fois que je fais cela, les mains sur le bureau, examinant les prises de courant proprement enchâssées, rêvant que je feuilletterais l'agenda, prendrais des rendez-vous, on frapperait à la porte et la secrétaire entrerait avec des rafraîchissements, Alexeï porterait mon sac jusqu'à ma voiture, le téléphone et l'ordinateur signaleraient l'arrivée de nouveaux messages et, lorsque la journée de travail toucherait à sa fin, j'aspergerais de parfum mes poignets palpitants et attendrais notre dîner en tête à tête, toi et moi.

J'étais assise à la même table, le jour où j'ai compris que ma vie helsinkienne n'aurait pas simplifié l'éducation d'Oleh, contrairement à ce que j'avais cru pendant ma fuite. Je n'aurais pas pu lui parler du passé avec la même insouciance que l'habitante de cet appartement, ou de son grand-père défunt retrouvé sans tête au fond d'une mine, ou des circonstances de mon arrivée à Helsinki. Et à ton propos, que lui aurais-je dit ? Comment lui expliquer qu'il ne pouvait pas rencontrer son père ? Aurais-je prétendu que tu étais mort sur un chantier de Mykolaïv à cause d'une rupture de câbles ? Car ici, les accidents sont simplement des accidents, de même que les pavots ne sont que des fleurs dans les jardinières.

L'appartement aménagé en blanc a le ton pur d'un instrument bien accordé. C'est ainsi que j'imagine celui des gens du parc à chiens : les photos alignées dans le séjour sont tellement visibles que les vieux secrets de famille doivent se limiter à un brin de distillation dans la cuisine sous la prohibition, ou à la naissance de quelques bâtards à force de courir après les servantes. Si j'étais née ici, mon fils serait assis à son bureau, absorbé dans ses manuels scolaires, et ma vie ne connaîtrait aucun revers qui me ferait passer la serpillière dans un pays étranger. Personne n'enverrait mon ex me liquider.

Quand ma mère me téléphone en fin de journée, je suis obligée de répondre. Je ne cessais pas de lui répéter d'emporter l'urne avant que je ne change d'avis, aussi veut-elle maintenant entendre ma voix, preuve que je suis en vie et que je n'ai pas sauté du toit.

– C'est juste pour dire que nous venons d'arriver, déclare-t-elle sur une note inquisitrice qui s'introduit dans mon oreille à la manière d'un otoscope.

Je sais qu'elle va analyser chacun de mes mots et interpréter leurs intonations, espérant qu'ils trahiront ce qui me trotte réellement dans la tête. Je ne la laisserai pas y parvenir. Il va falloir que je saupoudre mes paroles de rayons de soleil printaniers, que je paraisse telle que je paraissais, jadis, face à de nouveaux défis. Mais je ne me rappelle pas ce que je ressentais alors.

– Olenka, tu es à la maison ?

– Pas encore. Bientôt.

Je mens, j'entends bien que je ne suis pas crédible. Après le boulot, je me suis promenée sans but afin d'échapper au silence qui hante mon appartement. Ou aux pleurs d'Olejko : si je les entendais encore ? Mais l'urne est partie, c'est impossible. Vraiment ?

– J'ai laissé du bortsch au frigo. Réchauffe-le.

– Merci. Je pensais regarder un film, dans la soirée.

Notre échange devient plus fluide ; je suis fière du programme inventé à l'instant, qui donne à ma vie un semblant de normalité. J'entends ma mère qui marche en plein air. De tous les mois de mai au monde, le plus beau se trouve en Ukraine. Olejko aura le temps d'en faire l'expérience. Oui, mon fils le verra, puisqu'il n'est plus ici.

– Où est Oleh ?

La question m'a échappé, et ma mère pousse un soupir. Je dirige mon regard vers le porche devant moi, puis je parcours tout l'immeuble des yeux, étage par étage. Pas de paquets de câbles. Pas de climatiseurs en façade. Pas de barreaux aux fenêtres inférieures, pas de balcons. Mon fils aurait pu devenir un homme, ici.

– L'urne est dans la chambre, répond ma mère.

– Tu n'as sans doute pas encore contacté le pope ?

– Bien sûr que non, voyons. On s'occupera de l'enterrement quand tu viendras.

– Où sera-t-il… ?

Je ne veux pas prononcer le verbe.

– On verra cela plus tard. La tombe de ton père est à Donetsk. Il y a droit, si on veut…

Je complète la phrase dans ma tête : mais votre cimetière n'est pas le choix le plus judicieux. Ce n'est pas le bon endroit pour Olejko. J'enfonce la main instinctivement dans ma poche pour toucher ma liste des choses positives. Je n'y trouve qu'une clope déjà roulée ; je l'allume et contemple le câble qui traverse la rue, portant une lampe, et la corneille posée dessus.

– Ce n'est pas ta faute, dit ma mère. Tu le sais, hein ?

– J'aurais dû aller chez le médecin à temps.

– Ta vie était très difficile.

– Quand même, j'aurais dû.

– Arrête de te culpabiliser.

J'attends qu'elle dise que six ans est une durée bien assez longue pour faire son deuil, mais elle se tait, et son silence paraît apaisé. J'ai peut-être réussi à la bluffer. Repense-t-elle à l'aspect que j'avais ce matin, avec les cheveux enroulés autour du donut ? J'ai fait cela pour elle, pour la convaincre que je vais mieux. Les femmes qui envisagent de s'ôter la vie ne soignent pas leur apparence. Je me suis même parfumée avec mon ancienne eau de toilette et j'ai remplacé mon sac à dos par un modèle qui se porte à l'épaule. Ma coiffure en arrière ressemble à celle de la femme du parc à chiens, si ce n'est que j'ai plus de racines.

Ou peut-être pensais-je moins à ma mère qu'à ton regard attentif, ton regard qui m'examinait de la même façon que Daria lorsqu'elle mesure ma décadence.

– Boris aurait pu emmener Oleh à la pêche.

Je regrette aussitôt ce que je viens de dire. À m'entendre, on croirait que je l'imagine toujours en vie. Comme si je ne comprenais pas, comme si je retombais dans l'état qui l'avait amenée ici. Je distingue des cris d'enfant derrière sa voix.

– Vous avez de la visite ?

– Les petits de ta cousine sont de passage de Londres.

– Tu ne m'avais pas dit. Seulement de passage ?

– Les véhicules militaires les intéressent beaucoup, poursuit-elle en éludant ma question.

Je sais que ma cousine fait de longues journées en Angleterre, et je ne serais pas surprise qu'elle veuille placer ses gosses chez ma tante. Elle n'aurait pas dû avoir d'enfants. Je sursaute. Non, je ne le pensais pas. Ma mère est silencieuse, elle attend ce que je vais dire et je la soupçonne encore de sonder mon état d'esprit. Elle n'avait pas mentionné les gamins parce qu'elle se doute que je ne veux pas entendre parler de ces choses-là. Si tout avait pris une autre tournure, j'aurais pu voir mon fils jouer avec ses petits-cousins. Ou bien ? À Zaporijjia, il y a un campement pour les réfugiés de guerre du Donbass, paraît-il. Aurais-je vraiment pu résister à cette bénédiction, aux opportunités fournies par la guerre ? Aurais-je confié mes enfants à ma mère, comme ma cousine ? Serais-je en train de travailler dans les camps avec les ONG, de faire le tour des tentes en forme de morceaux de sucre pour voir les filles qui créchaient là ? Les loyers ont augmenté. Il n'y a pas assez de travail pour tout le monde. Plus d'un million de personnes ont dû quitter leur domicile. Je ferais des calculs. J'offrirais mes services. Je gagnerais de l'argent. Je me délivrerais.

– Ils ne devraient pas être couchés, les enfants ?

– On ne les arrête plus. Je viens de dire que s'ils ne dorment pas, demain ils resteront à la maison. Boris leur a promis de les amener voir les points de contrôle des ponts, le matin. Le grand se voit déjà devenir un combattant.

– Oleh aurait dû attendre de visiter l'Ukraine pour voir des armes, dis-je en faisant un effort pour conjuguer le verbe au bon mode.

– Les points de contrôle sont une petite concession. Autrement, nous tâchons de regarder le moins possible la télé et les nouvelles.

– C'est efficace ?

– Qu'est-ce que tu crois ? Hier, il paraît qu'ils ont inventé leur chanson à eux, *Poutine khouïlo*, et ils ont chanté ça à longueur de journée.

Nous rions de concert. Je suis contente du rire que j'arrive à saupoudrer. Il fait son effet, ma mère continue de papoter nonchalamment, et voici qu'elle me rapporte une blague de vatnik que vient de lui raconter ma tante. Elle veut m'entendre rire. Plus elle est volubile, plus j'ai de mal à la suivre. Sans m'en rendre compte, je me suis rapprochée de chez moi. Le fameux arrêt de bus se profile là-devant, les fameux magasins, la fameuse supérette, les fameux sorbiers, les fameuses voitures sur le parking. Je jette un coup d'œil à mes fenêtres, comme s'il y avait quelque chose à y voir. Personne ne flâne dans la rue, ni sous le porche. La minuterie n'est pas défaillante, l'ascenseur n'est pas en panne. Ma mère marmonne à mon oreille. La serrure s'ouvre sans effort. À l'intérieur, tout est calme. Je n'entends pas les pleurs de mon Olejko. Je ne sens pas ton odeur. J'inspecte sommairement les lieux. Tout semble en ordre. Comme promis, ma mère a arrosé les plantes avant son départ, et elle a laissé la cruche sur le rebord de la fenêtre ; à côté, il y a la bouture d'aloès qu'elle a apportée pour que j'aie de quoi me défendre contre les rhumes. Toutes ses bricoles m'agacent, y compris l'aloès, dont je n'ai jamais coupé un seul morceau. Elle se fie plus volontiers à ces remèdes-là qu'aux préparations pharmaceutiques, alors que les médicaments qu'on vend ici, comme j'ai pu le remarquer, sont exclusivement ceux qui tiennent leurs promesses et dont la qualité est contrôlée. Elle dénigrait mes réserves et grognait que les prix finlandais étaient exorbitants, mais son visage méfiant me rappelait qu'il est fort difficile de reconstruire une relation de confiance après une trahison.

Je mets fin à la conversation, et je me rends compte que c'était peut-être la dernière fois que je parlais avec ma mère. Notre dialogue aurait-il dû être différent ? Dans ses vieux jours, elle risque de remarquer qu'elle sera une femme sans enfant, au lieu d'une grand-mère comme les autres femmes du village. Quand j'attendais mon fils, j'avais envisagé l'hypothèse qu'elle prenne le bébé. J'allais avoir besoin de temps pour trouver du travail, et le coût de la vie en Finlande était terrifiant, sans parler de mes poursuivants. Olejko se porterait mieux chez ma mère, il verrait la migration des pélicans vers le Danube, Boris l'emmènerait à la pêche… Mais c'étaient là d'impossibles rêves, et je savais comment cela finirait. La rumeur circulerait vite. Les gens commenceraient à parler, à dire que la mère a eu un petit enfant tombé de nulle part, aux cheveux aussi foncés que les tiens, avec tes yeux et manifestement ton sang bouriate ; tu viendrais le chercher et il deviendrait le digne fils de son père. Olejko finirait dans le même cimetière que les hommes de ta famille, et vraisemblablement trop tôt, comme eux.

Pour l'anniversaire de la mort de ton père, une fois, nous allâmes nous recueillir sur sa tombe. Son portrait capturé dans le granit fut la première photo que je voyais de lui. Je n'aurais pas cru qu'une gravure pouvait être aussi vivante. Ton père avait l'air sur le point de sortir de la pierre pour se joindre à nous, je m'attendais presque à ce qu'il nous salue, qu'il te demande qui tu venais lui présenter là. Je dus même rougir comme si j'avais à décrire des affaires sentimentales devant une voyante, et j'avais l'impression que tu cherchais son approbation pour notre relation.

Nous nous assîmes sur le banc de pierre, tu versas un gobelet d'alcool pour ton père et je lampai une franche rasade à même la bouteille. On aurait dit qu'il nous regardait, qu'il nous voyait, qu'il crapotait avec nous, il ne manquait que la fumée à la cigarette pendue entre ses doigts.

Vêtu d'un costume croisé aux plis bien nets, ton père posait devant une splendide Audi gravée en détail jusqu'au logo. Outre la voiture, il était entouré de bulbes d'église, d'un pont enjambant le Dniepr et d'une table ployant sous les bouteilles de vin, les coupes de champagne et les corbeilles de fruits. Les grappes de raisin débordaient jusqu'à la nappe. Sa concession était située au bord de la route, dans la rangée des pierres tombales les plus ostentatoires, et il nous regardait si fixement que je dus m'éloigner un peu. Quelques rangées plus loin, je vis une femme éternisée dans le granit, laissant pendre une étole de fourrure ; à côté, une fillette présentait avec elle une ressemblance frappante, les cheveux flottants, affublée d'une minijupe et de talons aiguilles. Dans le cimetière, il y avait un nombre étonnant de jeunes femmes, à moins que ce ne fût qu'une impression. Je retournai vers toi et sortis du sac les cuisses de poulet, ainsi que le plat préféré du défunt : des rouleaux de feuilles de vigne. Tu servis un deuxième verre de vodka pour ton père. J'en avais assez vu pour comprendre en quelle compagnie il reposait. C'était le milieu auquel le mien avait aspiré, et qu'il aurait pu fréquenter s'il avait été plus malin. Ou plus chanceux.

Les sépultures de ces hommes de marque étaient bien entretenues, chrysanthèmes resplendissants, pas de fleurs en plastique. Les gens devaient s'en occuper, ou payer pour leur entretien. Je pensais à tous les hommes décédés prématurément et aux mères de leurs enfants, aux filles, aux épouses, aux sœurs, aux belles-filles et aux maîtresses, qui venaient commémorer leurs morts dans des villes où les pierres tombales se répétaient à l'identique. J'étais maintenant émue par leur sororité, même si leur goût esthétique m'échappait. Beaucoup de ces portraits gravés dans toute la précision des muscles et des rides représentaient ce qui était essentiel pour les décédés : Mercedes, robustes cendriers en verre, bouteilles de vodka et de champagne, chaînes en or, grosses montres au poignet, téléphones Nokia sur la table ou à l'oreille. Certains étaient vêtus d'un costume de jeune cadre dynamique, d'autres d'un blouson noir et d'un jean, ou encore d'un jogging Adidas. Les T-shirts arboraient des logos Nike ou des slogans comme « *Two things every American should know – neither of which are taught at school* », et les images d'une arme et de la Bible se profilaient entre les lignes. Le fond était composé de bulbes d'église et de motos avec casques. Pour les voitures de certains hommes déjà décomposés, il y avait des pierres tombales spécifiques, où les numéros d'immatriculation étaient minutieusement immortalisés. Les monuments dédiés aux véhicules étaient de taille modeste, mais ceux de leurs propriétaires semblaient grandeur nature, ce qui rendait l'image d'autant plus vivante.

Je portai une cuisse de poulet à ma bouche et la mordillai pour combler le silence. Je n'osais pas t'interroger sur le sort de ton père, et encore moins te demander qui avait choisi la photo pour la pierre. Tu m'en parlerais en détail quand tu le sentirais. Pour finir, tu remplis les verres encore une fois et te préparas à continuer vers la tombe suivante. Nous n'étions donc pas là que pour ton père : cela me surprit.

Je te suivis sans poser de question ; en chemin, je vis d'autres photos sur les tombes, des portraits de femmes. Au niveau d'une fille vêtue d'un jean skinny occidental, je fis semblant d'avoir perdu quelque chose car j'étais obligée de m'arrêter. Son top à bretelles spaghetti laissait voir le nombril ; un sac riveté à lanière courte était pendu à son épaule. Les dates commençaient à me sauter aux yeux. J'avais beau éviter de les regarder, elles m'attiraient comme un aimant, surtout si le défunt était une femme. Je ne pouvais pas m'empêcher de calculer leur âge, à chacune. Derrière la fillette qui exhibait sa taille fine, j'aperçus le portrait d'un couple plus âgé, et je faillis éclater en sanglots.

Repensant aux fleurs fanées que j'avais oubliées à côté de la tombe de ton père, je te dis que j'allais retourner les chercher pour les jeter. J'en profiterais pour remplir un arrosoir et puis je te rattraperais. En réalité, je voulais me retirer sur la route, au soleil : face à la lumière, je rectifiai les contours de mes yeux tout en essayant d'oublier la tombe du couple âgé que j'avais remarquée derrière la défunte vêtue d'un tout petit haut. Pourquoi étais-je tellement touchée par ce couple inconnu ? L'homme avait l'air d'un membre du comité du Parti. La femme, je pouvais l'imaginer tamponner des papiers importants, courir les réunions dans son manteau bordé d'un col en karakul. En dépit de cette apparence rigide, leurs têtes penchaient l'une vers l'autre, et cette position évoquait le nouvel an célébré par la famille au grand complet, les joyeux anniversaires, les fêtes où l'on avait photographié le couple : c'était cette ambiance-là que les descendants avaient voulu transmettre en choisissant ces photos pour la sépulture. Les dimensions de la pierre indiquaient amour et fortune. Néanmoins, une nouvelle rangée s'était maintenant formée devant eux, appartenant à d'autres.

Je te retrouvai auprès d'une tombe où un bellâtre en T-shirt moulant posait devant une khrouchtchevka, les biceps gonflés. Sous le texte « *This is my peace* », le T-shirt arborait un viseur. Une jeune défunte minaudait encore à côté, exhibant ses formes. Elle avait le même nom de famille que le beau gosse. Le tien.

– Mon frère, dis-tu. Et sa femme.

J'ignorais que tu avais eu un frère, et un frère marié. Nous nous assîmes sur le banc de pierre. Je ne pouvais plus toucher à la nourriture. La famille de leur bien-aimé, les autres allaient la voir à domicile ; moi, je venais partager leur dîner dans la maison des morts.

– C'était ta photo préférée ?

– Non, je n'en ai pas trouvé d'autre, répondis-tu. Cela dit, elle représente bien mon frère.

Je saisis le verre que tu me tendais et le bus d'une traite. Peut-être ta belle-sœur avait-elle connu le même sort : on n'avait pas d'autre photo d'elle. Je n'arrivais pas à comprendre comment c'était possible. Comment peut-on être aussi cruellement surpris par la mort alors qu'on vit dans un monde où elle est omniprésente ?

– C'était une embuscade, expliquas-tu. Ils allaient à l'aéroport. Tous les occupants de la voiture ont été abattus.

Tous : ton père, ton frère et sa femme. Après le drame, tu avais pris la succession comme bras droit de Veles. Je n'avais pas vu que ce couple et ton père avaient la même date de décès. J'eus une sensation étrangement irréelle. Les détails des pierres tombales devenaient brumeux et je voulais croire que c'était l'effet de l'alcool.

– Le cercueil était ouvert, pendant les funérailles ?

Tu resservis une tournée pour ton frère et nous.

– Mon cousin est mort en Afghanistan, m'empressai-je d'ajouter, et ma tante n'a reçu qu'un cercueil en zinc, scellé. C'était dur pour elle.

– Ils avaient une balle dans la poitrine.

– Tous ?

Malgré tes paroles, je voyais uniquement trois corps sans tête, et l'alcool ne dissipait pas cette vision. Je repensai au cauchemar qui t'avait réveillé, une nuit, dans des sueurs froides injustifiées. Peut-être y avait-il un rapport.

– Tu ne dois pas aimer les cimetières.

Je sursautai, à la fois sous l'effet de ton contact et de tes paroles, et je m'empressai d'expliquer que je n'avais pas l'habitude d'aller me recueillir sur les tombes, car ma famille était un peu dispersée. Mes mains étaient cramponnées au banc de pierre. Je les ramenai près de mon ventre en tâchant de me rappeler comment prendre une pose décontractée.

– Ça devait être l'époque... dis-tu.

Je connaissais l'époque en question, mais je n'étais pas sûre que les choses aient changé.

– Vous avez identifié le coupable ?

– Bien sûr.

– Et que s'est-il passé ?

– Nous avons répondu par la loi du talion. Veles ne laisse jamais une chose inachevée.

– Alexeï s'est retiré de ces boulots-là.

Je pensais souvent à lui, à sa famille et à sa femme, une joyeuse Géorgienne dont il avait toujours hâte de savourer les petits plats en rentrant. L'aînée de leurs filles voulait faire des études de psychologie et, en été, toute la nichée avait été emmenée sous contrôle parental en cours de langue en Angleterre. Comme quoi, cette vie-là était possible : Alexeï en était la preuve.

– Quel rapport avec Alexeï ?

– Quand il s'est retiré, il est venu chez nous pour avoir un travail journalier plus tranquille. La paye est bonne : elle fait vivre sa famille et même plus. Ses enfants et sa femme sont contents.

Tu me pris par la main.

– On parlera de tout cela plus tard.

Tandis que nous quittions le cimetière, tu me mis un classeur dans les bras et me demandas mon opinion sur l'artiste dont les œuvres étaient présentées.

– Qu'est-ce que tu en dis ? Est-ce que ce serait un bon artiste pour un portrait de mon chef ? Veles voudrait un nouveau portrait de lui en compagnie du métropolite et de son chien.

Je feuilletai le portfolio. Au milieu, il y avait des exemples de sujets animaliers. Tu me parlas du chien de Veles, qui n'était pas n'importe quoi : c'était un croisement entre un husky et un chacal doré. Aucune bête au monde ne l'égalait pour flairer les bombes et les stupéfiants.

Je n'arrivais pas à me concentrer. Je fredonnai une mélodie, et je te demandai si ton chef avait fait la connaissance de cet artiste en commandant des pierres tombales pour ses hommes, vu que le classeur en contenait de nombreux exemples. Qui pouvait bien faire graver des logos de prêt-à-porter en guise d'épitaphe ? Les démos funéraires étaient réalisées à partir de photos d'Angelina Jolie et de Brad Pitt, et les dates étaient placées pudiquement au XVIIIe siècle, comme si l'artiste voulait faire oublier à son client l'imminence de son décès. Toutes ces images commençaient à me sembler des copies les unes des autres. Toi aussi, si je te perdais à l'improviste, tu risquais d'avoir exactement la même tombe. Je n'avais pas de photo de toi qui me parût représentative.

C'est la seule fois où tu m'as parlé de ta famille ; mais un jour, Maria Kirillovna m'a chuchoté à l'oreille que tu ne t'étais toujours pas remis de la tragédie, ce qui expliquait pourquoi tu n'avais ni femme ni marmaille. Tu ne voulais pas de points faibles dans ta vie. J'ai pris cela pour une injonction à ne pas me bercer d'illusions. Pendant un certain temps, d'ailleurs, ça ne m'est pas venu à l'esprit. Cela dit, j'ai rapidement oublié le visage de ta belle-sœur sur la pierre tombale, et elle a fini par me sortir totalement de la tête. Peut-être n'étais-je encore jamais tombée amoureuse, et j'ignorais donc que l'amour pouvait être si doux. Comme si je vivais pour l'éternité, comme si mon cœur était immortel. J'avais rarement peur, et uniquement si j'étais seule, jamais en ta compagnie.

Je sors la soupe que ma mère a laissée dans le frigo. Avant son départ pour l'aéroport, elle a même rempli les étagères : il y a assez de syrniki et de vareniki pour une semaine, toutes les quantités sont excessives pour une personne seule. Sur la table, je trouve un mot où elle se justifie : autrement, j'aurais oublié de consommer le lait caillé qu'elle avait déjà égoutté avec soin. Elle n'arrêtait pas de dénigrer la version finlandaise qui n'était bonne à rien sans un minimum de préparation et qui, malgré tout, donnait un résultat médiocre. Elle m'énervait, ici, à se plaindre en permanence. Comme si j'étais responsable de ses improbables dilemmes culinaires. Pourtant, ses conseils me manquent déjà, ses lamentations parce qu'elle n'arrivait pas à augmenter la teneur en graisse de ce pipi de chat qu'ils qualifient de lait caillé, parce que le beurre des Finlandais est salé, leurs cornichons minables. Elle me manque, cette grogne quotidienne, parce qu'elle avait la voix de ma mère. De chez moi.

Je chiffonne son papier, qui se conclut sur la recommandation de congeler tout ce que je ne mangerai pas dans les deux prochains jours. Je ne sais même pas si je serai encore en vie, d'ici là. Je n'ai plus faim. Je remets la casserole de soupe au frigo et sors mon téléphone. Je réécoute le message de Daria. Elle a essayé de m'appeler plusieurs fois. Je n'ai pas répondu. Je ne voulais pas remettre sur le tapis les enterrements de mon père et de Maxime Sokolov, notre engueulade sur laquelle je l'ai laissée dans son hôtel mardi matin. Je tressaille : c'était hier, en fait, non dans une vie antérieure. Sa voix insiste à mon oreille, elle dit qu'elle voudrait discuter du programme des prochains jours, me demander conseil au sujet d'une chose importante. Elle paraît avoir oublié notre altercation, j'aime mieux en faire autant, et ses paroles conciliantes me rappellent la Daria que j'ai connue. Si je vais au parc demain, comme elle le souhaite, m'avouera-t-elle enfin la raison de sa réapparition ?

Je palpe la poche de ma veste. La carte de sa chambre y est toujours. Je l'ai gardée par précaution, escomptant qu'elle s'imaginerait l'avoir égarée sous l'effet de l'alcool. En cas de nécessité, je pourrai la surprendre sans peine. Mais seulement en dernier recours. Je ne dois pas perdre de vue les caméras de surveillance.

Un sanglot m'étreint par surprise. Daria a la voix d'une amie.

– Nous avons le temps de bavarder. Il reste un moment avant leur arrivée.

Daria n'est plus comme autrefois, mais un reflet familier reluit sur ses pommettes. Cela me réchauffe le cœur. Peut-être est-ce son sourire, sa façon de le diriger vers moi comme dans le bon vieux temps, et elle tapote le banc pour m'inviter à m'asseoir. Je prends place à côté d'elle et ouvre la fermeture éclair de ma veste. Je me souviens de notre amitié, et j'espère qu'elle aussi, même partiellement, un tant soit peu. Il n'est pas trop tard pour tout résoudre ensemble, elle et moi, comme avant.

– Il a pris un coup de vieux, le Japonais, pas vrai ?

Mince, j'ai eu tort. Elle m'a bien eue. Son message aux faux airs de réconciliation était une ruse, son sourire une façade. Le banc n'est pas chaud. Il est glacial, hérissé de vieux chewing-gums, entouré de déchets, et les intempéries ont rongé sa peinture. Daria lèche une goutte de sang sur sa lèvre gercée, se penche près de moi en tenant mon foulard, elle l'enroule autour de son poignet et me tire vers elle.

– Chez un homme, bien sûr, l'âge ne fait que renforcer le charisme. Tu ne veux rien me demander à propos de ton Japonais ?

Elle me prend au dépourvu en te lançant ainsi au milieu de la conversation et en te désignant par le surnom dont tu étais affublé dans votre monde. Je ne comprends pas où elle veut en venir. Notre couple ne faisait pas partie des conversations que j'avais avec elle. Je ne lui ai jamais parlé de toi, et ce n'est pas maintenant que je vais le faire. Je ne compte pas lui montrer que tu me manques. Non, même à l'article de la mort, je ne voudrais rien savoir à ton propos.

– N'essaie pas de me faire croire que tu ne t'es pas demandé s'il avait une nouvelle femme, des enfants ou une famille, poursuit-elle. Si tu n'as pas trouvé de photos de lui sur mon téléphone, c'est parce qu'il ne m'intéresse pas. Ce qui ne veut pas dire qu'il ait vécu dans la solitude, ces dernières années, bien sûr. Quoi, tu imaginais peut-être que je ne verrais pas que tu as fouiné dans mes photos ?

Non, je ne l'imaginais pas, mais je ne dis rien, je m'écarte et enfile mes mitaines. La famille ne va pas tarder, et cela mettra un terme à notre discussion superficielle. Je soulève ma manche pour regarder l'heure discrètement. Mais mon poignet est nu. C'est vrai, j'ai glissé la montre dans ma poche avant l'arrivée de Daria. Je ne supportais plus la grimace qui s'affichait sur son visage lorsqu'elle voyait cet objet archaïque dont le revers portait la mention « Сделано в СССР » et dont le bracelet aurait mérité d'être remplacé. Mais au travail, elle est pratique. Je cherche à deviner combien de temps il reste. Plus beaucoup. Daria tire de nouveau sur mon écharpe. Je garde tout de même le silence, comptant les secondes et m'efforçant d'oublier qu'elle en sait désormais plus que moi sur ton compte : elle est restée lorsque je suis partie, et elle détient des renseignements qui ont une grande valeur pour moi. Pour être capable de me torturer ainsi, elle doit avoir sa propre connaissance intime de la frustration que j'éprouve. J'étais tourmentée, autrefois, en entendant les femmes qui n'arrêtaient pas de parler de leur mari, et c'est pourquoi je lui avais laissé entendre que je n'avais personne. Pour l'agence, il était préférable que nos filles n'aient pas de cavaliers susceptibles de venir nous casser les pieds, et Daria m'avait toujours donné l'impression d'apprécier sa liberté. Ou voulait-elle seulement me faire plaisir ? Si ça se trouve, je n'étais pas la seule à être dérangée par les jeunes mariés qui se promenaient dans Dnipro. On ne pouvait pas leur échapper et rien ne les arrêtait. Ni une révolution, ni une pandémie. Au besoin, ils prenaient leurs photos de mariage sur les barricades ou avec des masques à gaz. Et si Daria les avait eus en horreur, elle aussi, ces couples bisouilleurs qui posaient avec un air mielleux ? Tandis qu'elle continue de me taquiner, je commence à croire que j'ai raison.

– Ton Japonais, il a de l'argent et du pouvoir, dit-elle. Les femmes ne peuvent pas résister à ces hommes-là.

Elle baisse la voix et se penche encore vers moi. Autour de toi, il y a des consolatrices à la pelle, paraît-il. Un célibataire sans enfant, c'est tentant, d'autant plus quand on sait que son ex aura bientôt disparu sans laisser d'autre trace qu'une tache mouillée. Car c'est une certitude pour tout le monde. J'ai tué de sang-froid le fils de ton chef : quelle autre conséquence pourrait-on attendre ?

– Le bruit courait que tu étais amoureuse de Viktor. Tu n'as pas supporté qu'il refuse de quitter sa femme. Lada a contribué à propager cette théorie. Tout le monde savait que vous étiez très proches, Viktor et toi. Moi, j'ai dit la vérité à ton Japonais, évidemment.

– La vérité ?

– Que vous échangiez des clins d'œil.

Je n'aurais jamais imaginé des calomnies pareilles. J'avais recherché des infos sur la mort de Viktor après ma fuite, et la presse avait attendu un temps étonnamment long avant d'en parler, comme si personne ne savait décider ce qu'il fallait relater et dans quels termes. Finalement, à ma grande surprise, l'affaire fut rapportée dans la presse comme une crise cardiaque survenue dans la datcha familiale. Les funérailles furent fastueuses ; par la suite, à l'occasion de la fête des Morts, les journalistes escortèrent la veuve éplorée et le petit Kravets jusqu'à la tombe de Viktor. La foule était venue en masse, comme de coutume en ce jour-là. Le cimetière était le même que celui de ton père, et je m'attendais à t'apercevoir au JT ou en photo dans le journal, en train de verser un verre de vodka pour ton frère, de poser un paquet de cigarettes sur sa pierre tombale. Mais non. Pourtant, tu étais dans les parages, à proximité de la veuve, c'était certain, et j'étais jalouse.

Daria ne lâche pas mon châle. Je sais très bien que ce vieux fichu acheté jadis à l'aéroport de Munich ne va pas avec ma blouse, qu'elle n'arrête pas de tripoter. Elle évalue l'assortiment de mes vêtements en secouant la tête, tout en analysant à voix haute les caractéristiques de tes femmes successives. Beaucoup avaient du style. Des brunes, des rousses, des châtaines. Aucune blonde, paraît-il. Pas la moindre ressemblance avec moi. Une Moscovite aux yeux bridés, une Polonaise aux longues jambes, deux Azéries aux sourcils noirs et une Arménienne violemment fashion. Même une Miss Russie, qui avait scandalisé les Russes à cause de son origine ethnique, ladite miss étant à moitié tatare.

– Je n'invente rien, souligne Daria. Je l'ai vue de mes propres yeux. Comme ils étaient beaux à voir, tous les deux ! Je tombais sans cesse sur tout ce petit monde, depuis que notre agence avait emménagé dans les nouveaux locaux, en face du QG des Kravets. Une fois, j'ai entendu ton Japonais qui concluait un rendez-vous à dîner avec Miss Russie chez Mimino. Ce n'était pas son restaurant préféré, à Dnipro ?

Elle me tire les cheveux avec malice et écarte les doigts sur mon ventre comme si elle voulait mesurer mon tour de taille. Même sans ses piques, je vois bien que j'ai été mal inspirée de piocher ce chemisier Armani dans ma vieille valise, alors que j'étais tellement sûre de mon choix sur le moment. C'est dans ce chemisier que j'ai connu le succès avec mes négociations, et que je t'ai vu pour la première fois dans le bureau de Veles. J'espérais qu'il aurait gardé en lui quelque chose de ces moments-là, jusqu'à nos jours.

– Si tu avais entendu de quoi il te traitait, le Japonais ! s'esclaffe Daria. Mais qu'espérer d'autre, si l'on est trahi par la personne la plus proche et la plus chère entre toutes ?

J'arrache avec les dents le filtre grossier d'une cigarette. Je ne peux même plus me réconforter avec les cigarettes fines apportées d'Ukraine par ma mère, elles sont déjà finies. Je retiens longtemps la fumée dans les poumons et savoure la nicotine qui me picote la langue. Daria va bientôt se lasser. La famille va arriver. Encore un peu de patience. Je me fiche de savoir combien de brunettes ont virevolté autour de toi.

– Ta respiration ne me dit rien qui vaille, signale Daria.

– Les pollens, c'est à cause de ça.

– Tu respires comme Ladka quand elle prenait ses médicaments.

Je n'ai aucun souvenir d'une Ladka. À moins qu'elle parle de Lada Kravets ? L'appelle-t-elle aussi par son petit nom ? Se sont-elles liées d'amitié dans le cadre d'un autre processus ? Vraiment ? Les effets indésirables des médicaments de Lada Kravets ne regardaient pas Daria. Je déglutis un moment et remue mes jambes qui fourmillent. Elle baisse à nouveau la voix ; son ton confidentiel porte à ma bouche un mauvais goût de lait tourné.

– Ladka et ton Japonais, ils sont devenus très proches. On aurait presque pu les prendre pour des amants. Mais ce n'était pas le cas, évidemment. C'était de l'amitié. Une véritable amitié. Sans lui, elle se serait effondrée, après la mort de Viktor. Une jeune veuve avec un petit garçon… Tu savais que ton Japonais était le parrain de leur deuxième enfant ? Mais non, suis-je bête, comment aurais-tu pu l'apprendre ?

– Tu sembles te fier ferme à l'attachement de ta Ladka, dis-je. Crois-tu que ce sera suffisant, si elle découvre que tu as photographié son fils en cachette ? Je les ai vues, ces photos. J'ai vu celles de tes clients. Tu te rends bien compte que l'un d'eux aura déjà appelé le bureau ? Tu te rends bien compte que tu es recherchée ? On t'a sûrement repérée.

– Qu'est-ce qu'elle oserait faire, l'agence ? s'étonne Daria. Tu es complètement folle ? À ton avis, où je les ai eues, les adresses de tous mes clients ? Comment crois-tu donc que j'ai retrouvé la trace de mes enfants ?

– Tu as été promue coordinatrice.

Mais oui, bien sûr ! Tout à coup, mes pensées s'éclairent comme les ténèbres de la mine devant la lampe frontale. Elle ne les a pas inventées, ses histoires de déjeuners quotidiens près de votre bureau. Elle connaît les noms et les adresses de ses anciens clients puisqu'elle avait accès à la base de données ; par conséquent, elle a le pouvoir de lever l'anonymat de chaque personne qui y figure. Y compris moi.

Daria observe les effets de la pensée qui pénètre dans les profondeurs de ma conscience, et il est évident qu'elle s'en délecte.

– N'importe qui aurait pigé ça. Sauf toi ! s'exclame-t-elle en éclatant de rire. Je dois dire que je ne m'attendais pas à voir ton nom parmi les donneuses. Tu présentais toujours un peu mieux que nous autres. Je n'aurais jamais imaginé que nos enfants deviendraient frère et sœur.

– Ce ne sont pas nos enfants.

– Ne plaisante pas. Pourquoi fréquenterais-tu ce parc, sinon ?

Daria lâche mon écharpe, étend les bras sur le dossier du banc et tourne son visage vers le soleil couchant. Elle ronronne.

– Qu'est-ce qu'elle dirait, ta Ladka, si elle savait que tu parles des enfants de tes clients comme des tiens ? Tu crois qu'elle t'idolâtrerait toujours ?

– Qui pourrait lui répéter ça ? Toi, peut-être ?

L'idée l'amuse. Elle a raison. Personne ne me croirait. Je sors le paquet de cigarettes et cache mes bottes usées sous le banc. Je viens d'acheter ces clopes à cause d'elle. Le tabac roulé, ce serait encore un signe de pauvreté. J'arrache le filtre avec mes doigts gourds. Je fais cela machinalement, malgré le couinement de souris piégée qui s'échappe de mes poumons. Daria est-elle une menace pour le garçon du parc à chiens ? Risque-t-elle de se venger sur lui ?

– Même ton Japonais, il ne t'écouterait pas. Même si tu l'appelais pour tout lui balancer.

– Ça ne me viendrait pas à l'idée.

– À d'autres ! Bien sûr que tu y as pensé. Mais tu serais bien en peine d'expliquer tes actes, crois-moi. Les trucs qu'on dit de toi…

Daria secoue la tête.

– Ladka tenait absolument à diriger les recherches en personne. Elle disait que c'était le seul moyen de surmonter la tragédie, et personne n'osait la contredire, tellement elle était folle de rage, la veuve. Une fois, j'ai entendu parler de toi, de ce qu'on te ferait quand on te choperait. De toute évidence, ça ne pouvait pas être une fin rapide. Il fallait que ça dure longtemps. Ongle après ongle, un cheveu à la fois, un œil après l'autre. Pas question d'un trou net au milieu du front.

Je palpe ma poche : la liste des choses positives pour lesquelles j'ai une raison de protéger la vie que je me suis construite ici. J'ai toujours du travail et un toit sur la tête. La vieille à qui j'ai piqué de l'argent pour payer un billet d'avion à ma mère n'a pas appelé ma hiérarchie. J'ai encore un espoir de voir grandir le garçon du parc à chiens.

– J'ai l'impression que le Japonais est la personne qui te hait le plus au monde.

Je laisse le bout incandescent s'approcher de mes doigts, je le laisse me brûler la peau en toute tranquillité, je ferme les yeux et repense à Odessa et aux platanes, à leur surface brillante d'aspect huileux après la pluie, à ton souffle sur ma nuque. Je pense aux branches qui grattaient la fenêtre ce soir-là, aux ombres portées sur les murs par les chandelles, et j'égratigne la peinture du banc. Elle est saturée de vieilles initiales entourées de cœurs à l'épreuve des intempéries. Une fois, nous étions assis sur un banc similaire, si ce n'est qu'il se trouvait sous un chêne gigantesque, au tronc couvert d'entailles plus nombreuses que le banc lui-même, et en levant les yeux nous pouvions en voir encore davantage. Cela pourrait être le bon endroit pour inhumer notre fils. Avec la croissance de l'arbre, les lettres s'étaient étirées, mais elles restaient lisibles. Sur la base du tronc, tu gravas nos initiales, et tu traças un cœur autour. Ce cœur durerait longtemps, des siècles, comme les chênes, et un jour nous aurions une maison avec un chêne dans le jardin. Voilà ce que tu me dis, et ce fut l'instant le plus heureux de ma vie, même si je savais que l'arbre, à tout moment, pouvait être frappé par la foudre.

Tu ne pourras pas oublier ce chêne, ni Odessa, ni tout ce que nous avons partagé. Et moi non plus.

Odessa
2008

Je partis pour Odessa sur ordre de ma chef. Deux coordinatrices avaient perdu patience avec un couple américain qui arrivait en ville, et ma chef ne faisait pas confiance aux compétences professionnelles des autres. L'installation de Daria dans la villa du Bois-d'Argent étant imminente, je ne pouvais pas me permettre de décliner la mission. La période n'était pas la plus propice au tourisme, la saison de la pêche était passée aussi, mais on voyait toujours des Turcs qui couraient après les Ukrainiennes, et les appareils photo mitraillaient l'escalier du Potemkine malgré le brouillard ou la pluie. Le couple que je chaperonnais ne se laissait pas tracasser par les intempéries. Ils avaient des projets de famille nombreuse à un rythme endiablé, et la rémunération promettait d'être à la hauteur.

En soirée, j'étais complètement lessivée. Après avoir raccompagné les Américains à leur chambre, je me glissai dans la cuisine pour avoir un peu de tranquillité. Ma chef avait eu l'idée de monter une boîte fonctionnant sur le principe des agences de voyages « romance » : nous faisions visiter aux clients les entreprises de notre secteur d'activité, ce qui nous permettait de récupérer une commission sur les recettes de nos concurrents. Le couple en question était parmi les premiers de ce nouveau service, et ils étaient de ces gens qui achètent des enfants comme ils achèteraient des chaussures ou des voitures. Outre les porteuses et les donneuses, ils tripotaient aussi les infirmières, tout juste se retenaient-ils de chercher l'étiquette du prix sous les jupes. J'étais tellement occupée à traduire et à réconforter les différentes parties que je n'avais pas eu le temps de dîner.

J'ouvris le frigo et apportai sur la table une assiette de tranches de salo. Je ne touchai pas à la bouteille. Le couple risquait de se réveiller en pleine nuit et d'avoir besoin de moi, soit pour vérifier un détail futile, soit pour être tranquillisés. Et je ne devais pas sentir l'alcool. Nous avions retapé un étage d'un palais de l'époque tsariste pour l'usage des filles et des clients, et l'intendance était assurée par une énergique gouvernante qui avait rempli les armoires à merveille. Tandis que je plaçais l'ouvre-boîte contre le pot de caviar, j'entendis le couple pousser des cris d'admiration. Ils avaient dû entrer dans leur salle de bains qui dégageait une atmosphère de Grèce antique, agrémentée de pétales de rose, d'huiles essentielles et d'un jacuzzi. Ce dernier datait de l'époque où l'appartement était utilisé par les voyageurs célibataires.

Je n'entendis pas la sonnette depuis la cuisine, ni la gouvernante qui allait ouvrir. Je ne m'attendais pas à te voir dans l'encadrement de la porte, essuyant tes cheveux mouillés par la pluie, et ma fatigue se volatilisa aussitôt. Je ne m'étais pas préparée pour une visite-surprise. Mes mains sentaient le caviar et j'avais la peau nue, les jambes non épilées, une pellicule sur les dents et un kimono très fin. Trop fin. Ta veste ruisselait sur le parquet de chêne. Je resserrai ma ceinture avec mes doigts graisseux.

– Je ne voulais pas vous faire peur.

Au même moment, les lumières s'éteignirent et un cri m'échappa. Je ne voyais rien, j'entendais uniquement tes paroles : c'était une coupure de courant, disais-tu de la voix d'une personne habituée aux situations inattendues, une voix apaisante comme la tisane du soir, sans aucune arrière-pensée. Mon cœur battait tout de même et mes yeux mirent un moment à s'accoutumer à l'obscurité, puis je distinguai peu à peu ta silhouette tandis que tu ouvrais les armoires, cherchais des bougies, sortais une assiette et dégainais un briquet en expliquant que l'électricité avait dû sauter dans tout le pâté de maisons. Lorsque tu apportas sur la table les soucoupes sur lesquelles tu avais fait couler de la cire pour y fixer les bougies, je pus enfin voir ton visage. Mais j'étais incapable d'en interpréter l'expression. Dans la clarté des flammes, les hauts murs de la pièce ressemblaient à ceux d'une église. Les conditions météorologiques avaient amorti le murmure du trafic et celui du frigo. Les branches d'un arbre fendu par la foudre grattèrent la vitre de l'arrière-cour et me rappelèrent soudain mes hôtes ; je me levai d'un bond, tenant toujours les deux pans de mon kimono bien serrés comme si je me méfiais de la ceinture.

– Nous avons des clients américains, dis-je.

Cela te fit rire, mais pas moi. J'avais bien vu que le couple regardait de travers le labyrinthe de câbles électriques entortillé autour de la porte d'entrée. Devant chacun de leurs froncements de nez, je me sentais plus petite, en quelque sorte, plus vile, et je ne comprenais pas pourquoi ils approuvaient le patrimoine génétique, ici, s'ils méprisaient tout le reste. On allait parler de cette coupure de courant au petit-déjeuner.

– Je vais dire à la gouvernante de leur apporter des bougies.

Mais cette brave femme avait déjà pris les devants, et elle me lança un geste rassurant de la main depuis le couloir. Je me rassis et recroquevillai mes orteils qui dépassaient au bout des pantoufles. Ils n'avaient pas vu de pédicure depuis longtemps. J'aurais préféré m'éclipser pour m'occuper des clients, j'aurais pu en profiter pour enfiler quelque chose sur ou sous mon kimono, ou au moins me brosser les dents. Je cherchai un prétexte pour sortir de la cuisine. Je n'en trouvai pas.

– Il y a un imprévu ? parvins-je à demander. Comment se fait-il que vous soyez à Odessa ?

– Mon chef a un rendez-vous ici. Nous retournons à Dnipro demain.

J'entendis un tintement dans mon dos. Tu avais trouvé la bouteille de sarajishvili. J'essuyai mes doigts au kimono avant de prendre le verre que tu me tendais. Ta sérénité ne traduisait pas une situation de crise. Si la princesse Kravets avait un problème, tu l'aurais dit sans ambages et nous ne serions pas en train de boire, encore moins de grignoter des tranches de salo. Ce n'était quand même pas en rapport avec Snijné ? Tu avais fini par découvrir le pot aux roses et tu voulais voir par toi-même le dernier sursaut du rat pris au piège. Je récitai dans ma tête quelques Notre Père, pitié, pas maintenant, pas aujourd'hui, pas cette nuit, le salo transpirait sur la table et j'avais la nausée.

Le bloc de saindoux que la gouvernante avait soigneusement disposé sur une assiette commençait à s'affaisser.

Un courant d'air souffla la bougie. Tu la rallumas et fermas la porte de la cuisine. Dans le silence, mes déglutitions se distinguaient nettement. Ma respiration. La tienne. Le vent. Et la pluie. Le sarajishvili s'écoulant de nouveau dans un verre et dans l'autre. Le grincement du parquet de chêne. Je reconnus alors sur ton visage une expression vieille comme le monde. Celle avec laquelle les hommes ont toujours regardé les femmes.

Le matin, je te raccompagnai dehors. Des panneaux de signalisation renversés par le vent traînaient sur le trottoir, et les platanes brillaient toujours après l'averse. Les câbles électriques accumulés au-dessus du porche formaient une guirlande perlée de pluie, et le tapis de feuilles mortes était si flamboyant qu'il aurait pu mener à un cirque. La ville était silencieuse comme si elle n'existait que pour nous deux. Je remontai, sortis sur le balcon et te suivis du regard sans savoir que cela deviendrait une habitude. Chaque fois que tu partais de chez moi, j'allais devoir m'arrêter pour voir ton dos qui s'éloignait, car cela risquait d'être la dernière fois.

J'avais imaginé me débarrasser de Lada Kravets et de tout son petit monde en menant le processus à son terme de la façon souhaitée. La maman resterait dans la chambre des enfants, je la croiserais tout au plus lors des soirées mondaines de leurs fondations, et je prendrais progressivement de la distance avec les autres obligations. Après Odessa, je compris que c'était impossible si je voulais te garder.

Tu faisais partie de la famille ; par ton intermédiaire, le monde qu'ils représentaient devenait aussi le mien, avec tous ses effets secondaires, le plus grand étant peut-être l'inquiétude aussi dévorante qu'incessante. Si je n'avais pas de nouvelles de toi pendant une journée entière, je craignais qu'il te soit arrivé quelque chose. Si tu oubliais d'appeler malgré ta promesse, je repensais à la mère de Daria qui avait bastonné son fils la fois où il avait omis de prévenir qu'il faisait un double poste à la mine. Je pensais à vos amies, vos femmes, vos mères et vos maîtresses, et à ma propre mère, au son de ses pantoufles qui tournaient en rond la nuit. Comment pouvaient-elles dormir ? Comment n'étaient-elles pas toutes devenues alcooliques ? Je commençais à croire que j'étais l'exception. J'avais un problème, je n'étais pas faite pour être la femme d'un guerrier, contrairement à Maria Kirillovna, par exemple : elle vivait avec son mari depuis des décennies, et ils étaient toujours en vie. Toutes ne devenaient pas de jeunes veuves, ni même des veuves. Peut-être était-ce possible pour moi aussi. Je ne désirais rien d'autre. Une étoile du ciel était tombée dans mon cœur lorsque je m'y attendais le moins.

Dnipropetrovsk
2009

La ponction de Daria fut un succès total et je me rendis à la datcha de Lada Kravets pour lui en faire part. On avait recueilli quinze ovocytes. J'étais sûre que la plupart des follicules mûrs seraient fécondables, mais il fallait patienter encore quelques jours avant de fêter officiellement la réussite de cette phase du projet. Toi aussi, tu avais l'air fatigué, lorsque tu vins me voir dans la véranda, malgré ta main posée sur ma taille avec assurance et ton mordillement familier sur ma lèvre.

– Où est la fille ? demandas-tu.

– Je l'ai laissée se reposer à la villa.

– C'est une bonne idée, Nice. Elle est en état de voyager ?

– Oui. Il n'y a rien à craindre pour Daria.

Je vérifiai l'heure sur mon téléphone. Dans cinq heures, elle serait en voyage pour Nice avec sa mère. Je lui avais présenté ce séjour comme des vacances bien méritées. C'était une précaution nécessaire. Tu massas ton front comme s'il te faisait mal.

– La situation est-elle si mauvaise, ici ?

– Supportable.

Je posai le doigt sur la ride boudeuse de ton nez en chuchotant que c'était bientôt fini : je m'en occupais, c'était ma spécialité. Dans un sens, il me semblait que tu avais besoin d'être rassuré, toi aussi. Je n'avais pas vu Lada Kravets depuis un certain temps et je ne savais pas à quoi m'attendre. Je respirai lentement, profondément, nous fîmes cela tous deux et je m'accrochai à ton bras jusqu'à la porte de la bibliothèque. Le spectacle qui nous attendait, je ne l'oublierai jamais. Malgré le froid glacial qui sévissait dehors, la pièce était pleine de ventilateurs vrombissants, les tables et les étagères ployaient sous des verres d'eau à moitié vides, et des glaçons fondaient un peu partout, tombés de la pince à glace. Lada Kravets avait déboutonné le haut de son chemisier et retroussé ses manches au-dessus des coudes, de sombres arcs de sang coagulé transparaissaient sous ses ongles. Ses mains et son cou paraissaient lacérés.

– Ne dites rien au médecin, chuchota-t-elle en nous voyant. Ça me démange, c'est terrible. L'eau du monastère me soulage, heureusement.

Lada Kravets me mit un verre dans la main. Elle n'était pas la seule de mes clientes à avoir des éruptions cutanées ou des nerfs fragiles. En revanche, elle était la première que le médecin avait déclarée saine parce qu'elle n'avait pas osé lui dire la vérité. Je jugeais plus sage de ne pas m'en mêler, et je préférais ne pas imaginer ce qui se passerait si les ovules récupérés ne donnaient aucune fécondation dans le liquide de culture in vitro.

Tu jetais des coups d'œil à la pile de magazines sur la table basse.

Nos regards se rencontrèrent, tu pris le journal du dessus, un horoscope récent, et tu le lus pendant un moment, puis tu hochas discrètement la tête à mon adresse. Je soupirai de soulagement et, en même temps, j'étais irritée. Les astres étaient favorables à Lada Kravets ce mois-ci, soit, mais comment supportais-tu tous ces caprices ? C'était la première fois que je participais, et pourtant je ne pouvais pas m'empêcher d'imaginer des situations où elle subirait d'atroces souffrances. Je m'amusais à l'idée de la voir accoucher avec l'aide d'un bon vieux médecin de campagne, qui l'aspergerait d'eau froide ou la battrait. Cela m'aidait à endurer l'humiliation. Franchement, n'avais-tu jamais envie de crier « Ça suffit maintenant » ?

– La dernière fois, un seul embryon de première qualité a pu être transféré. Les autres étaient trop faibles.

Lada Kravets souleva son corsage, comme si le simple contact du tissu lui était insupportable. Un médecin lui avait dit qu'il valait mieux transplanter les plus faibles et congeler les plus forts.

– Peut-être faudrait-il faire l'inverse, maintenant, poursuivit-elle. Seuls les plus forts, oui, les plus forts s'en sortent toujours. À quoi bon les écarter ?

Tandis qu'elle évoquait ses transplantations ratées, ses doigts tiraient sur son chemisier à toute vitesse comme l'aiguille d'une machine à coudre. Elle avait du mal à articuler, elle remâchait les mots avant de parvenir à les expectorer. Elle s'était accusée de l'échec précédent jusqu'au moment où les caméras de surveillance avaient révélé que la faute incombait à la mauvaise hygiène de vie de la donneuse. Il aurait fallu porter plus d'attention au déroulement du processus. Je regardai sa main. Je n'avais aucun mal à l'imaginer agresser quiconque lui infligerait une déception en la matière.

– Cette fois, c'est impossible. La donneuse était sous surveillance vingt-quatre heures sur vingt-quatre.

– Sûr ? insista-t-elle.

– Roman pourra vous le confirmer.

Tu récapitulas les mesures de précaution et Lada Kravets nous demanda des précisions. Je répondis aux questions qui étaient de mon ressort. J'entendais ma voix, mon assurance factuelle, alors que nous ne savions pas encore si les embryons se développeraient correctement, si la transplantation fonctionnerait, si on arriverait même à engrosser cette fichue bonne femme ou s'il allait encore falloir essuyer une flopée de fausses couches. Et si elle donnait naissance à un enfant sain, le couple allait-il vouloir des frères et sœurs pour leur bambin ? Dans ce cas, je me retrouverais encore dans cette même pièce, en train de répéter ces mêmes explications. Et quand elle se mettrait à molester la donneuse ? Et si elle restait sans enfant et que la relation continuait entre toi et moi ? Et si nous voulions un enfant, nous ? Cette prima donna supporterait-elle qu'une femme de son entourage ait le ventre qui gonfle et pas elle ? Notre avenir serait-il éternellement dépendant des caprices du clan Kravets ?

Je marchais sur des sables mouvants et ma vue s'obscurcissait, je me surpris à me demander si le lustre en cristal n'était pas déjà tombé du plafond. Il avait l'air si lourd que sa chute devait être mortelle.

Je pris congé poliment pour partir à la recherche de la salle de bains. Après avoir enlevé les bottes qui me serraient, je m'allongeai au bord du bassin, posai mon front sur le sol en marbre comme si c'était la vitre protégeant une icône, et je respirai lentement, profondément. En rentrant chez moi, j'allais devoir progresser dans mes projets relatifs à Daria. Cela faisait longtemps que je n'avais pas consulté les magazines de mode ou travaillé son dossier de mannequin, sans parler de lui annoncer mes intentions. Penser aux photographes célèbres m'avait exaspérée, la prise de contact me semblait trop laborieuse. Pendant mon temps libre, j'avais préféré me concentrer sur nous et oublier tout le reste. Toutefois, avec Lada Kravets qui boudait dans la bibliothèque, je pouvais me rappeler les bonnes raisons que j'avais de me ressaisir. Notre relation était trop récente pour que je puisse compter sur ton aide dans le cas où les Kravets feraient face à une nouvelle déception. Je devais garantir mon avenir par ailleurs, et c'était là que j'avais besoin de Daria. Elle avait encore deux ans devant elle. Après, elle serait trop vieille pour le mannequinat.

Je trouvai dans mon sac un vieux bonbon à l'épine-vinette qui me permit de couvrir le goût de bile dans ma bouche, et je renfilai mes bottes. J'étais prête à continuer. Cette fois, on n'utilisait pas les mauvais spermatozoïdes de Viktor. Cette fois, on ne pouvait pas échouer.

En regagnant la bibliothèque, je fis une halte pour écouter les piaillements jaillissant des volières. Ces gazouilleurs exotiques devaient appartenir au mode de vie de l'élite; chez Lada Kravets, en outre, ils étaient peut-être un substitut de progéniture. Un perroquet grignotait une cacahuète: il cassa la coquille en deux et détacha minutieusement la pellicule brune, qu'il laissa tomber en spirale dans la cage.

Par la suite, j'ai appris que le président Ianoukovitch, lui aussi, avait sa villa remplie d'oiseaux chanteurs. Il avait peur du gaz. Les ramages cessaient si la ventilation était la cible d'un sabotage. Le président avait tellement peur d'être empoisonné qu'il ne mangeait que la viande de ses propres animaux, buvait uniquement le lait des vaches de son étable : il possédait un véritable zoo sur ses terres.

Deux ans plus tard, lorsqu'une troupe révolutionnaire a marché sur le palais de Ianoukovitch, je me suis dit que toutes ces précautions avaient été vaines. Les oiseaux étaient capables de signaler la présence de matières étrangères dans l'air intérieur purifié par un système de filtres complexes, mais ils n'ont pas su prédire la rage du peuple, alors que tous les signes avant-coureurs étaient là, palpables, depuis longtemps.

Je ne voulais pas devenir amie avec Maria Kirillovna. Ce fut pourtant ce qui se produisit à mon insu, grâce au bon déroulement de la grossesse de sa belle-fille. J'avais du mal à garder les distances avec la femme de ton chef, étant donné que je devais répondre à ses coups de fil et me rendre aux cérémonies bigotes qu'elle jugeait très importantes. En général, j'y rencontrais d'autres femmes, et je me tirais d'affaire en parlant de mon travail et des activités de la fondation ; mais un jour, dans le salon de beauté de la villa, je me trouvai seule en présence de la dame et de quelques Thaïlandaises en charge des soins, muettes et sans compétences linguistiques.

– Voici les deux nouvelles esthéticiennes, annonça Maria Kirillovna en me conduisant dans une pièce où les fauteuils nous attendaient. Ces filles font des miracles.

Je t'avais parlé de ses familiarités et tu n'y voyais rien d'alarmant. Si la grossesse se déroulait bien et si l'enfant était en bonne santé, je serais pour elle comme sa propre fille. Pourtant, je ne me faisais pas d'illusions. Étais-je convoquée à ce rendez-vous en tête à tête suite à un incident ? Avait-elle entendu des rumeurs qui lui inspiraient des soupçons ? Mes mains piquaient comme si j'étais tombée dans un églantier.

– C'est un bon ami de mon mari qui possède cette villa. Il est dans l'aluminium, et dans la politique, mais je doute que cela vous intéresse.

– Des choses trop compliquées, en tout cas pour moi.

Maria Kirillovna examina la peau de ses joues dans le miroir pendant que mes doigts se vidaient de leur sang. Je mis la main dans la poche et recroquevillai les phalanges en cachette. La dame se tourna vers moi.

– Que penses-tu du système de ventilation de cette maison ?

Le changement de sujet me surprit. Où voulait-elle en venir ?

– L'air est absolument de première classe, n'est-ce pas ? ajouta-t-elle.

– Absolument. J'ai passé la matinée à Kiev pour le travail, et je ne voyais pas l'horizon, depuis les derniers étages de l'hôtel, tant le smog était dense.

– Tu dois te sentir mieux, maintenant ! s'exclama-t-elle en riant. Je te ferai signe dès que j'aurai les coordonnées de l'entreprise de climatisation. Je promets de vous avoir une bonne ristourne.

Je la dévisageai en coin. Qu'avait-elle derrière la tête ? Me confondait-elle avec une ancienne maîtresse à toi ? Je n'avais pas de maison. Elle devait le savoir.

– N'oublie pas de faire installer un groupe électrogène. C'est toujours prudent.

L'esthéticienne apparut à la porte pour voir si nous étions prêtes, et la dame leva la main pour qu'elle nous laisse encore un moment. La seule explication que je pouvais imaginer, c'était qu'elle avait dû dispenser ses conseils à ta précédente maîtresse, et qu'elle continuait sur sa lancée par vieille habitude. Peut-être que tu avais prévu de bâtir une maison en rondins avec celle-là, tu avais fait tracer les plans, commandé à Honka les ouvriers et la villa, ainsi que la dame me recommandait de le faire, non sans me rappeler qu'il valait mieux embaucher les ouvriers du bâtiment à l'étranger afin que le prix et les autres détails conservent leur qualité fondamentale : la confidentialité. Maria Kirillovna se méfiait des clauses de secret signées par les Ukrainiens. Ce n'étaient que des bouts de papier.

– Tout va bien ? demanda-t-elle. Tu hésites ? Tu ne l'aimes pas ?

Je feuilletai à la hâte les magazines de mode empilés sur la table. Les pages collaient entre elles, mes mains rougeoyaient. On aurait dit que j'avais un coup de soleil. Je sentais qu'elle m'observait, et je dus me rendre à l'évidence : non, elle ne faisait pas erreur sur la personne.

– Je ne suis pas sûre de comprendre de quoi nous parlons, au juste.

– De votre future maison.

Je ne savais pas quoi dire. Je n'étais pas prête. C'était la femme de ton chef, et je ne lui avais jamais parlé de ma vie privée : tout à coup, elle posait des questions sur nous – toi et moi – et sur notre installation commune, alors que nous n'avions même pas abordé le sujet ensemble. Cela voulait-il dire que tu partageais avec elle jusqu'à tes rêves les plus intimes ? Était-ce un test que je devais passer pour être acceptée dans la famille ? J'ignorais à quoi pouvait ressembler notre relation aux yeux des Kravets. Peut-être n'étais-je qu'une compagne éphémère, peut-être davantage. Mais la maison ?

– Bien sûr que tu l'aimes, dit Maria Kirillovna. Et tant mieux. Je n'ai jamais vu Romka aussi heureux.

Elle s'installa sur un fauteuil de soins et, d'un signe de la main, invita les filles qui attendaient sur le seuil à se mettre au travail. Suivant son exemple avec des gestes hésitants, je respirai par la bouche en espérant avoir bientôt quelque chose sur le visage pour apaiser mon impression d'insolation, une crème plus rafraîchissante que la smetana.

– Laisse-moi vous aider à organiser les noces. Romka est comme un fils, pour nous.

Je heurtai par inadvertance l'esthéticienne, qui baissa la tête en couinant. Je lui demandai pardon, alors qu'elle ne comprenait pas un mot.

– Oh mince, j'ai dévoilé un secret ?

Maria Kirillovna éclata de rire et descendit de son fauteuil. Avec la légèreté du renard bleu, sa main parfumée toucha mes doigts que j'avais portés à mon visage.

– Ne dis pas à Romka que j'ai dévoilé le secret, ma chérie. Je croyais qu'il t'avait déjà fait sa demande.

Impossible d'endiguer son flot de paroles, que ce fût à propos de l'ameublement ou des bals viennois du nouvel an. Cette année, elle avait pratiquement manqué la saison : Lada n'osant pas faire le voyage, elle avait préféré rester à ses côtés. La prochaine fois, nous irions à Vienne ensemble et sa couturière fabriquerait ma robe. Ou peut-être cherchait-elle seulement à remplir le silence gênant qui risquait de se poser sur la pièce, car son histoire de demande en mariage m'avait abasourdie. En un instant, tous mes anciens projets étaient devenus indifférents, car rien n'était plus important pour moi que ce qu'il y avait entre nous. Soudain, je ne voulais plus retourner à Paris. Je ne voyais plus l'intérêt d'aller régler mes comptes avec les gens qui m'avaient mise à la porte. Je me fichais de les revoir. Et pour cause : on m'offrait autre chose.

Mais je commis une faute : je me mis à négliger Daria, qui devint alors une fille parmi tant d'autres, et j'allais laisser mes collègues s'occuper de ses dons d'ovocytes ultérieurs. À l'approche de l'échéance de Lada Kravets, je l'expédiai en Espagne avec sa mère, puis je lui envoyai un message l'informant de la naissance d'un enfant en bonne santé, mais c'est avec toi et les Kravets que je célébrai l'heureux événement. Daria n'était plus la porte vers un avenir radieux. La porte, c'était toi.

Village, oblast de Mykolaïv
2009

Seul Boris vint m'accueillir dans le jardin, et je me demandai où étaient les autres. Mais je présumai que ma mère était occupée à préparer le dîner et ne me posai donc pas plus de questions, car Boris était incapable de dissimuler sa curiosité devant mes petits cadeaux. Je lui donnai une nouvelle veste d'hiver sortie tout droit du coffre de la voiture et, tandis qu'il se précipitait dans la maison pour montrer son cadeau, je restai un peu dehors, caressant le chien, fumant une cigarette en paix. Je commençais à regretter de ne pas t'avoir suivi à Vienne, pendant que le bureau était fermé pour cause de pandémie grippale. À cette saison, la campagne était déprimante, les arbres sans feuilles et le nid des cigognes pareil à un trou noir dans l'espace au sein d'un ciel de plus en plus sombre.

En mettant le pied dans le vestibule, je compris qu'il y avait un problème. Personne ne me salua, les brefs hochements de tête ressemblaient à des coups de bec. Ma tante et ma mère balayaient la pièce du regard devant moi, me procurant la sensation glaciale de l'eau-de-vie qui s'évapore sur la peau, et la maison sentait moins la brioche chaude que la valériane. Je posai mon sac par terre et jetai un coup d'œil à la cuisinière refroidie. Je me hasardai à demander comment ça allait mais personne ne me répondit, et je renonçai donc à déballer mes autres petits cadeaux. L'atmosphère était sinistre, on aurait dit qu'on veillait un mort. Recroquevillé à table dans sa nouvelle veste, Boris scrutait les fleurs peintes à la main sur son verre. Même lui se détournait de moi, il posait les yeux sur les motifs, une ligne à la fois, puis il passa à la tasse à thé, avec ses fleurs, motifs dorés, traces de pinceau, il les suivait du doigt, et il finit par accompagner ma tante qui sortait nourrir les poules, une main toujours cramponnée à la tasse en porcelaine, l'autre aux pans de sa veste comme si on risquait de la lui prendre.

L'ambiance se tendit encore davantage lorsque je restai seule avec ma mère, et je présumai que j'allais enfin avoir une explication à leur étrange comportement. Ce devait être grave. Peut-être l'annonce d'une maladie mortelle. Ou une connaissance qui venait de mourir. Je n'aurais jamais imaginé que le problème pouvait avoir un rapport avec le journal qui dépassait de sa poche et qu'elle déploya sur la table, toujours sans prononcer un mot. Je reconnus la photo imprimée au milieu, prise à l'inauguration du foyer d'accueil, je me souvenais bien de l'événement : Viktor avait l'honneur de couper le ruban en grande pompe. Les grosses fleurs enguirlandées dans les cheveux des filles ressortaient sur le bord de l'image, et je souriais à côté des Kravets. Tous nos noms étaient énumérés en légende. Venu offrir son soutien à son fils qui faisait ses premiers pas en politique, Veles avait consenti à cette rare photo commune père-fils.

– Sais-tu qui est cet homme ?

Ma mère me montrait Veles. Je tournai la tête vers la fenêtre et pris les allumettes sur la table. Je ne la reconnaissais pas, elle avait du mal à parler, comme si elle broyait de l'orge perlé entre ses dents. Je reposai la boîte d'allumettes – involontairement, je m'étais mise à la secouer. Le doigt de ma mère était toujours pointé sur Veles, et c'était un doigt prophétique, porteur d'un jugement de destruction.

– Comment peux-tu travailler pour l'homme de Donetsk ?

De quoi parlait-elle ? Je connaissais vaguement l'homme de Donetsk, par de vieilles rumeurs. Il avait collaboré avec mon père et Maxime Sokolov avant que ça tourne mal. Apparemment, on avait fait gober à ma mère les allégations les plus farfelues.

– Tu veux dire que l'homme de Donetsk serait Vitali Kravets ? m'exclamai-je avec assurance. C'est quoi cette blague ? Vitali Kravets, il est de Dnipro.

Cela me faisait rire, mais pas ma mère. Elle prit un verre pour y verser des gouttes de Korvalol puis une louche d'eau. Après avoir bu d'un trait, elle écarta les bras en l'air, puis ses ongles bordés de terre cherchèrent à s'enfouir dans le tissu de la blouse, à croire qu'elle devait se faire violence pour rester en place. Un désagréable pressentiment me parcourut le ventre. Comme si ce n'était pas elle qui se trompait. Mais moi.

– Je n'ai jamais vu l'homme de Donetsk, poursuivis-je, pas même aperçu ! Toi non plus, à ce que je sache, tu ne l'as pas rencontré. Si ?

Il fallait lui faire comprendre l'absurdité de son assertion.

– Et papa t'a-t-il parlé de lui, a-t-il dit son nom ? Avions-nous des photos de lui ? Sais-tu à quoi il ressemble ?

– Valentina Sokolova le connaissait, et elle l'a reconnu sur cette photo.

– La mère de Daria ? Tu as parlé avec elle ?

– Valentina n'oublierait jamais cette grande gueule, quand bien même il a remplacé ses baskets par des souliers vernis.

Je tripotai machinalement le téléphone dans ma poche. Daria avait essayé de m'appeler une douzaine de fois et j'avais cru qu'elle voulait des médicaments pour elle ou pour son entourage. La grippe qui sévissait dans le pays avait vidé les rayonnages des pharmacies, et dépouillé les magasins de leurs cageots d'ail et de citron. Je n'avais pas répondu. Ma mère ne se contentait plus de montrer du doigt : elle tapait maintenant sur le journal avec son poing. L'homme de Donetsk. Vitali Kravets. Veles. Ton chef.

– Cet homme a eu vent de ce que mijotaient ton père et Max. Il a su qui était la cible de leurs manigances. C'était lui qu'ils essayaient de gruger. Voilà pourquoi ton père et Max ont été tués.

– Attends... Quand t'a-t-il parlé de ses projets, papa ? Vous ne vous voyiez quasiment jamais, ces années-là. Comment peux-tu gober tout ce qu'on veut te faire croire ? Qu'est-ce qu'il peut bien prouver, ce journal ?

– Valentina était parfaitement au courant, dit ma mère. Max était trop bavard, incapable de garder un secret, contrairement à ton père. Contrairement à toi.

En allumant la cigarette, je constatai que ma main tremblait. Ce devait être un malentendu. C'était obligé. Valentina Sokolova avait menti. Mais pourquoi ? L'avait-on soudoyée ? Ou était-ce l'âge qui jouait des tours à sa mémoire ? Mon père. Celui de

Daria. Ton chef. « Veles ne laisse jamais une chose inachevée. » Voilà ce que tu m'avais dit. Mes pensées étaient comme un gros églantier broussailleux, mais quelque chose vacillait au milieu, une chose que je ne savais pas formuler. Que j'avais oubliée. Que j'aurais dû me rappeler. Un détail qui aurait pu m'aider à reconstituer le cours des événements. Une phrase m'échappait. Ta phrase. Je me cramponnai à ta voix qui tournoyait parmi les fourrés enchevêtrés au fond de ma tête, et je me concentrai dessus, jusqu'à ce qu'elle devienne claire comme un sifflet de train dans la nuit de Dnipro, les mots étaient nets, tu répétais « Donetsk » : c'était la conversation où tu m'avais parlé des noces de ton chef. À présent, tout me revenait.

Nous avions tous deux une journée de libre et tu m'amenas déjeuner chez Bartolomeo, où je n'avais encore jamais mis les pieds. Leur plage privée était merveilleuse. Je n'aurais pas cru qu'on pouvait se sentir aux Caraïbes sur les bords du Dniepr, et qu'on pouvait trouver un café aussi extraordinaire dans cette ville. Si je n'y avais pas repéré des escorts haut de gamme, ce club aurait été parfait pour mes rendez-vous de clientèle. Tu t'excusas de ne pas m'y avoir amenée plus tôt, vu que cette ambiance de bateau pirate me plaisait tant. Je cessai de me pâmer. Je ne voulais pas gâcher ce moment où tu te montrais plus loquace que de coutume, et je repensais sans cesse à ce que m'avait dit Maria Kirillovna. Peut-être s'était-elle trompée. Je ne voulais pas être une femme qui passait ses journées à attendre une demande en mariage, et pourtant, curieusement, c'était le cas.

J'étais embarrassée. Tu me susurras que, pour ta part, tu choisirais un endroit plus simple pour fêter tes noces avec l'élue de ton cœur, et je souris, parce que tu prenais alors ma main pour y poser un baiser, et parce que j'interprétais tes paroles à la lumière de ma discussion avec Maria Kirillovna, alors que tu faisais d'abord référence à l'ordre du jour : tu étais là dans le but de vérifier si le lieu était approprié pour l'anniversaire de mariage de ton chef. La commande passée, tu me parlas plus précisément de ton rôle. Ton père avait exercé la fonction de maître de cérémonie lorsque Veles avait épousé Maria Kirillovna, qui appartenait à l'élite de Dnipro ; tu devais maintenant perpétuer la tradition en organisant un banquet, et tu souhaitais soumettre le programme à mon jugement. La dame voulait au minimum une pluie de confettis, le feu d'artifice du siècle, et des acrobates montées sur des échasses. En te demandant des précisions, je parlai de noces d'argent et tu me corrigeas : c'étaient leurs noces d'acier. Mon erreur n'aurait guère amusé Maria Kirillovna, elle se serait sentie offensée au regard de son âge : j'avais intérêt à m'en souvenir ! Je marmonnai un peu et te demandai si l'idée de célébrer des noces d'acier par une fête d'une telle envergure était une nouvelle mode. Non. Maria Kirillovna avait lu dans un magazine féminin une liste des noms que l'on donne aux anniversaires de mariage, et ça l'avait emballée. À son avis, il fallait faire la fête tant qu'on le pouvait encore, et puis, « noces d'acier », voilà qui sonnait bien ! Cela leur allait comme un gant. Je les croyais mariés depuis des décennies, et je considérais Maria Kirillovna comme un exemple de femme qui ne serait jamais veuve. Ce onzième anniversaire ébranlait ma conviction. Gênée, je n'eus même pas l'idée de faire le rapprochement avec l'âge de Viktor ; c'est toi qui précisas qu'il était le fruit du premier mariage de Veles. Cette union s'était si mal terminée que ton chef ne voulait pas entendre le nom de son ex-femme, et Viktor n'avait donc aucun contact avec sa mère biologique. Le divorce était sans doute imputable à un vieil ami de Veles, mais ce n'était que ton interprétation. En tout cas, ce copain d'enfance de ton chef s'était trouvé sur ton chemin en état d'ivresse, un jour, et il avait fait allusion à cette femme-là dans les termes les plus vulgaires. En gros, la nana aurait mieux fait d'aller se faire peloter ailleurs. Je ne prêtai pas attention aux détails du divorce, tant j'étais toujours décontenancée par cette histoire de noces d'acier pour lesquelles les Kravets étaient en train d'élaborer la liste des invités. Chaque notable de Dnipro serait présent, dis-tu, et un dilemme allait sûrement se présenter sur la question d'inviter ou non quelqu'un de Donetsk. En t'entendant mentionner Donetsk, je revins à la conversation et lâchai le châle sur mes épaules. Quel était le rapport ? Tu me rappelas alors que les clans de Donetsk et de Dnipro étaient concurrents. Veles avait toujours des intérêts économiques dans son ancienne contrée, mais autrement il avait définitivement éliminé de ses bottes les poussières de cet oblast-là en épousant une femme de la crème de Dnipro, et il ne voulait plus entendre parler de Donetsk – son ex-femme n'y étant certainement pas pour rien. Tu soulignas que l'élégante Maria Kirillovna avait fait beaucoup de bien à Veles. Il était devenu aussi raffiné que les autres hommes d'affaires de Dnipro, qui usaient plus de ruse que de force brute pour promouvoir leurs affaires.

Certes, d'aucuns avaient caressé l'espoir que les relations entre les deux clans s'amélioreraient grâce à cette union. Mais il n'en fut rien, et tu doutais que la liste des invités donnât lieu à un consensus. Si c'était la nôtre, ajoutas-tu, elle serait plus facile à élaborer... Et j'oubliai aussitôt tout ce que je venais d'entendre.

La mère de Daria avait bonne mémoire, en l'occurrence. Pas moi. Veles avait quitté Donetsk dans la deuxième moitié des années 1990, et elle l'avait reconnu. Les preuves de son identité ne manquaient pas, je ne pouvais plus croire à une coïncidence, et l'énergie que je mettais à contredire ma mère retomba comme un soufflé. Ton chef n'était autre que l'homme de Donetsk avec lequel nos idiots de pères, à Daria et moi, avaient exercé leurs idiots de business. Celui chez qui le mien se rendait sans cesse et que ces deux affairistes avaient spolié. L'homme auquel j'avais dérobé une liste d'actionnaires pour la remettre à mon père contre cent dollars, alors que cela les concernait tous trois, ces trois larrons qui avaient été des amis... Mais ils ne l'avaient plus été après le sale coup en question, Maxime Sokolov et mon père s'étant mis en tête d'accaparer à deux cette misérable usine.

J'observai les miettes de pain qui tournoyaient sur la toile cirée, puis je me levai lentement et sortis. Arrivée à l'abri des pommiers, j'enfonçai mon châle dans ma gorge aussi profondément que possible et je criai sans bruit ; sur le point de m'évanouir, je retirai le tissu de ma bouche en suffoquant. Dès l'instant où j'étais passée hors d'atteinte du regard de ma mère, ma détermination hautaine s'était désintégrée tel un verre qui ne résiste pas à la chaleur. Mon père avait fait son choix. Il avait préféré se laisser guider par les étoiles du business et de la trahison. Pas par moi. Pas par ma mère. Pas par nous. Nous n'étions jamais la priorité – alors pourquoi aurais-je dû regretter le choix sur lequel s'était porté mon cœur ? Et quand bien même l'élu était comme un membre de la famille pour l'homme qui avait décapité mon père ?

Je donnai un grand coup de pied dans une pomme à moitié pourrie, et je pris ma décision. Je songeais à ces questions maintenant, j'allais y penser encore un moment, et puis je les enverrais balader comme un moustique et ne les laisserais plus jamais me tracasser. Il n'était pas question que mon père gâche ce qu'il y avait entre nous ! Je ne l'accepterais pas. Et je ne pouvais pas me permettre de craquer si je voulais résoudre cet imbroglio.

J'essuyai mon nez avec une serviette qui séchait sur la corde à linge et tâchai de recouvrer ma faculté d'action. J'allais commencer par écouter les messages de Daria sur mon répondeur. Il y avait des dizaines d'appels en absence et je me maudis de l'avoir négligée. Alors que je regardais l'écran du téléphone, il s'alluma spontanément. C'était toi qui essayais de m'appeler. Mon regard alla parcourir le jardin obscur, dont le silence rendait la sonnerie stridente comme un cri de paon. Il me semblait presque t'apercevoir dans l'ombre des pommiers. Comme si tu avais entendu ma discussion avec ma mère dans la cuisine et attendais avec curiosité les explications que j'inventerais pour me tirer d'embarras. Je lâchai l'appareil dans ma poche et m'accroupis à côté du chien qui observait ma confusion. Il remuait la queue sans grogner. Mais la sensation d'être observée ne me quittait pas. Je dus faire le tour du jardin, et les lumières qui vacillaient devant moi me donnaient des sueurs froides, je sursautais lorsque les branches des groseilliers à maquereau et des arbustes à bonbons s'accrochaient à mes vêtements, lorsque les épines me piquaient de tous côtés. Mais il n'y avait personne. Finalement, je courus jusqu'au portail avec le chien à mes trousses. Il fallait que je voie derrière la barrière. La route était déserte. Tu ne savais pas. Je devais m'en souvenir. Tu avais consulté les dossiers des donneuses, tu avais lu le nom de famille et le patronyme de Daria. Si tu ne les avais pas reconnus, pas plus que son père sur les vieilles photos, cela voulait dire que Veles avait soigneusement enterré son passé à Donetsk, si profondément que tu n'étais pas du tout au courant de l'intrigue : cela me redonnait de l'espoir. Veles n'avait pas voulu porter l'affaire à la lumière du jour, pas même à la connaissance de son plus proche confident. Si je veillais à ce que les Sokolov gardent le silence, toute l'histoire retomberait dans l'oubli.

Dans les messages laissés sur mon répondeur, Daria disait en haletant que des inconnus étaient passés chez elle pour lui raconter des choses. Il fallait qu'on en parle. J'entendais à sa voix qu'il y avait un problème. Elle ne m'accusait pas de travailler pour l'ennemi, ne me traitait pas de tous les noms, elle n'entrait pas dans le détail. Elle avait laissé des messages du même acabit pendant toute la nuit. Pendant ce temps, je faisais des rêves au goût de zefir et, au réveil, je songeais qu'il serait merveilleux de prendre une photo de mariage dans un parc teinté de feuilles rousses, avec en fond le palais Potemkine. J'étais une idiote. Ma mère ne viendrait jamais à mon mariage. Seuls viendraient l'homme de Donetsk et sa femme. Et il n'y aurait même pas de mariage si je n'arrivais pas à faire tenir mon château de cartes. Je m'adossai à un pommier et regardai un moment les fenêtres gorgées de chaleureuse lumière domestique. Peut-être aurais-je souhaité qu'on m'appelle. Ma mère. Ma tante. Ou Boris. Le seul qui me manifestait sa bienveillance était le chien couché à mes pieds, qui me poussait nonchalamment avec son museau et léchait mes doigts égratignés par les buissons. Je repris mon souffle et composai le numéro de Daria. Elle ne répondit pas. Je sélectionnai celui de Valentina Sokolova. Le téléphone sonna dans le vide. J'envoyai à Daria une douce exhortation à prendre contact le plus vite possible, puis je réécoutai ses messages au cas où une subtilité m'aurait échappé. Impossible de déceler ce qu'elle savait. Mais je pouvais parier que les types apparus à son domicile avaient donné un coup de pied dans la fourmilière. Abasourdie, Daria s'était tournée vers moi pour obtenir des explications. Au lieu de l'embobiner avec une histoire de malentendu et de la faire taire, je n'avais pas répondu. Elle avait donc dû parler avec sa mère, qui avait confirmé le récit des intrus, du moins la partie concernant Maxime et mon père, ainsi que l'identité de l'homme de Donetsk. Bouleversée, Valentina avait tout rapporté à ma mère. Tout cela n'était que pures conjectures, bien sûr. Je ne pouvais pas savoir ce qui s'était véritablement passé chez Daria, ce que les visiteurs lui avaient dit et pourquoi. Je me levai. Je devais retourner à Dnipro de toute urgence. Je trouverais

Daria et j'arrangerais les choses. Mais auparavant, j'avais quelques questions à poser à ma mère.

Elle était toujours assise dans la cuisine, le regard figé devant elle. Ses mains tachetées reposaient sur ce maudit journal, solides comme un vieux toit en Eternit, et il y avait là quelque chose de définitif. Je n'avais pas la force de la regarder.

– Tu ne peux pas te fier uniquement aux ragots des Sokolov, dis-je. Ou bien… ?

– Daria a envoyé à sa mère des preuves de ton lieu de travail.

– Envoyé ? Comment ça, envoyé ? As-tu vu ce qu'elle aurait envoyé ?

– Allons, arrête. Pourquoi les Sokolov inventeraient-ils des histoires pareilles ?

Les documents de notre bureau indiquaient à qui Daria avait donné un enfant. C'était le seul endroit où figurait le nom de Viktor, et celui de son père, qui avait fait office de donneur. Les fameux intrus avaient dû fournir ces renseignements à Daria, et ils avaient pu lui présenter aussi des éléments accablants sur les affaires de Maxime, de mon père et de Veles Kravets, ou au moins sur leurs relations. Malgré tout, elle aurait dû passer cela sous silence, puisque nous étions convenues de cacher aux Sokolov la véritable nature de son travail. Nul n'était censé savoir à qui étaient destinés ses ovocytes. Mais elle en avait décidé autrement : elle avait tout rapporté à sa mère, sans vergogne, comme une moucharde.

– Ne t'avais-je pas demandé de trouver à Daria un travail de mannequin ? Mais qu'est-ce qui s'est passé ? C'est quoi, ton problème ?

Je ne comprenais sans doute pas encore le caractère définitif des paroles de ma mère : au lieu de regagner ma voiture, je me dirigeai vers la chambre, comme si j'allais rester pour la nuit. Toutes les photos de moi avaient disparu. Des tapis étaient accrochés aux murs pour combler le vide. Le visage encadré de mon cousin me regardait comme si je n'existais plus.

Dnipropetrovsk
2009

Je m'arrêtai devant la porte capitonnée qui ressemblait au dossier d'un canapé en similicuir brun foncé, et je pris mon courage à deux mains avant de pénétrer dans l'appartement de Daria, où je n'avais pas mis les pieds depuis que je lui en avais remis les clefs. La fameuse odeur de muguet s'était incrustée dans le mur de l'entrée au niveau du miroir, devant lequel un demi-flacon de ce parfum était posé sur l'étagère. Je regardai autour de moi. J'avais du mal à juger si elle était sortie à la hâte ou si le deux-pièces était dans son état habituel. Parmi les robes et chemisiers accrochés aux cintres, je reconnus une partie des vêtements que je lui avais achetés, mais je ne me rappelais pas tout ce que je lui avais donné. Je n'arrivais pas à évaluer ce qui manquait dans la penderie, à deviner si les pots de crème qu'elle utilisait tous les jours étaient présents sur la coiffeuse ou non, si le parfum laissé derrière elle indiquait qu'elle s'en était servie, si elle avait plié bagage sous l'effet de la panique ou si ce n'était pas le cas. Je ne trouvais pas de signes permettant de déchiffrer son état d'esprit, ou de connaître la destination de son déplacement et sa durée. Je visitai pourtant les pièces dans l'espoir d'y trouver un indice. Au mur, le calendrier était arrêté sur la photo d'une flamboyante viorne obier illustrant le mois d'octobre avec ses grappes de baies rouges. Les plantes n'avaient pas été arrosées depuis un certain temps, l'arbre de jade était moribond. Sur la cuisinière, il y avait une cafetière orientale à long manche, apparemment toujours en usage ; la machine à espresso que j'avais achetée avait disparu, peut-être revendue. À part les pots de confiture et de cornichons à moitié consommés, le frigo ne contenait que des barres au lait caillé, comme si Daria était toujours une gamine. Un chausson tchebourek se desséchait sur une assiette et j'entendais de la musique chez les voisins : *L'ange noir* de Svetlana Loboda, que Daria aimait bien aussi. Je retournai sur le palier. Les voisins avaient peut-être entendu quelque chose, remarqué son départ ou aperçu les hommes qui avaient fait irruption à son domicile. Mais ce fut en pure perte que j'appuyai sur la sonnette. J'avais beau frapper ou sonner aux portes, aucun habitant de cet étage ne réagit. Je regagnai le séjour, confinai la voix de Loboda dans la cuisine en fermant la porte et me mis à fouiller les notes de cours de Daria, sa bibliothèque, ses magazines, son courrier, les cartes postales fixées sur le miroir de l'entrée. Entre les pages d'un recueil de poèmes de Lessia Oukraïnka, je trouvai des brins de muguet séchés. Je lui avais offert ce livre parce qu'elle avait noté dans son dossier que la lecture était l'un de ses loisirs favoris, et je lui avais recommandé d'apprendre quelques poèmes par cœur au cas où on l'interrogerait à ce sujet. Elle avait obtempéré – l'art de l'élocution perdait avec elle un grand talent. Je jetai le livre sur la table et allai réfléchir sur le canapé que j'avais choisi pour elle. Le bureau s'était chargé du deux-pièces, moi du mobilier. J'avais stocké des radiateurs d'appoint dans le placard en cas de pénurie de gaz, et même loué les services d'un ouvrier pour remplacer les fils d'argent dans le système de purification d'eau avant l'arrivée de la nouvelle locataire. En voyant tout cela, Daria était ravie ; elle avait tout de suite essayé le lit, qui n'avait rien à voir avec les paillasses superposées de son foyer. Grâce à moi, elle avait pu dire adieu aux lessives manuelles, elle avait eu une salle de bains privative et autre chose dans l'assiette que l'éternelle pomme de terre rôtie. Son frère avait recouvré la santé et obtenu un emploi légal : grâce à moi, sa famille avait un avenir. Ma faculté de jugement m'avait salement trompée quand j'imaginais la gratitude que tout cela me revaudrait.

Je sortis prendre un bol d'air frais sur le balcon, où j'avais fait installer des meubles malgré la ferronnerie nue et partiellement rouillée. Daria avait rentré les chaises et transformé le balcon en débarras, comme ses voisins. Quelques cageots contenaient des tomates en conserve et un sac de pommes de terre enroulé dans une couverture. À côté, je découvris une pile de pneus d'hiver. Elle avait donc une voiture. Première nouvelle. Avait-elle pris le volant le soir même ? Pour Snijné, ou pour une autre destination ? Était-elle encore dans le pays ? Je me rendais compte soudain que je n'avais pas la moindre idée de ce qu'elle faisait pour gagner sa vie et du nom qui figurait sur son passeport. Je n'avais plus posé de questions à son sujet, je n'avais plus parlé avec elle depuis que je l'avais envoyée en Espagne à l'approche de la naissance du petit Kravets. Je ne pouvais pas croire qu'elle eût définitivement disparu : elle voulait un diplôme. Elle était bien obligée de reprendre l'université, d'achever ses études. Cela n'avait quand même pas perdu tout son sens, si ?

Finalement, je devais m'avouer que je ne la connaissais pas, même si je disposais de son patrimoine génétique, de son dossier médical et de la liste de ses hobbies susceptibles de plaire aux clients. Pour moi, elle était une parfaite inconnue.

Snijné
2009

Je n'étais pas allée à Snijné depuis la mort de mon père et je n'avais pas envie d'y retourner. Mais il fallait bien mettre la main sur un Sokolov. Aucun membre de la famille n'avait répondu à mes appels, ce qui ne m'étonnait guère. Ils devaient me haïr et je serais bien en peine de leur faire admettre que j'ignorais qui était l'homme de Donetsk, aussi ne croyais-je pas moi-même qu'un contact oral pourrait restaurer nos relations. En revanche, je ne désespérais pas de trouver un accord autour d'une certaine somme pour m'assurer qu'ils garderaient le silence et que Daria reprendrait son travail. Je trouverais l'argent plus tard. Je ne doutais pas un instant que cela marcherait. Dans ce pays, c'était infaillible. Il n'y avait qu'à savoir négocier. Si Daria refusait, je tâcherais de convaincre sa mère et ses frères.

J'aperçus les fameuses tours, les fameux terrils, et je vagabondai pendant un moment, passai devant la fameuse école, l'école numéro 1, et je montai la clim à fond comme si cela pouvait faire disparaître la sensation de la pointe du compas sur ma peau, du compas avec lequel je m'étais picoté les doigts au fil des jours, fermant les yeux et imaginant que les terrils couverts de neige étaient en fait de vraies montagnes, loin d'ici, et que j'étais ailleurs. Je roulai devant des statues herbues, des monuments effrités et des murs en parpaings de silicate décrépis, jusqu'à ce que je me rende compte que je roulais de nouveau sur Lénine et de nouveau sur Gagarine, peut-être déjà pour la troisième ou quatrième fois. J'avais oublié que la ville était si petite.

Je me garai devant l'immeuble de Daria. Je m'attendais à voir un groupe de mémés monter la garde sur le pas de la porte, j'aurais pu leur demander dans quel appartement habitaient les Sokolov. Mais il faisait trop froid pour bavarder dehors, la cour était déserte. Je fis le tour du bâtiment, guettai les fenêtres sans rien voir d'autre que des voilages, quelques ombres de langues de belle-mère et d'aloès tels des crocs acérés, et je fouillai dans mes souvenirs. Lorsque l'ascenseur était tombé en panne, le petit frère de Daria était allé faire les courses pour sa mère et pour les autres personnes âgées. Cinquième étage. C'était cela. Une icône de la Très Sainte Mère de Dieu était accrochée à la paroi de l'ascenseur, et j'implorai sa providence en appuyant sur le bouton. En vain. Aucun voisin ne réagit à mes sonneries insistantes. Je montai sur le palier supérieur. Ça sentait la soupe aux choux et j'entendais les infos. La radio centrale devait toujours fonctionner, dans le coin. Chez ma tante, cette cloche à bétail qui déversait les conneries de l'État n'était plus qu'un lointain souvenir dont il ne restait plus que la prise dans le mur. Je serrai la rampe. Quelqu'un devait bien être au courant ! Je frappai à la porte de chaque appartement du palier, appuyai sur chaque sonnette et, finalement, frustrée par tant d'efforts inutiles, je montai sur le toit de l'immeuble et laissai le vent sécher la transpiration exsudée dans l'ascension. Les odeurs de chou et de cuisine grasse m'avaient fait gargouiller le ventre. Je n'avais pas mangé depuis la veille, sans parler de dormir, et je m'assis sur la dalle de ciment. Comme ailleurs, les paraboles tachetaient le paysage. Mais ici, elles me faisaient penser à l'amanite tue-mouche. Cette ville toxique avait empoisonné ma vie et continuait de la polluer, sans que je puisse me défendre. Je n'avais évidemment aucune raison de sauter du toit. Une famille qui disparaissait, cela coûtait cher : tôt ou tard, ils allaient devoir refaire surface quelque part, et il était impensable que je ne les retrouve pas.

Je regagnai ma voiture et allumai l'autoradio pour rester éveillée en attendant de pouvoir prendre un café dans une station-service, et j'eus la surprise de reconnaître le morceau, complètement inadapté aux circonstances. Un poids lourd me doubla en klaxonnant pendant que j'essayais de changer de fréquence. Je m'arrêtai sur le bas-côté pour vérifier le contour de mes yeux. Ce n'était pas beau à voir. J'appuyai ma tête sur le volant tandis que la chanson de Plach Yeremiyi continuait sur les ondes. En m'échappant à Paris, j'avais partagé un lit superposé avec une fille de Lviv qui écoutait tout le temps ce groupe. La nuit, la musique parvenait à mes oreilles depuis son baladeur, et elle aimait tout particulièrement ce titre dont les vers parlaient d'asters blancs, de l'automne où l'on allait retourner dans les villes russifiées ; je me disais que j'avais réussi à en sortir, moi, et que je n'y retournerais jamais. Pourtant, ces évocations m'avaient poussée à détruire l'appareil en cachette, avec la cassette à l'intérieur. Comme ma colocataire n'avait pas les moyens d'en acheter un autre, je fus débarrassée de la chanson des asters.

Elle ne sut jamais qui avait commis ce massacre. Elle pleura en voyant la bande magnétique emmêlée par terre, et j'eus peut-être un moment de regrets, mais pas plus. Je la consolai ; nous nous consolâmes l'une l'autre, même. Elle n'aurait jamais imaginé de quoi j'étais capable. Nous avions beau dormir dans des lits superposés, j'étais pour elle aussi inconnue que Daria l'était pour moi. J'avais mené une enquête tellement approfondie que j'avais cru savoir qui elle était ; désormais, je n'étais pas fichue de deviner ce qu'elle pouvait faire et où elle s'enfuirait.

Mais me connaissais-je vraiment mieux, moi-même ? Si l'on m'avait demandé un peu plus tôt jusqu'où je serais prête à aller pour en savoir plus sur le sort de mon père, j'aurais répondu en riant qu'il n'y avait pas lieu de revenir sur le passé. Je n'allais même pas me recueillir sur sa tombe. Pourtant, je venais de réagir tout autrement, deux semaines auparavant, lorsqu'Ivan m'avait proposé un marché qui avait pour enjeu de me livrer des renseignements à son sujet.

Ce marché avait fait surgir des intrus chez Daria.

Il avait conduit les Sokolov à disparaître.

Ce marché, tu ne pourras pas me le pardonner.

Village, oblast de Mykolaïv
2009

– Il paraît que tu es en possession de quelque chose qui vaut de l'or, me dit Ivan. Et je connais un acheteur.

Ma nuque se tendit. J'étais venue le chercher pour aller déjeuner, mais il tournait en rond, empilant flacons et bouteilles de compote dans la voiture comme s'il construisait une pyramide de coupes en cristal. La porte du coffre le cachant tout entier, je ne voyais pas la tête qu'il faisait. Enfin, il se redressa et, réunissant le pouce, l'index et le majeur, il les porta à ses lèvres avec volupté, en signe d'appréciation de la compote élaborée par Boris.

– Comme si on vendait des brioches bien chaudes. Ils font déjà la queue pour en avoir, dans les parages du centre de désintoxication.

Manifestement, Ivan tournait autour du pot, ce qui n'était pas dans ses habitudes. La question ne pouvait pas concerner les pavots. Et je ne possédais rien de précieux. Excepté ce à quoi j'avais accès au bureau. Les ovules, les spermatozoïdes, les embryons, les fœtus. Le registre de clientèle. La base de données contenait tous les renseignements possibles sur la santé des clients, sur leurs gènes, leurs souhaits, leurs donneuses. Certes, il y aurait de quoi débourser volontiers une somme rondelette.

Les candidats ne manquaient pas : nos concurrents, une maîtresse ou un amant jaloux, les ennemis des clients, voire les services de sécurité de différents États.

Ivan claqua la porte du coffre avec une force qui fit tomber sous le siège l'icône scotchée au tableau de bord, et il se pencha donc dans le véhicule pour la ramasser. J'attendis. Il n'était pas du genre à parler pour ne rien dire, et le sujet lui posait visiblement des difficultés. Je décidai de mal interpréter ses propos afin de faire avancer la conversation.

– Je ne peux pas accorder de remises pour les PMA sans me faire prendre. Ma chef est très pointilleuse.

– Pas de souci, la question n'est pas là. Et la proposition ne requiert quasiment rien de ta part.

Koukcha d'Odessa retrouvé, Ivan se releva. Le même saint avait protégé le taxi qu'il conduisait pour aller vendre la compote. Mais ce temps-là était révolu, Ivan n'était plus un petit dealer. Il avait progressé et souhaitait continuer sur cette voie. Il baisa saint Koukcha, qu'il avait choisi parce que lui aussi avait souffert – en l'occurrence dans les camps de l'Oural –, et il remit l'icône à sa place. Au lieu d'en venir enfin au fait, il fouillait maintenant dans la boîte à gants ; il y trouva une bouteille et retourna chercher dans le coffre un bocal de cornichons de trois litres donné par ma tante. Encore une fois, la porte du coffre claqua inutilement fort, et le flacon d'huile sacrée suspendu au rétroviseur se mit à osciller. Ivan but une longue lampée puis me tendit la bouteille. Cette offre-là, je ne la déclinai pas.

– Le marché concerne ton client.

– Lequel ?

Il jeta un coup d'œil vers la maison comme pour vérifier que personne ne vienne nous déranger. C'était l'anniversaire de ma mère et elle n'allait pas tarder à se demander où nous étions.

– Allons, tu sais qui. Un gros bonnet. Ukrainien, pas étranger.

Viktor. Qui d'autre ? Je fis instinctivement les signes de croix. Je ne voulais pas m'immiscer dans les affaires d'Ivan plus que le strict nécessaire... et encore moins dans cette affaire-là. Cette simple conversation constituait déjà une trahison.

– Qui t'envoie ?

– Tu n'as pas besoin de le savoir.

– Je ne peux pas.

– C'est un job facile.

– Ça n'existe pas, ces jobs-là.

Ivan se racla la gorge, s'essuya les doigts au pantalon et sortit une cigarette, dont il tapota l'extrémité sur le paquet pendant si longtemps que je finis par l'interrompre en lui demandant de m'en donner une aussi. Nous fumâmes un moment en silence. Je sentais qu'il fallait rapporter immédiatement cette proposition à Viktor ou à ma chef. Ou à toi. Vous auriez su y faire face ; mais cela aurait plongé Ivan dans des difficultés, et moi aussi, sans doute. Ce n'était pas un hasard s'il avait été envoyé comme messager, et l'amitié entre Viktor et moi n'avait rien de secret. Discours, inaugurations, galas. Viktor avait évité les photographes jusqu'au moment où son père s'était décidé à l'introduire en politique. Depuis, nous figurions ensemble sur de nombreux clichés. J'en savais plus que quiconque sur son compte, ou je le croyais, et cela me rendait intéressante.

– Je ne suis pas sûr que nous ayons le choix, dit Ivan.

– Nous ?

– Personne ne saura jamais que j'ai obtenu ces renseignements par ton intermédiaire.

– Alors c'est ça, le job ? Vous voulez les données médicales de mon client ?

– Tu n'as qu'à tout photocopier, dans les moindres détails. C'est parfaitement inoffensif, sans danger.

– Je ne peux pas. En aucun cas.

– Tu ne veux même pas connaître la récompense ? me demanda Ivan avant de marquer une petite pause. Tu recevrais la tête de ton père.

Il me fallut un moment avant de comprendre ce qu'il venait de dire. J'allai m'asseoir par terre et sentis l'humidité se répandre sur ma peau à travers les vêtements. L'embarras d'Ivan ne m'étonnait plus, à présent. Il me tendit encore la bouteille et les cornichons. Je me contentai de l'alcool. La tête de mon père. Je n'y avais plus pensé depuis longtemps. D'ailleurs, il n'y avait rien à en penser. J'avais toujours présumé que c'étaient des choses qui arrivaient, dans ces milieux-là, avec les règlements de comptes. La profanation d'une dépouille mortelle était un avertissement suffisamment convaincant pour n'importe qui. Je n'aurais pas imaginé qu'on daigne conserver une partie du corps de mon père pendant toutes ces années, ou mémoriser l'endroit où elle était enterrée. Mais que pouvais-je savoir de ces choses-là, moi ? Peut-être qu'un congélateur contenant des bras, des jambes et des têtes était un peu comme un compte bancaire où l'on pouvait se permettre d'effectuer un petit retrait, des fois que la famille de la victime veuille parler aux journalistes.

Ou si l'on avait besoin d'un modeste service. Les proches désespérés seraient prêts à tout pour s'assurer que leur bien-aimé repose intégralement dans la tombe. En l'occurrence, bien sûr, l'essentiel était qu'une personne se trouvait en possession de la tête de mon père, pour une raison ou pour une autre, et je n'avais pas à en savoir plus. On ne plaisantait pas avec ces gens-là. L'offre qu'on me faisait était un geste destiné à me faire comprendre ce qui se passerait si je refusais. Ces hommes avaient maintenant l'intention de nuire à Viktor et à sa femme. Je n'avais pas à m'inquiéter pour eux. C'était ma tête à moi qui était en jeu, et je comptais bien la garder sur les épaules.

– Pense à ta mère et à ta tante. Et à Boris.

Ivan n'eut pas besoin d'insister.

Dnipropetrovsk
2009

Ma mère m'appela pour me faire part des dernières nouvelles. Un milicien était venu la chercher ; vu que la présence des autorités sur le pas de la porte était toujours synonyme d'ennuis ou de dépenses, généralement des deux, elles avaient laissé le portail fermé. Mais le type était revenu le lendemain matin, faisant sursauter ma tante, qui en avait lâché son seau d'eau. Un tel acharnement, ça voulait dire que ça allait barder. Le milicien ne les laisserait pas en paix tant qu'il n'aurait pas exécuté sa mission, aussi jugèrent-elles préférable de le laisser entrer dans la cour, et il attendit un peu que les deux femmes et le chien grognant s'habituent à son attitude pacifique avant d'expliquer le motif de sa visite : sur le chantier d'un immeuble, on avait trouvé une partie d'un corps qui était vraisemblablement celui de mon père. Ma mère allait devoir se présenter à la morgue.

Je m'assis à mon bureau et tâchai de paraître étonnée tout en appuyant la pointe du stylo sur une page vierge de mon agenda. Depuis la pandémie, le local était toujours fermé pour cause de quarantaine. Personne n'avait pu me voir lorsque je m'étais connectée à la base de données avec l'identifiant de ma chef pour bénéficier de droits étendus, et j'avais utilisé l'ordinateur de cette gourde de secrétaire à cet effet, ainsi que pour imprimer les renseignements. Après avoir livré à Ivan les matériaux relatifs aux Kravets, j'avais listé dans mon esprit tous ceux que je pourrais accuser de la fuite, en cas de besoin. La secrétaire était en tête. À l'autre bout de la ligne, ma mère s'éclaircit la voix.

– Je ne t'ai jamais dit à quel point cette affaire me tourmentait, avoua-t-elle.

– Comment ont-ils identifié la tête ?

– À partir des dents.

– C'est vraiment celle de papa ?

– Je viens de te le dire.

Ma mère paraissait rajeunie, ses phrases étaient complètes, elles ne restaient plus en suspens, et la voici qui me parlait maintenant de ses projets, elle qui se contentait habituellement de me demander ce que je faisais ou de me transmettre des commérages. Le lendemain, elle irait parler au pope en vue d'un nouveau service funèbre, elle rendrait grâce aux saints et allumerait des cierges.

– Il vaudrait mieux gérer cela en toute discrétion, glissai-je.

Je ne souhaitais pas attirer d'attention superflue, encore moins voir rappliquer un journaliste d'investigation un peu trop zélé.

– Bien sûr. Il n'y aura que nous. Inutile d'en parler aux autres.

J'avais craint le coup de fil de ma mère car je croyais qu'elle éclaterait en sanglots. Sa réaction était exactement inverse. Elle ne sombrait pas dans les souvenirs, ne se maudissait pas de n'avoir pas protesté avec plus de détermination contre les grandes ambitions de son mari, ne se lamentait pas que nous n'ayons pas quitté Snijné plus tôt. Après m'avoir annoncé la nouvelle proprement dite, elle ne mentionna plus du tout mon père. Ahurie, j'écoutais toute l'énergie qu'elle déployait : elle avait même des idées de vacances, maintenant ! Si je pouvais m'occuper des visas, ma tante et elle iraient rendre visite à ma cousine à Londres. Je répondis oui, oui à tout. Auparavant, elle n'aurait jamais laissé la maison un peu trop longtemps sous la seule surveillance du chien et de Boris. J'avais l'impression d'avoir une conversation avec une inconnue, et je compris pourquoi : elle était comme autrefois, dans sa jeunesse, à Tallinn. Cette mère, je croyais l'avoir perdue pour toujours. Mon acte l'avait ressuscitée.

Au terme de la conversation, j'ouvris la fenêtre pour fumer une cigarette et me demandai si cette métamorphose de ma mère était durable. La vieille au fichu à fleurs balayait la rue, comme d'habitude. Elle passait devant une façade sur laquelle était apparu un climatiseur neuf ; par contraste, on aurait dit que les autres étaient en bonne voie d'effondrement, à l'instar d'une partie des balcons. Pourtant, l'immeuble tenait toujours debout, et il paraissait assez ancien pour avoir été construit sur des fondations solides ; quant à moi, je n'étais pas sûre que mes précautions fussent suffisantes pour éteindre les incendies que j'avais allumés.

En découvrant que Veles Kravets était coupable du sort de mon père et en constatant la disparition de Daria, je compris que j'allais avoir besoin d'un atout concret pour garantir ma sécurité : une chose que personne ne pourrait me soustraire par le chantage, une chose qui aurait plus de poids dans la balance qu'un ordre de Veles, un argument qui te persuaderait de prendre mon parti si ça sentait le roussi et si vous découvriez ma trahison.

L'enfant n'était pas seulement mon assurance vie. Néanmoins, en éliminant les pilules au terme de cette journée où je dus admettre que Daria ne reviendrait pas, je songeais qu'une telle garantie ne pouvait pas faire de mal. Après avoir mis une fille dans le train en début de soirée, je n'avais pas osé démarrer ma voiture. J'essayais de me calmer, j'observais les gens qui s'asseyaient au volant sans hésitation et qui s'en allaient, comme s'ils nageaient au sein d'un banc de poissons argentés. Daria était incapable de poser une bombe dans ma voiture... mais ses frères ? Impossible de négocier avec eux puisque je n'avais aucun moyen de les joindre : toute la bande avait disparu depuis plus d'une semaine. Si l'argent ne les intéressait pas, je ne savais pas ce qu'ils voulaient. Sans doute ma vie.

Je me dégourdis les jambes sur le parking, allumai une cigarette et tâchai de penser à autre chose. Les étudiants sortaient de la gare en traînant des sacs à carreaux sûrement pleins de produits alimentaires envoyés par leur famille. Leur poids les faisait chanceler et je les regardais marcher ainsi, ce qui me rappela que Daria n'avait pas été vue à l'université. Je me détournai et constatai que je fumais par mégarde une cigarette « chagrin d'amour ». On avait inventé ce surnom au bureau. Les cigarettes cocktail de Sobranie étaient si belles qu'elles guérissaient même les plaies du cœur, si bien qu'on réservait ce paquet aux moments de désespoir. Je jetai par terre la cigarette à filtre doré et me rassis hâtivement dans la voiture. Je m'étais fait croire trop longtemps que cette dinde reviendrait à la raison en songeant au bonus qui l'attendait après la naissance d'un enfant bien portant chez les Kravets. J'avais réussi à bloquer le transfert in extremis. Je n'avais encore jamais rencontré une personne qui ne répondît pas à l'appel de l'argent.

J'essayai de me forcer à démarrer le moteur. Mais je ne pouvais pas m'y résoudre, et mes yeux allèrent se poser sur les pare-chocs qui se trouvaient devant moi. Ils étaient tous munis d'un autocollant indiquant que la voiture avait été bénie. Ce n'était pas le cas de la mienne.

Je rangeai les clefs dans mon sac et me dirigeai vers la station de tramway. Mes pas semblaient ralentis, tout bougeait à une autre vitesse autour de moi et la rame était déjà remplie avant que je l'atteigne. Je décidai d'attendre la suivante et, lorsque celle-ci s'arrêta, je concentrai mon regard sur le siège du contrôleur visible par la fenêtre, signalé par un ours en peluche attaché au dossier. J'en ferais mon point de repère, cela garderait mon monde à sa place. Pourquoi avais-je soudain tant de mal à faire deux pas pour monter à bord d'un véhicule parfaitement banal ? L'idée de me coller à des inconnus était au-dessus de mes forces. Devrais-je appeler Alexeï à l'aide en prétendant que ma voiture était en panne ? Cet homme qui me serrait d'un peu trop près m'espionnait-il ? Je n'osais pas sortir mon téléphone.

Je sautai sur les rails et hâtai le pas pour m'arrêter au pied de la statue de Petrovski. Derrière moi, la carrosserie rouge et jaune des tramways se brouillait à mes yeux comme un téléviseur en panne, mais l'homme ne disparaissait pas. Je m'efforçai de rassembler mes pensées, de trouver quoi faire. Comment t'y prenais-tu ? Tu osais démarrer ta voiture, toi, alors que tu posais aussi des bombes dans celles des autres. En tout cas, tu l'avais fait. Que ressentais-tu, en prenant le volant lorsque ta victime venait d'exploser en morceaux ? Était-ce comme l'ivresse avant la gueule de bois, ou l'accouchement dont on oubliait les douleurs ? Ou comme une bagarre qui fait monter l'adrénaline ? Était-ce euphorisant, de se savoir en vie tandis que l'autre ne l'était plus ? Te sentais-tu l'égal de Dieu ? Pouvait-on développer une dépendance à cet état, tout comme moi au respect et à l'admiration que me conférait mon métier de donneuse de vie ?

Deux hommes s'acharnaient sur la statue de Petrovski et sur son piédestal avec du matériel de nettoyage. Une fois de plus, le monument avait été vandalisé, avec des lettres rouge sang dégoulinantes : « Boucher ». À Kiev, la statue de Petrovski avait été déboulonnée. Ici, elle était toujours en place. Je me souvenais de la mère de baboussia Vilina. On racontait qu'elle avait dévoré le cadavre de son enfant pendant l'Holodomor perpétré par le Boucher. Elle était devenue folle. Ses autres descendants avaient survécu, et l'un de ses arrière-petits-enfants roulait tous les jours calmement devant la silhouette de bronze du Boucher, mais il pouvait fondre en larmes pour un oui ou pour un non, terrorisé par la moindre contrariété. Je fis demi-tour pour monter dans la rame suivante. Mon comportement était stupide. Ma baboussia avait réchappé de situations bien plus hostiles. Elle avait connu les camps où le printemps faisait ressurgir les cadavres avec la fonte des neiges. Et mon grand-père paternel ? Il avait plongé dans les puits effondrés du Donbass pour réparer les dommages de guerre sans autre assistance qu'une lampe à huile et une hache. Et me voici trop faible pour avancer vers un arrêt de tram insignifiant qui grouillait de monde entre deux accalmies ! Si les Sokolov voulaient exercer leur vengeance, c'était l'endroit idéal. Daria pouvait m'approcher à mon insu. Ou ses frères. Son oncle, aussi, pourquoi pas. Je tournai la tête pour chercher un endroit où aller. Le métro. Je clignai des yeux. L'effondrement du bloc de l'Est avait ralenti les chantiers pourtant démarrés avec entrain, et seule une poignée de stations avait vu le jour. Par conséquent, personne ne l'utilisait, et je m'y sentais d'autant plus en sécurité : sur les quais déserts, je pouvais facilement percevoir les éventuels dangers ; en l'occurrence, il me paraissait vital de m'éloigner de la gare ferroviaire, à tout prix. Je voulais m'abriter du regard malveillant des inconnus, auquel j'étais confrontée partout alentour.

À l'entrée du métro, je tremblais tellement que le jeton me tomba des mains et s'échappa en roulant à toute allure. Je plissai les yeux dans la pénombre et, le pourchassant sur les dalles boueuses, je parvins à le rattraper devant la guérite de la gardienne qui observait mon manège. Son regard méfiant me suivit jusqu'à l'escalator, à la longueur vertigineuse. N'importe qui pouvait me doubler en courant et me faire dégringoler la tête la première. N'importe qui pouvait me pousser sur les rails, y compris la gardienne. Le quai semblait être un caveau dont la lumière jaunâtre donnait à ma peau des reflets de cadavre embaumé. Son marbre avait des échos funèbres, son espace vide constituait une menace. Je sortis mon téléphone pour appeler Alexeï au secours. Mes doigts tremblaient tellement que je pris une photo par inadvertance. Le flash se déclencha. Un vieillard brandit sa canne avec véhémence en grognant qu'il était défendu de photographier. Figée sur place, j'écoutais comme un enfant le sermon sur l'infraction dont je m'étais rendue coupable. L'interdiction de photographier les lieux stratégiques à l'époque soviétique était toujours en vigueur. Je distinguai la peau sale du bonhomme et l'odeur d'oignon, de chou et de poisson séché imprégnée sur ses vêtements. Un crachat vint s'étaler sur ma peau. Je ne répondis pas à ses injures, ne m'enfuis pas, ne pris même pas la peine de l'esquiver. J'observais le mur au-delà des rails. Comme il n'y avait pas de publicités, cela me rappelait Moscou, où j'avais emprunté le métro pour la première fois. La lumière et les couleurs étaient les mêmes, et j'entendais presque mon père me dire : « Tiens-toi bien avec la main. » J'avais eu peur des bousculades et des escalators interminables, avec leurs marches en bois. Le métal risquait de produire des étincelles, ainsi qu'il me l'avait expliqué, aussi le bois était-il un matériau plus sûr. Moi, cela me rendait nerveuse. Je pensais aux flammes, à l'époque, et non aux murs de la station. J'aurais été bien incapable de les imaginer couverts de pubs. Je n'avais pas vu de telles affiches dans les tramways ou aux arrêts, jamais avant Paris, et je ne pouvais donc pas deviner ce qu'un grand poster déployé sur tout le réseau de transport en commun allait impliquer pour mon visage. J'avais simplement sauté de joie lorsque mon agent m'avait annoncé la nouvelle : j'étais demandée à un casting pour une publicité de crème de marrons. Il s'agissait d'une grosse campagne étrangère et je voyais devant moi, pour une fois, un job qui me rapporterait du cash. Mon agent avait vu plus loin. À son avis, j'aurais dû refuser. J'y étais allée quand même, et je fus choisie.

Je ne t'ai jamais avoué la véritable raison pour laquelle j'avais abandonné le mannequinat. Je t'ai dit que la superficialité de ce secteur m'avait lassée et que j'avais voulu rentrer chez moi. En réalité, c'était ma bêtise qui avait eu raison de ma carrière. Je ne comprenais pas les hiérarchies de valeurs de mon nouvel environnement. Toutes les filles occidentales connaissaient Chanel et Louis Vuitton, elles avaient grandi dans un monde où l'on absorbait toute une armada de marques dès le lait maternel. Je n'aurais pas cru qu'il pouvait y avoir une différence faramineuse entre une pub pour Dior ou pour un fabricant de crème de marrons, et je fis la sourde oreille lorsque mon agent m'avertit qu'il valait mieux ignorer ces jobs-là si je souhaitais susciter l'intérêt des grands créateurs, évoluer dans mon travail. Si je parvenais à devenir une égérie, mon corps un poil trop petit ne poserait pas de problème. C'étaient les égéries qui montaient sur les podiums, pas les nanas des catalogues, encore moins celles des crèmes de marrons. En début de carrière, j'avais eu un modeste succès sur les marchés asiatiques, pour lesquels j'étais maintenant trop vieille et trop grosse. Si je ne changeais pas de cap, mes dernières années étaient comptées, même à l'étranger.

Malheureusement, l'appel du ventre m'avait bouché les oreilles. Notre rémunération se limitait trop souvent aux vêtements de la séance photo, or j'avais besoin de cash, et c'était justement ce que me garantissait cette pub de crème de marrons. Mais lorsque les quais de métro furent tapissés de mon visage et que les passants commencèrent à se retourner sur moi dans la rue, mon porte-monnaie n'était pas plus épais qu'avant. Mon agenda, par contre, se vidait. Je n'obtins plus de séances photo, même pour les catalogues. Je vivotai encore un peu en espérant que cette campagne finirait par être oubliée. Il n'en fut rien. J'étais encore et toujours la fille à la crème de marrons, sans bénéfice d'investissement, bientôt lâchée par son agent. Tout ce que je reçus pour ce job, ce fut une rémunération de deux ou trois cents euros, alors que le fabricant ne cessait pas d'exploiter ma photo dans ses pubs, massacrant mon visage et m'expulsant sur une voie qui allait me conduire jusqu'à ce quai de métro à Dnipro. Oui, je méritais les injures de ce vieillard, son crachat et sa canne véhémente. C'était parfaitement juste.

Finalement, je réussis à rouler sans heurt jusqu'au parking de mon immeuble, et je t'appelai dès mon arrivée. Je présumais qu'une inflexion de ta voix te trahirait, dans l'hypothèse où ma crise de panique, la cigarette « chagrin d'amour » saisie par mégarde et ma sensation d'être épiée étaient bel et bien des signes annonçant l'effondrement de mon précaire château de cartes. Je ne savais pas ce que je ferais si tu ne répondais pas, à part que je ne descendrais pas de voiture et ne rentrerais pas chez moi. Le téléphone sonna longtemps, et chaque tonalité résonnait comme la cloche du Jugement dernier. Immobile, je priai la Très Sainte Mère de Dieu, puis je finis par entendre ta voix. Je tendis l'oreille. Ne percevant strictement rien d'autre que de la douceur, je trouvai le courage de quitter la voiture et de me rendre aux ascenseurs. Derrière tes mots, je distinguais le trafic londonien, des bruits de pas pressés, et je fis durer la communication pour avoir le temps d'arriver à mon étage, d'inspecter mon appartement, dans les armoires, sous le sommier, puis de me verser cinquante grammes de cognac. Après avoir vidé mon verre, je fus enfin capable de conclure notre conversation. Je n'osais pas boire davantage, de peur de perdre ma vigilance. Je restai appuyée à ma porte d'entrée. Je repensai à l'époque où l'on remplaçait les battants en bois par des portes blindées. Dans cette tour récente, aucune rénovation n'était nécessaire. Pourtant, la porte avait été remplacée : elle était en fer, et je me demandais ce qui avait bien pu arriver à mon prédécesseur. Je secouai la tête pour en chasser une idée vague ; j'étais satisfaite qu'une chose aille bien, au moins une, et j'allais tâcher d'apporter davantage de sécurité dans ma vie grâce au plus vieux moyen du monde. Je n'eus aucun mal à prendre la décision de jeter les pilules à la poubelle. Si un membre d'une famille contrariée en voulait à ma vie, tu serais obligé de protéger la mère de ton enfant ; et je ne pensais pas qu'aux Kravets, mais aussi aux Sokolov. J'avais dissimulé la disparition de Daria pendant trop longtemps pour pouvoir en parler. De plus, dans l'affolement, j'avais menti au bureau en prétendant qu'elle voulait faire une pause pour se consacrer à ses études, mais cette explication ne tiendrait pas la route indéfiniment. Si Viktor et sa femme désiraient d'autres enfants, ils n'accepteraient pas une autre donneuse, maintenant qu'ils avaient trouvé cette faiseuse de miracles, leur ange gardien.

Je n'osais pas utiliser ma voiture personnelle, qui n'avait pas de vitres blindées comme le 4×4 d'Alexeï, et je me déplaçais donc le plus possible en sa compagnie, évitant de marcher seule. Je ne fréquentais plus le parking de mon immeuble, les magasins, les lieux publics, cafés, restaurants, night-clubs, et je commençais à attendre ton retour à Dnipro dès que tu partais pour l'aéroport. Tu ne remarquais pas encore mes curieux détours, car je me disais qu'il ne pouvait rien m'arriver en ta présence. En revanche, tu me voyais sursauter lorsqu'une moto s'approchait, m'affoler lorsqu'un pneu éclatait dans la rue, ou mélanger mon plat au restaurant comme une anorexique pour donner l'impression de manger. Ton endroit préféré – la terrasse de Mimino – me donnait des sueurs froides, j'avais du mal à avaler, les aliments restaient coincés dans ma gorge et j'avais toujours sur moi des bouteilles d'eau achetées dans le commerce, comme Garri Kasparov. Je gardais dans mon sac à main l'icône léguée par ma baboussia, et je cherchais des photos sur le web pour savoir reconnaître les symptômes d'un empoisonnement. En pleine réunion hebdomadaire, je me demandais pourquoi le KGB avait tué Stepan Bandera en tirant une capsule de cyanure au lieu d'une balle ordinaire. Et pourquoi avait-il fallu remplir de dioxine le journaliste Guéorgui Gongadzé avant de le décapiter ? Quel sens cela avait-il ? Et quelle longueur de tapis fallait-il pour enrouler une personne ? Combien de mètres de film plastique ?

J'évitais de me tenir près des fenêtres et je dormais tout habillée derrière le canapé. Si nous étions en ville en même temps, je passais la nuit chez toi. Ma vie revenait au même que si j'ingérais chaque jour une dose d'alcool toxique. À tout moment, je risquais de perdre la vue ou la vie.

Au bout d'un certain temps, nous nous rendîmes à Zaporijjia, où je devais contrôler un petit oiseau potentiel dans le quartier Leninski avant le gala du nouvel an. C'était une Bouriate du coin, et elle nous était utile parce que nous cherchions davantage de donneuses au physique asiatique, dont il y avait pénurie en Amérique. Elles avaient la cote, là-bas. Tu t'offris de me déposer et je t'expliquai la situation en chemin.

– Pourquoi ne l'as-tu pas dit plus tôt ? t'étonnas-tu. Je connais à Moscou deux ou trois futures juristes qui ont du mal à trouver du boulot à cause de leurs yeux bridés. Elles mettent de l'argent de côté pour la chirurgie.

– La situation est-elle vraiment si grave ?

– Le jour de l'anniversaire de la victoire et autres fêtes nationales, elles restent chez elles, sinon elles se font tabasser.

– Peut-être qu'elles devraient aller en Amérique.

Je pris la bouteille d'eau pour me dénouer la gorge. Je ne savais pas si j'étais plus désolée pour les Bouriates ou pour moi. Battre. Ce verbe ne me sortait pas de la tête. Tandis que j'examinais la fille et lui indiquais sa mission, il ne cessait de palpiter en moi.

Je te rejoignis dans ta voiture, où tu m'avais attendue, et le mot ne me laissait toujours aucun répit, il tambourinait dans mon crâne comme un train sur les rails.

Pour la soirée, j'avais réservé un soin croissance au salon de beauté où j'étais censée passer sur le chemin du retour. Plus nous approchions, moins je voulais y aller. Les saunas de ce pays étaient continuellement le décor d'accidents que le procureur qualifiait de suicides ; et si Daria n'avait guère les moyens d'exercer un trafic d'influence sur la justice, je n'étais pas rassurée pour autant : comment savoir quelles relations avait bien pu avoir son père ?

– Je crois que je vais annuler l'esthéticienne, dis-je. Je préfère être avec toi.

Je posai la main sur ta cuisse en essayant de sourire, alors que j'étais en train de me demander si les Sokolov étaient en mesure de rassembler vingt mille euros. Commander un meurtre coûtait moins cher qu'obtenir un enfant par GPA, et pendant que je serais allongée dans un lieu inhabituel, toute seule, avec un masque sur la figure, je serais une cible facile. Pour quelques euros de plus, on pouvait me descendre en plein jour devant témoins sans s'inquiéter pour la prison. Les Sokolov ne se contenteraient pas de me battre, certainement pas.

– Quel est le problème ? demandas-tu en éteignant le moteur.

Nous étions arrivés. Je ne bougeais pas. J'étais incapable de descendre de voiture, de parcourir les quelques mètres jusqu'au salon de beauté, d'ouvrir la porte. Je me pinçai. Je devenais parano. Mais Daria n'était pas retournée à l'université. Elle avait fait une croix sur toute son ancienne vie.

– Je pensais que tu serais rassurée, poursuivis-tu. Lada Pavlovna a un enfant sain et tout le monde est fou de toi.

– Je suis rassurée…

– Mais non. Tu ne dors pas, tu es farouche, tu changes tes engagements à la dernière minute. Ou bien c'est à cause de moi ? Tu as quelqu… ?

– Non, jamais de la vie ! sursautai-je.

– Alors quoi ?

– Relâcher la tension, ça peut prendre du temps. Peut-être que j'ai du mal à croire que tout va enfin bien. Je dois avoir besoin de vacances.

– De vacances ?

Tu pivotas pour me dévisager. L'idée me revigora. Tout pourrait se tasser si je prenais un peu de distance. Mais je ne voulais pas entrer dans le salon de beauté, et je cherchais à détourner ton attention de ma conduite singulière.

– Oui, de vacances. Et aujourd'hui, nous pourrions encore nous promener dans Zapo.

– Tu veux réellement faire du tourisme, ici ? La plus grande statue de Lénine du pays ne t'a pas suffi ?

– Je voulais dire, voir des endroits importants pour toi.

Tes doigts tambourinaient sur le volant. Tu ne parlais jamais de ton passé avec particulièrement d'enthousiasme, mais il n'y avait rien de bizarre à ce qu'une femme veuille apprendre des choses sur les années de jeunesse de son bien-aimé. Je continuais ainsi d'exercer mon pouvoir de manipulation, non sans une certaine fierté.

– D'accord. Tu vois ce kiosque, là ?

Désignant une cabane de l'autre côté de la rue, tu me dis que tu t'étais fourré dans la première grosse bagarre de ta vie là-devant, à cause des petits voyous qui rôdaient dans le voisinage et qui s'en prenaient aux plus jeunes, en leur volant le chewing-gum qu'ils venaient d'acheter, ou bien en leur piquant leur argent juste avant. Un beau jour, tu décidas que cela avait assez duré ; après cette bagarre, ce fut toi qui pris aux autres ce que tu voulais, et non l'inverse.

– On te rackette ? demandas-tu en conclusion de ton histoire. C'est pour ça que tu es nerveuse ? Ou bien tu as tué quelqu'un sans faire exprès ? Une des filles ?

– Mon Dieu, non !

Mon explication ne t'avait pas convaincu, et maintenant Dieu sait ce que tu allais imaginer !

– Si oui, ce n'est pas un problème, mais il faut que tu me le dises. Quoi que ce soit, je t'aiderai.

Ce n'était pas le bon moment pour tout avouer. Je me dégonflai.

– Ce n'est pas ça. Pas vraiment. Les vacances, ça me fera du bien. Ou peut-être que je voudrais avoir un poste ailleurs, changer de domaine.

– Tu as des subordonnées. Laisse-les gérer les tâches pénibles.

Deux ou trois jours auparavant, ma chef avait parlé de l'avenir de l'entreprise. Nous devions nous agrandir, et j'allais prendre en charge toutes les activités ukrainiennes pendant qu'elle ferait la tournée des autres pays afin d'y fonder des bureaux pour les clientèles locales. Si elle ne s'était pas opposée à mon souhait de rester à Dnipro à cause de toi et de pouvoir y reprendre la main sur mon travail avec plus de responsabilités, je ne désirais plus ce que j'avais visé. Je ne voulais être ni celle qui accomplit les tâches pénibles, ni celle qui les refile aux autres.

– Quand même. Ça ne ferait sans doute pas de mal de vivre un peu ailleurs. Qu'est-ce que tu en dis ? Au moins pour quelque temps.

– Pourquoi pas... Mais Veles ne serait pas du même avis.

Si j'avais tout révélé à ce moment-là, tu aurais pu concevoir mon erreur. Peut-être te serais-tu rappelé que Veles t'avait aidé à venger le massacre de ta famille, et tu aurais perçu le rapport entre nos deux situations. Tu comprenais le remboursement des dettes, et tu aurais donc pu m'aider à résoudre mon problème, à retrouver Daria, à la forcer à reprendre le travail. Hélas, je n'ai pas saisi l'instant : en effet de bord de mes actions, j'en étais venue à te tromper ; et en me taisant, je ne faisais que me conformer à la tradition familiale, aux doctrines de ma mère.

Tu l'as rencontrée une fois. J'avais eu le culot de t'emmener à Mykolaïv pour saluer ma famille en début d'été, et j'étais loin d'imaginer que j'allais tout gâcher dès l'automne en acceptant le marché transmis par Ivan. Pendant notre trajet, tout allait bien, c'était la pleine floraison des flocons d'acacia, de peuplier et de viorne obier, tel un rêve cotonneux ; à l'arrivée, je vis tout de suite que vous alliez bien vous entendre, mes appréhensions n'étaient pas justifiées. Tu te rappelles peut-être que ma tante alluma la radio à antenne en fin de soirée ; comme les infos parlaient du procès des personnalités accusées d'avoir perpétré la grande famine, tu évoquas les membres de ta famille dont la plupart étaient tombés sous les balles après l'insurrection des Bouriates, tandis que les autres avaient été envoyés dans les camps. Cela n'était pas véritablement en rapport avec l'Holodomor, mais la famine était aussi le quotidien des prisonniers. Ma mère opina et raconta qu'elle était née à Irkoutsk, où ses parents avaient été déportés, son père d'Estonie et sa mère d'Ukraine. Il y avait beaucoup de Bouriates, à Irkoutsk. Un peuple adorable, dit ma mère. Je ravalai ma surprise. Je ne l'avais jamais vue confesser cela devant une personne étrangère – car c'était bien une confession. Un aveu qu'elle n'avait pas fait en rencontrant mon père. Lui, elle lui avait dit qu'elle était originaire de Tallinn, se conformant ainsi aux conseils de ma baboussia, et pour cause.

Notre tradition familiale d'enjolivement des lieux de naissance trouvait son origine après la mort de Staline, lorsque mon grand-père exilé reçut la permission de regagner son pays natal. Chez lui, l'accueil fut glacial. La jeune mariée ramenée d'Irkoutsk essuya des regards désapprobateurs. Personne ne voulait câliner la fillette née là-bas. Pour la famille de mon grand-père, l'Ukrainienne n'était qu'une russophone qui avait profité du malheureux pour bénéficier d'une ration de pain plus copieuse à une table estonienne. À leur avis, Vilina avait russifié notre famille, et cela ne concernait pas que les dents en acier dans la bouche du couple. Les mauvaises relations de mon grand-père les tracassaient. Mais lui mettait tout cela sur le compte de son exil : ses proches craignaient d'être stigmatisés à leur tour. Tel était l'écho amer qu'évoquait Irkoutsk. Au point de causer une rupture entre mon grand-père maternel et sa famille estonienne.

Au fil du temps, ma mère comprit que son mari n'ambitionnait pas de carrière au Parti ou de postes exigeant un profil impeccable, comme elle le craignait. Elle allait danser avec un homme qui n'était pas inspiré par les décorations remises à son père pour la lutte contre le fascisme. Mais elle n'osait pas en parler. D'abord, elle attendit qu'il fasse sa demande. Puis elle décida d'attendre qu'ils reçoivent le permis de mariage et qu'elle ait le loisir de faire des courses dans la boutique spécialisée destinée aux détenteurs dudit permis. En se regardant dans la glace en robe blanche, elle songea qu'il serait dommage de ne pas la porter. À l'approche du jour des noces, ce n'était jamais le bon moment, et le restaurant fut réservé pour la fête, de même que le rendez-vous au Palais du bonheur pour l'enregistrement du mariage. Car si jamais le fiancé se mettait en colère, s'il fallait annuler le mariage, comment l'expliquerait-elle aux autres ? Les invitations étaient déjà parties.

Seuls les pommiers estoniens forcèrent ma mère à raconter l'histoire de sa famille, bien des années après leur mariage, lorsque mon père s'étonna que nous n'allions pas donner un coup de main, en automne, avec la moisson. La famille paternelle de ma mère habitait au kolkhoze mais possédait aussi un potager ou deux ; or, cet automne-là, la récolte était bonne. Ma mère trouvait toujours un prétexte pour éluder la question. Finalement, il perdit patience, et elle raconta tout.

Mon père ne se fâcha pas. À son avis, de toute façon, les pommes estoniennes ne valaient pas les ukrainiennes.

Si ma mère avait eu tant de mal à parler de la dissimulation de ses origines, c'était pour la même raison que moi. Elle avait craint d'être étiquetée comme une menteuse par mon père : dès lors qu'elle l'avait trompé une fois, comment pourrait-il encore lui faire confiance ? C'est ce que j'ai pensé lorsque je t'ai rencontré ; et avec le temps, il est devenu de plus en plus difficile de te parler de Snijné. Le bon moment ne s'est jamais présenté.

Lorsque ma mère évoquait ces choses-là avec baboussia Vilina, elle n'avait pas de regrets. Aucune des deux ne remettait sa conduite en question. Au contraire, un jour, elle rappela que mon père l'aurait peut-être quittée si elle lui avait avoué la vérité avant ma naissance : comment savoir ? Car la confiance est bien difficile à reconstruire après une imposture, et c'est pourquoi je ne vois aucune raison que tu me croies si j'avais l'occasion de te dire qui a tué Viktor.

Dnipropetrovsk
2010

Au retour de nos vacances à Londres, une surprise m'attendait au bureau : un paquet envoyé par ma mère. Je n'avais eu aucune nouvelle de sa part pour le nouvel an, ni à Noël, rien du tout depuis notre dispute, et je crus que ce colis était un geste de réconciliation, un petit cadeau tardif. En l'ouvrant sur la table de la cuisine, je me voyais déjà l'appeler pour la remercier et j'en avais le sourire aux lèvres.

La secrétaire prit l'un des magazines apparus sous les papiers d'emballage, pour le lire avec son café. Ma gorge se noua.

– Tu comptes faire des travaux ou vous construisez une maison ? me demanda-t-elle. L'heure des noces est arrivée ?

Pendant qu'elle se mettait à me parler de son petit ami, je hoquetai et me surpris à vaciller comme un peuplier solitaire en plein vent. Combien de brochures de matériaux avais-je apportées à ma mère, combien de magazines d'ameublement ? Il y avait fort à parier qu'ils étaient tous là. Une carte tomba entre deux exemplaires, ornée d'un bouquet d'asters : à l'intérieur, j'avais écrit une date. Le jour en question, la compagnie de bâtiment dotée des bonnes recommandations viendrait voir le terrain de ma tante, et la construction de sa nouvelle maison pourrait démarrer. La pile de magazines et la carte avec la date constituaient mon cadeau d'anniversaire pour ma mère.

Je laissai la secrétaire et les journaux dans la cuisine et allai m'enfermer dans mon bureau. Je me rappelais bien les difficultés que nous avions rencontrées en voulant faire installer le gaz chez ma tante. Je me souvenais de l'administration centrale où j'étais finalement allée avec ma mère et où le fonctionnaire avait déployé un plan sur une grande table. Je revoyais les lignes rouges qui englobaient la maison de ma tante et le village entier. Je n'avais pas oublié la tête de ma mère lorsqu'on lui avait expliqué que cette zone était reliée au réseau de gaz depuis longtemps, et la voix du fonctionnaire qui répétait qu'il était impossible de tirer un tuyau qui existait déjà, même à nos frais. D'où les rejets qu'essuyaient systématiquement nos requêtes. Ma mère n'avait pas eu la force de protester. J'avais signalé que seule la moitié du village, en réalité, avait été connectée au réseau : il y avait donc lieu de chercher à savoir qui avait volé le reste des matériaux. Ma mère m'avait fait taire et s'était excusée auprès du fonctionnaire, pour le dérangement et pour mon insolence. Nous avions quitté l'administration avec un sentiment d'humiliation ; ensuite, arrivée à Paris, j'avais imaginé pouvoir résoudre le problème en envoyant de l'argent. J'en fus incapable, et je me promis de faire bâtir une nouvelle maison, un jour, où rien ne fonctionnerait au gaz, pas même la cuisinière. Au fil des années, j'avais noté tous les futurs équipements, notamment l'eau courante et une douche intérieure ; lorsque je leur fis part de mes projets, ma mère et ma tante furent tout excitées. Elles se mirent à attendre la pose des fondations comme le bal dans leur jeunesse. Je t'en avais même parlé, et tu t'étais engagé à faire entendre raison aux bureaucrates s'ils causaient des problèmes ou s'ils réclamaient des pots-de-vin démesurés. Le paiement des amendes ne serait pas un souci.

Le paquet envoyé par ma mère me remit les pieds sur terre. Le bénéfice de mes vacances était déjà oublié, alors qu'elles m'avaient permis de dissiper tes soupçons pour la simple raison que j'avais pu oublier un peu Daria, ce qui m'avait fait le plus grand bien. Sur les oreillers de l'hôtel, nous avions organisé mon projet de nouvelle maison pour ma tante et, par la même occasion, nous avions enfin abordé le sujet à propos duquel Maria Kirillovna m'avait prodigué ses conseils. Notre maison à nous. Elle ne s'était pas trompée. Tu y avais pensé. Tu ne pourras pas croire que j'eusse mis cela en péril pour assouvir une vieille soif de vengeance. Ce n'est pas mon genre. Je voulais que tout le monde ait sa maison. Plus que tout.

La semaine suivante, je reçus un deuxième paquet de ma mère. Je l'emportai tout de suite dans mon bureau. Je ne voulais pas savoir ce qu'il contenait ; pourtant, je nourrissais l'espoir d'y trouver un drapeau blanc, un signe de paix de sa part. Mon espoir était vain. Sous le papier kraft, je trouvai mes publicités pour la crème de marrons, mes sourires à détergent, mes clins d'œil facétieux au rythme des modes d'automne. Je repensai au choc que j'avais eu, quelques années plus tôt, en voyant pour la première fois la collection de photos qui tapissait la chambre, et j'avais alors décollé toutes les coupures pour les cacher dans l'armoire. À l'époque, ma mère les avait remises à leur place.

Je n'arrivais pas à comprendre la violence de sa réaction. Ma mère connaissait les règles en usage dans ce pays pour traiter les affaires. Elle-même cultivait des pavots pour les toxicomanes, et elle ne me demandait pas comment je payais mon loyer, mes chaussures et mes factures de carte de crédit. Elle t'avait rencontré et elle avait vu ton 4×4, de ceux qu'on qualifiait de « frigos », dans la langue populaire, à cause de leur forme et de leur couleur. Elle savait quels étaient les gens qui possédaient ces véhicules, et cela ne l'avait pas empêchée de t'accueillir à bras ouverts. Elle savait que tu travaillais dans un groupe minier, et cela ne lui avait jamais inspiré autre chose que des hochements de tête satisfaits. Enfin, jusqu'au jour où l'on avait découvert que Veles Kravets était l'homme de Donetsk. Cela avait changé la donne, et elle ne manquait jamais de me le rappeler. Elle révoqua même l'abonnement d'eau potable que j'avais contracté à la campagne. J'avais appris cela en recevant un appel de l'entreprise qui voulait me proposer une offre commerciale plus avantageuse. J'avais payé la facture. Elle préférait ingurgiter la bouillasse du puits de la cour plutôt que d'accepter mon argent, plus immonde encore. Elle préférait vivre dans la maison de ma tante, construite en mâchefer. C'était un matériau récupéré gratuitement sur un terril proche de l'usine, et la bâtisse avait tenu pendant des décennies. Je croyais avoir offert à ma mère une maison en briques. Mais non, je lui avais offert des fondations précaires, une cabane en paille.

Après notre dispute, je ne gardai contact avec Mykolaïv que par l'intermédiaire d'Ivan. Il me communiquait des nouvelles de chez moi et répondait à mes questions sur les états d'âme de ma mère. Contrairement à mes attentes, je ne reçus aucun signe de pardon.

Je ne me rendis plus une seule fois à la campagne avant de quitter l'Ukraine.

Ivan m'embrassa gauchement comme la sœur qu'il n'avait pas, puis il resta planté dans l'entrée. J'en conclus que les nouvelles étaient mauvaises. Je lui demandai tout de même comment ça allait. Il se balançait d'une jambe sur l'autre, ouvrait et refermait la fermeture éclair de sa veste de jogging. Je me tournai vers la cuisine pour dissimuler ma déception : pas de nouveau passeport aujourd'hui.

– Champagne, vodka, cognac ?

– La horilka de bouleau de Boba, si tu en as.

Je posai sur un plateau ce que je trouvai dans l'armoire et portai le tout dans le séjour en étouffant ma contrariété. Ivan admirait le crépuscule par ma fenêtre. Il rappela que c'était la tour la plus haute du pays à l'époque de sa construction, et il se mit à chercher une musique de circonstance parmi mes disques.

– Nous n'avons pas eu le temps de parler du prix, dit-il.

J'acquiesçai. La situation le mettait mal à l'aise, lui aussi. Je le voyais à ses gestes, à sa façon de passer la main sur son crâne tondu, de tripoter sa fermeture éclair, de se concentrer sur les disques comme si la question financière était secondaire. J'avais imaginé qu'il me donnerait simplement les papiers. C'était à cause de ses activités commerciales que je m'apprêtais à tout quitter. Je versai la horilka de Boris dans les gobelets, tout en espérant que le montant serait raisonnable. Ivan leva son verre.

– Pour de nouvelles voies et de nouvelles chances ?

– Pourquoi pas, approuvai-je.

Je trempai les lèvres dans mon verre et le reposai sur la table. J'avais envie de lui demander ce qui avait foiré avec le passeport, et combien de temps j'allais devoir attendre encore. Mais je ne devais pas trop en dévoiler. Voudrait-il encore m'aider s'il était conscient de la gravité de ma situation ? Je ne voulais pas l'amener à peser ce qui lui serait le plus rentable : inutile de l'induire en tentation.

– Tu as entendu parler de Tatiana Fedorova ? La femme d'affaires ?

Je secouai la tête. Un passeport. Je voulais un passeport ! Pas des conneries sur une bonne femme sans intérêt.

– Elle aide les orphelins sociaux comme Boris. Lorsqu'ils arrivent à vivre sans tuteur, elle essaye de faire retirer leur statut d'incapacité par voie juridique.

Non, Fedorova n'était pas sans intérêt. J'étirai le pan de mon chemisier et regardai Ivan avec circonspection. Je me rappelais ce que tu avais dit un jour. La philanthropie, c'est toujours une façade. Il devait y avoir une raison derrière les bonnes œuvres de Fedorova : extension de ses parts de marché, développement de son réseau, blanchiment de sa réputation et de ses biens. Mais quelle importance, si elle parvenait à ses fins ? Personne n'avait intérêt à améliorer la position des orphelins sociaux. Si les institutions perdaient cette main-d'œuvre gratuite, qui travaillerait à leur place ? Qui paierait les salaires ?

– Tu ne crois pas aux bonnes actions de Fedorova, dit Ivan. Si ça se trouve, un membre de sa famille a été confié à une institution, ou bien c'est elle qui a placé un enfant et elle l'a regretté plus tard. Ça te semble impossible ?

Ivan prit la bouteille et remplit les gobelets.

– À Boba ! proposa-t-il.

Je levai mon verre. J'avais vidé le précédent dans un pot de fleurs pendant qu'il cherchait de la musique. Une chanson de Hady commença : *Les toxicos dans le potager*. Ivan avait souvent fredonné ce morceau. C'était le cas cette fois encore, et cela me fit sourire. Peut-être n'allait-il rien demander d'impossible en échange du passeport.

– Il est doué, notre Boba, poursuivit-il. Il n'a pas son pareil pour faire la horilka.

– Et pour préparer la compote.

– Un cuistot inégalé ! confirma Ivan en tapotant le verre tout en examinant sa surface comme une capsule de pavot, collant son œil dessus à la manière de Boris évaluant la maturité des graines. Il mérite un meilleur avenir.

– Absolument.

– Si Tatiana Fedorova se penche sur son cas, il aura besoin d'assistance.

– Quel genre d'assistance ?

– Ta tante pourrait lui apprendre à lire et l'amener en public, lui montrer comment on se déplace en trolley, comment on paye au magasin. Les autorités devront s'assurer que mon frère est autonome. Si ta tante ou ta mère devenait sa tutrice, Boba pourrait emménager chez elles.

– C'est ça, le prix du passeport ? m'étonnai-je. Évidemment qu'elles accepteront. Tu n'as qu'à leur en parler directement. En quoi as-tu besoin de moi pour cela ?

Ivan se tut et souleva le couvercle d'une boîte de caviar. Je me contentai de cornichons marinés. Tu n'avais pas encore remarqué le changement dans mon régime alimentaire, et tu pensais peut-être que je diminuais le tabac pour freiner les signes de vieillissement sur ma peau. Comme je me permettais un verre de mousseux de temps à autre, mon renoncement au cognac n'éveillait pas l'attention. Je surpris ma main posée sur mon ventre. Je la retirai.

– Bah, dit finalement Ivan. Comme ça, c'est un deal, pas un cadeau. Les bons comptes font les bons amis.

Je ris. Il avait raison. C'était la façon la plus honnête de procéder, la meilleure possible. Tant que j'étais avec toi, je n'aurais pas de souci à me faire pour ma famille. Autrement, qu'adviendrait-il ? Les fonctionnaires avaient été remplacés après la révolution orange, mais beaucoup s'étaient endettés pour avoir leurs postes, allant jusqu'à payer des centaines de milliers d'euros : ils avaient soif de gain là où les politiciens avaient soif d'électeurs. Tu avais raconté que la culture du pavot faisait désormais l'objet d'une surveillance intensive, comme on pouvait s'y attendre, et qu'une grande opération était en préparation. Je présumai que la ligne téléphonique récemment ouverte à cet effet allait être obstruée par les dénonciations de voisins jaloux. Sans le soutien d'un réseau solide, ma mère, ma tante et Boris finiraient en prison. Rien que les concurrents et les toxicos ordinaires devenaient une menace. Grâce au projet relatif à Boris, ma mère et ma tante seraient une famille pour Ivan.

– Tu es prête ? demanda-t-il.

– À quoi ?

– À devenir finlandaise.

De sa poche intérieure, il sortit une liasse de passeports.

– Ruslana Toivonen, tu vas devenir. Il y a aussi celui de sa mère. Enfin, de quelqu'un qui pourrait être la mère de Ruslana.

Je palpai instinctivement le paquet de cigarettes et eus le temps d'en allumer une avant de me rendre compte de ce que j'étais en train de faire. Une fois de plus, Ivan avait une longueur d'avance. En acceptant le marché qu'il m'avait proposé, je n'avais pas songé que ma trahison risquait de mettre ma mère en danger ; cela ne m'était venu à l'esprit qu'après coup. Désormais, je n'avais plus à me tracasser pour lui obtenir des documents de voyage qui ne soient pas pistables. J'ignorais si elle s'enfuirait aussi. Mais au moins, elle en aurait la possibilité. Je m'essuyai le nez avec une serviette et repensai à la boîte que j'avais laissée sur la petite table, dans laquelle j'avais mis un nouveau téléphone avec carte SIM anonyme. Je la confiai à Ivan en lui demandant de la cacher avec le passeport dans la commode de ma mère.

– Pas besoin de lui en parler.

– Bien sûr que non, acquiesça-t-il. Mon frérot, par contre, tu lui manques. Il demande toujours de tes nouvelles.

– Je suppose que ma mère ne parle toujours pas de moi ?

– Ça se tassera. Le Japonais n'est peut-être pas le gendre idéal à ses yeux, mais les mères finissent toujours par se laisser amadouer.

Je ne dis rien. Apparemment, il avait avalé sans rouspéter mon histoire de mariage pour justifier l'humeur de ma mère, ou bien il avait le tact de n'en rien laisser paraître.

– Et ce n'est pas tout, ajouta-t-il. Trois sont ceux des enfants de Ruslana Toivonen. Tu pourras les utiliser comme monnaie d'échange, en cas de besoin. Et un autre pourrait convenir à son mari.

Je tressaillis. Je n'avais pas demandé de papiers pour toi.

– Ton Japonais doit déjà en avoir toute une collection sous le coude, sans aucun doute, mais les passeports, c'est comme les voitures pour les hommes ou les chaussures pour les femmes. On n'en a jamais trop. Surtout ceux qui ne s'achètent pas par les voies régulières.

Je regardai Ivan dans les yeux pendant un moment, et je l'aimai alors d'un amour que je n'avais jamais éprouvé pour aucun membre de ma famille. Ma main alla de nouveau chercher mon ventre. Je la retirai encore une fois. L'espérance est humaine.

– Alors tu ne dis rien ? Comme tu l'auras deviné, le mari de Ruslana Toivonen était le cas le plus compliqué. Ça doit être un Coréen, rit Ivan en me mettant la pile sous le nez.

Six passeports. Six vies. Six chances.

J'avais oublié d'écraser ma cigarette ; au point où j'en étais, je décidai de la fumer jusqu'au bout. Une seule, ça ne pouvait pas faire trop de mal. La nicotine m'était montée à la tête comme l'alcool chez une novice. Ivan s'empiffra d'une nouvelle cuillère de caviar.

– Je mourais d'envie de t'appeler dès que j'ai récupéré le bazar. Mais j'ai réussi à patienter. C'est toujours dommage de gâcher une bonne surprise. Ne te gêne pas, prends-les en main. Tiens, touche.

Je feuilletai les passeports, manipulai les pages, apparemment authentiques. Les tampons témoignaient de voyages fréquents. Ressortissante d'un pays membre de l'Union européenne, Ruslana bénéficiait de tous les avantages des Finlandais, de même que ses enfants : chaque fois, la famille Toivonen s'était rendue dans le pays de Ruslana sans visa. Malgré le fait qu'elle était plus jeune que moi, la ressemblance était suffisante et ses traits n'avaient rien que je ne sache arranger au pinceau. Je me surpris à sourire, moins devant les opportunités offertes par ces pièces d'identité qu'à l'idée de la Finlande et de la télévision finlandaise que je regardais dans mon enfance. Si le charme d'autrefois s'était un peu dissipé et si mon finnois s'était sensiblement engourdi, mes vieilles notions me reviendraient beaucoup plus vite qu'avec une langue totalement inconnue. Une nouvelle vie sous une nouvelle identité, cela commençait même à me tenter. J'en avais marre de devoir sans cesse élaborer des plans de secours. La Finlande était un excellent choix : une nature intacte et un bon système scolaire, l'environnement idéal pour élever un enfant.

Cependant, tu ne pouvais pas partir sans la permission de Veles. À moins d'y être obligé. Ou bien partirais-tu si je te le demandais ? Si personne ne savait où tu allais, sous quel nom, avec quel passeport ? Serais-tu parti ?

Je croyais que je serais soulagée de me savoir enceinte, puisque j'avais désormais la garantie qui me manquait. Ce ne fut pas le cas. J'étais devenue plus nerveuse encore, je m'inquiétais pour deux ; si l'enfant naissait, je craignais d'avoir peur pour lui pendant toute sa vie. Je n'étais pas sûre de pouvoir supporter cela, et je m'étais donc dépêchée d'acquérir les passeports. Ce fut seulement lorsque j'eus en main les papiers de la famille de Ruslana Toivonen que je décidai de garder l'enfant, car ils n'offraient pas uniquement une rapide possibilité de fuite : ils portaient une foule de présages favorables. Ruslana avait deux filles et un fils nouveau-né, or tout à coup j'avais la certitude d'attendre un garçon. Le bébé de Ruslana s'appelait Oleh. Olejko. Mon petit Olejko. Cela aussi, c'était un signe. J'avais consulté les répertoires de prénoms d'enfants et parcouru les dérivés de mon nom de baptême – ce que je déconseillais pourtant formellement à mes clientes. Oleh trouvait son origine dans le même nom viking que le mien : Helga. N'était-ce pas le signe évident d'un appel du Nord ? Comme si tout cela était écrit dans les étoiles depuis longtemps !

J'avais entendu dire que les états d'esprit de la mère se transmettaient dès cette phase à l'enfant, qui n'était encore rien d'autre qu'un énorme cœur, palpitant entre cent trente et cent cinquante fois par minute. N'était-ce pas merveilleux, que le cœur vienne toujours en premier, avant les sens, avant la raison, avant les membres, avant le souffle ? Tout le reste était à peine en train de se développer, mais le cœur était prêt et il battait déjà, il battait sous le mien. Notre fils avait un nom et il avait un cœur. Restait à savoir si celui-ci palpitait de peur, d'amour ou d'espoir.

Aujourd'hui, je sais que la peur dévorait alors tout ce qui se trouvait sur son chemin. Peut-être qu'un venin s'instilla dans le liquide amniotique au moment où je vis le corps de Viktor gisant dans l'arrière-cour de notre bureau.

V

Marraine la fée

Helsinki
2016

Tirée du sommeil par une idée soudaine, je me lève. Il faut que je parle avec Ivan. Voilà six ans que je ne l'ai pas fait, et je sais que ce n'est pas raisonnable. Mais tu es à mes trousses. À quoi bon me cacher encore ? Il faut que je sache s'il a des informations. Si quelqu'un est au courant et peut me conseiller, c'est bien lui.

Je cours acheter une nouvelle carte SIM et j'appelle le restaurant de Mykolaïv où il donnait souvent ses rendez-vous. À l'autre bout, une fille à la voix somnolente répète rapidement le nom d'Ivan après moi puis se tait. Je me présente comme la prof de botanique de Boris et laisse mon nouveau numéro pour qu'il me rappelle, puis je couche sur papier les questions à lui poser. Pourvu qu'il n'ait pas oublié que j'avais offert un manuel de botanique à Boris ! Il s'en souvient, et il me téléphone.

– Je n'aurais pas cru avoir de tes nouvelles. C'est vraiment toi, Alionka ?

Je reprends mon souffle et me cramponne à l'appareil. Six ans, c'est une éternité, et personne n'avait prononcé mon nom en russe avec amour depuis tout ce temps. Je m'assieds au soleil sur le bord de fenêtre pour savourer ce sentiment de bonheur.

– Ta mère n'a plus jamais eu ce regard-là. C'est comme ça que j'ai deviné que tu allais bien.

– Quel regard ?

– Meurtri, dit Ivan. Mais devine ce que je suis en train de regarder ! Le tableau d'horaires des lignes de tramway, à la minute près. Comme à l'Ouest !

– Il y a ça chez nous, maintenant ? m'exclamé-je.

Je ne me rappelle pas avoir vu un tableau d'horaires, dans tout le pays. Ivan rit gaiement. Lui aussi était tellement étonné en apprenant la nouvelle qu'il a pris la voiture pour aller le vérifier de ses propres yeux. Il paraît qu'il y a même un plan du réseau, à la station. En fond, j'entends le grincement des rails, tout le tintamarre de la vie quotidienne, des rires d'enfants, et le printemps résonne si tendrement dans tous ces sons que je dois appuyer sur mes sourcils avec les doigts.

– Si tu ne me crois pas, je t'envoie une photo.

Je regarde mon papier. Je voudrais que cela continue comme si c'était une conversation parfaitement ordinaire entre deux amis de longue date. Pendant six ans, c'est en m'abstenant de les appeler que j'ai le mieux aidé mes proches, et je ne prenais le téléphone que pour parler à ma mère ou aux gens dont j'astiquais les sols et qui ne me connaissaient pas. D'après baboussia Vilina, je me rappelle, une peine d'exil sans droit de correspondance revenait au même qu'une condamnation à mort. Elle avait eu la chance de recevoir des lettres et des paquets. Elle avait réchappé aux camps. J'ai tenu six ans sans amis grâce aux visites de ma mère. Autrement, je me serais trahie, car j'aurais été obligée de parler, avec une personne que je connaissais et réciproquement, une personne qui se souviendrait de moi telle que j'étais il y a longtemps, avec qui j'aurais pu avoir une communication tout à fait semblable à celle-ci, et d'ailleurs cela pourrait être ma dernière conversation avec un ami pour de nombreuses années. Ou pour toujours. C'est pourquoi je dois lui poser d'autres questions. Je veux savoir quel temps il fait, pourquoi un vieillard a l'air de radoter près de lui, pourquoi le bonhomme parle de chauffeurs qui ont encore peur. Il me répond que le type s'est affolé en voyant passer plusieurs tramways à la file. Ivan lui a montré les horaires. C'est parfaitement normal : ce sont des rames de deux lignes différentes qui doivent rouler l'une derrière l'autre.

– Le pépé ne t'a pas cru, parié-je. Malgré les horaires.

– Exactement.

Moi aussi, je me rappelle les troïkas de bus et de tramways. Si un véhicule tombait en panne, ou s'il était attaqué par des malfrats et toutes sortes de voyous, le chauffeur était secouru par les deux autres. Ivan avait fait de la prison pour s'être joint à un de ces gangs. L'activité n'était pas très rentable. Derrière les barreaux, il avait fait connaissance avec des experts en pavot, et il avait pris sur lui la sentence d'un dealer accusé d'agression. C'est ainsi qu'il a gagné sa place dans le réseau, après quoi il a obtenu un job dès sa libération. Il s'y connaît en commerce, Ivan.

– Mais tu n'appelais peut-être pas pour entendre les nouvelles d'Ukraine, si ?

– Je suis désolée, dis-je. Je ne devais jamais te recontacter. Je l'avais promis.

Le briquet cliquette. Ivan inspire la fumée, et le vacarme de la station s'éloigne. Je sais qu'il est mon ami, et pourtant… M'aurait-il rappelée s'il n'y avait pas Boris ? Je chasse cette pensée. Je ne veux pas paraître désespérée, alors j'imagine le parc derrière la station, tout blanc sous les fleurs d'acacia et de peuplier. Je pense aux châtaigniers, aux platanes, aux érables, aux chênes, à tous les feuillus possibles, plus nombreux en Ukraine qu'ici. Je pense à mon insouciance d'autrefois. Je pense à Vopli Vidopliassova que je chantais à tue-tête en traversant Kiev au volant de ma voiture, je pense à ta main dans la mienne et aux jours heureux, pour que tout cela se transmette un peu dans ma voix. Et je pense au garçon du parc à chiens.

– Je crois que j'ai à nouveau des ennuis, mon tendre ami, articulé-je en accentuant les derniers mots pour toucher le cœur d'Ivan. Mon identité est découverte et je suis traquée. Cela dit, compte tenu des circonstances, j'ai une vie supportable. Impossible de partir, de m'enfuir encore.

– Est-ce que tu as une alternative ?

– C'est pour ça que je t'appelle.

– Tu as de quoi marchander ?

– Quelqu'un a l'intention de kidnapper les enfants de Lada Kravets.

– De la veuve ? Tu as des preuves ?

– Peut-être. Oui.

– De quelle nature ?

– La personne en question a photographié en secret les enfants de Lada Kravets et espionné leurs déplacements quotidiens. J'ai les photos, je sais qui est cette personne, et je peux la localiser.

Ivan est revenu dans sa voiture. Je l'imagine embrasser saint Koukcha d'Odessa et réfléchir. Sa voix exprimait un intérêt circonspect, mais son silence devient trop long, puis il démarre le moteur, la radio s'allume en fond, il règle la clim, et j'entends presque sa décision se former dans une direction qui ne me sera pas favorable. Peut-être ne veut-il pas que l'intimité de notre relation soit révélée. Il n'aurait rien à y gagner. D'ailleurs, je ne suis pas sûre non plus qu'il puisse gagner grand-chose en jouant le messager.

– Tu n'as pas besoin d'intermédiaire, dit-il enfin. Tu n'as qu'à appeler le Japonais.

– Il ne m'écoutera pas, après tout cela.

– Cet homme sait ce que c'est, de conclure un marché.

Je serre le téléphone. Je ne veux pas raccrocher, recourir à des mots irrévocables, lui rappeler ce que je risquerais de faire par désespoir si l'on m'attrapait : dénoncer sa complicité dans le piratage des données personnelles des Kravets et dans la violation de leur anonymat. C'est lui qui a organisé tout cela, pas moi.

– En souvenir du bon vieux temps, chuchoté-je en grattant la peinture sur le cadre de la fenêtre.

Un coléoptère tournoie entre les vitres. Je suis obligée de continuer. Je regarde ma liste et je demande :

– Tu es allé regarder le retour des pélicans avec Boris ? Et les grues, sont-elles revenues ?

Ivan tousse et éteint le moteur. La radio s'assourdit. J'entends un crépitement : il a sorti quelque chose de la poche de sa veste et il m'explique ce qu'il tient à la main. Une carte de club qu'il conserve en souvenir, dans son portefeuille. Elle autorisait son détenteur à jouir des services de la résidence du président Ianoukovitch, même en l'absence du propriétaire. J'ignorais qu'Ivan était allé aussi loin.

– J'ai rencontré le Japonais, là-bas, deux ou trois fois.

J'attrape à tâtons ma tasse de café à moitié consommée et prends quelques gorgées. Mais ma bouche reste sèche. Vous avez bavardé, Ivan et toi, vous êtes allés ensemble au bowling, à la pêche, à la chasse aux cerfs sur les terres du président. Et malgré tout, il ne m'a pas dénoncée. Je ne dois pas oublier cela. Nous sommes dans le même bateau. Je n'ai aucune raison de paniquer. Je lui demande de tout me raconter, et il commence par votre rencontre après la mort de Viktor. Tu es allé chez lui, à Mykolaïv, pour chercher à savoir qui aurait pu me cacher ou m'aider, et si j'avais toujours de la famille à Donetsk ou à Tallinn. Il est tombé des nues. Pour lui, mon rapport avec Donetsk était inédit. Il ne connaissait que mes origines tallinnoises.

– Tu lui as fait gober ça ? m'exclamé-je.

– Avez-vous jamais mentionné d'autres parents que ceux de Tallinn, devant les gens ? Pourquoi aurais-je entendu autre chose, moi ?

– Ce n'est pas pareil. Pour nous, tu fais partie de la famille. On a eu des problèmes à Donetsk et tu le savais.

– Tellement de problèmes qu'aucune de vous n'en a plus jamais pipé mot par la suite. À mon avis, c'était un argument assez convaincant. Ou bien tu me prends pour un imbécile ?

Je signale qu'il a bien dû te fournir un renseignement. Ce serait tout de même bizarre que mon ami prétende ne rien savoir à mon sujet. Pourtant, Ivan me confirme que c'est passé comme une lettre à la poste, justement, et qu'il en était le premier surpris. Il n'a pas perdu un doigt, pas même un ongle ; d'après lui, ton interrogatoire relevait plus d'une obligation de routine que d'une réelle motivation à pêcher des informations. Je transpire. Le soleil me brûle, tout à coup. Mais je reste à la fenêtre, et je me demande si tu as vraiment passé l'éponge. Je crois comprendre. Tu aurais facilement pu tout bloquer, si tu avais vérifié l'authenticité de l'emploi de mon père à Mykolaïv et celle de mon départ pour Paris directement depuis Tallinn. Tu aurais pu dénicher mes vieux camarades de classe, qui t'auraient appris que notre famille avait déménagé dans un village paumé au fin fond de l'Ukraine de l'Est. Si tu avais exposé au grand jour mon tout premier mensonge, ma carrière de coordinatrice se serait arrêtée net. Tu n'as pas daigné faire d'efforts car tu avais déjà effectué beaucoup trop de vérifications dans le cadre de l'obsession des Kravets à vouloir un enfant ; ta négligence t'a rendu coupable, complice involontaire, et un coupable ne se vante jamais des fautes qu'il a commises. Le plus facile aura sans doute été de prétendre que j'étais si rusée, que j'avais mis au point un assassinat si infaillible, que même toi, tu n'avais rien vu venir. Je déglutis. Tu ne voudrais jamais que les gens soupçonnent ton indulgence. Aveuglé par l'amour, comme moi. Envoûté.

– À part ça, tu t'es taillé une sacrée réputation ! dit Ivan. Il n'est pas facile à berner, le Japonais. En fait, il n'a pas trop voulu me tirer les vers du nez, ça aurait été embarrassant. Avec son air indifférent, il a laissé entendre que tu n'avais strictement aucune importance.

Vanité. Je ne te savais pas si vaniteux.

– C'est juste les autres qui se sont demandé pourquoi tu n'avais pas liquidé toute la bande lorsque tu leur as rendu visite chez eux comme la belle-fille idéale. Il ne serait resté personne pour se venger.

Quand vous vous êtes rencontrés avec Ivan, par la suite, à la villa présidentielle, tu t'es comporté comme si vous étiez de parfaits inconnus. À aucun moment vous n'avez fait allusion à moi.

– Bref, tu comprends bien que tu ne pourras jamais revenir, conclut Ivan. Il y a des choses qui ne se marchandent pas. Mais je transmettrai le message.

Nous sommes assises depuis une heure ou deux dans un café, devant l'école des enfants du parc à chiens. Tandis que nous cherchions une table libre en terrasse, Daria a dit quelque chose qui ne cesse plus de me tarauder. L'enthousiasme avec lequel elle s'étonnait que les enfants d'ici aillent à l'école tout seuls me paraît suspect.

– Retourne chercher du café, ordonne-t-elle.

Bien qu'il reste une heure avant la sonnerie de fin des cours, elle tapote la chaise avec sa chaussure à l'approche de l'instant fatidique et ne présente aucun signe de fatigue. Je vais au comptoir pour passer la commande, et j'en profite pour guetter les passants, au cas où il y aurait des connaissances ou des ennemis. Je pose les cafés sur un plateau, l'apporte devant Daria et me rassieds à ma place, contre le mur. J'ai mal aux pieds. Nous avons passé la matinée à faire le tour des lieux associés à la vie d'Aino. C'est moi qui ai lancé l'idée, en prétendant que j'avais un jour de congé. J'ai inventé une partie des objectifs, les autres étaient vrais, comme les lieux de travail des parents et les animaleries. Et l'école.

– À part ça, j'ai commencé à apprendre le finnois, dit-elle en sortant un manuel de son sac. On s'entraîne ?

Je prends le livre, qui paraît neuf. Daria se penche vers moi et lit les phrases-types, avec trop d'aisance pour une débutante. De temps en temps, elle me regarde pour que je juge sa prononciation.

– Tu comptes vraiment séjourner ici longtemps, pour avoir besoin de ça ?

– Il faut bien que nous ayons une langue commune.

– Nous ?

– Aino et moi, évidemment. Qui d'autre ?

Elle me regarde comme si j'étais idiote. Je le suis peut-être. Mes vagues pressentiments sont en train de devenir réalité. Dans la soirée, j'ai fait quelques recherches web à propos d'enfants dans les localités où je me rappelais qu'habitaient d'anciens clients de Daria. Un cas a attiré mon attention : une inconnue avait essayé d'enlever un gosse sur une aire de jeux dans un village allemand. La coupable était « une étrangère » et le journal avait publié une photo prise par un passant avec son téléphone. Les personnes reconnaissant cette femme étaient priées de contacter la police. Il s'agissait manifestement de Daria. Elle cherche à kidnapper l'enfant d'une ancienne cliente et jouer à la mère de famille. Pourquoi fallait-il que ça tombe sur Aino ? Ou est-ce qu'il est plus facile de voler un enfant ici que dans un autre pays ? J'observe l'asphalte sous nos pieds. Il a la même régularité que la surface d'un gâteau dans la vitrine d'une pâtisserie, mais le sol bouge comme si j'étais à bord d'un train.

– Tu m'écoutes ? demande Daria. Tu devais corriger mes fautes.

Je répète les mots du manuel, et j'invente mes propres phrases au passage. En demandant à Ivan de transmettre mon message, j'essayais de gagner du temps. Si tu veux en savoir plus sur les circonstances dans lesquelles les enfants de Lada Kravets ont été photographiés clandestinement, la balle dans le front n'est plus une option. Tu vas devoir t'entretenir avec moi. T'asseoir un moment. Me regarder dans les yeux. Mais en repensant à ton regard, je me demande maintenant si les photos des petits Kravets constituent une preuve suffisante du risque que représente Daria, sans parler du fait divers allemand : m'accorderas-tu une entrevue pour si peu ? Toutefois, si l'argument est convaincant et si tu commences à te méfier d'elle, je disposerai d'un peu plus de temps. Peut-être assez pour te raconter ce qui s'est réellement passé le jour où Viktor est mort. Mais ma parole n'a aucune valeur. J'ai besoin d'autres preuves, et tout de suite. Il faut que Daria passe aux aveux. Je reprends mon souffle.

– Pendant combien de temps as-tu planifié le meurtre de Viktor ?

Je pose la question en finnois, à voix haute, et le simple fait d'en être capable me donne de l'assurance. Daria ne comprend pas, ou bien elle fait l'imbécile. Je répète en russe. Son pied arrête de tapoter la chaise. Puis elle éclate de rire.

– C'est quoi cette blague ?

– Ou était-ce un accident ? poursuis-je. Ce sont des choses qui arrivent, les accidents. Ne pourrions-nous pas enfin parler franchement ?

– Nous devions pratiquer le finnois, me rappelle Daria en brandissant son manuel. J'en ai marre de tes histoires débiles.

– Aurais-tu préféré m'éliminer, moi, plutôt que Viktor ? À ta place, j'aurais envisagé un truc dans ce goût-là.

Ma trouvaille m'inspire une certaine satisfaction. L'empathie avec le client, c'est une vieille astuce. Mais cette fois-ci, ça ne marche pas.

– Tu es devenue folle, ou c'est quoi ce binz ?

Daria repose son livre et m'observe comme si elle ne comprenait pas un mot. Je n'ai pas réussi à lui décrocher le moindre aveu pendant toute la journée, malgré mes tentatives. Je viens de rallumer le dictaphone dans ma poche pendant que j'étais au comptoir : il enregistre toujours nos bavardages. Pas moyen de la faire avouer. Elle n'admettra rien. Elle est plus coriace que je l'espérais. Elle est un grand carreau lisse, je n'ai pas la moindre prise. Je la regarde mastiquer son café au lait avec l'air de chercher à identifier un drôle d'arrière-goût, puis elle semble avoir une idée subite.

– Attends… Tu essaies de renvoyer tes fautes sur mes épaules ?

– Ne plaisante pas. J'ai vu ce que tu as fait.

Je la saisis par le poignet et le serre rudement.

– Et si j'envoyais à Ladka les photos que tu as prises de ses enfants ? demande Daria. Ou à Veles. Oui, tiens, peut-être à lui. L'homme de Donetsk ne serait-il pas un bon destinataire ?

– Ce n'est pas moi qui les ai prises.

– Qui va croire ça ?

Je perds pied. Je n'aurais pas dû appeler Ivan. Je comprends soudain l'erreur que j'ai commise. On me croit coupable de la mort de Viktor. Ivan s'étonnait que je n'aie pas liquidé les autres Kravets par la même occasion. « Il ne serait resté personne pour se venger. » La logique est sans faille. J'ai un mobile. Si Daria met sa menace à exécution, vous serez persuadés que mon expédition punitive continue, que je ne suis pas encore satisfaite. Je n'ai aucun moyen de prouver que la photographe secrète est précisément Daria ; et si on lui donne la parole, elle prétendra que j'ai voulu mettre en scène sa culpabilité.

– Veles enverrait une armée entière contre toi et ta famille, poursuit-elle en renforçant sa voix.

Ma main raidie sur la table ressemble à un plâtre. Je cherche les mitaines dans mon sac, en vain, et je tente de réchauffer mes doigts sous les cuisses. Je n'arrive plus à remettre la conversation sur les rails.

– Et tu sais quoi ? Ce serait bien fait pour toi !

Son téléphone est à côté de sa tasse. Notre altercation lui a fait oublier les cheveux bouclés de séraphin qui rayonnaient à l'écran. Pendant le café, elle regardait le visage d'Aino en posant des baisers sur la vitre comme sur une icône. L'appareil s'est mis en veille et, sous l'emprise de la colère, elle n'y fait plus attention ; elle liste maintenant les raisons pour lesquelles il faudrait me pourchasser jusqu'au bout du monde. Elle énumère des noms. Des filles que j'ai oubliées, des filles que je n'ai jamais rencontrées. Des filles auxquelles on a injecté encore plus d'hormones qu'à Londres. Des filles tombées malades. Des filles qui ont dû subir une ovariectomie. Des filles qui ont eu des complications ou dont l'utérus a été malencontreusement perforé. Des filles qui sont retournées dans des cliniques de PMA, non plus comme donneuses mais comme clientes. Des filles dont personne n'a suivi la santé depuis qu'elles ont disparu des catalogues d'agences. De toute évidence, Daria a lu les sites américains de propagande, ils regorgent d'activistes en tous genres ; la voici qui raconte qu'elle a participé à une réunion de donneuses anonymes à New York. Elle n'en revenait pas en découvrant le nombre de camarades qui partageaient son sort, et beaucoup d'entre elles venaient d'Ukraine ou de Russie, de Pologne ou de Roumanie, justement, de toute l'Europe de l'Est. La plupart avaient commencé les dons d'ovocytes dans leur pays et, après un job à l'étranger, elles étaient restées en Amérique pour avoir de meilleurs salaires. Ça se passait mal pour tout le monde, personne n'avait d'assurance maladie. L'une des filles a donné une seule fois et pourtant elle a eu un cancer du sein, sans antécédents familiaux. C'était un hasard, dis-je. Daria ironise : les cas étaient trop nombreux pour être dus au hasard.

Les étudiants de la table voisine nous regardent de travers : nul besoin de compétences en langues étrangères pour interpréter le ton de Daria. Nous attirons fâcheusement l'attention. Je leur fais part de mes regrets en souriant. La clientèle tressaille et regarde ailleurs. Je remercie en pensée la politesse finlandaise. Comme Daria doit avoir la gorge sèche à force de s'épancher, elle finit son café et regarde l'heure sur son téléphone.

– Je n'arrivais pas à comprendre pourquoi c'était moi, bon sang, que tu avais choisie pour Viktor… Et puis je me suis rendu compte que tu n'en avais tout simplement rien à foutre. Les Kravets ont choisi à la tête, c'est tombé sur moi, et tu n'as pas osé protester.

– Ça ne s'est pas passé comme ça.

– Allez, trêve de blabla, tranche Daria en se levant et en renversant sa chaise. Aino va sortir de l'école. Tu ne vas pas gâcher ce moment.

Les autres clients se tournent pour nous regarder et une passante s'arrête. Une voisine. Le visage enflé, la veste relâchée. Enceinte. À coup sûr. Elle lève la main pour me saluer. Je réponds en hochant légèrement la tête et redresse la chaise. Je suis allée trop loin. Le dictaphone enregistre toujours, en vain. Je réessaierai plus tard. Je regarde Daria, dont la lèvre tremble. Je la prends par la manche et propose de lui parler de l'éducation finlandaise, des matières qu'étudie Aino.

Elle se rassied.

– Qu'est-ce que tu y connais, toi ?

– Je sais au moins que le système scolaire finlandais est le meilleur au monde.

En voyant les enfants sortir de l'école au pas de course pour célébrer le week-end, Daria se remet sur ses gardes. Elle semble avoir oublié notre dispute et elle tressaille en apercevant la tête blonde d'Aino. La fillette se précipite vers la femme du parc à chiens, qui a l'air très énergique dans son manteau de printemps couleur sable. En pleine forme.

– Qu'est-ce qu'elle fait là, celle-là ? s'emporte Daria. Aino n'était pas censée rentrer seule à la maison ?

– Peut-être qu'elle est sortie plus tôt du travail.

J'ai pris Daria par la main sans le vouloir, et nous regardons Aino et sa mère disparaître dans le fourmillement de la rue comme si c'était une pièce à suspense. Je n'aime pas cela, que Daria parle des enfants du parc à chiens par leur prénom. Il ne faut jamais appeler les enfants prématurément par leur vrai nom. Cela dit, cette habitude commence à déteindre sur moi. Je me surprends à penser à « Aino » et à « Väinö ».

– Je ne te hais pas, je ne t'ai jamais haïe, dit Daria. Et en cet instant précis, je ne hais personne d'autre que cette bonne femme.

Moi aussi, je la hais. Je hais tout ce qu'elle peut donner à ses enfants. Je hais qu'elle ait un salaire rondelet, de nouveaux manteaux de printemps, de l'argent pour le coiffeur et un père pour ses enfants. Je hais qu'elle laisse les bouteilles consignées à côté des conteneurs à poubelles pour que des gens comme moi viennent les ramasser parce qu'elle n'a pas besoin des trois sous que ça rapporte, et je hais que ses amis lui téléphonent tout le temps et qu'elle se promène main dans la main avec son mari. Pendant un moment, nous voici unies par la haine, Daria et moi, et elle le sent.

– Ai-je vendu mon enfant ? demande-t-elle tout à coup. L'ai-je vraiment vendu à cette bonne femme ?

– Aino n'est pas ton enfant.

Daria retire sa main.

– Je croyais que tu me comprenais. Tans pis, je saurai me débrouiller sans toi.

Inutile de lui demander ce qu'elle veut dire. La famille a coutume d'aller passer les week-ends au bord du lac dès le printemps. Je n'en ai pas parlé avec elle, et je me demande si elle connaît l'endroit où ils se rendent depuis plusieurs semaines. Enlever un enfant en pleine forêt, c'est simple comme bonjour. Elle l'ignore. Autrement, elle serait déjà en train de louer une voiture.

– À mon avis, le chemin de l'école est la meilleure option, dit Daria. On emmène Aino dès le matin et, dans la foulée, tu informes la maîtresse qu'elle est malade. Comme ça, la disparition passera inaperçue jusqu'à l'après-midi.

Elle se lève. Elle veut acheter des vêtements pour la petite et estime que nous aurons le temps de faire du shopping d'ici l'heure de la promenade du chien. Je lui signale qu'il vaudrait mieux marquer une pause avec les visites au parc, si nous ne voulons pas trop attirer l'attention. Mes protestations ne l'intéressent pas. Elle semble ne jamais se lasser d'observer la famille, et je ne sais pas très bien si c'est de l'envie ou de la colère, de sa part, à l'égard des parents qu'elle compte bien spolier de leur bonheur. Ou peut-être est-ce la certitude de leur naufrage imminent qui lui procure un plaisir dont elle est déterminée à savourer chaque goutte.

– Amène-toi, commande-t-elle en se tournant pour me regarder.

Elle a le même sourire sur le visage que lorsqu'elle a étranglé Viktor. Quand elle s'est rendu compte que toute la culpabilité allait être mise sur mon compte, son triomphe était sans bornes. Maintenant, la raison de sa grimace est différente. Elle me tient en laisse, et elle le sait.

Je ne peux que la suivre, et en même temps, je relie ses propos à ceux d'Ivan, notamment entre les lignes. Elle m'a menacée avec les hommes de Veles, qui nous poursuivraient jusqu'au bout du monde, ma famille et moi. Mais pourquoi ne l'ont-ils pas fait dès la mort de son fils ? Pourquoi les 4×4 n'ont-ils pas surveillé la maison de ma mère plus longtemps ? Pourquoi Ivan a-t-il été interrogé par pure formalité, superficiellement, et une seule fois ? J'ai mis cela sur le compte de ton indulgence… mais aurais-je mal interprété les faits ? Lada tenait absolument à diriger les recherches en personne. Dixit Daria. Et si c'était justement la veuve qui avait validé tes investigations superficielles ? Si elle t'avait même encouragé sur cette voie ? Était-ce à elle que je devais être reconnaissante ? Lada Kravets préférait que l'enquête ne soit pas trop approfondie. Elle avait ses raisons.

Peut-être ai-je seulement voulu croire que tu m'avais laissée fuir par pitié ou par miséricorde. Par amour.

Des jeunes se sont rassemblés dans le parc et notre banc habituel est occupé. Cela ne dérange pas Daria : elle établit notre poste de garde sur les degrés de pierre voisins de l'enclos canin. J'enlève ma veste et m'assieds dessus. D'habitude, j'évite de venir le vendredi soir, où il serait incongru de bouquiner au milieu des picoleurs vautrés sous les feuillages. La présence de Daria n'arrange rien à l'affaire. Nous n'avons pas l'air de venir passer un moment agréable entre amies. Nous devrions avoir au moins une bouteille de vin ou quelques bières, un prétexte crédible pour flâner dehors en automne. Ou un chien.

– Je croyais que tu serais un peu plus coopérative, me tance-t-elle en s'installant à côté de moi. Tu me déçois.

Feignant de mal comprendre son reproche, je m'excuse de ne pas connaître assez bien les boutiques de prêt-à-porter pour enfants. Le magasin de bienfaisance que je lui proposais n'allait pas, si bien que nous avons fini en centre-ville pour chercher les vêtements d'Aino. Miracle, c'est Daria qui a payé. Elle a de l'argent. Des cartes de crédit. Des espèces.

– Ne plaisante pas. Est-ce que ça pourrait te motiver, ça ?

Elle plonge la main dans sa poche pour en sortir son téléphone. Je ne veux pas voir les photos qu'elle me montre. Est-elle allée photographier les petits-enfants de ton chef à seule fin de pouvoir monter son histoire et me menacer ? Raconter que je les espionne ? Sainte Mère de Dieu, non, cette chienne ne peut pas être aussi rusée.

– On voit que Ladka se porte bien, non ? On ne peut pas en dire autant de cette gourde de secrétaire. Tu sais comment elle a fini ? Toi, il y a peu de chances que tu aies droit à une solution aussi rapide.

Daria parcourt les actualités et me met sous les yeux une page qui parle d'un accident dans un hôtel désaffecté. J'aperçois le titre. Une jeune femme tombe à travers le plancher de l'hôtel Parus. Je dirige mon regard sur le doigt de Daria, et je pense à toi et moi sur la berge, à l'odeur de halva émanant de l'usine Oleïna qui séduisait mes narines, et aux fleurs abandonnées qui fanaient sur la rambarde tandis que, dans ma main, les roses étaient fraîches. La silhouette majestueuse du Parus se dressait sur notre gauche. L'effondrement du bloc de l'Est et la fin du rouble avaient interrompu la construction de cet hôtel destiné à devenir un emblème du luxe soviétique; malgré tous les efforts, il n'avait jamais été achevé. Par la suite, il était devenu le lieu de prédilection des ivrognes et des amoureux. La vue depuis le dernier étage était absolument vertigineuse et la façade avait de l'allure. Je sentais l'odeur d'avril s'élever de la terre. Avant, le beau temps attirait les cascadeurs dans la carcasse de l'hôtel, les mêmes qui escaladaient aussi les ponts suspendus. Le printemps au bord du Dniepr. Voilà ce qui me manque.

Je retiens mon souffle un moment, puis j'inspire lentement et profondément.

– Après ta fugue, on a tout scruté à la loupe et on a découvert plein de choses. Par exemple, que la secrétaire avait divulgué les données confidentielles des clients, carrément dans ses mails.

Je hausse les épaules. Cette nana était une arriviste incompétente. Je me moque bien de la secrétaire, et tant pis si j'ai déclenché une série d'événements qui ont provoqué sa mort. Daria baisse la voix, son regard reste sur la rue menant au parc, et sa main se resserre sur les sacs en papier contenant les vêtements pour Aino. La famille ne va pas tarder.

– Il peut t'arriver la même chose qu'à la secrétaire. Tu veux vraiment que ta mère entende parler de toi par un fait divers dans le journal ? Tu ne lui as pas causé assez de chagrin ?

Le froid des pierres me pénètre jusqu'aux os, je sens mes jambes s'ankyloser. J'ai forcé ma mère à retourner chez elle pour lui épargner de trouver mon cadavre. Visiblement, ce n'était pas une précaution suffisante. Elle risque encore d'être mise face à des choses qu'une mère ne devrait jamais voir. Le picotement qui commençait par les doigts est en train de se répandre aux bras, et je ne retrouve toujours pas mes mitaines. Elles ont dû tomber quelque part. C'est ma mère qui les a tricotées, avec des motifs d'asters, et j'en aurais bien besoin maintenant.

– Mais je ne parlerai de toi à personne, si tu m'aides. Qu'est-ce que tu en dis ? Lundi ?

Je plaque les mains sur mon visage. Le vol Kiev-Helsinki dure à peine deux heures. Ivan t'a sûrement déjà téléphoné. Sur un toit d'immeuble. Sur un balcon. Roulée dans du plastique sur une décharge. Si je ne détiens pas une chose de valeur. Une chose que Lada Kravets ne puisse pas démentir. Une chose que ton chef ne puisse pas laisser passer. Une preuve. Un aveu.

Daria me donne une bourrade.

– Hé, qu'est-ce que tu dis de lundi ?

– D'accord. Et après ? Tu comptes l'emmener où, la petite ?

– À la maison.

– En Ukraine ? Tu n'as pas son passeport.

– Nous pourrions le voler.

– En entrant chez eux par effraction ? Ça ne marchera pas.

– Aino est petite, elle tiendra dans le coffre. On ira d'abord en Estonie, puis en Lettonie et en Lituanie jusqu'à la frontière polonaise, et à la maison. Le Donbass, c'est devenu le coin préféré de tous ceux qui veulent échapper aux autorités.

Daria a raison. En république populaire de Donetsk, le bras de la police finlandaise ne l'atteindra pas. Son plan n'est pas mauvais. Il est dément.

– Tu as les moyens de réaliser tout ça ? Où vas-tu acheter une voiture ?

Daria regarde un couple qui s'approche de l'enclos avec un chiot apprenant à marcher en laisse.

– Tiens, est-ce que nous devrions acheter un teckel comme ça, pour Aino ? Ou un chien comme le leur ? Ça l'aiderait à se sentir chez elle ?

C'est exactement le genre de couple qui aurait capté mon attention autrefois. Ils ont un avenir, et cela se voit. Je tends instinctivement la main en direction du chiot, mais je replie le bras aussi sec. J'ai envisagé d'acheter un animal de compagnie, au début, en constatant que les parents de Väinö et d'Aino ne me reconnaissaient pas. Avec un chien, j'aurais été plus à l'aise pour faire connaissance avec le garçon. Toutefois, si la terre commençait à brûler sous mes pieds, j'allais devoir partir seule : on ne s'enfuit pas avec des bêtes. En outre, j'avais fait un cauchemar qui m'avait rappelé pourquoi j'avais intérêt à ne pas avoir de chien, et maintenant j'étais satisfaite de ma décision. Tu aimais bien les animaux. Tu n'abattrais peut-être pas un chien défendant sa maîtresse. Quelqu'un d'autre le ferait. Ou il finirait à la rue. Il mourrait de faim à côté de mon cadavre. À moins qu'il ne plante ses crocs dans ma joue.

Oubliant son rêve de chiot, Daria se redresse. La famille s'approche du parc. Les parents marchent main dans la main. Ils rient, le fils traîne à deux mètres des autres. La fille tient une toupie du Premier-Mai. Elle essaie de la faire tourner mais n'y arrive pas. Son frère s'esclaffe et dit quelque chose. Elle se démène encore plusieurs fois avec la toupie et il rigole. Elle a fondu en larmes. À présent, elle pleure à grands cris.

– Que s'est-il passé ? s'affole Daria.

Tandis que le père console la petite, la mère devient agressive et fait face à son fils, qui rougit puis se met en colère. Daria s'est levée. Le garçon part vers la rue en tapant des pieds. La mère lui court après et le tire en arrière. Erreur ! Il est trop vieux pour cela. Je retiens Daria par la main. Leur querelle familiale ne nous regarde pas. Nous ne pouvons pas nous intéresser ouvertement à une dispute entre des enfants inconnus ; mais la scène va bientôt attirer l'attention des autres : le fils ramasse une poignée de sable par terre et le jette à la figure de sa sœur. Daria sursaute, fait un pas en avant. La petite se met à crier, la toupie tombe par terre et le frère part en courant. La mère passe son bras autour de la fillette, qui ne se calme pas. Je n'ai pas le temps de réagir, Daria est trop rapide : elle fonce auprès de la femme et lui arrache l'enfant. La mère hurle. La gamine crie. Le chien aboie. Je me lève et me faufile vers la rue. C'est maintenant ou jamais. Accroupi au bord de la pelouse, dos au parc, le garçon tapote l'asphalte avec ses tennis.

– Les sœurs peuvent être chiantes, des fois, chuchoté-je.

Il m'entend et renifle. Ma première et dernière conversation avec lui sera complètement différente de ce que j'imaginais.

– Ouais. C'est clair. Il faut toujours que ça tourne autour d'elle.

– Allons, quand même pas, nuancé-je en m'étonnant de ma faculté d'élocution et de mon ton naturel. C'est juste parce qu'elle est plus petite. Tu es aussi important qu'elle.

Et plus important pour moi – mais cela, je ne le dis pas.

– Écoute, il vaut toujours mieux se venger en secret. Autrement, tu auras des ennuis.

Le chien dans le parc hurle toujours, la fille pleure et le père élève la voix à son tour. J'entends des murmures, les passants tournent la tête vers les cris, sortent leur téléphone, et je chausse mes lunettes de soleil. Une femme mûre s'est arrêtée dans la rue, certaine que l'animal a mordu la fillette, et elle demande s'il faut appeler la police. Je hoche la tête. Oui, c'est exactement ce qui s'est passé.

– En fait, c'est la fillette qui a frappé le chien en premier, précisé-je. Ce n'est pas la première fois.

Le garçon me jette un coup d'œil étonné. Je le regarde en souriant, puis je descends les marches pour regagner la rue. Il faut que j'arrive à avancer calmement. Je ne remettrai plus jamais les pieds ici.

Me voici dans ma rue, en train de me traîner vers l'immeuble que je connais bien, et je ne me rappelle pas comment je suis arrivée là depuis le parc. Je me souviens du garçon, de ma conversation avec lui, des quelques pas entre les degrés de pierre et la rue qui me donnaient l'impression d'être poussée du haut d'un promontoire. Les marches s'enfonçaient sous mes pas, le trottoir se fissurait, la terre s'éloignait et je suis tombée. J'ai la même sensation qu'en voyant Viktor entre les rideaux de mon bureau, gisant inanimé dans l'arrière-cour. Les secondes étaient interminables, et je n'avais retrouvé l'usage de mes jambes qu'en comprenant la nécessité de m'enfuir sans délai. Dans un premier temps, je ne voyais pas comment quitter l'édifice. Mon bureau n'avait qu'une porte donnant sur le couloir et sur la réception. J'entendais les gens s'y agiter en tous sens. J'optai pour la fenêtre sur rue. Ma décision remit mon sang en circulation et je jetai dehors ma fourrure, mon sac à main et mes chaussures, puis je grimpai à mon tour en protégeant mon ventre. Une fois retombée à terre, je regardai en haut. Je vis les rideaux, ailes d'ange flottant dans le courant d'air, mais aucun de mes poursuivants. Faisant fi de ma cheville foulée en me réceptionnant, j'allai au milieu de la route et arrêtai un tacot qui passait. C'était tout ce qui me venait à l'esprit. J'avais de l'argent, certes, et donc une certaine posture, une autorité conférée par mon statut. Mais quand même. Je ne demandai pas au chauffeur s'il voulait bien me conduire à l'aéroport. Je lui en donnai l'ordre en jetant une liasse de billets sur le siège avant. La voiture se mit en route sans tarder et je nouai mon châle autour de la cheville. Avant de me débarrasser de mon téléphone, j'envoyai un bref message à ma mère et regardai l'écran muet pendant un petit moment. Je me souvins d'avoir pensé que personne n'osait appeler une morte, or j'en étais une à présent. Que venait-il de se passer au bureau ? Viktor avait perdu la vie, oui, mais je ne comprenais rien d'autre. Malgré tout, je tenais le cap, et j'étais fort bien organisée : comme j'avais caché une valise chez un de mes petits oiseaux en cas de départ précipité, je demandai au chauffeur de faire un crochet par là-bas.

La fille en question comprit peut-être qu'il y avait un problème. Mais elle ne posa pas de question, elle me laissa fouiller dans ma valise, où je pris des bottes pour remplacer mes talons hauts et un nouveau téléphone avec une nouvelle carte SIM. Je le mis en charge un moment et retournai dire au chauffeur qu'il allait devoir se débarrasser de la roue de secours qui prenait de la place sur la banquette arrière : à cause de la bonbonne de gaz, mes bagages ne rentraient pas dans le coffre. Il refusa catégoriquement, et il avait l'air de commencer à douter de la rentabilité de la course. Je ne capitulai pas pour autant. Ma cheville m'élançait, ma tête me faisait mal, et voilà que ma fuite était en train de buter sur une roue de secours ! C'était presque risible, une situation aussi absurde. Mais je le vis lorgner ma fourrure de loup, et je lui chuchotai que sa femme aurait l'air d'une reine, là-dedans. Il n'en pensait pas moins. Cela résolut le problème et il tâcha de tout placer dans son véhicule, avec succès. Pendant ce contretemps, j'avais affiné mon itinéraire et choisi de me diriger vers Kiev. Vous seriez capables de fermer l'aéroport de Dnipro, si vous le vouliez. Peut-être l'aviez-vous déjà fait. Je promis au chauffeur quelques dollars de plus, et il ne se plaignit pas du changement de destination, quitte à y passer la nuit.

En chemin, nous nous arrêtâmes à une station-service, la même où nous étions passés ensemble avant mon premier rendez-vous avec Lada Kravets. J'étais donc de retour, mais dans un genre de voiture où je n'avais encore jamais mis les pieds, qui roulait au gaz et qui allait me sauver la vie. J'écoutais le remplissage du réservoir, on aurait dit un gargouillis d'intestins faméliques, ou non, c'était un râle, et je divertis mes oreilles en regardant autour de moi. Le chauffeur glissa un généreux pourboire à l'homme qui avait rempli le réservoir, non pas en dollars ; pendant qu'il allait chercher quelque chose à se mettre sous la dent, je sortis me dégourdir les jambes. Je vérifiai que la voiture avait été bénie. Je jugeai que c'était un bon présage, et je me penchai pour ouvrir ma valise dans le but d'échanger ma fourrure de loup contre le gilet en renard. Me rappelant que je devais manger pour Olejko, je suivis le chauffeur dans la boutique. Pendant qu'il attendait sa commande au comptoir, il avait l'air de parler au téléphone avec sa femme. Il fredonnait de satisfaction et je devinais que l'autre n'allait pas tarder à savoir avec quel beau cadeau son mari rentrerait à la maison.

Comme je revenais à la voiture, une meute de chiens errants vint trotter près de moi pour quémander à manger. J'allais leur jeter un sandwich lorsque l'un d'eux me l'arracha directement de la main. Je fis un bond en arrière, lâchai par terre le reste de mes pains, et allai me cacher sur la banquette arrière. Nous n'étions pas assortis, avec cette station-service, ces chiens galeux, cette voiture à bonbonne de gaz. Mais personne ne semblait prêter attention à moi, au véhicule ou au chauffeur, c'était l'essentiel. Et je ne pleurais pas. Nous étions toujours en vie, Olejko et moi, et nous avions toujours un avenir possible. Tout n'était pas encore fini. Et pourtant, cette étape a provoqué la perte de mon fils. Mon dernier trajet du parc à chiens à la maison aura les mêmes conséquences, même si la situation est différente, ainsi que le pays.

Mais qu'est-ce que ça pourrait bien te faire, d'entendre le récit de ma fuite ? Cela ne t'intéresse pas. Veles et toi voulez l'assassin de Viktor, et je n'ai plus rien de monnayable à part l'identité de la coupable.

Depuis toutes ces années, je me demande comment te raconter le jour où Viktor est mort. Tu as entendu les mensonges de la veuve et de Daria, mais aucune de leurs histoires ne correspond à la vérité. Ce qui est vrai, en revanche, c'est que nous étions présentes, toutes les trois. Avant son dernier soupir, Viktor a vu trois personnes : moi, sa femme et Daria.

Tout allait encore bien, au moment où Lada Kravets prit rendez-vous pour discuter de sa prochaine PMA. Elle s'est entendue directement avec moi et m'a annoncé d'une voix gorgée de fierté qu'elle viendrait avec son mari. Je libérai tout de suite mon agenda pour le jour convenu et ordonnai aux ouvriers de se tenir à l'écart afin de garantir une ambiance calme au bureau, car la maman allait devoir compter sur les ovocytes cryogénisés, même si elle souhaitait procéder comme la fois précédente, où la transplantation directe avait donné de bons résultats. Je ne pouvais pas lui dire que je ne savais pas le moins du monde où se trouvait la donneuse adorée.

À l'approche de l'heure fatidique, ma nervosité augmentait. Je dressai la table avec des fruits, du chocolat suisse, des gâteaux Napoléon et les tasses Lomonossov. Je fis tout cela moi-même parce que j'avais besoin de petites tâches simples à effectuer, qui n'exigeaient pas de concentration, et je pensais aux battements de cœur du fœtus qui se développait en moi. Je déplaçais les serviettes, redressais les soucoupes, me préparais de l'eau sucrée dans une tasse en regrettant de ne pas pouvoir me calmer avec un remède efficace à cause de mon état. Cependant, je me sentais puiser de la force dans la vaisselle bleu cobalt offerte par ma mère. C'était l'unique chose réellement personnelle de mon bureau, et ses motifs de myosotis me rappelaient des souvenirs que je n'aurais pas su décrire avec précision. Peut-être un temps où chaque élément translucide du service annonçait des travaux à faire, des relations à créer et à entretenir. En tenant entre les doigts cette fine porcelaine à la cendre d'os, je me sentais plus digne : j'avais fait du chemin, malgré tout. Je possédais une voiture, un logement, un emploi, des cartes de crédit. J'avais un homme et un cœur palpitant. J'avais une vie tout confort et beaucoup à perdre. Mais je ne comptais pas renoncer à une miette.

Une heure avant l'arrivée des Kravets, tu m'envoyas un message en promettant de rentrer en ville le lendemain soir. Je te manquais, tu me manquais aussi, et encore maintenant. Je repris de l'eau sucrée en songeant à ce que j'enfilerais pour aller à ta rencontre, puis je parcourus distraitement la liste des clients parmi lesquels je comptais choisir un couple modeste qui ferait l'affaire. Beaucoup souffraient de difficultés financières après avoir craché toutes leurs économies dans nos prestations, et j'allais donc choisir les plus désespérés afin de raconter à ma chef une histoire de mon invention. Ils prétendraient que Daria leur avait proposé des dons d'ovocytes pour un prix avantageux, et je leur accorderais quelques PMA gratuites en compensation. Quant à ma chef, je lui dirais que Daria avait réussi à mettre la main sur les coordonnées à cause de ma négligence. Avouer une petite faute, d'ailleurs, cela rendrait mon mensonge encore plus crédible. Alexeï serait envoyé aux trousses de la fugitive, et cette dinde aurait beau inventer n'importe quoi pour sa défense, personne ne la croirait. Elle finirait sur un balcon. Sur un toit d'immeuble. Mes soucis seraient passés.

À quatre heures pile, la secrétaire introduisit les Kravets dans mon bureau, tels deux jeunes tourtereaux. Ils s'assirent côte à côte, cuisse contre cuisse. La maman avait repris des couleurs aux joues. Elle avait une allure plus féminine, la poitrine rose et le chemisier ouvert, elle que j'avais connue chétive comme un brin d'oseille. Le foulard glissait sans cesse de ses épaules et elle ne cherchait plus à se cacher dessous. Elle portait ses nouveaux centimètres avec fierté, avec une force inédite.

Viktor admira ma pièce déjà rénovée. Bientôt, tout le bureau serait en état de vente.

– À propos, je suis allée prendre connaissance de nos nouveaux locaux au centre Menorah, dis-je. C'est vraiment sans commune mesure !

– Charmant, n'est-ce pas ?

– Éblouissant.

Je sentais les à-coups dans mon ventre. Je me forçai à sourire. Parfois, j'avais l'impression qu'Olejko voulait s'échapper en courant. Peut-être était-ce le cas. Je ne t'avais pas encore parlé de lui, mais les mois de grossesse les plus risqués étaient maintenant révolus et j'attendais ton retour en ville. Je comptais t'annoncer la nouvelle le lendemain soir.

Au milieu du rendez-vous, la secrétaire frappa à la porte de mon bureau, alors que j'avais interdit qu'on vienne nous déranger. Je m'approchai d'elle avec courroux. Elle chuchota que j'avais une visiteuse qui essayait d'entrer en force. Malgré mes signes agressifs, elle ne se retirait pas.

– Je t'en prie, va voir ! lança Viktor. Nous avons tout notre temps.

Je la suivis dans la cuisine, et c'est là que j'appris à voix basse qui était l'intruse. Sous le choc, je dus me retenir au montant de la porte. Je le serrai de toutes mes forces, et mes mains me rappelèrent celles de ma mère : mes doigts cramponnés au chambranle étaient décolorés.

– Sait-elle qui est dans mon bureau en ce moment ?

– Je ne pense pas, en tout cas je n'ai rien dit. Elle a dû venir réclamer son bonus. Il n'a toujours pas été versé.

Évidemment. C'était donc cela. Daria était enfin fauchée. Ma frayeur céda la place au soulagement. Je n'avais plus besoin de camoufler sa disparition. Finalement, elle ne crachait pas sur l'argent. Le soleil d'hiver instillait une huile sacrée que j'avais envie de puiser à pleines mains. J'allais lui pardonner ses manigances, lui accorder ma grâce, car j'en avais désormais les moyens. J'allais m'en sortir, oui. Nous allions nous en sortir, parfaitement.

– Amène-la dans la cuisine. Appelle le vigile à la rescousse et dis à Daria qu'elle doit attendre si elle veut voir le fric. Tu as compris ?

La secrétaire répéta mes consignes. Je la regardai attentivement. Comme elle semblait avoir bien compris, je la renvoyai à l'accueil. Je n'osais pas imaginer ce qui se passerait si Daria apercevait Viktor Kravets et reconnaissait le fils de l'homme de Donetsk. Mais non, cela n'arriverait pas.

Je retournai dans mon bureau comme en un royaume enfin reconquis, et je répondis au sourire de Lada Kravets avec une aisance que je n'avais plus éprouvée depuis longtemps. Elle m'attendait seule : Viktor avait reçu un appel important et il était sorti fumer. Je hochai la tête pour approuver cette bonne habitude d'envoyer le papa fumer dehors pour le bien de l'enfant, et je me juchai sur mon fauteuil avec le sentiment de gravir le podium de la victoire. J'avais l'impression de pouvoir tordre le destin entre mes doigts comme une cuillère en alu.

La cour du bureau avait beau être clôturée, il arrivait parfois qu'un chien ou un chat vienne s'y égarer, aussi pensai-je d'abord à un animal errant lorsque Lada et moi fûmes interrompues au milieu de notre thé par un cri venu de l'extérieur, suivi d'un bruit sourd. Cela se passait derrière l'immeuble.

– Qu'est-ce que c'était ?

Lada Kravets me dévisagea et je me mis à grelotter, mes pieds semblaient coulés dans du ciment. Je fus incapable de la retenir tandis qu'elle s'élançait vers la fenêtre. Dès qu'elle eut jeté un œil dehors, elle partit au pas de course en direction de l'accueil et sa bouche émit un étrange hurlement qui se renforça lorsqu'elle fut devant la porte de service. Je l'entendis qui essayait de la défoncer. Quelqu'un l'avait fermée à clef… Mais qui ?

Je me levai lentement. Avant que je puisse voir ce qui s'était passé dehors, Lada Kravets rappliqua dans mon bureau, m'écarta violemment et ouvrit la fenêtre à la volée. Je baissai les yeux. Le thé avait éclaboussé ma robe. La tasse aux myosotis était par terre, en morceaux. J'avais toujours la main dans la même position, tenant la porcelaine disloquée. Mes doigts semblaient de marbre, aussi morts que la pierre. Je me forçai toutefois à serrer le poing et, écartant les voilages ondoyants, je vis Lada Kravets qui avait enjambé la fenêtre pour se laisser glisser auprès de son mari gisant au sol. Daria tenait un câble électrique. Celui que j'avais vu pendre au-dessus de la porte de service. La neige était ensanglantée. La poubelle en béton était renversée. Si je voyais bien, elle aussi était éclaboussée. Comme si la tête de l'homme s'y était cognée. Pourquoi « comme si » ? C'était exactement ce qui s'était passé.

Viktor ne bougeait pas.

Immédiatement décidée, Lada prit Daria par les épaules et enroula son bras autour d'elle. Je crus qu'elle allait la massacrer, mais j'entendis alors distinctement ses paroles – *à l'assassin ! arrêtez-la !* –, suivies de hurlements. C'était moi que Lada Kravets montrait du doigt, ses cris semblaient augmenter sa taille, sa voix avait le tranchant de l'acier. On aurait dit la statue de la Mère Patrie, l'épée tendue vers moi, la tête de Daria en guise de bouclier. La porte de service fut enfin ouverte, le vigile débarqua aussi – Dieu sait où il avait bien pu traîner pendant tout ce temps –, et les personnes abasourdies, agglutinées dans la cour, essayaient de comprendre ce qui s'était passé. Chacun se tournait dans la même direction que Lada : vers moi. J'étais toujours appuyée au chambranle, mon sang s'était figé. Personne ne regardait Daria, qui paraissait revenir à la réalité et qui souriait. C'était à moi qu'elle souriait, et cela me donna un coup de fouet.

Je fermai à clef la porte de mon bureau et me débarrassai de mes chaussures à talons. Ils en avaient pour un petit moment : quelqu'un devait appeler les secours, examiner Viktor, puis il faudrait examiner les femmes qui se lamentaient dans la cour. Seulement après, on aurait l'idée de se lancer à ma poursuite. J'ouvris la fenêtre sur rue et m'apprêtai à sauter.

Je revois chaque détail de cette journée, même la liste des vols au départ sur l'écran de mon nouveau téléphone, chaque destination, et chacune paraissait impossible : toutes les compagnies aériennes ukrainiennes opérant sur l'aéroport de Kiev appartenaient à Vekselberg, proche de Viktor. Finalement, j'en repérai d'autres, mais je me rappelle mon désespoir face à toutes les issues qui semblaient semées d'embûches. Lorsque Daria est apparue à Helsinki, j'ai retrouvé cette même sensation.

J'aurais dû comprendre plus tôt. Peut-être que cela m'avait pris du temps parce que j'avais été aveuglée par ma vie ukrainienne où l'argent poussait dans les arbres. Dans la voiture à gaz, je me rendis compte que mes ressources allaient fondre en un instant. Alors comment

Daria et sa famille avaient-ils pu se cacher pendant si longtemps ? Ils avaient dû avoir de l'aide.

Et tout à coup, j'en eus la certitude.

Pourquoi n'avais-je pas retrouvé les Sokolov ?

Pourquoi avaient-ils eu les moyens de s'enfuir ?

Parce que ce n'était pas moi qu'ils visaient : leur cible, c'était Viktor.

Leur plan était génial. En faisant irruption chez Daria, les inconnus avaient fait d'elle un projectile qui devait suivre sa trajectoire, lentement et sûrement, pour aller frapper Viktor. Son mobile ne faisait aucun doute. Son histoire familiale suffisait à expliquer sa haine. Mais surtout, elle était donneuse, et la démence n'était pas rare chez ces femmes-là. Personne n'aurait soupçonné que la mort de Viktor pût avoir une autre cause que l'effondrement mental d'une femme solitaire devenue folle.

Sans Lada, Daria serait en prison.

Si tu avais la patience de me laisser te raconter qui a tué Viktor, tu pourrais rechercher les gens qui ont réceptionné les données personnelles des Kravets. Tu pourrais forcer Daria à parler de ses mystérieux visiteurs, à donner leur signalement. Les Sokolov doivent avoir quelques renseignements à leur sujet, puisque c'est grâce à eux qu'ils sont parvenus à disparaître. Tu pourrais alors traquer le plus réel des ennemis : celui qui est plus rusé que nous tous. Ne serait-ce pas la meilleure initiative aux yeux de ton chef ? Serait-ce une offre acceptable pour le prix de ma liberté ?

Je frappe à la porte de Daria. Pas de réponse. Je n'ose pas imaginer dans quel état je vais la trouver, en supposant d'ailleurs qu'elle soit dans sa chambre, et je sors de ma poche la carte magnétique dérobée. Il y a deux heures, j'ai reçu de sa part un message hargneux où elle me demandait où j'étais passée après le parc. Aucune allusion aux parents d'Aino ou aux conséquences de cette prise de contact. Et si elle avait mis fin à ses jours ? Si mes problèmes étaient résolus ? Tandis que je tourne la poignée, j'entraperçois aussi l'éventualité que tu m'attendes là, au milieu des serviettes qui sentent le renfermé et des verres de vin souillés par le désespoir, et ma poitrine me fait mal comme si l'on y remuait un pieu en bois de chêne.

Endormie sur ses draps chiffonnés, Daria ne réagit pas lorsque je la pousse sur le côté. Mais elle est en vie. Je me calme, pose à côté du lit le sac de vêtements que je lui ai apporté et ramasse les bouteilles vides pour les jeter à la poubelle. Voilà qui me donne un indice de sa réaction après l'incident, et je vais pouvoir en profiter. Du coup, je suis alerte comme un soldat. J'ai déjà fouillé dans ses affaires, mais je vais recommencer d'un œil neuf : entre-temps, j'ai appris des choses, et je n'ai presque plus de temps pour trouver des preuves. Chez moi, j'ai contrôlé le passeport qui t'est destiné : il est toujours valide.

Je commence par évaluer le contenu du portefeuille et parcourir les cartes de crédit; je piquerai tout cela le moment venu, c'est déjà quelque chose. En revanche, la valise béante n'offre rien d'intéressant. Les étiquettes des vols passés révèlent que Daria s'est déplacée à la hâte avec des compagnies low-cost, et son passeport étranger est plein de tampons. Il y a un peu de sable au fond du bagage, comme si elle y avait mis des chaussures sans les emballer, ainsi que des miettes de tabac et un sachet usagé de graines de tournesol Semki. Je le secoue pour en prendre une poignée à croquer, et je m'approche du secrétaire. Il est couvert de nouveaux papiers. Sur le plan de la ville, elle a marqué l'itinéraire de notre promenade du matin : parc à chiens, domicile, lieux de travail des parents, école des enfants, marché couvert, supérette. Les emplois du temps de la famille sont écrits sur des feuilles du bloc-notes de l'hôtel, sur lesquelles je trouve aussi les numéros de téléphone de l'école et des enseignants, ainsi qu'une séquence de chiffres qui ressemble à un code de porte. Si Daria a choisi Aino entre tous les enfants, c'est peut-être bel et bien en sachant qu'elle pouvait avoir une complice, ici, et une complice qui parlait la langue. Si ça se trouve, c'est l'unique raison pour laquelle elle ne m'a pas dénoncée à l'agence ou aux Kravets. Ce qui expliquerait sa rancune à mon égard.

Malgré mes espérances, je ne trouve pas de tracé d'itinéraire décrivant les déplacements des Kravets, pas de notes manuscrites, rien qui me permette de prouver que c'était précisément Daria qui espionnait les gosses de Lada. Je prends son téléphone et le déverrouille avec son pouce. Elle a vidé la galerie, à l'exception des photos d'Aino. Je ne vais pas me laisser abattre.

Je jette le sachet de graines par terre et vais fouiller la salle de bains. Sur le seuil, je retiens mon souffle. Je ne suis pas habituée à la confusion olfactive que Daria y a créée. Tout est plus ou moins poisseux. De la poussière et des poils sont emmêlés dans le pas de vis des capuchons. Dans la trousse de maquillage parsemée de taches de dentifrice et puant la valériane, je vois dépasser une brosse qui sent la poussière, aux filaments couverts de cheveux blonds. Le dentifrice a séché le long du manche de la brosse à dents, dont les poils sont dispersés en éventail. À côté du lavabo, il y a des sacs en plastique ternis par l'usure qui, si j'en crois l'odeur, doivent contenir du tchaga. Des antalgiques puissants, du Pentalgin. Douleurs lombaires peut-être ? Chez certaines donneuses, cela peut arriver. Daria se déplace toutefois sans gêne apparente, pour ce qui est de sa santé. Cancer ? Peut-être. Cela arrive aussi.

Tandis que je fouille la trousse de maquillage, mes doigts tombent sur un objet visqueux. Je retire ma main. Une boulette de propolis m'échappe et roule par terre. Je lave un verre au savon et bois l'eau du robinet. La boulette est à mes pieds. Ma famille aussi y croyait, au pouvoir de la propolis, ma mère et ma tante en râpaient pour un oui ou pour un non; mais en l'occurrence, on dirait un vulgaire excrément. Ça n'a rien à faire là, je n'ai rien à faire là, ma vie non plus, et il n'y a strictement rien dans les affaires de Daria pour m'aider à avancer.

Je ramasse la boule avec un mouchoir en papier pour la lâcher dans la poubelle; ce faisant, je fais tomber la brosse. J'en détache des cheveux blonds. Des cheveux courts. Très courts. Les siens sont plus foncés. Je retourne dans la chambre et tire sur un cheveu de Daria. Il ne bouge pas, mais je distingue un filet à perruque. Je n'ose pas tirer plus fort. Les cheveux sont authentiques et de bonne qualité, indiens. Peut-être prend-elle vraiment du Pentalgin pour le cancer. Eh bien, tant pis pour elle ! Elle n'avait qu'à s'arrêter à temps. Quelle idée ! Il n'y a que les imbéciles qui continuent de donner leurs ovocytes. Les imbéciles et les avares. Ses éventuels problèmes de santé ne me touchent pas. Mais il y a une chose qui cloche. Si elle a les moyens de s'affubler d'une perruque à plusieurs milliers d'euros, pourquoi s'habille-t-elle comme une mendiante ? Tout à coup, je comprends. Elle se fiche de flamber son argent ici ou là. Elle se moque éperdument de sa valeur marchande. Elle n'a personne dont le regard aurait une importance pour elle : elle est seule, comme moi. Cette prise de conscience ne dure qu'un instant, comme un pincement, pas plus.

Je range la brosse dans la trousse et c'est alors que je remarque un pot de vitamines qui a glissé dans le coin, destiné aux femmes enceintes. Je consulte la date d'expiration. La boîte paraît usée mais elle est toute récente. Il manque la moitié des comprimés. Je sors le thermomètre qui dépasse et je finis par vider la trousse sur la table. Au milieu du bric-à-brac, je trouve un bout de carton, un coin d'emballage déchiré. Je reconnaîtrais ce logo entre mille. Daria a-t-elle été enceinte ? A-t-elle voulu un enfant sans y parvenir ? Est-ce la raison qui l'a poussée à retrouver ses anciennes clientes ?

– Comment tu es entrée ?

Daria s'est réveillée et elle s'étire sur le lit.

– Tu as laissé tomber ta carte au portail du parc, dis-je en nettoyant le sol avec des gestes aguerris à l'aide de serpillières que j'ai apportées de chez moi.

Mon mensonge a l'air de passer, ou elle n'a pas trop le temps d'y réfléchir car cela lui rappelle les vêtements d'Aino. Elle les a oubliés là-bas à cause du conflit. Il va falloir retourner faire du shopping.

– Je suis vraiment contente que tu sois venue, soupire Daria avant de m'observer pendant un petit moment. Ce n'est pas plutôt au personnel de faire ça ?

– Nous ne pouvons pas nous permettre de laisser des traces ici.

– Bien raisonné, admet-elle.

Puis elle débite des idioties à propos d'Aino comme si elles avaient un avenir commun. La pancarte « Ne pas déranger » est toujours accrochée à la porte, et j'ai un moment de frustration. Je n'ai pas envie de faire le ménage pour cette cochonne. Le robinet goutte dans la salle de bains comme une horloge. Je tâche d'en faire abstraction pour me concentrer sur le nettoyage, tout en songeant à la vie que mène le fils du parc à chiens. Finalement, je m'assieds au bord du lit et j'observe Daria : elle ne s'en tire pas trop mal. Les affaires tachées dans la bagarre, je les descendrai à la poubelle. Je tire sur son chemisier jusqu'à ce qu'elle veuille bien se tourner et retirer ses bras des manches. Un tintement retentit. Une bague est tombée de sa poche, et elle roule par terre, mince et dorée. Je la ramasse la première. Une idée m'illumine. Les vitamines, le thermomètre, le carton des tests de grossesse. Ai-je deviné juste ? Si elle n'a pas eu d'enfant, ce n'est pas notre faute. C'est la sienne, avec son poids, son mode de vie. Elle connaissait aussi bien que moi les facteurs qui influent sur la fertilité.

– Quand t'a-t-il quittée ? demandé-je.

– Savais-tu qu'en Angleterre, beaucoup de couples financent leurs soins en donnant des bébés aux autres ? Ils donnent, ils donnent, et pendant ce temps leur chambre d'enfant reste vide.

Daria tend le bras. Elle veut sa bague. Je la lâche dans le creux de sa main. Bon sang, pourquoi ai-je appelé Ivan ? J'aurais pu gérer la situation sans l'aide d'un tiers. Les couples séparés à cause de la stérilité, c'est un problème que je connais, et je suis bien placée pour savoir tirer les bonnes ficelles. L'état de Daria ne m'intrigue plus. Endométriose, ovaire fichu ou autre. Ou peut-être était-ce l'homme qui avait un défaut. Si je connaissais les circonstances, je pourrais la soigner. Ensuite, elle se concentrerait sur sa propre famille et elle laisserait Aino et Väinö en paix. Cela me rappelle que je ne pourrai plus retourner au parc à chiens.

– Tu ne t'es jamais demandé comment serait ta vie avec ton fils ? demande Daria.

– Pardon ?

– Nous pouvons l'emmener aussi, partir à quatre. Qu'est-ce que tu en dis ?

Je voudrais dire oui. Ô combien je voudrais le faire ! Et pendant un moment, j'y songe. Mais je sais trop bien ce que penserait du Donbass un garçon élevé en Finlande.

Je consulte les médias sociaux pour voir si la femme du parc à chiens a mentionné l'incident. Il n'y a pas de nouveaux posts. En revanche, je tombe sur une photo qui remonte à deux ou trois jours. Je la montre à Daria sur mon téléphone pendant qu'elle traîne à côté du lit. La femme a partagé ses souvenirs de l'été dernier avec ses followers, en guise d'apéritif à l'approche des vacances. Cliché typique d'orteils en éventails : jambes épilées au sucre, ongles pédicurés, talons limés, et un livre à côté pour se la jouer intello.

– Regarde, dis-je. Voici ce que nous devons viser. Tu dois te ressaisir, donner l'exemple à Aino.

Daria regarde ailleurs. Je zoome sur le talon. Pas de crevasses, pas de peau sèche, pas le moindre signe de cor, pas de frottement de chaussure mal adaptée. Les rides sur la plante du pied sont si fines que même le sable ne s'y introduirait pas.

Je prends Daria par la tête et la tourne de force vers le miroir. C'est le seul objet de la pièce qu'elle n'a pas salopé, et il est impitoyable. Ses paupières sont gonflées comme des fruits blets et la chassie qui coule au coin de l'œil sèche sur ses cils. Je vois à son regard qu'elle comprend ce que je veux dire : elle a l'air d'une clocharde.

– Tu attires l'attention, beaucoup trop. Après ton comportement dans le parc, tes plans seront encore plus difficiles à réaliser. Comment imagines-tu emmener Aino en voyage, maintenant ? Elle a peur de toi, la petite.

La moquerie écrasante qui ondoyait sur son visage après notre bagarre a disparu. Et pour cause. Aino n'est pas assise sur ses genoux mais sur ceux de cette femme-là.

– Tu savais comment elle était, cette nana, et pourtant tu m'as fait croire qu'elle deviendrait une mère parfaite.

– N'est-ce pas le cas ? Les enfants ont un chien, des loisirs, des vêtements coûteux, les parents ont un bon job, que veux-tu de plus ? Un voyage dans l'espace ? La lune ?

Daria plisse le nez. Je n'ose pas repenser à l'aspect qu'elle avait en passant devant la réception de l'hôtel pour aller aux ascenseurs. Le scandale provoqué dans le parc à chiens par une Slave détraquée va faire les gros titres de la presse du soir et on risque de la reconnaître sur les photos envoyées par les lecteurs. Rien que les jurons qu'elle criait devant la famille auront révélé que l'assaillante était étrangère ; à l'heure qu'il est, les parents ont dû s'en souvenir. Il leur faut un instant pour se remettre du choc, un moment pour faire le point avec la police, prendre la défense du chien, consoler les enfants et pleurer. Ensuite, ils finiront par comprendre la signification de l'incident.

– Nous devons partir, dis-je. Cette femme va porter plainte contre toi pour agression.

– Elle ne sait pas qui je suis.

– Bien sûr que si, maintenant.

Daria souffle. Rien ne semble ébranler sa foi dans son invisibilité. Puis elle a une idée et se ranime.

– On amène Aino chez vous, d'abord ?

Chez nous. Évidemment. À la maison, je lui extorquerai des aveux et je les enregistrerai. Et après... quoi ? Un jour, tu as dit que le crâne humain est comme une coquille d'œuf : on peut le fendre avec n'importe quel objet qui tient dans la main. Je vais te faciliter la tâche.

Je charge Daria de préparer la liste des courses pendant que je finis le ménage. L'idée la met en joie et elle se met à consulter les médias sociaux pour chercher des renseignements sur les plats préférés d'Aino. Elle trouve une photo de l'homme en train d'acheter à manger et me la montre. C'est un bon père, comme je le lui avais promis, et progressiste à bien des égards : il s'occupe de la plupart des achats, prépare volontiers la cuisine et fait la lessive. Mais mon argument n'a aucun effet sur ses plans.

– On prend aussi quelque chose pour ton fils ?

Ce n'est pas la première fois qu'elle me sort cette blague et j'ai encore envie de la frapper. Je me retiens. Du calme. Il n'y en a plus pour longtemps. Mais pas maintenant, pas ici.

– Comme si tu ne les avais jamais vus se disputer ! s'exclame-t-elle en naviguant toujours parmi les photos des parents.

– Jamais.

– Bons acteurs, commente-t-elle.

Je ne relève pas. La clim a beau être à fond, je sens toujours une odeur de vomi, d'argile et d'eau-de-vie, de fête non festive. Mais tout cela commence à devenir supportable. Des gens font du bruit dans la chambre voisine. Les cintres de la penderie heurtent le mur. Ils ont un enfant qui court aux quatre coins de la pièce, et un bébé qui ne va pas tarder à pleurer. Je ne sais pas comment Daria va réagir. Sans doute mal.

– Mais enfin, pourquoi as-tu continué de donner ? m'exclamé-je avec véhémence.

– Pour l'argent, quoi d'autre ! s'étonne-t-elle. J'ai arrêté quand j'en ai eu suffisamment pour mener un bon train de vie. Aino n'aura rien à craindre, chez moi.

Je lève la main. Je n'ai pas la force de polémiquer. Il faut que je paraisse bienveillante et qu'elle quitte l'hôtel en bavardant joyeusement avec moi ; en attendant, je lui ordonne d'enfiler quelque chose de propre. Je déballe les chemisiers et les jupes que j'ai apportés. Ce n'est pas terrible, mais ça fera l'affaire.

– Arrange-toi un peu. Que tu ne fasses pas honte à Aino.

Cela fonctionne : elle se traîne dans la salle de bains avec une pile de vêtements sur les bras. Elle obéit, j'entends la douche. Voilà déjà quelque chose. Le bébé d'à côté éclate en sanglots, je cherche à regarder l'heure. Mon poignet est nu. Je palpe ma poche. La montre de ma mère n'est pas là non plus. J'y mets la main… Il y a un trou. Elle a pu tomber n'importe où. Pourvu que ce ne soit pas dans la chambre. Je parcours le sol à tâtons, palpe entre les oreillers, mais je ne retrouve pas ma montre. Peut-être l'ai-je définitivement égarée. Je ne la remonterai plus jamais – curieusement, cette idée fait un peu vaciller ma résolution.

– Qu'est-ce que tu en penses ?

Daria est sortie de la salle de bains. Elle a les bras devant elle comme si elle était nue et voulait se cacher. Pourtant, je la connais sous toutes ses coutures, depuis le temps. Ce serait l'occasion de lui rendre la monnaie de sa pièce, avec tous les supplices qu'elle me cause. Je me retiens.

– Hein ?

– Pas mal.

Un sourire éclaire son visage et elle trouve le courage de faire face au miroir.

– On y va ?

Je tends la main, prends le paquet de biscuits et le mets dans le panier. C'est étonnamment facile et ça me fait du bien. À côté de moi, une autre immigrante s'accroupit pour examiner le choix de l'étagère du bas, mais je reste debout et bien droite, comme la femme du parc à chiens. Un instant éphémère, je puis presque une Finlandaise, une personne qui n'a pas besoin de s'accroupir devant les produits bas de gamme placés sur l'étagère inférieure. Je calcule dans ma tête: le prix de cette sensation est d'un euro ou deux. C'est ce que je vais payer pour m'être identifiée à la mère de Väinö pendant quelques secondes. Je laisse le paquet dans mon panier. Un sachet de grains cassés tombe à côté:

– Je veux faire du gratin de semoule pour Aino, dit Daria.

– Si ça se trouve, elle n'aime pas ça.

– Essayons. C'était mon plat préféré quand j'étais petite, et les enfants adorent cuisiner avec leurs parents. Qu'est-ce qu'elle pourrait vouloir d'autre, Aino ?

Je souris gentiment devant ses idées farfelues.

– De la glace ?

Elle se dirige vers les bacs frigorifiques.

– Qu'est-ce que tu en penses ? Ça irait, ça ?

Le bon repas lui a fait du bien, de même que les nouveaux habits. Les vitamines que je lui ai achetées sont efficaces. En revanche, elle n'a pas voulu parler de l'homme qui l'a quittée. Mais c'est tout de même un début prometteur : elle obéit à mes directives. Si je parviens à mes fins, les gens du parc à chiens pourront garder tout ce qu'ils ont : une vie où ils n'ont jamais à faire de courbettes, même pour acheter à manger. La semaine prochaine, Väinö viendra avec ses parents dans ce même magasin, son père poussera un chariot bien rempli, sa mère prendra un paquet de biscuits sur la même étagère, et aucun d'eux n'aura la moindre idée de la catastrophe à laquelle ils viendront d'échapper parce que j'aurai sauvé leur paradis et l'enfance de mon fils. Je serai secrètement sa marraine la fée.

– Un de nos médecins est venu s'installer en Finlande, dis-je. Il pourrait t'examiner. Nous pourrions aller ensemble à son cabinet. Tout de suite, même.

– J'en ai ras le bol, des blouses blanches.

– C'est ce que nous disaient toutes les clientes en venant, et dans le lot il y avait réellement des cas désespérés, souvent au-dessus de soixante ans. Pense un peu, tu n'as que…

– Du chocolat ou autre chose ? demande Daria en marchant à grands pas vers le rayon des confiseries.

Moi, j'aurais sauté sur l'occasion, si j'étais elle. Mais je ne suis pas elle. Je vais tout de même faire de mon mieux. Des fois, il suffit d'une petite fissure. Lorsqu'elle aura la certitude que je peux l'aider à être enceinte, elle fera n'importe quoi à cet effet, et elle sera disposée à payer mon savoir-faire au prix que j'exigerai : une confession. Je dois seulement allumer une étincelle et la souffler vers les flammes.

Je rejoins Daria, qui est en train d'accumuler un nouveau festival de sucreries. Elle ne jette même pas un coup d'œil aux chocolats moins chers sur l'étagère du bas. Les codes-barres défilent devant les scanners des caisses à un tempo de vendredi soir. Les bips incessants me donnent mal à la tête. Un gosse qui devrait déjà être couché hurle de l'autre côté des étagères. Je laisse Daria continuer ses courses en paix, sans la bousculer.

– Tu feras une mère fantastique, lui dis-je.

Elle sourit, et certains paieraient cher pour ce sourire. Une fois que j'aurai sa confession, je ferai ce qu'il faudra : je prendrai son argent et sa carte de crédit, puis je la laisserai croupir dans mon appartement. Elle ne menacera plus jamais la vie de mon enfant. C'est bien la seule chose que je pourrai jamais offrir à mon fils.

Je te flaire dès l'entrée. Je te flaire dans l'air qui a électrifié mon domicile comme à la veille d'une grande cérémonie : avant même d'entrer dans la cuisine, je sais qu'il y aura sur l'évier une tasse que je n'y ai pas laissée. Tu utilisais de vieilles astuces du KGB, à l'occasion. Tu trouvais cela plus efficace et moins coûteux qu'une arme métallique. Le message passe toujours, disais-tu.

J'arrive trop tard.

– Plus petit que je pensais, dit Daria en allant directement à la chambre. Tu n'as même pas un séjour ?

Elle claque la langue en regardant par la fenêtre, et sa paume laisse une empreinte grasse sur la vitre. Moi, cette vue me suffit. Apparemment, elle n'est pas du même avis. Son regard critique parcourt mes meubles, mes rideaux, mes tapis ; elle n'a pas oublié ce que je possédais jadis, vu comme elle tapote mes affaires tels des déchets. En d'autres circonstances, cela me mettrait mal à l'aise.

– Nous devons trouver comment faire pour qu'Aino se plaise ici d'emblée. Ou devrions-nous acheter une voiture dès demain et nous mettre en route lundi ? Aino ne pourra pas dormir dans un endroit pareil, hein.

– Je vais faire du thé, dis-je en la laissant dénigrer mes pénates.

Je franchis le seuil de la cuisine les yeux fermés. J'ai peur de m'être trompée, comme tant de fois par le passé. Tant de fois, un court instant, j'ai cru te voir mais ce n'était pas toi. Je te cherchais dans les foules, dans les bus bondés, à la gare. Une odeur d'après-rasage pouvait me transporter dans le passé, et j'avais peur en croyant te reconnaître de dos. J'étais toujours déçue de constater que je m'étais trompée. Cette fois, ce n'est pas le cas. La tasse est sur l'évier. J'y pose mes lèvres, elle sent le café léger. La cafetière est encore chaude. J'inspire profondément et jette un coup d'œil par la fenêtre, où la lueur du soleil couchant est en train de disparaître. Dehors, je ne vois rien d'anormal. Tu n'es pas au pied de l'immeuble, il n'y a pas d'inconnus qui rôdent, les voitures sur le parking sont celles des résidents. Pourtant, tu es passé chez moi. Tu es proche. Tu es là.

La tasse en main, je m'assieds sur le bord de la fenêtre et ouvre le vantail. Je regarde mes doigts, ils ne picotent pas, les bouts sont roses. Je respire calmement. Je n'ai pas peur. Je ne m'enfuirai pas en courant. Je ne crierai pas. Je respirerai lentement et profondément.

Cet ouvrage a été composé
par Belle Page
et achevé d'imprimer
par Rodesa
en mars 2021
pour le compte des Éditions Stock,
21 rue du Montparnasse, 75006 Paris

Imprimé en Espagne

Dépôt légal : avril 2021
N° d'édition 01
45-08-2811/7